本书获上海师范大学中文学科

"高水平地方高校建设计划"支持

· 刘畅 著

化成天下

古代朝鲜半岛汉文学考察

凤凰出版社

图书在版编目（CIP）数据

化成天下：古代朝鲜半岛汉文学考察 / 刘畅著.
南京：凤凰出版社, 2024. 12. -- ISBN 978-7-5506
-4301-7

Ⅰ. Ⅰ312.092

中国国家版本馆 CIP 数据核字第 2024UL5717 号

书　　　　名	化成天下——古代朝鲜半岛汉文学考察	
著　　　　者	刘　畅	
责 任 编 辑	张永堃	
装 帧 设 计	陈贵子	
责 任 监 制	程明娇	
出 版 发 行	凤凰出版社(原江苏古籍出版社)	
	发行部电话 025-83223462	
出 版 社 地 址	江苏省南京市中央路165号,邮编:210009	
照　　　　排	南京新洲印刷有限公司	
印　　　　刷	江苏凤凰数码印务有限公司	
	江苏省南京市栖霞区尧新大道399号,邮编:210038	
开　　　　本	890毫米×1240毫米　1/32	
印　　　　张	11.875	
字　　　　数	277千字	
版　　　　次	2024年12月第1版	
印　　　　次	2024年12月第1次印刷	
标 准 书 号	ISBN 978-7-5506-4301-7	
定　　　　价	88.00元	

(本书凡印装错误可向承印厂调换,电话:025-57718474)

前　言

　　光辉灿烂的古代中国文化,滋养哺育了周边的国家,朝鲜半岛最为其中代表,素有"小中华"之称。故本书在整体"中华典籍与东亚文明"的视野中,聚焦朝鲜半岛的汉文学与汉文化,将全书分为五章。

　　第一章《中韩关系与高丽汉诗发展》阐明韩国汉文学首次大发展的时期是在高丽时期,促成其发展的最主要动因是高丽对古代中国文化的向往,其次是官学教育的发展,而科举制只是辅助作用;再分别以宋丽交流较密切的 11 世纪、宋金衰弱的 12—13 世纪为例,探讨导致宋丽两国关系变化的原因,及高丽文人国家自主意识的形成。第二章《汉诗声律》以朝鲜中期士人徐敬德、许筠为例,探讨声韵格律。朝鲜朝素来注重字音字韵,近体诗创作大都合乎格律。但徐敬德因受邵雍与本国方言的双重影响,其诗多不依格律;许筠虽曾借谈姊氏词作言及字声清浊,似在声韵格律上独具建树,但其诗也非完全恪守格律,其论字声清浊亦与韵书相出入。第三章《陶渊明诗的韩国回响》研究朝鲜中期四大家之一申钦及韩国汉文学殿军李家源和陶诗中所蕴含的思想,展现二人在对陶渊明的景慕模拟中,因受本国历史文化及个人际遇影响,呈现出更重渊明超然之节的特点。第四章《名字号谥中的汉文化》研究朝鲜半岛文人的名字号谥,即在名字解诂、别号释义的基础上,探究韩国古人名字组合方式、兄弟间名字关联、别号特点,并从谥法、赐谥程序、赐谥资格三个方面,研究朝鲜朝臣谥制度,展现在学习古代中国臣谥制度基础上所进行的损益。第五章《回顾与反思》在谈笔者参与校注之《诗话丛林校注》的校注特点、参与翻译之《韩国汉文学史》的成书特色之外,亦介绍近年出版之韩国汉文学整理的优秀代表之一《崔致远全集》的学术价值与特色。

本书试图将韩国汉文学作为古代中国文学的延展,在中韩两国文学乃至历史文化背景中还原韩国汉文学发展的真实场域,认为朝鲜半岛汉文学的大发展是建立在对古代中国思想文化、政治制度、声韵格律等全方位学习模拟、更革损益的基础上才得以实现的。

本书若干章节曾以专题论文形式发表于学术期刊、出版图书或相关会议,具体如下:"十至十一世纪,高丽汉文学发展的主要动因"一节曾题《论高丽前期汉文学发展主要动因及其他》,发表于《东疆学刊》,2019(1);"十一世纪宋丽邦交与诗歌交往"一节曾题《宋神宗、哲宗时期中朝汉诗交流系年》,发表于《南开学报》(哲学社会科学版),2016(3);"十二至十三世纪,高丽文人群体的国家主体意识与对华观念转变"一节曾题《高丽中期文人群体的国家主体意识与对华观念转变》,发表于《文史哲》,2021(4);"审音'清、浊'——许筠对诗词声律的把握"一节曾题《许筠诗格律简析》,发表于(韩)《渊民学志》,2018(总30);"北窗高枕处,靖节是前身——申钦《和陶诗》思想"一节系作者在香港浸会大学交换学习时选修葛晓音教授陶渊明相关课程的作业,其中第一部分曾题《申钦〈和陶诗〉的生命意识》,在"第七届东方诗话学国际学术研讨会"发表;"讲到酒中趣,含情妙莫言——李家源

《和陶饮酒诗》思想"一节曾题《渊民先生和陶诗浅析》,发表于(韩)《渊民学志》,2017(总28);"名与字"一节初步构思曾题《古代朝鲜文人名号的特点》,与导师赵季教授合作发表于《国际中国文学研究丛刊》第二集(上海古籍出版社,2013),后经全面修改,题名《从韩国古代文人名字组合,看中华文化的影响》,发表于(韩)《洌上古典研究》,2015(总45);"别号"一节曾题《韩国文人室名斋号与中国文化》,发表于《东北亚语言文学的历史与现状》(民族出版社,2011);"论渊民先生室名斋号"一节曾题《浅析渊民先生的室名斋号》,发表于(韩)《渊民学志》,2015(总23);"臣谥制度"一节曾题《谫论朝鲜王朝臣谥制度》,发表于(韩)《渊民学志》,2014(总22);"《诗话丛林校注》的校勘注释特色"一节曾题《〈诗话丛林校注〉简说》,与导师赵季教授合作发表于《西华师范大学学报》(哲学社会科学版),2014(1);"《韩国汉文学史》之中译"一节曾题《渊民先生〈韩国汉文学史〉之中译》,发表于(韩)《渊民学志》,2013(总20);"谫论崔致远作品辑佚与整理——《崔致远全集》述评"一节曾题《崔致远作品辑佚与整理——评〈崔致远全集〉》,发表于《中国图书评论》,2021(11)。各篇文章收入本书时文字有改动,敬请读者批评指正。

目　录

第一章　中韩关系与高丽汉诗发展

（一）十至十一世纪，高丽汉文学发展的主要动因

近年来学界对唐代关注备至，新罗国遣唐留学生、写下著名《檄黄巢书》的崔致远为人熟知。高丽与宋贸易渐受关注，宋人刊刻金覲、朴寅亮诗文为《小华集》，高丽前期也出现如郑知常、金富轼等擅长诗文创作者。至朝鲜朝，诗文创作更是蔚为大观。今存世朝鲜朝诗文集达到几千种，仅《韩国文集丛刊》与《韩国历代文集丛书》收录者就有约 3500 余种；统一新罗及此前的韩国古代诗文集，虽然只有崔致远一人作品传世，但他高质量的诗文创作，足以符合"韩国汉文学鼻祖"的称号。这很容易令人产生一个错觉——从统一新罗到朝鲜朝，韩国古代一直深受中华文化影响，在一个人人有着中国式名字的国度，人人从小学习汉字、创作汉文，国家整体制度均与中国历代王朝相仿，在科举制带动下，汉文学也一直蔚为大观。但实际上这是一个误解。

与中国不同，朝鲜半岛古代虽然有自己的语言，但直至十五世纪世宗朝以前，并没有自己的文字，与日本相仿，韩国古代早期文献也有借汉字表音者。至统一新罗时期，汉字虽然已成为官方文字，但会写汉字、能创作汉文者并不多。从《三国史记》强

首故事,就可知在新罗统一半岛前夕、大唐太宗即位(626)之时,唐给新罗的诏书,新罗满朝只有强首一人可以读懂全文、撰写回表。新罗从神文王二年(682)才开始创办国学,738 年,唐玄宗遣邢璹出使新罗:

> (孝成王二年)春二月,唐玄宗闻圣德王薨,悼惜久之,遣左赞善大夫邢璹,以鸿胪少卿往吊祭,赠太子太保,且册嗣王为开府仪同三司新罗王。璹将发,帝制诗序,太子已下百寮,咸赋诗以送。帝谓璹曰:"新罗号为君子之国,颇知书记,有类中国。以卿恃儒,故持节往,宜演经义,使知大国儒教之盛。"……夏四月,唐使臣邢璹以老子道德经等文书献于王。①

仅就史书只言片语,无法断定当日大唐去新罗宣传的是儒学还是道教②,但足以说明新罗重视文教,唐也希望通过文教化成天下。但这并不代表新罗汉文学整体处在很高的水平,正如史书所载,此时的新罗不过"号为君子之国,颇知书记"而已。元圣王

---

① (高丽)金富轼著,孙文范等校勘:《三国史记》卷第九《新罗本纪》第九,长春:吉林文史出版社,2003 年,第 121 页。

② (韩)李能和:"唐使邢璹受命玄宗者'以卿恃儒,故持节往,宜演经义,使知大国儒教之盛',而及其来献,则乃老子《道德经》等文书也。其言与事,一切相反,甚有疑义。盖以'恃儒''儒教'之文句,信其为来传儒学,则未免大误也。盖邢璹,儒其名而道其行,如傅奕一流之人。又,玄宗皇帝,奉道之君也。天宝元年,尊老子为玄元皇帝,躬享亲庙,以庄子为南华真人、列子为冲虚真人、庚桑子为洞虚真人,而配享之矣。尊奉老子如是之笃,则其命邢璹往演经者,当为老子《道德经》无疑,邢璹来献老子《道德经》等文书乃履行其使命也……读史者于此等处,不留心细究,多被古人欺去,惜哉!"(韩)李能和辑述,李钟殷译注:《朝鲜道教史》,首尔:普成文化社,1977 年,第 376—377 页。

四年(788),新罗起用读书三品科。值得注意的是,这只是在国家中央教育机构(国学)中选拔优秀学生,而不是全国实行、有类科举的人才选拔制度。而且,不论国学教育,还是读书三品科,都与骨品制紧密相连,有很大局限性,只能覆盖、吸引到极少一部分人。九世纪后期,新罗留学生入唐学习,甚至出现崔致远这样的汉文学创作高峰,其根源在于唐帝国的向心力、先进文化的熏染,直接原因则是新罗本国骨品制对于人才登用的限制,促使留学大唐成为六头品贵族们的人生天梯。

但与留学唐朝的新罗人大都出身六头品相对应,汉文化并未能广泛深入新罗内部。为什么这么说呢?政治上,直到新罗末,朝鲜半岛的官名才基本稳定在汉化官名;思想上,终新罗一朝,朝鲜半岛思想界都只是土俗信仰与佛教占据主流;文学上,不仅如前所述,只有崔致远一人有诗文集传世,其他有作品传世、甚至仅有名号传世的汉诗文作者都是屈指可数。而且,与读书人一生最密切、最直接相关,我们觉得理所当然人人都有的,就是姓名、表字。中国古人最晚到春秋时期,就有与名对应的表字,足见这两者对中国古人的切实意义。朝鲜半岛口语使用土俗语言,早期古人姓名称呼也都非汉字、中国式的。比如高句丽始祖朱蒙,就是因为他擅长射箭,俗称善射为朱蒙,因以名之。直到统一新罗时期,也只有大氏族(王族与六头品贵族)才有汉化姓氏,拥有表字的人更是寥寥可数。《韩国人名字号辞典》①一共收入韩国人名、字约13124组,截至新罗末期,据笔者统计,则只有约13组;韩国申用浩教授统计出《三国史记》列传

----

① (韩)林宗玉(音)编:《韩国人名字号辞典》,韩国坡州:以会社,2010年。

所载 62 人中,仅 5 人名、字兼有。① 通过古人姓名、表字也可以明显看出,直到新罗末期,汉文化都仍不过是星星之火。

然至朝鲜王朝,如下表所示,《韩国人名辞典》附《韩国人物年表》收录的 1401 至 1600 年间 1019 人中,②15 世纪前半叶有208 人,其中 114 人有字;后半叶有 262 人,其中 211 人有字。16 世纪前半叶有 283 人,其中 276 人有字;后半叶有 356 人,其中 346 人有字。③ 可见,与朝鲜朝至少有三千余种别集传世的情况相对应,朝鲜朝中期以后,读书人到了几乎人人有字的地步。

韩国古人拥有表字情况

时期	新罗	朝鲜王朝 1401—1450	朝鲜王朝 1451—1500	朝鲜王朝 1501—1550	朝鲜王朝 1551—1600
人数	62	208	262	283	356
有表字的人数	5	114	211	276	346

朝鲜王朝的读书人都有汉化的姓名、表字,甚至别号,士人阶层的孩子们从小就有机会学习汉字、典籍,创作汉诗文。但在朝鲜半岛古代很长一段时间,直到统一新罗末期,汉文化还没有真正融入读书人的生活。

一、 高丽前期汉文学整体水平

新罗末汉诗文创作达到了一个空前的高峰,就很容易让人以为,高丽汉文学是站在巨人的肩膀上起步,所以高丽自建国初

---

① (韩)申用浩、姜宪圭:《先贤们的字与号》,韩国首尔:传统文化研究会,2010 年,第 56 页。

② 《韩国人名辞典》,首尔:新丘文化社,1972 年。

③ (韩)申用浩、姜宪圭:《先贤们的字与号》,第 60—61 页。

期,就应该有浓厚的汉文学氛围,有创作数量丰富、质量优越的大诗人,但事实似非如此。如下表所示,据笔者估算,终高丽一朝,共有 330 余位诗人,传世别集约近百种。高丽前期,仅大觉国师一人有传世别集,其余共有 30 余位诗人、150 余首诗(含残句),主要依存于《东文选》、历代诗话,及其他总集、史地著作等。高丽国初作品更是少之又少,太祖至成宗六朝,大抵仅有太祖王建、王郁、崔承老、东京老人的十几首诗(含残句)传世;再至文宗以前的第十一代王靖宗朝,大抵仅传张延佑、李铉云、显宗王询三人五首诗(含残句)。

高丽前期汉诗存世情况

时期	高丽 918—1392	高丽前期 918—1170	太祖至成宗朝 918—997	穆宗至靖宗朝 997—1046
诗人数	330 余	30 余	4	3
诗作(含残句) 数量	/	150 余	10 余	5

　　新罗末以后战乱频仍,高丽国初局势不稳,此后契丹入侵、李拓变乱,尤其武臣之乱、蒙元入侵,都极大破坏了文献传承,加之高丽时期图书版刻仍较困难,如《大藏经》雕版,宋初从开宝四年(971)至太平兴国八年(983)费时十余年,而高丽举国之力,则从显宗二年(1011)至宣宗四年(1087),耗时七十余年。虽然如此,如果高丽前期确实有大量优秀诗人诗作,纵然没有别集流传,也应当有大量逸作传世。所以,造成这种局面最可能的原因就是高丽前期尤其高丽国初并没有形成广泛、深厚的汉文学土壤。

　　先从最明显的名、字看起。《高丽史》诸臣列传 30 卷收录人物 519 位,金春东《韩国汉文学史》收录 155 名高丽人物,两者去除重复,共有 591 人,其中 507 人可在《韩国人名大事典》中查到生卒年信息,韩国申用浩教授以此 507 人为调查对象,按卒年为序排列后,统计出 10 世纪的高丽建国初共有 13 人,其中只有王儒字文行、徐熙字廉允二人拥有表字。① 11 世纪 49 人中,只有金猛(? —1030)字贞固、崔思谅(? —1092)字益甫、朴寅亮(? —1096)字代天、崔冲(984—1068)字浩然,拥有表字。等到了 12 世纪前半叶的肃宗、睿宗、仁宗朝,68 人中就已经有 32 人拥有表字。但实际上,据《高丽史》可知"徐熙,小字廉允",②廉允只是小名,并非表字;而崔思谅、朴寅亮、崔冲的活跃期是文宗朝,所以如下表所示,高丽国初十一朝,大抵只有王儒、金猛 2 人拥有表字而已。

高丽前期古人拥有表字情况

时期	10 世纪	11 世纪	12 世纪前半叶
人数	13	49	68
有表字的人数	1	4	32

　　名、字可以体现出高丽国初汉文学氛围的一个侧面,科举制则是汉文学发展情况的明显标记。《高丽史》说:"三国以前,未有科举之法。高丽太祖首建学校,而科举取士未遑焉。光宗用双冀言,以科举选士,自此文风始兴。"③足见科举与文学发展密切关联。事实上,科举制不仅对振兴文风有极大作用,通过科举制的相关情况,还可窥见高丽当时的普遍汉文学水平。

　　高丽光宗九年(958),听从北周归化人双冀的建议,开始科

---

① (韩)申用浩、姜宪圭:《先贤们的字与号》,第 58 页。

② 《高丽史》九十四《列传》卷第七《徐熙》,重庆:西南师范大学出版社,北京:人民出版社,2014 年,第 2907 页。

③ 《高丽史》七十三《志》卷第二十七《选举一》,第 2303 页。

举取士。据韩国学者李成茂先生统计，^①自光宗至毅宗朝，科举举行次数、制述业中举人数如下表所示：^②

光宗至毅宗朝科举合格情况

朝代	在位年数	科举次数	制述业合格人数	其中包含恩赐人数
光宗	26	8	27	
景宗	6	2	7	
成宗	16	14	78	
穆宗	12	8	127	1
显宗	22	14	131	
德宗	3	2	23	6
靖宗	12	6	84	3
文宗	36	20	408	16
顺宗	1	0	0	
宣宗	11	7	190	12
献宗	1	1	29	3
肃宗	10	6	215	29
睿宗	17	11	341	9
仁宗	24	17	474	5
毅宗	24	15	374	

---

① （韩）李成茂：《韩国的科举制度》，首尔：韩国学术情报（株），2004年，第70页。

② 韩国古代科举科目中，制述业与汉诗文创作最相关，所以着重考察制述业情况。

去除恩赐及第的情况,如下表所示,还可以计算出各朝礼部试举办频率,与平均每次考中制述业的人数:①

光宗至毅宗朝制述业合格情况

朝代	平均几年举办一次	平均每次考中人数
光宗	2.3	3.4
景宗	3	3.5
成宗	1.1	5.6
穆宗	1.5	15.8
显宗	1.6	9.4
德宗	1.5	8.5
靖宗	2	13.5
文宗	1.8	19.6
顺宗	/	/
宣宗	1.6	25.4
献宗	1	26
肃宗	1.7	31
睿宗	1.6	30.2
仁宗	1.4	27.6
毅宗	1.6	24.9

进而得出如下图表:

---

① 光宗朝时间上除去未启用科举制的前8年,且两组数据均保留至小数点后一位。

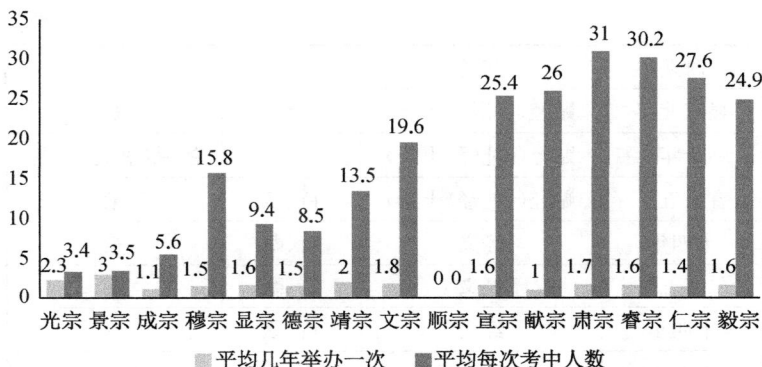

由此可知,光宗、景宗、成宗三朝基本属于科举考试实行的试验期——礼部试间隔年限不固定,且每次平均只有三五人考中;自穆宗朝开始,基本每 1.5 年举行一次礼部试,而考中制述业的人数,穆宗至靖宗朝,基本在每次十人上下,自文宗朝开始,则基本稳定在二三十人,肃宗、睿宗朝最接近高丽后期每次约 33 人及第的情况。

高丽前期,制述业的考试内容又怎样呢? 许兴植教授总结如下:①

高丽前期制述业考试内容

时期	初场	中场	终场
光宗九年	诗、赋	颂	时务策
十一年	诗	赋	颂
十五年	诗、赋	颂	时务策
成宗二年	诗	赋	时务策
穆宗七年	贴经(《礼经》十条)	诗、赋	时务策

---

① (韩)许兴植:《高丽科举制度》,首尔:一潮阁,2005 年,第 129 页。

时期	初场	中场	终场
显宗元年	贴经（《礼经》十条）	诗	赋
十年	贴经（《礼经》十条）	诗	论（从《礼记》出题）
睿宗五年	贴经（《礼经》十条）	诗、赋	策
十四年	经义	诗、赋	策
仁宗五年	经义	诗、赋	论
十四年	经义	诗、赋	论
十七年	经义（本经）	论、策	诗、赋
毅宗八年	论、策	经义	诗、赋

穆宗七年（1004）才开始考试《礼经》贴经，考核经书内容的记忆；睿宗十四年（1119），才过渡成经义，考核经书文义的理解。考试内容恐怕并不对应当朝对儒家经典的重视程度，而应归因于应举人员普遍的汉文功底。经典的记诵、理解，对中国读书人早已是基础中的基础，但高丽直到仁宗十七年（1139），礼部贡院还上奏说："国学未立前，初场试以贴经，立学以后，兼试大小经义，举子难之。今后除兼经义，只试本经义。"①当时高丽人觉得考试范围同时包括大小经很难，其汉文功底薄弱可见一斑。由此推论，高丽光宗以来，由不考经书，到只考《礼经》记诵、不考理解，再到睿宗十四年才考讲读，恐怕也都是以考生实际水平为基准，科考则是在读书人普遍记诵理解困难的基础上，选拔相较优秀的人才。

---

① 《高丽史》七十三《志》卷第二十七《选举一·科目一》，第 2309 页。按：大小经以篇幅划分，如《高丽史》同卷记载："三礼业以《礼记》二十卷为遍业大经……以《周礼》《仪礼》为小经……三传业以《左传》为肄业大经……以《公羊》《穀梁传》为小经。"（第 2305—2306 页）

综观高丽前期制述业的考试文体,科举制创设之初,光宗朝考试的颂,自成宗二年(983)废止,再未考过,而考试内容逐渐完善之后,大体包含诗赋至少一种、策论至少一种、经义(这也与高丽后期制述业的考试情况大体相符)。若以穆宗七年、睿宗十四年为界,与分析科举频次、中举人数的结论相仿,光宗、景宗、成宗三朝显然属于科举考试实行的草创阶段。与此相对应,在科举考试实行之初,(同)知贡举也往往由同一人累次担任。参照韩国许兴植教授根据《高丽史·选举制》制表描绘的光宗至穆宗朝科考状况,①可知光宗至穆宗年间的科举中,除却光宗十五年赵翌、穆宗十年高凝②、穆宗十一年蔡忠顺仅知贡举一次,其他人均担任(同)知贡举两次以上:

光宗至穆宗朝科考知贡举情况

人名	(同)知贡举时间	累(同)知贡举③ 总次数
双冀	光宗九、十一、十二年	3
王融	光宗十七、二十三、二十四、二十五年,景宗二、四年,成宗二、三、四、七、八、十三年	11
李梦游	成宗二(与崔承老、刘彦儒、卢奕一同)、五、六年	3

---

① (韩)许兴植:《高丽科举制度》,第35页。

② 许兴植教授漏记,据《高丽史》补。

③ 关于主考官名称,《高丽史》七十四《志》卷第二十八《选举二·科目二》:"凡试官。光宗始命双冀为知贡举,自后命文臣一人为知贡举。二十三年,增置同知贡举,寻罢之。景宗二年,以王融为读卷官。亲试则称读卷官。成宗十五年,改知贡举为都考试官。明年,复称知贡举。文宗三十七年,复增置同知贡举一人,遂以为常。"(第2339页)

续表

人名	(同)知贡举时间	累(同)知贡举总次数
白思柔	成宗十、十四年	2
崔暹	成宗十二、十五年	2
柳邦宪	穆宗元①、三年	2
崔成务	穆宗元、五②年	2
崔沆	穆宗七、八年	2

在此基础上可进一步归纳出下表：

光宗至穆宗朝科考知贡举统计

朝代	科举实行次数	累次(同)知贡举人选	每人(同)知贡举次数
光宗	8	双冀，王融	3,4
景宗	2	王融	2
成宗	13	王融，李梦游，白思柔，崔暹	6,3,2,2
穆宗	8	柳邦宪，崔成务，崔沆	2,2,2

科举制实施之初，北周归化人、建议实行科举制的双冀，担任了前三次考试的主考官，大抵因为他最熟悉科举考试操作流程、评审标准。此后，王融一人承担了景宗朝全部、光宗与成宗两朝一半的主考任务，这种情况在后世任何朝代都没有再现。这说明，高丽国初三朝，科举制不仅实行频率、考试内容在尝试阶段，能够胜任主考官的人选也并不充裕，那么这段时间极少有人考中制述业，也意味着读书人的汉文学功底普遍不高。也就是说，高

---

① 许兴植教授记为"成宗十六年"，据《选举制》改。

② 许兴植教授记穆宗五年为柳邦宪，据《选举制》改。

丽国初从文臣到普通读书人,对科举科目的掌握都不十分熟络,
汉文功底并不十分深厚。最显著者,成宗六年(987)的科举考试
还出现了这样的情况:

> 成宗六年三月,放榜,下教曰:"省今所举诸生诗、赋、
> 策,文辞踳驳,格律猥琐,皆不堪取。唯进士三人诗、赋、策
> 及明经以下诸业通计六人,对义名状一如所奏。进士郑又
> 玄,五夜方阑,二篇已就,虽非卓异之才,亦是敏捷之手。宜
> 置前列,用劝后来。"①

制述业应举者作的诗文,不论文辞、格律,都不能达到要求,只有
三个人勉强过关。郑又玄构思、写作迅速,即使质量不高,也赐
予及第,就是为了鼓励后学。这样的"鼓励奖",更加说明了考生
们汉文功底的拙劣,以及国王对国内文士写作水平快速成长的
渴望。

二、 高丽前期汉文学发展的主要动因

论及汉文学在高丽发展的动因,除却新罗末遣唐留学生,学
界往往还会归因于科举制、国王提倡、君臣唱和与私学发
展。② 大致梳理一下这些事情的发生时间:大规模遣唐留学在
九世纪后半叶;高丽自建国,历朝国王均重文治,如太祖王建就
有作品传世;且光宗九年(958)就启用科举制。但至成宗六年
(987),即距新罗末大量学生入唐百余年、高丽建国近 70 年、科
举制实行 29 年,制述业考试水平仍旧低下。至晚到显宗二十年

---

① 《高丽史》七十四《志》卷第二十八《选举二·科目二》,第 2341 页。
② (韩)卞钟铉:《高丽朝汉诗研究》,韩国坡州:太学社,1994 年。刘
　强:《高丽汉诗文学史论》,厦门:厦门大学出版社,2008 年。

(1029),出现君臣唱和;①私学大发展则是文宗七年(1053)以后。可是,从穆宗朝(997—1009)开始,制述业中举人数就明显增加,尤其显宗朝,在与契丹多次战火中,仍保持平均1.6年一次科举、平均每次制述业中举人数在9.4人,实属不易。所以,新罗末遣唐留学生、科举制、国王提倡、君臣唱和、私学发展,都是推动汉文学发展的原因,但大抵都不是高丽汉文学大发展的最主要动因。实际上,直接推动高丽汉文学水平普遍提高的主要原因,在于官私教育的合力作用,根本原因则是由于中华文化的巨大吸引力,在高丽形成了崇尚汉文学的整体氛围。

　　繁盛的唐帝国吸引了周边的国家。新罗时期,国学学习经典,实行读书三品科,地名汉化,官名也最终定着在汉化官名,大量学生入唐留学,这些对唐的效法都建立在对唐朝文明的向往之上。至高丽,虽然唐朝已经覆灭,但这种对中华文明的向往有增无减。《高丽史·高丽世系》说"高丽之先,史阙未详",继引高丽毅宗时金宽毅《编年通录》说,有名虎景者生子康忠,康忠与礼成江永安村富家女成婚,有二子,季曰损乎述,改名宝育,宝育"后生二女,季曰辰义"。唐肃宗皇帝潜邸时,"以明皇天宝十二载癸巳春,涉海到浿江西浦",遂至松岳郡,"抵摩诃岬养子洞,寄宿宝育第。见两女,悦之,请缝衣绽"。辰义"遂荐枕",有娠,"果生男,曰作帝建",作帝建娶龙女,百姓为筑永安城、营宫室,有四男,"长曰龙建,后改隆"。王隆遇妻韩氏于松岳往永安城途中,生长子王建。② 在新罗的骨品制社会,重视身份血统大抵早已

---

① 《高丽史》五《世家》卷第五:显宗二十年九月"甲子,移幸盐州。路上御制《重阳咏菊诗》一首,宣示翰林学士以下,即令和进"。(第132页)
② 《高丽史·高丽世系》,第1—5页。

成为社会氛围。丽祖王建的家族背景史阙不详，而高丽建国虽然自称复兴"高句丽"，但高丽并没有把丽祖王建塑造成高句丽始祖朱蒙的后代，也没有借助宗教神佛塑造身份，如泰封的弓裔说自己是佛祖转世，而是把自己塑造为大唐帝王与龙女的后裔。唐帝王、龙女，代了当时社会的崇拜风尚，亦即高丽人同样以身为龙子龙孙为荣，以身为大唐后人、"天子之子"为荣，而攀附皇庭龙门，可使丽祖具有正统性、神圣性。这充分表明高丽国王至整体知识阶层，乃至普通民众，对于唐朝、对于中华文明的认可。塑造历史是建国的要素之一，"领导人需要既适合国家的新形势，又能激发民众爱国心的历史或传统"。① 神话色彩的加工，使平凡的家门摇身一变成为荣耀的、令人信服的家族。可见，唐帝国的光环、超强的文化魅力，并未随帝国灭亡而消退殆尽，而早已浸透朝鲜半岛的土壤。

高丽典制建设，除却因仍新罗、泰封，主要参考对象就是唐宋。此后典制不断发展完善，人才培养登用，百官服饰，称谓礼仪，甚至姓名、表字等等，都向中华这个标杆靠拢。尤其值得注意的是，伴随高丽先后与契丹、女真关系的转换，高丽与宋朝的关系并非始终紧密。但官方断交，并不意味宋丽之间断无联系、高丽放弃对古代中国文明的崇尚。自 1030 年断交的四十余年间，高丽吸纳宋朝归化人，宋商也往返两国之间，承担了主要的民间交往，高丽文宗之子大觉国师义天就是因此获悉、联络宋高僧，以至只身前往宋朝学法。其间，高丽与宋官方断交，也就不会有公派入宋留学生、参与宋朝科举。在此情况下，高丽读书人的汉文学素养仍旧有了大跨越的发展。邦交恢复初期，高丽朴

---

① （英）霍布斯鲍姆著，林华译：《断裂的年代：20 世纪的文化与社会》，北京：中信出版社，2014 年，第 142 页。

寅亮、金覲诗文享誉宋朝,宋人为之刊刻出版并名以《小华集》;而宋皇帝在挑选入高丽使臣的时候,也会考虑文才因素。可见,当时高丽好文形象已经深入华人心中,"小华"二字所代表的"小中华"意味,说明宋人对高丽汉文学的认可,也说明高丽国整体给中华人留下崇尚、模仿中华文物的印象。这些也都是断交期内高丽汉文学大发展的有力证明。第二次长时间的官方断交,是在金人侵宋、宋室南渡之际,高丽也步入国运转向衰颓的阶段。但这都没有影响高丽对中华文明的向往,不论此前与契丹交往,抑或此后奉金正朔,都没影响高丽内部整体保持效法中华典制文物、崇尚汉文学的习惯。福塞尔分析美国七八十年代的社会说:

> 在美国人眼中,英国和欧洲仍是有等级的,遗产和"老钱"也因此成为重要的等级标志。因此,"看不见的顶层"和上层会让他们的仆人穿上古老的制服,或保留某些遗风——如女仆系白围裙、男管家身着条纹背心。这种做法意在暗示这个家庭的财富来源久远,这个家庭的后裔还保留着很久以前的生活习惯。……部分由于英国曾经有过鼎盛时期,"英国崇拜"是上层品味中必不可少的要素,范围包括服装、文学、典故、举止做派、仪式庆典等等。……拥有和陈列英国物品会显示一个人的尚古之情,上层和中上层的品味也因此得到确立……①

这段论述也可以看到高丽崇尚古代中国的影子。丽祖王建推翻新罗,建立新的王国,他迫切需要找到一个政治、文化归属,这奠定了高丽崇尚中华文明,以学习模仿中华文物典制、通交中华为

---

① (美)福塞尔(Fussell,P.)著,梁丽真、乐涛、石涛译:《格调》,北京:世界图书出版公司北京公司,2012年,第95—97页。

荣的基础。加之，高丽百姓生而会说的是朝鲜半岛的土语，掌握汉文学教育资源本身，就是有身份地位的标志；学习读写、理解、创作汉字汉文，更是只有上层家庭才能具备的条件。高丽君主好文，时而与文臣唱和，也或多或少反映了这点，而高丽学习、创作汉文的国君，被重用的有文化的朝臣，都会成为一个榜样，传染到整个士人阶层，形成社会风尚。但高丽所做的不仅如此，在对中华文明的全方位崇尚、学习的基础上，还实施了科举制。也就是说，汉文学不仅可以象征身份，还成为读书人的进身之阶，有了实际的重大用途。这不仅极速加剧了汉文学流行的速度，更扩大了接触汉文学的人的范围，所有有机会参与科举、进入国家执政阶层的人都被吸引而来，让他们乐于主动、想方设法接触学习汉文学。但能否顺利找到教师学习、教师的教授效果如何，就取决于高丽的教育发展了。所以，在中华文化的巨大向心力下，在科举制的标杆作用下，直接促进高丽读书人汉文学水平提高的就是教育。

　　教育，若按地理位置，可分为中央与地方教育；按组织教育的单位，则大抵可分为官学、私学。高丽自国初，就已在首都开城与西京平壤创办学校，发展教育。至成宗十一年（992），广营书斋、学舍，量给田庄，用所得充当学粮，又在国学基础上加强建设，效法宋朝设立国子监。而且，不只未得功名者需要学习，就连已经步入仕途的官员，也需要参加考核：成宗十四年，推行文臣月课制，定时定量，督促中央、地方文臣进行诗赋创作，促使他们自我学习的再教育。

　　地方教育的情况则要从地方行政说起。高丽太祖联姻新罗王族、封赏功臣，于是新罗贵族、地方豪族、开国功臣，构成高丽建国初期的主要领导层。国初几朝，就是高丽由大小权贵势力的联合政权向中央专制政权转变的过渡期。其中，光宗铁血改革,弱化豪族势力、肃清大量建国功臣,起用新人、归化人,发挥了极其重要的作用,至成宗朝,高丽典制趋向整备。地方治理方面,太祖朝实行事审官制度,实际是由地方豪族负责本地治理的一种地方自治,成宗朝则加入、强化了中央管控:成宗二年(983)开始,地方分成十二州,设州牧;改庆州为东京,设留守;各村首领大监、弟监,改称村长、村正。成宗十四年(995),进一步加强对地方的控制,改称首都开州为开城府,京畿以内,划分为六个赤县、七个畿县,统一由开城府管辖;京畿以外,划分为十道,下设州府郡县。至此,郡县制在高丽基本确立、完善。

就在改革地方行政区划的成宗二年,令地方乡吏子弟入京学习。但因为好多学生希望回乡,于是成宗五年(986),又令其自行选择返乡或留京学习,207人选择回乡,只有53人愿意留下。翌年,命选通经阅籍者十二人,担任经学、医学博士,分遣到十二牧,教授回乡的学生,以及诸州郡县长吏百姓有儿可教学者。八年,在奖赏两位教育先进个人的同时,又重申,如果某州牧经学博士,没有门生赴试,那他即使考满,也要留任,责其成效。这说明当时高丽地方乡吏子弟,即使不通过学习、科举,大抵也照样可以拥有不错的生活;而每州牧只有一个经学博士,地方学生大抵也不会很多,教育还没有系统的体系。但到了显宗十五年(1024)十二月,就下令推行"界首官试":

> 诸州县,千丁以上岁贡三人,五百丁以上二人,以下一人,令界首官试选,制述业则试以五言六韵诗一首、明经则试五经各一机,依例送京,国子监更试。入格者许赴举,余并任还本处学习。

参照文宗二年(1048)条令,①可知界首官试的应试者,大抵限于地方官吏子弟。成宗朝,地方官吏子弟无须考试即可入学中央,可大部分学生还不情愿。中央鼓励地方发展教育,经学博士在任期间,如果培养不出一个可以应考科举的学生,就不能升迁。至短短不到四十年后的显宗朝,就到了需要另设一次考试的地步,地方学生若想参加科考,必先进入中央学习。

高丽设立国子监是模仿宋朝,而宋朝早已有完备的地方教育、考试体系,但高丽成宗只推行地方教育,而未将地方考试纳入科举体系。可见成宗至显宗朝,高丽全国对教育的重视程度、受教育水平、地方教育状况等,均有较大提高。这也与上文科举中举人次增多的情况相呼应。据许兴植教授研究,高丽国初的科举及第者,大都担任中央官员;而成宗朝以后,大部分及第者都被派往东北、西北边境等地方;而至文宗朝以后,则出现及第者必须有地方官经历的倾向。② 由此可知,伴随高丽郡县制的实行,中央对地方的管理越来越强:中央的政治、经济、文化政策可以更好地在地方推行;国家也需要选拔更多的官吏派遣到地方,贯彻、执行中央的政令。这两方面都促成高丽教育尤其地方教育事业的发展。

文宗七年(1053),崔冲致仕,在海东首创私学教育,与他同时,还有十一位儒臣兴办教育,他们合称"十二徒"。但这种教育的实质并非教育大普及,而是一种科举备考提高班。虽然在汉文学普及等方面没有多大作用,但也确实提高了科举应试者的

---

① 《高丽史》七十三《志》卷第二十七《选举一·科目一》:"各州县副户长以上孙,副户正以上子,欲赴制述、明经业者,所在官试贡京师。尚书省、国子监审考所制诗、赋,违格者及明经不读一二机者,其试贡员科罪。"(第2305页)
② (韩)许兴植:《高丽科举制度》,第38—39页。

汉文学水平,有助于他们科举及第。文宗十七年(1063),国子监出现许多学生废业的情况,大抵就是生源被私学"抢走"。文宗将此归因国子监学官的能力问题,因此增设学官考核制度。而睿宗自即位(1105)起,即令各地方均以文科出身者兼管勾学事;四年,在国学置七斋,分授《周易》《尚书》《毛诗》《周礼》《戴礼》《春秋》以及武学;十四年,又在国学创立养贤库以养士。不仅注重教学质量、提供物质保障,还在五年下令,制述、明经诸业新举者,必须入国子监学习三年、仕满三百日,才能赴监试。对比靖宗二年(1036)以来,生徒入学满三年许赴监试的规定,睿宗朝改规显然是想通过查考勤的方式,确保学生出勤率。睿宗朝虽然做了一系列调整,并广设学舍,但儒学学生也不过六十人。至仁宗朝,式目都监详定学式,则提及国子学、大学、四门学,三学学生各三百人。但据宣和六年(高丽仁宗二年,1124)出使高丽的徐兢说:"其在学生每岁试于文宣王庙,合格者视贡士。其举进士间岁一试于所属,合格偕贡者合三百五十余人。"①可见,国子监学生的总数远没有达到仁宗朝学式的人数,但相较于睿宗朝的几十人,已有很大的发展。

官学发展的同时,私学也并未消退,徐兢说:"上而朝列官吏,娴威仪而足辞采,下而闾阎陋巷间,经馆书社三两相望。其民之子弟未婚者,则群居而从师授经,既稍长则择友,各以其类讲习于寺观,下逮卒伍童稚亦从乡先生学。"②高丽民间欣欣向学的景象由此可见。高丽官、私学教育二者可谓相互促进、相辅相成,伴随文宗朝以来,高丽典制渐趋完备、与中华恢复通交,它们虽未打破教育垄断,如同科举制也限定了应举者的身份,教育

---

① ② (宋)徐兢撰,朴庆辉标注:《宣和奉使高丽图经》,长春:吉林文史出版社,1991年,第84页。

的学生也都有明显的身份特征,但官、私学仍旧共同促成了高丽整体重视汉文学学习、汉文水平大发展的局面,而这恰好与前文所述科举及第情况相吻合。

小结

朝鲜半岛古代汉文学发展并非一蹴而就,在漫长的渐进式发展过程中,高丽前期是为大发展全面奠基的重要阶段,这从诗人诗作存世状况、韩国古人的名与表字、科举发展状况等方面均可看出。而促成高丽前期汉文学发展的原因,众所周知有新罗末遣唐留学生、科举制、国王提倡、君臣唱和、私学发展等,但实际上最根本、最重要的,是古代中华文化的巨大吸引力,与此相匹配的官私教育也起到了关键作用。

语言、文化、认知之间有密不可分的联系。熟练掌握一门新的"外语",不仅会影响人对于词和词义的理解,甚至还会影响人的思维方式。所谓"汉字文化圈",经由"汉字","文化"也一同传播了过去。古代韩国人在自身母语基础上学习汉字汉文,虽然他们大多数并不学习古代中国当时的口语、字词读音,但他们在背诵、理解文意的同时,实际上是习得了一套古代汉文书面语。而能达到熟读成诵、自由创作的程度,也足见其对字词写法、意思、语法的熟练掌握甚至精通。这也自然会影响韩国古人对词意的理解、对事物的看法,乃至认知与思维模式,最终导致其更"像"古代中国人。

总之,只有从语言、认知、思维、文化等各个方面越来越贴近中国,才能创造出更"地道"的诗文作品,其根源在古代中国文化的强大吸引力,汉字汉文在其中也发挥了巨大作用。

（二）十一世纪宋丽邦交与诗歌交往

北宋建立后，与高丽相往来，至仁宗朝一度中断，两国使臣不通者四十余年。神宗朝（1067—1085）希望联合高丽，牵制契丹（辽），外交上特别优待高丽，如放宽使臣活动限制、打造两艘使船、修缮使馆等。[①]"元丰八年（1085）三月宋神宗死后，高太后听政，尽废熙宁、元丰新法，北宋与高丽的两国关系发生了重大转折，神宗制定的优待高丽的礼遇一一取消。"[②]元祐八年（1093）九月，高太后薨，哲宗亲政，开始恢复新政，打击旧党。元符元年（1098）六月二十八日，下诏高丽朝贡不用元祐令，并依元丰条例施行。[③] 三年正月，哲宗驾崩。本节将以时间为序，系统考辨宋神宗、哲宗时期的中朝汉诗交流活动及其文化、政治背景，探讨汉诗对中朝邦交的重要作用，考察宋丽邦交与诗人交流的关系，以弥补前人论著仅涉及宋丽两国邦交、佛教交流情况，却未论及中朝诗歌交流的不足。

宋真宗景德元年冬（1005），与契丹缔结澶渊之盟，开启和平互市，宋放弃全面恢复燕云十六州的计划。此后，契丹精力集中在高丽上，多次侵扰，直至 1018 年（宋真宗天禧二年/高丽显宗九年）大败，才放弃武力征服高丽、全面获得江东六州的想法，翌年八月，与高丽恢复通使。所以，高丽自 1030 年，"其后绝不通

---

① 黄纯艳：《宋代朝贡体系研究》，北京：商务印书馆，2014 年，第203—205 页。

② 吴熊和：《苏轼奉使高丽一事考略》，《杭州大学学报（哲学社会科学版）》，1995(1)。

③ 《续资治通鉴长编》卷四九九："诏高丽朝贡，并依元丰条施行，元祐令勿用。"注："《旧》云，复先帝待遇高丽法也。《新》削去。"（北京：中华书局，1993 年，第 11890 页。）

中国者四十三年"①。高丽文宗十二年（1058），曾想伐材造大船，将以通宋，遭到大臣反对。②

一、破冰

神宗朝，宋想联丽制辽，高丽也表现出与宋结好的愿望，双方一拍即合，恢复朝贡。在此过程中，高丽文宗（1019—1083）的一首汉诗，充分表达了向慕中华、渴望恢复邦交的迫切心情，对丽宋外交起到了重要作用。据苏轼记录，张诚一出使契丹，归朝奏报说，帐中见高丽人私语文宗向慕中国，神宗始有招徕意。枢密使李公弼因而迎合，亲书札子乞招致，遂命发运使崔极遣商人招之。③

熙宁元年（高丽文宗二十二年/1068）秋七月，宋人黄慎到高丽，说："皇帝召江淮两浙荆湖南北路都大制置发运使罗拯曰：'高丽古称君子之国，自祖宗之世，输款甚勤，暨后阻绝久矣。今闻其国主，贤王也，可遣人谕之。'于是拯奏遣慎等来传天子之意。"④熙宁二年（1069），黄慎把高丽礼宾省的牒文，转交给福建转运使罗拯。文中，高丽表现出"千里之传闻，恐匪重霄之纤眷"的担心，希望"俟得报音，即备礼朝贡"，且说"徽（高丽文宗名

---

① 《宋史》卷四八七《列传》第二四六《外国三·高丽》，北京：中华书局，1977年，第14045页。后文简称《宋史·高丽传》。按，虽使臣往来中断，但观《高丽史》，宋商多有往来，且宋有进士、医员等归化高丽。

② 《高丽史》八《世家》卷第八，文宗十二年（1058）八月乙巳，第218页。

③ （宋）苏轼撰，赵学智校注：《东坡志林》卷三，西安：三秦出版社，2004年，第190页。

④ 《高丽史》八《世家》卷第八，文宗二十二年（1068）七月辛巳，第235页。

讳)又自言尝梦至中华,作诗纪其事"。①《石林燕语》记述此事说,高丽和契丹相邻,文宗每因契丹诛求,苦不能堪,于是常常诵《华严经》,希望可以来到中国。一晚,文宗做梦,来到北宋京师观灯(高丽旧俗,每年二月望,张灯祀天神,如中国上元),好像奉旨前往一般。梦醒后,文宗向国内去过京师的人求证,果然和梦中所见大致相同,于是作诗道:

> 宿业因缘近契丹,一年朝贡几多般。忽蒙舜日龙轮召,便侍尧天佛会观。灯焰似莲丹阙迥,月华如水碧云寒。移身幸入华胥境,可惜终宵漏滴残。

恰逢"神宗遣海商喻旨使来朝,遂复请修故事"。为保证记录可信,叶梦得说"余馆伴时,见初朝张诚一《馆伴语录》所载云尔"。②

熙宁三年(1070),罗拯把高丽来牒文事上报,朝廷以为联丽可以制辽,宋神宗应允。八月,罗拯又派黄慎到高丽。四年(1071)三月五日,高丽遣金悌奉表礼物使宋,由登州(今山东蓬莱)入贡。③ 朴寅

---

① 《宋史·高丽传》,第 14046 页。

② (宋)叶梦得撰,宇文绍奕考异,侯忠义点校:《石林燕语》卷二,北京:中华书局,1984 年,第 28—29 页。按《文昌杂录》卷五记云:"熙宁二年,朝廷始命两浙福建等路转运司招接高丽入贡,时舟人傅旋至彼国述朝廷之意,王徽喜甚,次年二月十五日然灯,如中华上元。旋适在彼,见徽赋《感天朝招接,拟侍中华,然灯夜述怀》诗云:'宿罪应深近契丹,历年徒贡事多般。忽蒙舜日龙纶召,便侍尧天佛会观。灯艳似莲装阙焰,月华如水泄云寒。夷身幸入华胥境,甚惜今宵漏滴残。'福建路转运使张徽上其事云。"所载时间、人名与史不甚相合,待考。

③ 《高丽史》八《世家》卷第八,文宗二十五年(1071)三月庚寅,第238 页。

亮以书状官身份随行。① 黄慎为向导，"将由四明登岸。比至，为海风飘至通州海门县新港"，高丽使"先以状致通州谢太守云'望斗极以乘槎，初离下国；指桃源而迷路，误到仙乡'"。② 五月二十二日，通州上报金悌等入贡至海门县，神宗诏集贤校理陆经假知制诰馆伴、左藏库副使张诚一副之。八月初一，神宗"御文德殿视朝"，"金悌至自通州"。③ 本年秋，朴寅亮作《舟中夜吟》：

> 故国三韩远，秋风客意多。孤舟一夜梦，月落洞庭波。④

本次使行途中，过金山，朴寅亮作诗，其叙旧云"前后诗人不见山之为金"，诗有"万迭㟴岑天倚杵，一竿斜日水浮金"句。⑤ 过泗州（今江苏盱眙）名胜龟山寺、僧伽塔，朴寅亮写作《使宋过泗州龟山寺》，据说后来他行到越州，就听到宋人演奏此诗：⑥

---

① （韩）郑墡谟：《从北宋使行看朴寅亮的文学史地位》，《韩国汉文学研究》，2010（总 46）。

② （宋）王辟之：《渑水燕谈录》卷九，北京：中华书局，1981 年，第 112 页。

③ 《续资治通鉴长编》卷二二三、卷二二六，第 5432、5500 页。

④ 诗见《小华诗评》卷上，蔡美花、赵季主编：《韩国诗话全编校注》第 3 册，北京：人民文学出版社，2012 年，第 2313 页。《从北宋使行看朴寅亮的文学史地位》推测朴寅亮第二次使行是在九月从高丽出发，故言此诗作于彼时。然尾句诗意，朴寅亮虽未必至洞庭湖，但已在中国境内可能性极大，故系年于第一次使行之秋。

⑤ 《陈辅诗话》："熙宁中，三韩使人朴寅亮作。"《宋诗话全编》第 1 册，南京：江苏古籍出版社，1998 年，第 333 页。

⑥ 诗内容、评语见《补闲集》，诗题原作"金山寺"，据《渑水燕谈录》卷九改。《从北宋使行看朴寅亮的文学史地位》据金悌曾去泗州普照王寺等处祝圣寿，且后日金良鉴等曾去普照王寺、金山寺等寺祝圣寿，故言朴寅亮金山、龟山二诗都作于他返程途中。但泗州、镇江，本身就是由汴京南下水路经行之地，往返途中均有路过可能，故不作系年处理。

> 巉岩怪石叠成山,上有莲坊水四环。塔影倒江翻浪底,
> 磬声摇月落云间。门前客棹洪涛疾,竹下僧棋白日闲。一
> 奉皇华堪惜别,更留诗句约重攀。

时宋人王辟之(1031—?)说颈联"中土人亦称之"。① 按尾联诗
意,大抵作于返程途中。至浙江(今钱塘江),风涛大起,遥见江
边有子胥庙,朴寅亮作诗凭吊:

> 挂眼东门愤未消,碧江千古起波涛。今人不识前贤志,
> 但问潮头几尺高。

诗成须臾,风平浪静。② 熙宁五年(1072)六月二十六日,金悌自
宋还至高丽。③

熙宁六年(1073)八月十六日,高丽遣金良鉴、卢旦如
宋。④ 十月二十三日,宋"明州言高丽入贡。上批:'本州遣谙识海
道人接引,转运司委官用新式迎劳。'高丽自国初皆由登州来朝,近

---

① (宋)王辟之:《渑水燕谈录》卷九,第 112 页。
② (高丽)崔滋:《补闲集》卷上,蔡美花、赵季主编《韩国诗话全编校
注》第 1 册,第 72 页。《从北宋使行看朴寅亮的文学史地位》将"浙
江"理解为浙江省,言即为杭州,故言朴寅亮第一次使行由通州着
陆,入京不过杭州,当为第二次使行由明州登陆入京所写。按《补
闲集》原载:"朴参政寅亮奉使入中朝,所至皆留诗。《金山寺》云:
'巉岩怪石叠成山,上有莲房水四环。塔影倒江蟠浪底,磬声摇月
落云间。门前客棹洪波急,竹下僧棋白日闲。一奉皇华堪惜别,
更留诗句约重还。'行次越州,闻乐调中奏新声,旁人曰:'此公诗
也。'至浙江风涛大起,见子胥庙在江边,作诗吊之曰:'挂眼东门
愤未消,碧江千古起波涛。今人不识前贤志,但问潮头几尺高。'
须臾风霁,船利涉。其感动幽显如此。宋人集其诗成编,今传于
世。"显然与龟山寺诗是同一次使行。
③ 《高丽史》九《世家》卷第九,文宗二十六年(1072)六月甲戌,第 242 页。
④ 《高丽史》九《世家》卷第九,文宗二十七年(1073)八月丁亥,第 248 页。

岁常取道明州,盖远于辽故也。上虑州县供顿无前比,因以扰民,故命立式,仍一切取给于官"。① 七年(1074)正月二十七日,金良鉴、卢旦见于垂拱殿。② "往时高丽人往反皆自登州","金良鉴来言,欲远契丹,乞改涂由明州诣阙,从之"。③ 二月二十二日,宋"诏国子监许卖《九经》、子、史诸书与高丽国使人"。④ 知泰州刘攽(1023—1089)曾有《送高丽使》诗,盖作于本年,⑤诗云:

> 绝域求通使,皇华益藉才。男儿万里志,笑语片帆开。
>
> 积卤生阴火,奔涛起昼雷。曝鳞成岛屿,吐气误楼台。
>
> 城邑东迎日,居人学用杯。诗书自天性,冠带及家陪。

----

① 《续资治通鉴长编》卷二四七,第6029—6030页。

② 《续资治通鉴长编》卷二四九,第6076页。

③ 《宋史·高丽传》,第14046页。

④ 《续资治通鉴长编》卷二五〇,第6100页。

⑤ 按《续资治通鉴长编》刘攽熙宁三年四月,放外任,知泰州;八年五月知曹州;十年八月,任国史院编修官,换开封府判官。元丰二年十一月前,为京东路转运使。六年九月前,知亳州。八年七月前,监衡州盐仓。元祐元年闰二月,为秘书少监。以病,乞知蔡州。元祐元年十二月十六日,除中书舍人。四年三月乙亥卒。又据卷二七八:(熙宁九年冬十月)"宣徽南院使、判应天府张方平言:'高丽使赴阙仪制,所至京、府、州、军,知州、通判例出城接送。伏见契丹使过北京,止是通判摄少尹接送。高丽外蕃,其使乃陪臣也,而宣徽使班秩同二府,出城接送,其礼更反重于契丹,非所以崇国体示威灵也。'诏止令通判接送,如使人来见即回谒,扬州依此。'"可知熙宁九年十月以前,高丽使入汴京沿途知州要出城接送。而据苏颂《次韵王都尉团练押赐高丽归使宴射赠馆伴舍人兼呈诸公》,可知中书舍人或有机会任高丽使馆伴。则刘攽知泰州、任中书舍人期间,接触高丽使可能性最大。而元祐元年以后,高丽数年不朝(详见后文),故刘攽接触高丽使,当在知泰州期间。又金良鉴朝见,方乞丽使自明州往返,则金悌很有可能从登州回高丽。《送高丽使》诗题与尾句意,当为送丽使还国,故最有可能是金良鉴返程途中,刘攽送诗。

岁月如勤止,登临亦壮哉。威声逾肃慎,仙事指蓬莱。
鹏向南溟近,槎常八月来。言瞻析津次,遥见二星回。

熙宁九年(1076)八月四日,高丽遣崔思谅如宋谢恩兼献方物。

二、蜜月

元丰元年(高丽文宗三十二年/1078)正月二十五日,以高丽文宗"比年遣使朝贡",宋神宗"嘉其勤诚,待遇良厚",故遣安焘(字厚卿)为高丽国信使,林希(字子中)副之。① "造两舰于明州,一曰凌虚致远安济,次曰灵飞顺济,皆名为神舟。"② 三月初五,"诏赐高丽安焘等于今日进发出门,赐御筵于永宁院"。③ 众人作诗送之当于此日前后:

厚卿、子中使高丽④
曾巩

并使时推出众材,异方迎拜六城开。宣风直到东西部,
仗节遥临大小梅。沧海路从三岛去,玉山人待二星回。黄
金白氎饶君用,铜器应余寄我来。

送林子中安厚卿二学士奉使高丽二首⑤
苏辙

东夷从古慕中华,万里梯航今一家。夜静双星先渡海,
风高八月自还槎。鱼龙定亦知忠信,象译何劳较齿牙。屈

① 《续资治通鉴长编》卷二二七,第7020页。
② 《宋史·高丽传》,第14047页。
③ 《续资治通鉴长编》卷二二八,第7049页。
④ (宋)曾巩:《元丰类稿》卷八,台北:台湾商务印书馆《景印文渊阁四库全书》(后简称《文渊阁四库全书》),第1098册,第414页。
⑤ (宋)苏辙著,陈宏天、高秀芳点校:《苏辙集》卷八,北京:中华书局,1990年,第140—141页。

指归来应自笑,手持玉帛赐天涯。

官是蓬莱海上仙,此行聊复看桑田。鲲移鹏徙秋帆健,潮阔天低晓日鲜。平地谁言无崄岨,仁人何处不安全。但言美酒盈船去,多作新诗异域传。

次前人赠奉使高丽安焘密学①

赵抃

为嘉航海北徂南,双节勤劳帝命衔。日下亟驰传诏使,江边遥讶过洋帆。才谋锐若金曾砺,德操刚同玉更镰。机务须贤应并用,诗人莫惜咏岩岩。

三月初七,命太常博士秘阁校理陈睦代林希出使。②

四月二十八日,"宋明州教练使顾允恭赍牒来"高丽,"报帝遣使通信之意"。五月二十七日,"遣工部尚书文晃、户部侍郎崔思训迎宋使于安兴亭"。六月十二日,宋使"到礼成江,命兵部尚书卢旦为筵伴至西郊亭,又遣中枢院使刑部尚书金悌为筵伴入顺天馆,以知中枢院事户部尚书金良鉴、礼部侍郎李梁臣为馆伴"。二十五日,"命太子诣顺天馆导宋使至阊阖门下马入会庆殿庭,王适不豫,使左右扶出受诏","王迎诏礼毕,谓左右曰:'岂谓皇帝陛下不遗小国,远遣大臣,特示优赐,荣感虽极,兢惭实多。'太子率群臣陈贺,东西二京、东北两界兵马使、八牧、四都护府亦表贺,命太子宴客使于乾德殿"。七月二十三日,宋使还,高丽文宗附表称谢,且"自陈风痹,请医官药材"。③

---

① (宋)赵抃:《清献集》卷四,《文渊阁四库全书》,第1094册,第791页。
② 《续资治通鉴长编》卷二二八,第7049页。
③ 《高丽史》九《世家》卷第九,文宗三十二年(1078),第254—257页。

　　元丰二年(1079)七月,宋王舜封、邢恺、朱道能、沈绅、邵化及等八十八人到高丽,看医兼赐药一百品。后,高丽遣柳洪、朴寅亮(?—1096)如宋,谢赐药材,仍献方物。金觐也在此次使行中。海行遇飓风,险些覆舟,所贡方物丢失近半,明州象山尉张中前往救接。①　至明州,张中写诗送寅亮,答诗序言"花面艳吹,愧邻妇青唇之动;桑间陋曲,续郢人白雪之音"。②　十一月二十七日,明州上报张中写诗赠高丽人事。③　有司弹劾,说小官不能外交高丽。奏上,神宗顾问典故出处,皆不能对。赵元考奏,事出《太平广记》,丈夫看妻子吹火,赠诗"吹火朱唇动,添薪玉腕斜。遥看烟里面,恰似雾中花"。邻居妻子看到后,希望丈夫也写诗送给自己,于是吹火,夫乃作诗:"吹火青唇动,添薪墨腕斜。遥看烟里面,恰似鸠槃茶。"④鸠槃茶,佛书中取人精气的鬼,常喻丑妇。朴寅亮诗序说,张中赠诗是如花美女、阳春白雪,自己和诗则不过是丑女吹火,鄙陋且非主流的俗调。

　　元丰三年(1080)正月二十五日,"高丽国谢恩兼进奉使柳

---

①　《续资治通鉴长编》卷三〇二:"高丽进奉使柳洪等,以海行遇风飘失贡物,上表自劾。"又卷三〇三:"诏明州象山县尉张中救接高丽人船有劳,落冲替。初,高丽船遇风,中往救之,坐尝与使人和诗冲替。至是,高丽使以语馆伴官,故释其罪。"(第7348、7379页)

②　(宋)王辟之:《渑水燕谈录》卷九,第118页。

③　按《续资治通鉴长编》卷三〇一:元丰二年十一月二十七日辛卯"明州言高丽贡使乞市坐船,诏以灵飞、顺济神舟借之。又言明州象山县尉张中尝以诗遗高丽贡使,诏中冲替。"(第7323页)而《高丽史》九《世家》卷第九:文宗三十四年(1080)三月"遣户部尚书柳洪、礼部侍郎朴寅亮如宋,谢赐药材,仍献方物"。(第260页)当依前者。

④　(宋)王辟之:《渑水燕谈录》卷九,第118页。原书作"赵元老",参考赵维国《"赵元老"实为"赵元考"——〈渑水燕谈录〉刊刻讹误一例辨正》,《古籍整理研究学刊》,2002(4)。

洪、副使朴寅亮等百二十一人见于垂拱殿,赐物有差"。① 二月,大行太皇太后发引,高丽使"入寺观烧香,比群臣服黑带","至于出涕"。② 本次使行,宋人看到朴寅亮与金觐所著尺牍、表状、题咏,叹赏良久,刊刻出书,即《小华集》。③ 今佚。七月六日,"宋遣医官马世安来"高丽。④

元丰四年(1081)四月,高丽"遣礼部尚书崔思齐、吏部侍郎李子威如宋献方物,兼谢赐医药"。⑤ 入宋途中,崔思齐有诗一首:

　　　天地何疆界,山河自异同。君毋谓宋远,回首一帆风。⑥

十二月十七日,崔思齐、李子威等"百三十五人见,赐物有差"。⑦ 五年(1082)正月十五日观灯,毕仲衍与丽使"宴东阙下,因作诗道盛德"。神宗见诗,和韵赐之,高丽崔思齐、李子威、高

---

① 《续资治通鉴长编》卷三〇二,第 21 册,第 7349 页。

② 《续资治通鉴长编》卷三〇二:二月丙申"诏大行太皇太后灵驾发引日,听高丽使陪位。并馆伴所言,高丽使柳洪等乞遇奉慰入寺观烧香,比群臣服墨带。从之,仍以带赐之"。"甲寅,大行太皇太后发引……高丽使至于出涕。"(第 7351、7358 页)

③ 按《高丽史》九十五《列传》卷第八《朴寅亮》:文宗"三十四年,与户部尚书柳洪奉使如宋,至浙江遇飓风,几覆舟。及至宋,计所贡方物,失亡殆半。帝敕王勿问,王乃释洪等。有金觐者,亦在是行。宋人见寅亮及觐所著尺牍、表状、题咏,称叹不置。至刊二人诗文,号《小华集》"。(第 2951 页)可知刊书为本次使行事。

④ 《高丽史》九《世家》卷第九,文宗三十四年(1080)七月丁卯,第 262 页。

⑤ 《高丽史》九《世家》卷第九,文宗三十五年(1081)四月庚辰,第 263 页。

⑥ (高丽)崔滋:《补闲集》卷上,蔡美花、赵季主编:《韩国诗话全编校注》,第 1 册,第 70 页。

⑦ 《续资治通鉴长编》卷三二一,第 7746 页。

琥、康寿平、李穗等五人及"两府皆和进"。① 神宗诗云：

> 先春佳气集钧台，乐与民同盛宴开。蟾彩暖催莲焰发，
> 桂香轻泛管声来。形容壮丽虽非极，黼黻升平是有才。万
> 里海邦修贡使，既陪华观勿辞推。②

其余今存者如下：

恭和御制上元观灯

苏颂

> 宝杯莲烛艳宫台，万户千门五夜开。楼下舞韶清吹发，
> 云间鸣跸翠华来。九宾宴集占风使，四近班升构夏材。自
> 愧周南独留滞，十三年隔侍臣杯。

和御制上元观灯

曾巩③

> 翠幰霓旌夹露台，夜凉宫扇月中开。龙衔烛抱金门出，

---

① （宋）晁公武：《郡斋读书志·后志》卷二《高丽诗三卷》："元丰中，
高丽遣崔思齐、李子威、高琥、康寿平、李穗入贡。上元宴之于东
阙之下，神宗制诗赐馆伴毕仲行，仲行与五人者及两府皆和进。"
《文渊阁四库全书》第 674 册，第 470 页。又（宋）毕仲防：《西台
集》卷一六《起居郎毕公夷仲行状》："高丽入贡，上自选君馆伴。
高丽使人上元观灯，君与使人宴东阙下，因作诗道盛德。上见，
俯同君韵和而赐焉，诸公毕和。"《文渊阁四库全书》第 1122 册，
第 209—212 页。时间见《苏魏公文集》卷一《恭和御制上元观
灯》题注："元丰五年正月，毕仲衍押伴高丽赐宴楼下赐诗。"
（宋）苏颂著，王同策等点校：《苏魏公文集》，北京：中华书局，
1988 年，第 4 页。

② 神宗诗见《锦绣万花谷·后集》卷三十七，嘉靖十五年序锡山秦汴
锈石书堂刊本。按文渊阁四库全书本末字亦作"推"，而诸和诗尾
押"杯"字，本诗末字似亦当作"杯"。

③ （宋）曾巩：《元丰类稿》卷八，第 417 页。

鳌负山趋玉座来。砀极戏添夷客喜,柏梁篇较从臣材。共知天意同民乐,愿奏君王万寿杯。

恭和御制上元观灯

王珪①

雪消华月满仙台,万烛当楼宝扇开。双凤云中扶辇下,六鳌海上驾山来。镐京春酒沾周燕,汾水秋风陋汉材。一曲升平人共乐,君王又进紫霞杯。

恭和御制上元观灯

王安礼②

銮舆清晓出瑶台,羽卫瞻迎扇影开。凤阙张灯天上坐,鸡林献曲海边来。修文可笑秦无策,能赋休夸楚有才。星汉未斜钧乐阕,君王宣示万年杯。

八月,宋刘荟(1051—1122)和林八及、薛仁俭(初名仁敬)、许董、宋圭、崔沍、权之奇、孔德狩(初名德符)等七人一同乘舟东渡高丽。按后世追述,刘荟等东渡盖因"元丰间有青苗取息之法","极谏不得用",③不知果何如。刘荟《浮海》诗道:

汪洋三万里,何处是汀州。正忆辽东客,古今恨共悠。④

与此同时,宋有法华宗僧人净源(1011—1088)"教行中夏,声被异域",高丽文宗"遥申礼敬,元丰中,寓舶人致书,以黄金莲

---

① (宋)王珪:《华阳集》卷四,《文渊阁四库全书》第1093册,第26页。
② (元)方回选评,李庆甲集评校点:《瀛奎律髓汇评》卷五,上海:上海古籍出版社,2011年,第221—222页。
③ 《竹谏先生逸集·补遗》,《丛书》第27册,第110—114页。
④ 《竹谏先生逸集》卷一,《丛书》第27册,第56页。

花手炉为供。明州以闻,神宗皇帝恩旨特听领纳"。① 文宗第四子煦(1055—1101)字义天,避宋哲宗讳,以字行。文宗十九年(1065)出家,业华严宗,通小乘教、大乘始教、终教、顿教、圆教等五教,旁涉儒学百家。二十一年,受号佑世,受职僧统。三十年,继承先师烂圆(999—1066)讲席,次年正式开讲贞元新译《华严经》并《疏》五十卷。义天听闻净源大名,"以书致师承之礼,禀问法义,岁时不绝"。②

元丰六年(1083)七月,高丽文宗薨。净源致书义天说"辱惠书勤勤,并以先大王遗赐见及","得老僧影像,观叹无穷;得老僧文轴,玩味不已"。③ 先大王即文宗,可知二人此次交往在文宗辞世之后。九月八日,宋神宗诏"明州就本州或定海县,择广大僧寺,以僧三十七人作道场一月",祭奠高丽文宗。十四日,令杨景略为高丽祭奠使,王舜封副之;钱勰为吊慰使,宋球副之。④ 当月,义天给净源回信,附赠《华严内章孔目》暨《贞元新译经疏》等凡四十六册,并索《随文手镜》,赠高丽"见行教乘目录,仍求此方诸家传录者"。⑤ 十月二十三日,高丽即位不久的

---

① 《宋杭州南山慧因教院晋水法师碑》,《中国佛寺史志汇刊》第 1 辑《玉岑山慧因高丽华严教寺志》,台北:明文书局,1980 年,第 20 册,第 151 页。
② 《宋杭州南山慧因教院晋水法师碑》。
③ 《大宋沙门净源书》六首其一,(高丽)义天著,黄纯艳点校:《高丽大觉国师文集》,兰州:甘肃人民出版社,2007 年,第 111 页。以下引用《高丽大觉国师文集》,其释录有讹误者,据韩国景仁文化社《韩国历代文集丛书》影印《大觉国师文集》《大觉国师外集》径改,不作说明。
④ 《续资治通鉴长编》卷三三九,第 8163、8167 页。
⑤ (高丽)义天著,黄纯艳点校:《高丽大觉国师文集》,第 112 页。

顺宗"薨于丧次",①净源"远及慰问","于杭州祥符寺王子院营攒胜祉,特伸追荐。仍以其功德疏文为寄",义天具以闻王府,"昨承教旨,差遣近官,备办祭奠于先兄灵筵。转读前件疏文,且藏殡宫,以为仙驾司南之制"。②

元丰七年(高丽宣宗元年/1084)春正月,义天诚请入宋,不准。③ 同月十九日,净源从都纲(商人首领)李元积处得到义天九月信。二月回信,对义天大加赞赏:"托迹空门,羽佛翼祖,此诚善由宿植,天资大节,荷兹伟任欤。"还鼓励他"因风而来,口授心传,则针芥虽远,悦高下之相投;笙磬同音,穆宫商而切响"。且言所求《随文手镜》等今已不可得。④ 同年春,刘荃有诗:⑤

逢上国星轺故人

春花秋月几相思,此地逢迎本不期。为问皇朝圣天子,平安依旧衮裳垂。

送上国故人

春风分手杏花桥,驿路苍茫万里遥。故旧诸公如问我,为言来往海东朝。

后世言此二诗创作背景为刘荃"逢上国星轺故人","故人曰:'惜四贤之去,而又惜八士之去矣'"。⑥ 大抵此二诗当刘荃所作,然事与诗题则或伪托而未必真。八月十五日,李元积带来净源法师的书信,并手撰《花严、普贤行愿忏仪》、《大方广圆觉忏仪》、

---

① 《高丽史》九《世家》卷第九,顺宗即位年十月乙未,第269页。
② (高丽)义天著,黄纯艳点校:《高丽大觉国师文集》,第38页。
③ 《灵通寺大觉国师外集碑》,第167页。
④ (高丽)义天著,黄纯艳点校:《高丽大觉国师文集》,第112页。
⑤ 《竹谏先生逸集·补遗》,《丛书》第27册,第83—84页。
⑥ 《竹谏先生逸集·补遗》,《丛书》第27册,第113页。

《大佛顶首楞严忏仪》、《原人论发微录》、《还源观疏钞补解》、《盂兰盆礼赞文》、《教义分齐章祖文》等八本,共盛一箧。[①]

八月十七日,杨景略、钱勰等到高丽。九月二日,宣宗设宴会庆殿。十月九日,杨景略、钱勰"并为试中书舍人,免召试。景略、勰奉使高丽方还在道,并擢之"。[②] 闻讯,刘攽作《钱穆甫、杨康功使高丽,还,为中书舍人,书此为寄》:

> 天子边人二使星,沧波一笑已扬舲。大明照海阳乌近,黑雾迎潮水怪腥。北貊左肩输策略,西垣右掖付仪刑。授诗三百成专对,更看黄麻似六经。

三、盛极而衰

元丰八年(高丽宣宗二年/1085),受净源信中"因风而来"等句鼓舞,义天撰写《请入大宋求法表》,自言与双溪寺大师昙真等十一位僧人约好,想要随商船入宋,但"丧考未祥,乃被留于群议"。[③] 故义天"不敢以绝于恩,不敢以伤于义",只得"乍寝西游之计"。[④] 二月内,都纲洪保带来义天书信,净源回信,肯定了义天"推心孝道,稽古前修"的行为。[⑤] 四月八日,义天觉得,前欲入宋,虽"风听争臣,雷同夺志",[⑥]但"二圣似欲从之,于是浩然决乘桴之计"。[⑦] 乃夜留书上宣宗及太后,率弟子寿介,微服至贞州(朝鲜黄海北道开丰郡),[⑧]随宋商林宁船出发赴中国。宣

---

① ④ (高丽)义天著,黄纯艳点校:《高丽大觉国师文集》,第37页。
② 《续资治通鉴长编》卷三四九,第8368页。
③ (高丽)义天著,黄纯艳点校:《高丽大觉国师文集》,第15页。
⑤ (高丽)义天著,黄纯艳点校:《高丽大觉国师文集》,第113页。
⑥ (高丽)义天著,黄纯艳点校:《高丽大觉国师文集》,第34页。
⑦ 《仙凤寺大觉国师碑》。下文简称"仙凤寺碑"。
⑧ 《灵通寺大觉国师外集碑》。

宗发现后,亟命御史魏继廷(？—1107)等分道乘船追赶不及,遣礼宾丞问平安抵达与否。① 本月间,有诏令苏轼出使高丽,但未成行。②

五月二日,义天越海到达宋密州板桥镇(今山东胶州),知密州朝奉郎范锷"迎劳,即附表陈所以来朝之意"。③ 八日,帝命苏注为引伴。④ 二十一日,苏注到密州。⑤ 嗣后,义天随苏注,陆路过高密,到密州(诸城)。密州期间,义天有《和大宋密州资福寺留题》:

> 刻志由来务性情,嗒然终日欲忘形。
> 游方只为云无定,道远乎哉即视听。

六月七日,至海州(今江苏连云港)赐斋。⑥ 十三日,赐茶、药。又经宿州(今安徽境内)。⑦ 七月一日,至南京(今河南商丘)赐斋。⑧ 初六,到汴京(今河南开封),特郊迎,赐劳筵以示宠迎。⑨ 入启圣寺,赐旨抚问。⑩ 十八日,高丽文宗忌辰,义天在启

---

① 《高丽史》九十《列传》卷第三《宗室一·大觉国师煦》,第 2827 页。

② 详见《苏轼奉使高丽一事考略》考证。

③ 《灵通寺大觉国师外集碑》。

④ 《续资治通鉴长编》卷三五八,元丰八年秋七月癸丑"高丽祐世僧统求法沙门释义天等见于垂拱殿"条注。(第 8569 页。)

⑤ 《谢差引伴表》有"伏蒙圣慈,令臣赴阙次,仍差降朝奉郎守尚书主客郎中苏注为引伴者"云云。(高丽)义天著,黄纯艳点校:《高丽大觉国师文集》,第 15 页。

⑥ (高丽)义天著,黄纯艳点校:《高丽大觉国师文集》,第 15 页。

⑦ 过高密、宿州地,以《大觉国师文集》卷九有《与大宋知密州状》《与知高密县状》《与知宿州状》《与宿州通判状》。(高丽)义天著、黄纯艳点校:《高丽大觉国师文集》,第 34—35 页。

⑧⑩ (高丽)义天著,黄纯艳点校:《高丽大觉国师文集》,第 16 页。

⑨ (高丽)义天著,黄纯艳点校:《高丽大觉国师文集》,第 17 页。

圣寺祭奠,文集有《大宋启圣院本国文王忌晨斋疏》存目。① "以中书舍人范百禄为主数日",②二十一日,赐见垂拱殿,"进佛像经文,赐物有差",③仍赐斋筵。④ 初,宋哲宗得知义天来,即"诏两街预选高才硕学堪为师范者,两街推荐诚师",二十二日,义天"表乞承师受业,优诏从之"。⑤ "诏华严法师有诚来止别院,使与游处相从。"⑥初见,义天欲行弟子礼,诚师三辞而后受。⑦ 当日往复问答贤首、天台判教同异及两宗幽眇之义。⑧有诚答辞见载《大觉国师外集》。⑨

七月二十四日,⑩义天诣相国寺,拜访圆照宗本。⑪圆照问其所得,对以《华严经》。又问:"《华严经》三身佛,报身说耶,化身说耶,法身说耶?"对:"法身说。"又问:"法身遍周沙界,当时听众何处蹲立?"于是,"义天茫然自失,钦服益加"。⑫ 升堂说法后,继而说偈一首,⑬即《大宋沙门宗本诗》:⑭

　　谁人万里洪波上,为法忘躯效善材。

----

① (高丽)义天著,黄纯艳点校:《高丽大觉国师文集·目录》。

② 《灵通寺大觉国师外集碑》。

③ 《续资治通鉴长编》卷三五八,第8569页。

④ (高丽)义天著,黄纯艳点校:《高丽大觉国师文集》,第17页。

⑤⑦《灵通寺大觉国师外集碑》。

⑥⑧⑪⑬《仙凤寺大觉国师碑》。

⑨ (高丽)义天著,黄纯艳点校:《高丽大觉国师文集》,第107—109页。

⑩ 仙凤寺碑言"诏华严法师有诚来止别院……及此,固请以弟子之礼致谒。是日往返问答……后日,诣相国寺"。二十二日表请,当日见面,此即二十四日。

⑫ 《禅林僧宝传》卷一四《慧林圆照本禅师》,北京:北京图书馆出版社,2004年影印《禅宗全书》,第4册,第481—482页。

⑭ (高丽)义天著,黄纯艳点校:《高丽大觉国师文集》,第159页。

想得阎浮应罕有,优昙花向火中开。

嗣后,又诣兴国寺,拜会西竺三藏天台吉祥。① 八月二十四日,许令就普净寺汤浴,并赐斋筵。② 后,义天上《乞就杭州源阇梨处学法表》。帝允之,旋差主客员外郎杨杰为伴送使,陪同前往。③ 帝赐钱物。义天朝辞,赐斋,有钱筵。④

八月末、九月初,⑤在杨杰陪同下,义天出京师,沿汴河,经今安徽宿州、江苏泗洪之南,又东南驶至泗州盱眙,入淮河。《大觉国师文集》有《大宋普照王寺本国王生晨斋疏》存目,⑥而宣宗生于文宗三年(1049)九月十日,则可知义天九月十日已到泗州普照王寺。苏轼有《送杨杰并叙》一首:⑦

无为子尝奉使登太山绝顶,鸡一鸣,见日出。又尝以事过华山,重九日饮酒莲华峰上。今乃奉诏与高丽僧统游钱塘。皆以王事,而从方外之乐,善哉未曾有也,作是诗以送之。

天门夜上宾出日,万里红波半天赤。归来平地看跳丸,

---

① 《仙风寺大觉国师碑》。

② 《谢赐沐浴表》言二十四日,当指八月二十四日。(高丽)义天著,黄纯艳点校:《高丽大觉国师文集》,第 18 页。

③ (高丽)义天著,黄纯艳点校:《高丽大觉国师文集》,第 21 页。

④ 《大觉国师文集》阙目有谢赐银器彩帛、龙凤茶、白银、朝辞日赐斋、朝辞日钱筵等表(《高丽大觉国师文集·目录》)。

⑤ 仙风寺碑言义天抵宋后,"哲宗闻之,迎置京师启圣院。御垂拱殿迎见……诏华严法师有诚……诣相国寺……又诣兴国寺……阅月,上章请往杭州华严座主净源讲下受业,以偿素志,诏从之,差主客员外郎杨杰伴行"。

⑥ (高丽)义天著,黄纯艳点校:《高丽大觉国师文集·目录》。

⑦ (宋)苏轼撰,(清)王文诰辑注,孔凡礼点校:《苏轼诗集》卷二十六,北京:中华书局,1982 年,第 1374 页。

一点黄金铸秋橘。太华峰头作重九，天风吹滟黄花酒。浩歌驰下腰带鞓，醉舞崩崖一挥手。神游八极万缘虚，下视蚊雷隐污渠。大千一息八十返，笑厉东海骑鲸鱼。三韩王子西求法，凿齿弥天两勍敌。过江风急浪如山，寄语舟人好看客。

"凿齿、弥天"，典出《晋书》："时有桑门释道安，俊辩有高才，自北至荆州，与凿齿初相见。道安曰：'弥天释道安。'凿齿曰：'四海习凿齿。'时人以为佳对。"①此用习凿齿、道安比喻杨杰和义天。

当时苏轼在赴任登州途中，根据该诗最后两句内容，金性尧以为是苏轼过楚州（今江苏淮安），在淮上遇杨杰而作；②孔凡礼则未明确地点，言"晤杰于杰过大江之前"，③而二人都将创作时间确定在九月。苏轼《与杨康功三首·三赴登州》说：④

两日大风，孤舟掀舞雪浪中，但阖户拥衾，瞑目块坐耳。杨次公惠酝一壶，少酌径醉。醉中与公作得《醉道士石诗》，托楚守寄去，一笑。某有三儿，其次者十六岁矣，颇知作诗，今日忽吟《淮口遇风》一篇，粗可观，戏为和之，并以奉呈。子由过彼，可出示之，令发一笑也。

次子苏迨（1070—1126）十六岁即元丰八年，和诗即《迨作淮口遇见诗戏用其韵》。当时苏轼在淮口遇到大风，不能前行，杨次公杰送酒来。楚州（今江苏淮安）是北宋江淮漕运入汴京的关键地

---

① 《晋书》卷八二《列传》第五二，北京：中华书局，1974 年，第2153 页。

② 金性尧：《宋诗三百首》，上海：上海古籍出版社，1986 年，第140 页。

③ 孔凡礼：《苏轼年谱》，北京：中华书局，1998 年，第686 页。

④ （宋）苏轼撰，（明）茅维编，孔凡礼点校：《苏轼文集》，北京：中华书局，1986 年，第1659 页。

域,"漕船在楚州北神堰由运入淮。13世纪以前,运河流向是由南向北,一路挟诸湖之水入淮出海,故运高淮低,入淮口水势浩大",①故苏轼信中"淮口"即当指楚州,楚守即知楚州。漕运船在楚州北由江南运河入淮河,义天与杨杰则在楚州北由淮入运。九月十日他们已经到泗州,由淮河达楚州很近,所以苏轼这首诗当作于十日前后。后来苏辙看到苏轼这首诗,就又写了《次韵子瞻送杨杰主客奉诏同高丽僧游钱塘》:②

> 人言长安远如日,三韩住处朝日赤。飞帆走马入齐梁,却渡吴江食吴橘。玉门万里唯言九,行人泪堕阳关酒。佛法西来到此间,遍满曾如屈伸手。出家王子身心虚,飘然渡海如过渠。远来忽见倾盆雨,属国真逢戴角鱼。至人无心亦无法,一物不见谁为敌。东海东边定有无,拍手笑作中朝客。

义天从楚州南行至镇江,过金山,谒佛印禅师了元。③ 他处佛僧都用王臣礼待义天,了元却床坐纳其大展。杨杰惊问,答云:"义天亦异国僧耳。僧至丛林,规绳如是,不可易也。众姓出家,同名释子。自非买崔卢,以门阀相高,安问贵种?"杨杰又说:"卑之少徇时宜,求异诸方,亦岂觉老心哉?"了元答道:"不然。屈道随俗,诸方先失一只眼,何以示华夏师法乎?"朝廷听闻,以了元为知大体。④

---

① 陈凤雏:《历史上淮安在全国的地位考略》,淮安区新闻网,2010年11月18日。
② 《全宋诗》卷八六二,北京大学出版社,1995年,第15册,第10013页。
③ 《仙凤寺大觉国师碑》。
④ 《禅林僧宝传》卷二九《云居佛印元禅师》,《禅宗全书》第4册,第540页。

九月十四日,①有诚收到义天书信,答信中言"切承上达宸聪,已遂东南之请""秋中微凉,南游道中惟希以法自重"等语。数日后又收信,答言"累日不顶奉慈颜,秋凉,忻承禅燕无恼"云云。② 十七日,宋敕略云:"诸非杭、明、广州而辄发海商舶船者,以违制论,不以去官赦降原减。诸商贾由海道贩诸蕃,惟不得至大辽国及登、莱州。即诸蕃愿附船入贡或商贩者,听。"③即杭州、明州、广州商船可入高丽,丽人也可随船入宋。

经苏州,义天访圆通寺(今吴江区松陵镇)华严善聪法师。④ 至杭州,诣大中祥符寺,谒净源如见有诚礼。⑤ 义天有《见大宋净源法师致语》,⑥净源有答辞。⑦ 本月往龙井山,访辩才元净大师。杨杰应元净请托,作文记叙当日游览经过,并作诗十三首。⑧ 元净作诗感谢义天大驾光临:⑨

> 元净启:伏蒙主客学士、僧统法师临□□居,用光林野,谨成短句奉谢。伏□□览,取笑、取笑。大宋龙井老释元净上。
>
> □□□□□翠色,龙泓一派泻飞湍。

---

① 信中仅言十四日,当为九月。
② (高丽)义天著,黄纯艳点校:《高丽大觉国师文集》,第115页。
③ 《乞禁商旅过外国状》,见(宋)苏轼撰、(明)茅维编,孔凡礼点校:《苏轼文集》,第890页。
④ (高丽)义天著,黄纯艳点校:《高丽大觉国师文集》,第41页。
⑤ 《灵通寺大觉国师外集碑》。
⑥ (高丽)义天著,黄纯艳点校:《高丽大觉国师文集》,第39页。
⑦ (高丽)义天著,黄纯艳点校:《高丽大觉国师文集》,第109页。
⑧ 见《咸淳临安志》卷七十八《寺观四·龙井延恩衍庆院》"记文""题咏"注,《文渊阁四库全书》第490册,第811—813页。
⑨ (高丽)义天著,黄纯艳点校:《高丽大觉国师文集》,第157—158页。

　　　　　幸哉□□□□□，满谷猿禽绕树欢。

多年后，义天在高丽三角山(今韩国首尔北汉山)香林寺讲天台十不二法门，讲后，访息庵，联想到元净的讷庵，于是写道："讲彻香林访息庵，崎岖松径拨烟岚。当年龙井攀高论，见景思人恨不堪。"

　　九至十月中旬，苏轼过海州，叹高丽亭馆壮丽，作诗一首。① 十一月七日，鲜于侁为京东转运使，"乞止绝高丽朝贡，只许就两浙互市，不必烦扰朝廷。事虽不行，然朝廷所以待高丽礼数，亦杀于前云"。十八日，"高丽国奉慰使与州郡书不称年号，惟书乙丑年"。②

　　十二月初一，"高丽国贺登宝位使、通议大夫、兵部尚书林概，副使、太中大夫、兵部侍郎李资仁以下见于紫宸殿"。初八，"兴龙节，宰臣率百官并辽国、高丽、于阗国信使副赴东上阁门拜表称贺"。十四日，"高丽国进奉使人乞收买《大藏经》一藏，《华严经》一部，从之。又乞买刑法文书，不许。不许买书在十八日，今并入此"。③ 二十八日，杨杰就西湖灵芝寺，请元照律师升座、发扬纲要，义天"瞿然避席作礼，请所著书归辽东摹板流通"。④ 元照有诗一首当作于此日：⑤

　　　　道具二事奉施祐世僧统，因成短颂，伏惟采览。大宋法
　　慧宝阁沙门元照上。

　　　　闻说裁成应法衣，敢将盂赐助威仪。

　　　　君看宿觉歌中道，不是标形虚事持。

---

① 孔凡礼：《苏轼年谱》，第 688 页。
② 《续资治通鉴长编》卷三六一，第 8636—8637、8648 页。
③ 《续资治通鉴长编》卷三六二，第 8655、8662、8671 页。
④ 《为义天僧统开讲要义序》，载弘一大师遗著：《南山律在家备览略编》附录五《灵芝律师年谱》，台北：南林出版社，2007 年，第 315 页。
⑤ （高丽）义天著，黄纯艳点校：《高丽大觉国师文集》，第 150 页。

义天和云：①

> 某伏蒙宝阁照律师辱示佳篇，仍以道具为贶，因抒拙诗，用伸纪德。
>
> 内密圆修外粪衣，三千细行炳威仪。
>
> 已颠大表今还树，应是南山再秉持。

是年冬，到龙山圆觉精舍瞻礼泛海观音佛像，杨杰有《龙山泛观音诗并序》。② 天台僧惟勤给义天写的诗，当写于义天在杭州期间：

> 惟勤启：谨熏毫涤砚，课成五言唐律诗二十二韵，少纪僧统法师□□之美，缮写恭用持诣宾次陈献，伏惟法慈少赐采览。幸甚、幸甚。大宋讲天台教芯蒭惟勤上。③
>
> 善逝韬光后，流通寄四依。经郛罗众怏，法网下重围。
>
> 至道无南北，衰时竟是非。真猷丁像季，俗论杂希微。
>
> 主诺劳名匠，扶持藉大机。何缘生佛子，垂迹诞王扉。
>
> 祥梦□□□，神锋觉世稀。指胎曾可类，乘象或堪几。
>
> 性净捐金屋，根醇别绮闱。力将摧爱恋，智欲报恩辉。
>
> 统众权宜大，提纲理有归。七情思猛破，一赐敪遐飞。

---

① （高丽）义天著，黄纯艳点校：《高丽大觉国师文集》，第 69 页。

② 序言："《泛海记》云：同光元年，盐官民，见海上红光夺日，乃于波间得观音古像，旃檀香所成圣相，昔所未有。吴越王闻之，迎请入府，后奉安于龙山觉圆精舍之东殿，灵异甚著。皇宋元丰八年冬，予陪高丽国祐世僧统，瞻礼尊像，时讲僧□英求章句以纪之。"原诗："云涛汹涌泛旃檀，照日红光杳霭间。苦海登成华藏界，慈航不住补陀山。一轮月影虚堂出，万里潮音静夜还。百六十年灵异迹，喜□杯渡扣重关。"（高丽）义天著，黄纯艳点校：《高丽大觉国师文集》，第 161 页。

③ （高丽）义天著，黄纯艳点校：《高丽大觉国师文集》，第 152 页。

万里朝天阙，千浔渡海沂。翠螺分岛屿，玉斗挂珠玑。
禹鲤擎舟大，庄鲲骇浪肥。帝心加眷眷，皇泽沛霏霏。
自魏辞龙陛，游吴篷马帏。旋闻贤首教，良效圣传衣。
重道心弥谨，尊师礼不违。四方咸景伏，百座敢兴讥。
昼讲钦神光，晨斋茹蕨薇。祇园皆稽首，吾教荷英威。

而冲羽、濮昂通过净源结识义天，并给他写诗，也都应义天在杭州期间：

大宋沙门冲羽诗[①]

冲羽启：冲羽谨课成古诗一章二十韵，诣方丈祇候，呈献祐世僧统法师。伏惟尊慈，少赐清览，野情不任惶恐之至。大宋西湖讲律临坛僧冲羽稽首。

清凉有嫡嗣，含华道弥丰。识符鸡足印，学振马鸣风。
证悟机难测，该明世莫穷。九经探壶奥，三藏备淹通。
摆脱丹墀贵，高栖千奈宫。龙楼曾挂念，凤阁任凌空。
旃檀阴寂寂，葡卜香蒙蒙。怢散狻猊座，花纷宝地红。
四众皆擎跽，百辟尽输忠。前追吼石彦，下顾栽莲公。
因思善财迹，驾筏出瞳胧。万顷洪波上，千寻碧浪中。
轻生真为法，星斗认西东。渡海跻皇宋，国富民且丰。
金门谒天子，赐赉礼尊崇。一觌晋水师，超迈若冥鸿。
辩博才精赡，德粹解渊冲。升堂剖心要，印推如世雄。
灵襟足已矣，法喜乐融融。圣代刊僧史，千古岂磨砻。

大宋胥山濮昂诗

昂启：昂虽不敏，尝谓今之学佛必以贤首为径趋，若其恢洪经术，唯善住法师为尤，其他以讲授之不下，而法师敷

---

① （高丽）义天著，黄纯艳点校：《高丽大觉国师文集》，第154页。

训外,补缉兴唱于教迹,且著书日广于数,乃德之大、功之深,昂感怀叹仰之不足,辄为古诗三十韵,少纪风猷。伏惟采瞩。胥山布衣濮昂上。①

　　昔闻隋智者,台岭伸规模。　其门选相祖,妙解宗经郛。
　　声教寖昌大,莫若荆溪徒。　荆溪职何事,着撰当前驱。
　　文垂五百载,后世循其趋。　懿夫贤首业,唐室扬天衢。
　　相踵丁我宋,发畅非日无。　长水授禧老,祖述宣宏谟。
　　□兴教风炽,丹凤来高梧。　晋水凝秀气,初□君子儒。
　　不落英雄彀,世号贤浮图。　壮岁□才识,学道忘形躯。
　　且谓杂华诰,已奉清□□。　节经如集解,入疏删其纡。
　　五教得以□,祖意得以敷。　诸部广钞义,制述□朝脯。
　　□□冲妙蕴,学苑鸣笙竽。　缥轴盈满架,文□高三都。
　　海夷慕风轨,岂独名中区。　于兹□□烈,洙泗生东吴。
　　子衿千里至,缙绅礼忻愉。　昔日莲社远,乱世依山隅。
　　日暮汤休句,于诗谓灵珠。　曷若当像末,振道还超逾。
　　□之光华旦,圣君若唐虞。　他时传僧史,迹岂然公殊。
　　用警纤纤者,佛学儒相须。　盖使流千载,述作将圣符。
　　唧啾彼燕雀,安可鸿鹄俱。　由知孟轲心,辞以辟杨朱。

净源曾居秀州(今浙江嘉兴)普照寺善住阁院,故称善住法师;胥山又名张山,在秀州东部。②

　　元祐元年(1086)春正月,知州蒲宗孟请净源住持南山慧因院,③"开讲周译经,僧统施钱营斋以延,学徒甚众。源公于前所居之处各置贤首教藏并祖师像,至此又欲办焉而未能,杨公知其

---

① (高丽)义天著,黄纯艳点校:《高丽大觉国师文集》,第163页。
② 参考崔凤春:《海东高僧义天研究》,桂林:广西师范大学出版社,2005年,第98—99页。
③ (高丽)义天著,黄纯艳点校:《高丽大觉国师文集》,第147页。

意,与知州及诸僚力营之,僧统亦舍银置教藏七千五百余卷"。① 《大宋沙门冲羽诗》二首其一:②

> 冲羽启:前日奉善住法师慈旨,俾和寄高丽国王之什。谨写上呈,小资噱览。湖居沙门冲羽稽首。
>
> 阆闠携裹及余杭,教像颓龄再举扬。
>
> 祖祖灯传无尽焰,冥扶海国万年昌。

首联诗注:"师于苏秀二州,三迁绛纱,皆建教藏,立诸祖像,今欲就杭亦然。"指净源曾在苏州报忠寺观音院、秀州密印寺宝阁院、普照寺善住阁院三地讲经。③ 现在到了杭州,也想仿照以前,建教藏、立祖像,与慧因院事相符。二月初二,"馆伴高丽使言,高丽人乞《开宝正礼》《文苑英华》《太平御览》,诏许赐《文苑英华》"。④ 同年春,高丽宣宗上表,乞令义天还国,帝遂诏入京。⑤ 义天在本国就知慈辩从谏大名,在杭州时,特地请他诵天台宗经论。⑥ 至此,义天"慕法留滞中国,朝廷以其国母思忆,促其归",从谏对他说:"高僧道纪负经游学,以母不可舍,遂荷与俱。谓经、母皆不可背,以肩横荷。今僧统贤于纪远甚,岂为经背母,使忧忆乎?"义天于是有归国志向,"乃求炉拂传衣"。⑦ 且赠诗一首:⑧

> 手炉、如意传高丽祐世僧统法师,因成七言律诗四韵奉

---

① ⑤ 《灵通寺大觉国师外集碑》。

② (高丽)义天著,黄纯艳点校:《高丽大觉国师文集》,第 162 页。

③ "苏秀二州,三迁绛纱"句解释,参考崔凤春:《海东高僧义天研究》,第 98 页。

④ 《续资治通鉴长编》卷三六五,第 8744 页。

⑥ ⑧ 《仙凤寺大觉国师碑》。

⑦ 《佛祖统纪》卷二十九,宋咸淳胡庆宗等募刻本。

呈,伏惟采览。大宋传天台教观慈辩大师从谏上。①

醍醐极唱特尊崇,菡萏花奇喻有功。

吾祖昔时唯妙悟,僧王今喜继高风。

芳香流去金炉上,法语亲传犀柄中。

他日海东敷衍处,智灯千焰照无穷。

赴京路上,请净源同舟,讲学不辍,闰二月十三日入京。② 二十一日朝见,明日,进奉皇帝兴龙节祝圣寿佛像及金器等,朝辞日,厚赏衣服银器。③ 此日前后,有诚赠诗一首:④

有诚谨熏毫涤砚,书成山颂一首五十六言,送高丽传法弘真祐世僧统法师。东归海刹,阐扬大教,续佛慧命,助赞皇风。聊结远因,远垂采览。大宋沙门有诚上。

法非文字道无言,佛祖家风本不传。

扣寂要令空作响,忘机须使火生莲。

华严妙旨符三观,方广幽宗会十玄。

珍重分灯归海国,一乘光阐大因缘。

行至秀州城南真如院,义天见净源师长水法师塔亭倾圮,慨然兴叹,以金付寺僧嘱修葺。⑤ 夏四月,至杭州,复入慧因院。净源传道完毕,正坐焚香说:"愿僧统归,广作佛事,传一灯,使百千灯相续而无穷。"⑥ 又作诗送别:⑦

离国心忙海上尘,归时身遇浙江春。

----

① (高丽)义天著,黄纯艳点校:《高丽大觉国师文集》,第150页。

②⑤⑥《灵通寺大觉国师外集碑》。

③《续资治通鉴长编》卷三六九,第25册,第8911页。

④ (高丽)义天著,黄纯艳点校:《高丽大觉国师文集》,第149页。

⑦ (高丽)义天著,黄纯艳点校:《高丽大觉国师文集》,第150页。

　　休言求法多贤哲，自古王宫只一人。

又行至天台山，登定光佛陇，观智者亲笔愿文，礼于塔前，誓在高丽传扬天台宗。① 有"今已钱塘慈辩讲下，乘禀教观，他日还乡，尽命传扬"等语。② 到明州（浙江宁波），奉圣旨住延庆寺。③ 以明智为师，以法邻为友。④ 初见明智，义天"叹曰：'果有人焉！'遂以师礼见。倾所学，折其锋，竟不可得"。⑤

　　义天还曾去阿育王山广利寺，谒大觉禅师琏，升堂说法，甚契本来。⑥ 将归，善聪寄给义天两封信，一封道离别，一封自述平生，末以"在路到国，宜多自爱"为嘱。⑦ 又有送诗一首：⑧

　　　　善聪送高丽弘真祐世僧统大法师，大宋住圆通苾蒭善聪上。

　　　　圣凡浑是一家风，佛理由来法界同。但向境中忘彼此，自于情上绝西东。纤尘廓入千差内，巨海全归一滴中。师得华严交涉意，高丽皇宋每相通。

僧徒可久有送别信一封，⑨其他僧众送别诗如下：

---

① 《灵通寺大觉国师外集碑》。
② （高丽）义天著，黄纯艳点校：《高丽大觉国师文集》，第 55 页。
③ （高丽）义天著、黄纯艳点校：《高丽大觉国师文集》，第 139 页。
④ 《佛祖统纪》卷十五。
⑤ 《佛祖统纪》卷十四。
⑥ 《仙凤寺大觉国师碑》。
⑦ （高丽）义天著，黄纯艳点校：《高丽大觉国师文集》，第 130—131 页。
⑧ （高丽）义天著，黄纯艳点校：《高丽大觉国师文集》，第 150—151 页。
⑨ 《大宋沙门可久书》："即辰钱行，冠盖轮马，必塞道路。所恨不获踵武方丈，一得瞻敬。谨具短启道呈，左右参贺，无任恐悚。"（高丽）义天著，黄纯艳点校：《高丽大觉国师文集》，第 144 页。

大宋沙门德懋诗①

德懋启：德懋谨熏涤毫砚，吟成七言四韵拙诗二章，捧诣方丈，攀送高丽僧统国师。伏惟慈悲，少赐采览，德懋下情无任惶恐之至。大宋梵天寺小比丘德懋上。

早承记别下灵峰，便降英姿出帝宫。万乘不为金殿主，一麻甘作雪山童。圆融妙证一重观，次第精研五教宗。得旨定知归系表，转轮真子更谁同。

江湖万里片帆开，特泛兰舟大国来。七祖继传今晋水，五时仍习旧天台。敷荣道种芳千叶，莹净心珠绝点埃。今日浮杯东海去，天花散乱满楼台。

大宋沙门守明诗②

山颂送僧统大师，大宋住钱塘承天传法比丘守明上。

金轮王子冠吾曹，远远求师意转高。万顷波澜宁勉力，千峰危险岂辞劳。尘含法界重重网，芥纳须弥一一毛。归开三尊垂问□，莫忘二载宿维摩。③

大宋沙门怀琏诗④

短颂送鸡林僧统，大宋阿育王无觉子怀琏上。

咄咄叻叻，上下东西绝四维。闻者谁能生重贵，维有鸡林僧统师。不爱日东大宝位，剃除须发服袈裟，指天指地归法戏。呵呵呵，东溟大船安波涛。

---

① （高丽）义天著，黄纯艳点校：《高丽大觉国师文集》，第151—152页。
② （高丽）义天著，黄纯艳点校：《高丽大觉国师文集》，第152页。
③ 自注：山颂不为韵。
④ （高丽）义天著，黄纯艳点校：《高丽大觉国师文集》，第156—157页。

大宋沙门了元诗①

高丽僧统宠施焚炉裟袈经帙,置于座右,如对慈容,因成山偈六首为谢。大宋金山长老佛印大师了元上。

高丽祐世献焚炉,凡圣龙天共一模。万国升平归至化,更于何处用工夫。

伯雪当年遇仲尼,不劳言语只扬眉。这回隔海如相见,一炷名香宴坐时。

海外名衣得自谁,逾城王子丈夫儿。龙章旧换曾无价,合是金刚座上披。

如来千界种良缘,资荫儿孙用水田。披坐禅床无一事,琉璃光里月团圆。

经枑横铺锦绣堆,水窗黄卷为君开。药山只要闲遮眼,正眼何曾遮得来。

□□□将大藏同,古今都在卷舒中。经终□□□时路,归去张帆得便风。

杨杰也有一诗酬赠义天,②可看作是对义天来华求法经历的总结:

谨和古调诗二百言,酬赠高丽祐世僧统,伏惟采览。大宋尚书主客员外郎杨杰上。

中国圣人兴,六合同文轨。二仪廓覆载,一化均远迩。

东方有高僧,道德久纯备。浮杯渡沧溟,飞锡过都市。

为求最上乘,占云遽来此。所印期以心,所听不在耳。

善财游百城,顷刻亿万里。不动步已遍,奚假西天屣。

---

① (高丽)义天著,黄纯艳点校:《高丽大觉国师文集》,第156—157页。

② (高丽)义天著,黄纯艳点校:《高丽大觉国师文集》,第160—161页。

尝闻奘三藏，问津法王子。大教传瑜伽，唱道慈恩寺。

又闻浮石老，鸡林称大士。唐土学华严，旋归振纲纪。

性相互有得，未能尽善美。孰若祐世师，五宗穷妙理。

愿报二圣恩，寿祝南山比。陛辞还补陀，不更中流止。

端坐即灵通，华藏本如是。我愧陪弥天，才辩非凿齿。

留赠明月珠，光透玉壶里。四海同一家，何此亦何彼。

"尝闻"四联注："唐朝奘法师求法西竺，传瑜伽相宗而归，高丽想法师，传华严性宗而去。""孰若"联注："朝廷恩许，僧统所至参问，遍见知识，故一年之间，通达贤首性宗、慈恩相宗、达摩禅宗、南山律宗、天台观宗，无不得其妙旨。""愿报"联注："僧统所至塔寺名山道场，无不修奉功德，上祝皇帝、太皇太后圣寿，咸有感应。""端坐"句注："僧统旧住灵通道场。""我愧"一联则用苏轼《送杨杰诗》"三韩"二句，用道安比义天，自谦不及习凿齿。

僧守长、法圆、宗喜给义天的诗，盖义天在宋期间所作：

大宋沙门守长诗①

大宋北岩山比丘守长上。

祐世贤中作主人，高丽僧统大名称。唐朝遍问诸禅髓，海国曾挑几劫灯。满眼喧谨闲富贵，片心洁白敌霜冰。真风法雨衣冠慕，一味醍醐绝爱憎。

大宋沙门法圆诗②

□□□，谨吟成七言四韵律诗一章，诣□□□达高丽僧统华严大法师。伏惟□□赐尊览。法圆无任惶恐之至。大宋杭州承天寺了觉大师法圆上。

---

① （高丽）义天著，黄纯艳点校：《高丽大觉国师文集》，第155页。
② （高丽）义天著，黄纯艳点校：《高丽大觉国师文集》，第158页。

□□□□日华东,岂惮烟波数万重。藉藉声□□□□,恂恂教义列圭峰。春帆楚□□□□,□橹吴松趁晓风。不绍金轮真帝子,□□□趣已相通。

大宋沙门宗喜诗①

宗喜启:昨日承法驾荣临荒院,未由前谢,无任感愧,即辰且审法候康佳。忻抃、忻抃。辄成拙颂,谨奉上呈,伏冀采览。幸甚。大宋传法沙门宗喜上。

□□□□饭王家,为法东来泛□楂。

彼岸□□□□眼,祖宗荣幸遇光华。

义天与高丽朝贺回使一同,②五月"十二日离明州,十九日放洋"。③ 刚刚起航,及"已到定海,放洋次"时,义天先后给净源写了两封信。④ 六月一日,义天至礼成江,宣宗奉太后出奉恩寺以待。⑤ 回国后,义天"献释典及经书一千卷,又于兴王寺奏置教藏都监,购书于辽、宋,多至四千卷,悉皆刊行"。⑥ 九月,义天分别给净源、善聪写信问候。⑦

自元祐元年(1086)高丽使行回国后,至元祐五年,高丽"凡

---

① (高丽)义天著,黄纯艳点校:《高丽大觉国师文集》,第158页。

② 《灵通寺大觉国师外集碑》。

③ (高丽)义天著,黄纯艳点校:《高丽大觉国师文集》,第29页。

④ (高丽)义天著,黄纯艳点校:《高丽大觉国师文集》,第39—40页。

⑤ 《高丽史》十《世家》卷第十:宣宗三年(1086)"六月丁亥朔,王如奉恩寺"。(第277页)《高丽史》九十《列传》卷第三《宗室一·大觉国师煦》:义天"至礼成江,王奉太后出奉恩寺以待"。(第2827页)

⑥ 《高丽史》九十《列传》卷第三《宗室一·大觉国师煦》,第2827—2828页。

⑦ (高丽)义天著,黄纯艳点校:《高丽大觉国师文集》,第40—41页。

数岁使不至"。①

四、余温

元祐元年（高丽宣宗三年/1086）九月十二日，苏轼为翰林学士。② 钱勰从高丽带回猩猩毛笔，非常珍爱，送给黄庭坚，黄庭坚有《和答钱穆父咏猩猩毛笔》：③

> 爱酒醉魂在，能言机事疏。平生几两屐，身后五车书。
>
> 物色看王会，勋劳在石渠。拔毛能济世，端为谢杨朱。

苏轼每过黄庭坚，见毛笔都爱不释手。苏轼、钱勰俱在翰林院，黄庭坚有作《戏咏猩猩毛笔》：④

> 枕榔叶暗宾郎红，朋友相呼堕酒中。

---

① 《宋史·高丽传》："运（宣宗）立四年卒，子怀王尧（献宗名昱）嗣。未阅岁，以病不能为国，国人请其叔父鸡林公熙摄政。未几尧卒，熙（肃宗）乃立，凡数岁使不至。元祐四年，其王子义天使僧寿介至杭州祭亡僧……熙后避辽主讳，改名颙。颙性贪吝，好夺商贾利，富室犯法，辄久縻责赎，虽微罪亦输银数斤。五年，复通使，赐银器五千两。"高丽宣宗、献宗、肃宗即位时间显然有误，大抵因丽使不入贡造成。而《高丽史》元丰八年（1085）使宋后，至元祐五年（1090），亦未载使宋事，自"运立四年"至元祐五年"凡数岁使不至"当属实。

② 《续资治通鉴长编》卷三八七，第 9426 页。

③ （宋）黄庭坚著，刘尚荣校点：《黄庭坚诗集注》卷三，北京：中华书局，2003 年，第 1 册，第 149—150 页。该书目录附年谱，亦将此三诗编入本年。（第 10 页）

④ 《黄庭坚诗集注》卷三《戏咏猩猩毛笔二首》题注："钱穆父奉使高丽，得猩猩毛笔，甚珍之。惠予，要予作诗。苏子瞻爱其柔健可人意，每过予书案，下笔不能休。此时二公俱直紫微阁，故予作二诗，前篇奉穆父，后篇奉子瞻。"（宋）黄庭坚著，刘尚荣校点：《黄庭坚诗集注》，第 150 页。

政以多知巧言语,失身来作管城公。

苏辙有《次韵黄庭坚学士猩毛笔》①:

不悟身边一斗红,圣贤随世亦时中。

何人知有中书巧,缚送能书陈孟公。

孔武仲作《猩猩毛笔与黄鲁直同赋》②:

染血以为衣,稍亲日月光。封唇以佐酒,众馔登华堂。

谁令拔其毛,万里归文房。纤妍依象管,寂寞伴萤囊。

生已多言语,死犹近文章。一身皆有用,岂恤躯干伤。

鼠须固微细,兔毫亦寻常。物以异为贵,嗟哉俱自戕。

黄庭坚又作《客有和予前篇为猩猩解嘲者复戏作咏》:③

明窗脱帽见蒙茸,醉着青鞋在眼中。

束缚归来傥无辱,逢时犹作黑头公。

本年,徐都纲等船来高丽,义天收到净源送来的佛典,回信自谈在海东宣讲佛法,且求他书。④

元祐二年(1087)三月,净源获悉义天讲授华严教法,倍感欣慰。再谈及佛经事,⑤并附上"手炉、棕拂各一柄,净巾、按褥各一条,仍亲写绝句一首,以作传授之缘"。⑥诗云:⑦

炉拂二事,付法子华严僧统,因成一绝。大宋云闲座主

---

① (宋)苏辙著,陈宏天、高秀芳点校:《苏辙集》卷十四,第280页。

② 《清江三孔集》卷五,《文渊阁四库全书》第1345册,第227页。

③ (宋)黄庭坚著,刘尚荣校点:《黄庭坚诗集注》卷三,第151页,诗题依当页校勘记改。

④ (高丽)义天著,黄纯艳点校:《高丽大觉国师文集》,第40页。

⑤⑥ (高丽)义天著,黄纯艳点校:《高丽大觉国师文集》,第117页。

⑦ (高丽)义天著,黄纯艳点校:《高丽大觉国师文集》,第149页。

净源上。

> 青炉黑拂资谈柄，同陟莲台五十年。
>
> 今日皆传东海国，焚挥说法度人天。

后来信中，净源说："三月内，附都纲洪保书一封、炉拂绝句一首，必达检收。"① 义天有和净源诗：②

> 某伏蒙本讲阇梨尊慈垂示佳什，以手炉、棕拂见贶，为传授之信。感荷之际，辄嗣严音，遥献几前。
>
> 远结因缘应累劫，忝窥章句又多年。
>
> 今承信具增何愿，慧日光前睹义天。

在中国初见，义天自言"某甲仰慕道谊，以日为岁，不惮险难，百舍来谒"，净源说："昔慧思一见智颤即知灵山之旧，今僧统之来，焉知非夙缘耶？"③ 故首句言此。冲羽见到义天和诗，再和一首④：

> 冲羽因睹高丽僧统上禀受善住法师之什，谨依韵和呈。
>
> 贯花文富旨幽玄，空积疑云度岁年。
>
> 何日抠衣墙数仞，辩风吹散睹青天。

六月，慧因院收到高丽"国王、太后特施金字经三部"，即《华严经》三译本一百八十卷（东晋佛驮跋陀罗译的六十卷、唐代实叉难陀译的八十卷、般若译的四十卷），净源回信致以衷心感谢。⑤ 同年，义天似组织教藏监司编校完成《圆宗文类》，雕版发

---

① （高丽）义天著，黄纯艳点校：《高丽大觉国师文集》，第 114 页。

② （高丽）义天著，黄纯艳点校：《高丽大觉国师文集》，第 69—70 页。

③ 《灵通寺大觉国师外集碑》。

④ （高丽）义天著，黄纯艳点校：《高丽大觉国师文集》，第 162 页。

⑤ （高丽）义天著，黄纯艳点校：《高丽大觉国师文集》，第 117 页。

行,寄给宋僧辩真等①。似还给净源写信一通,讨论佛事,②且奉上自己的新诗。③

本年,④钱勰将从高丽带回的松扇送给同僚。时张耒为正字,有《谢钱穆父惠高丽扇》:⑤

> 三韩使者文章公,东夷守臣亲扫宫。清廉不受橐中献,万里归来两松扇。六月长安汗如洗,岂意落我怀袖里。中州翦就霜雪纨,千年淳风古箕子。

于是,苏轼作《和张耒高丽松扇》:⑥

---

① 《新集圆宗文类序》有"书成奏上,特赐名曰《圆宗文类》,仍命下才为之序。司臣□让未获,聊述端倪,仅序",见(高丽)义天著,黄纯艳点校:《高丽大觉国师文集》,第 2 页。司,或即教藏监司。《圆宗文类》,义天落款"兴王寺住持传贤首教观兼天台教观南山律钞因明等论等观普应圆明福国慈济广智开宗弘真祐世僧统",可确定义天在兴王寺期间;且辩真信有"曾奉书驰问,兼惠及《圆宗文类》,将近十年"(详见后文),则义天《圆宗文类》编成寄出,大概在教藏监司成立后之翌年 1087 年。又《大宋沙门道亨书》三首其二"辱惠以诸部教乘,观其《文类》序引,遂知祖教未残,哲人间出"(《高丽大觉国师文集》,第 129 页)。似也送道亨一部。

② (高丽)义天著,黄纯艳点校:《高丽大觉国师文集》,第 40—41 页。

③ (高丽)义天著,黄纯艳点校:《高丽大觉国师文集》,第 113—114 页。

④ 按(清)冯应榴辑注,黄任轲、朱怀春校点:《苏轼诗集合注》(上海:上海古籍出版社,2001 年)将《和张耒高丽松扇》编入卷二十九,属"元祐二年丁卯秋冬,官翰林学士时作"。《黄庭坚诗集注》将《次韵钱穆父赠松扇》《戏和文潜谢穆父松扇》编入卷七,注"东坡《和张耒高丽松扇》在《怀王定国》后"。

⑤ (宋)张耒撰,李逸安、孙通海、傅信点校:《张耒集》卷十二《谢钱穆父惠高丽扇》,北京:中华书局,1990 年,第 208—209 页。

⑥ (宋)苏轼撰,(清)王文诰辑注,孔凡礼点校:《苏轼诗集》卷二十九,第 1527 页。

> 可怜堂堂十八公,老死不入明光宫。万牛不来难自献,裁作团团手中扇。屈身蒙垢君一洗,挂名君家诗集里。犹胜汉宫悲婕妤,网虫不见乘鸾子。

黄庭坚不仅有《次韵钱穆父赠松扇》:①

> 银钩玉唾明茧纸,松箑轻凉并送似。可怜远度馈沟娄,适堪今时禠襫子。丈人玉立气高寒,三韩持节见神山。合得安期不死药,使我蝉蜕尘埃间。

还有《戏和文潜谢穆父松扇》:②

> 猩毛束笔鱼网纸,松柎织扇清相似。动摇怀袖风雨来,想见僧前落松子。张侯哦诗松韵寒,六月火云蒸肉山。持赠小君聊一笑,不须射雉彀黄间。

校书郎孔武仲也想得到松扇,就作《钱穆仲有高丽松扇馆中多得者,以诗求之》:③

> 巨鳌昂头鲸掉尾,东顾沧溟天接水。钱公涉险如通渠,破帆一抹三千里。岛夷之国远且偏,归来逢人语辄喜。大荒茫茫最宜松,直从旷野连深宫。听声卧影已不俗,况作团扇摇清风。人情重远由来事,不贵黄金贵楛矢。况有新诗传四方,群豪追随弄荐章。我虽相见无所得,坐忆松鹤生微凉。钱公治迹压张赵,偷儿破胆皆摧藏。桴鼓不鸣已三月,凛凛霜威破残热。从公觅扇更觅诗,愿报琼瑶无已时。

钱勰果然送给他,因作《内阁钱公宠惠高丽扇,以梅州大纸报之,

---

① (宋)黄庭坚著,刘尚荣校点:《黄庭坚诗集注》卷七,第282—283页。
② (宋)黄庭坚著,刘尚荣校点:《黄庭坚诗集注》卷七,第284页。
③ 《清江三孔集》卷六,第234页。

仍赋诗》：①

> 昨夜秋风来户庭，残灯闪灭微凉生。得公团扇未及用，
> 挂向空堂神骨清。但将远趣醒耳目，不独暑月排歊蒸。惭
> 当厚意无以报，前诗空说玖与琼。漆箱犹有南中纸，阔似棋
> 枰净如水。传闻造之自梅州，蛮奴赤脚踏溪流。银波渗彻
> 云蟾髓，入轴万杵光欲浮。收藏终恐非吾物，宝剑银钩有时
> 失。不如包卷归文房，钱公家世能文章。五日京兆聊尔耳，
> 归步金銮上玉堂。玉堂不复知吏事，紫橐华簪奉天子。凤
> 阁曾观思涌泉，谪仙今振辞如绮。不似冷官太苦辛，吟哦风
> 月愁山鬼。

元祐三年（1088），净源回信。② 夏，慧清（善聪僧徒）收到义
天来信，回信有"风霜虽涉于两年，魂梦常驰于万里""大舶聿来，
惠然辱于教赐"等语，并盛赞、问候义天。十一月末，净源"心疲气
殆"，自知时日无多，给义天写下绝笔信，"留着经帙内，附门人寄吾
子僧统诀别"。自述生平，并说义天出身不凡，天资聪颖，期以远大。
另言自注《法华经》十二卷，让义天以后"详校开版，流之无
穷"。③ 二十八日圆寂。僧徒颜显"窃其画像附舶客往告"。④ 年

---

① 《清江三孔集》卷六，第234—235页。
② （高丽）义天著，黄纯艳点校：《高丽大觉国师文集》，第113—
114页。
③ （高丽）义天著，黄纯艳点校：《高丽大觉国师文集》，第118页。
④ 引文见《续资治通鉴长编》卷四三五，第10493页。且《论高丽进
奉第二状》："今来又访闻得，还是本院行者姓颜人，赍持净源真影
舍利，随舶船过海，是致义天复差人祭奠。"（宋）苏轼撰，（明）茅维
编，孔凡礼点校：《苏轼文集》，第858页。又义天与净源信中曾提
及颜显，且又有《与大宋行者颜显书》，（高丽）义天著，黄纯艳点
校：《高丽大觉国师文集》，第143页。

末,善聪给义天写了一封信,伤悼净源圆寂,并说杨杰"近受两浙职司提刑,甚是外护贤首教门"。① 本年从谏也给义天去信问候,"一远风仪,两移星暑"云云。②

五、渐远

元祐四年(1089),净源示灭百日(二月初六)后,义天作《追荐大宋净源阇梨百日斋疏》。③ 九月八日,辽遣使高丽贺生辰。十日,高丽宣宗"以天元节宴辽使于乾德殿。王制贺圣朝词曰:'露冷风高秋夜清,月华明。披香殿里欲三更,沸歌声。扰扰人生都似幻,莫贪荣。好将美醲满金舣,畅欢情。'"④

十月二十五日,高丽仁睿太后始创国清寺,⑤以遂义天宏愿。⑥ 净源忌辰将至,义天遣弟子寿介、继常、颖流,院子金保、裴善等五人赍祭文来祭奠,"仍诸处寻师学法",并"奉国母指挥,令赍金塔二所,祝延皇帝、太皇太后圣寿"。⑦

_____

① (高丽)义天著,黄纯艳点校:《高丽大觉国师文集》,第131页。按《续资治通鉴长编》卷四二○:"朱迎等抱负屈抑,赴诉省曹,本部明知两浙监司皆有妨碍,虽提刑杨杰系后来到任,而其人孱懦齷齪,苦无风力,自合申禀朝廷,选官根究,而姑欲应法,止委杨杰,则是户部畏惮也。"(第10129页)则杨杰最迟十二月已经到任。

② (高丽)义天著,黄纯艳点校:《高丽大觉国师文集》,第136页。

③ (高丽)义天著,黄纯艳点校:《高丽大觉国师文集》,第56页。

④ 《高丽史》十《世家》卷第十,宣宗六年(1089)九月丁丑,第286页。

⑤ 《高丽史》十《世家》卷第十,宣宗六年(1089)十月辛酉,第286页。另,中国天台山国清寺,原名天台寺,隋代根据中国天台宗创始人智顗遗愿建造,取寺成国清之义。

⑥ 《灵通寺大觉国师外集碑》。

⑦ 《论高丽进奉状》,(宋)苏轼撰,(明)茅维编,孔凡礼点校:《苏轼文集》,第847—849页。

同年三月十六日,苏轼被任命为杭州知州。得知义天弟子来宋,苏轼认为高丽多年不入贡,此举意在试探,十一月三日上报朝廷,只许寿介等人致奠,其余并不许,"仍与限日,却差船送至明州,令搭附因便海舶归国",还趁机查办了泉州百姓徐戬。他曾受高丽钱物,在杭州雕造夹注《华严经》,还船送义天徒弟来宋。① 同年冬,义天给慧聪写信,说"一违风采,三易岁华",想慧聪佛法精进,谨"适戒沍寒之候,希臻浩养之方"。②

元祐五年(1090)正月,寿介等"以金塔请法师舍利以归其国"。③ 七月二十日,高丽遣李资义、魏继廷等如宋谢恩兼进奉。④ 八月八日,义天作《新编诸宗教藏》序,说本书是将自己二十年间搜集到的"新旧制撰诸宗义章""叙而出之",以后所得也"随而录之",待将来"编次函帙"。⑤

八月十五日,因七月有商客王应升等"冒请往高丽国公凭,却发船入大辽国买卖";且李资义来,是去年六月往高丽经商的李球作向导,于是苏轼上疏朝廷:"杭、明州并不许发舶往高丽,违者徒二年,没入财货充赏","并乞删除元丰八年九月内创立'许舶客专擅附带外夷入贡及商贩'一条",朝廷一一施行。⑥

九月十日,辽遣使三十一人来高丽贺生辰,十九日"再宴辽

---

① 《论高丽进奉状》。且徐戬事与《高丽史》十《世家》卷第十,宣宗四年(1087)三月二十二日"徐戬等二十人来献《新注华严经》板"(第279页)相符。

② (高丽)义天著,黄纯艳点校:《高丽大觉国师文集》,第42页。

③ 《宋杭州南山慧因教院晋水法师碑》。

④ 《高丽史》十《世家》卷第十,宣宗七年(1090)七月癸未,第287页。

⑤ (高丽)义天著、黄纯艳点校:《高丽大觉国师文集》,第3页。

⑥ 《乞禁商旅过外国状》、《论高丽买书利害札子三首》其一,(宋)苏轼 撰,(明)茅维编,孔凡礼点校:《苏轼文集》,第888—891、995页。

使于乾德殿,令三节人坐殿内左右,有司奏:'再宴使者,古无此例。三节就坐殿内,亦所未闻。'王曰:'使者赍御制天庆寺碑文以来,宜加殊礼。'不从"。①

十二月初五,宋刘挚叙高丽本末云:熙宁以来,高丽"入朝奉贡,朝廷待遇之礼、赐予之数,皆非常等。恩旨亲渥,至于次韵和其诗、在馆问劳无虚日,多出禁苑珍异赐之。沿路供顿,极于华盛,两浙、淮南州郡为之骚然。每至州县或镇砦,皆豫差诸色行户,各以其物赍负,迎于界首,日随之,以待其所卖买,出境乃已;及鞍马什物等皆用鲜美者,被科之家旋作绣画,或求于四方,人多失业,至于逃遁,或有就死者。盖朝旨严切,而引伴皆用中人,是以如此。自元丰八年使者回,到今复至。朝廷用知杭州苏轼及御史中丞苏辙之请,痛加裁省,及定其程限,自入界不两月到阙下。问引伴官向綘、赵希鲁,言沿路扰费十去六七矣"。②

元祐六年(1091)正月十五日,宋哲宗"于阙前赐酒,皆赋《观灯》诗",高丽进奉副使魏继廷有"千仞彩山擎日起,一声天乐漏云来",朴寅亮子景绰为主簿,有句"胜事年年传习久,盛观全属远方宾"。③ 正月二十六日,苏轼为吏部尚书,二月为翰林学士承旨。④ 五月二十二日,翰林学士承旨苏轼兼侍读;二十六日,至自杭州,始入见。⑤ 七月二十日,高丽李资义等还自宋,奏言"帝闻我国书籍多好本,命馆伴书所求书目录授之",合计约一百

---

① 《高丽史》十《世家》卷第十,宣宗七年(1090)九月庚辰,第 288 页。
② 《续资治通鉴长编》卷四五二,注"此据刘挚日记赠入",第 10851 页。
③ (宋)沈括著,胡道静等译注:《梦溪笔谈全译》,贵州:贵州人民出版社,1998 年,《中国历代名著全译丛书》第 33 册,第 1078 页。按原书讹作"魏继延",《高丽史》唯有"魏继廷",本次丽使亦名此,径改。
④ 《续资治通鉴长编》卷四五四、四五五,第 10889、10902 页。
⑤ 《续资治通鉴长编》卷四五八,第 10968、10971 页。

二十八种(内含《黄帝针经》九卷)。① 八月初五,苏轼为龙图阁学士、知颍州。②

从谏致信义天,自言去年八月法照大师圆寂,于是自己担任上天竺寺住持,事务众多,且闻义天"兴阐法席,振举台宗"于海东,希望"戮力宣布,使吾教廓如"。③ 僧道璘给义天写信,说每天在慧因院为皇帝、太后祝寿之后,就"遥祝高丽大王、国母殿下国祚弥昌,圣躬万祐",然后"仰祝僧统",还以义天画像立生祠于院,奉香火,以报庇护恩德,"则慧因正为高丽之功德院"。④

元祐七年(1092)正月二十四日,苏轼知郓州,二十八日,改扬州。⑤ 三月二十六日,苏轼到扬州任。⑥ 七月十七日,高丽遣黄宗悫、柳伸如宋谢恩。⑦ 入京途中路过扬州,苏轼接待。⑧ 扬

---

① 《高丽史》卷十《世家》卷第十,宣宗八年(1091)六月丙午,第289—291页。

② 《续资治通鉴长编》卷四六三,第11060页。

③ 《上天竺寺历代住持题名》载"第五代慈辩从谏法师元祐五年",故此信当为元祐六年所写。(《杭州上天竺讲寺志》,影印《中国佛寺史志汇刊》第1辑,第26册,第74页。)

④ 《高丽史》十《世家》卷第十:宣宗十年(1093)"九月丁丑,王诣仁睿太后返魂殿,行小祥祭"。(第295页)当为周年祭。又信中说"以先师之缘,常希存顾",故此信当在净源圆寂后、仁睿太后薨(宣宗九年九月)前,具体时间不详。

⑤ 《续资治通鉴长编》卷四六九,第11204—11205页。("璪与挚皆不迁,苏轼亦改扬州"注:"轼改扬州在二十八日。今并书。")

⑥ 孔凡礼:《苏轼年谱》,第1034页。

⑦ 《高丽史》十《世家》卷第十,宣宗十年(1093)七月壬辰,第294页。

⑧ 《与范纯夫》:"某衰病日侵,而使客旁午,高丽复至,公私劳弊,殆不能堪。"(宋)苏轼撰,(明)茅维编,孔凡礼点校:《苏轼文集》,第1454页。《苏轼奉使高丽一事考略》已有考证。

州期间,苏轼听闻友人林希将使高丽,旋又辞免。① 七月二十二日,苏轼除兵部尚书充卤簿使;八月二十二日,兼侍读。② 八月末,九月初,离扬州,当月入京。③ 十一月,乞越州,不允,改为端明殿学士、礼部尚书兼翰林侍读学士。④ 十一月十四日,哲宗"祀天地于圜丘"。⑤ 高丽使与观盛典,苏辙诗有"琛来渡海船",自注"高丽使前十日到阙,预观大礼"。⑥

元祐八年(1093)正月初三,"诣南御苑试射,朝廷旋选能射武臣伴射。射毕赐宴"。⑦ 王诜押高丽宴射并作诗,众人和诗。苏轼《次韵王晋卿奉诏押高丽宴射》:⑧

> 北苑传呼陛楯郎,东夷初识令君香。天山自可三箭取,海国何劳一苇杭。宣劝不辞金碗侧,醉归争看玉鞭长。锦囊诗草勤收拾,莫遣鸡林得夜光。

---

① 《与林子中书》,《苏轼文集》第 1656 页,《苏轼奉使高丽一事考略》已有考证。

② 《续资治通鉴长编》卷四七五,第 11321—11322 页。

③ 孔凡礼:《苏轼年谱》,第 1058—1061 页。

④ 《续资治通鉴长编》卷四七六、四七八,第 11348、11395 页。

⑤ 《宋史》卷一七《本纪》第一七《哲宗一》,第 335 页。

⑥ (宋)苏辙著,陈宏天、高秀芳点校:《苏辙集》卷一《郊祀庆成》,第 881 页。

⑦ (清)冯应榴辑注,黄任轲、朱怀春校点:《苏轼诗集合注》卷三十六,卷注:"起元祐七年壬申秋杪自扬州还朝,合明年癸酉九月出京以前作。"(目录第 58 页)诗《次韵王晋卿奉诏押高丽宴射》题注引《东京梦华录》:"高丽使人在大梁门外安州巷同文馆。元旦朝见讫,后二日,诣南御苑试射,朝廷旋选能射武臣伴射。射毕赐宴。"(第 1858 页)

⑧ (宋)苏轼撰,(清)王文诰辑注,孔凡礼点校:《苏轼诗集》卷三十六,第 1954 页。

范祖禹(1041—1098)《和王都尉押高丽人燕射北园》:①

> 天上星弧日射狼,副车衣袂得余香。朝云曾落双雕羽,
> 辽海将归万里航。酒滟尧樽宾已醉,春回汉苑漏初长。何
> 郎拜舞恩波渥,花簇金鞍道路光。

苏颂(1020—1101)《次韵王都尉团练押赐高丽归使宴射赠馆伴
舍人兼呈诸公》:②

> 通侯年少侍中郎,主客名园满国香。赐酒九行勤貊使,
> 一帆千里送吴航。鸣弦屡奏前筹捷,擒藻俄传秀句长。更
> 与诗翁相属和,骊珠数百透函光。

正月二十二日,宋廷"诏颁高丽所献《黄帝针经》于天下"。二
月初四,"礼部尚书苏轼言:'高丽使乞买历代史及《策府元龟》
等书,宜却其请不许。'省臣许之,轼又疏陈五害,极论其不可。
有旨:'书籍曾经买者听。'"③"卒市《册府元龟》以归。"④今《苏
轼文集》有《论高丽买书利害札子三首》,分别写于二月初一、
二月十五、二月二十六,除历代史及《册府元龟》,还提到太学
敕式。⑤ 五月,黄庆基弹劾苏轼罪状,其中就有不遵朝廷决议,
反复论陈不许高丽买书一事。高太后、吕大防力挺苏轼,黄庆基

---

① (清)查慎行著,王友胜校点:《苏诗补注》卷三十六,第 1106—
1107 页。
② (宋)苏颂著,王同策等点校:《苏魏公文集》卷十二,第 151 页。
③ 《宋史》卷一七《本纪》第一七《哲宗一》,第 335—336 页。
④ 《宋史·高丽传》。
⑤ (宋)苏轼撰,(明)茅维编,孔凡礼点校:《苏轼文集》,第 994—
1001 页。

被贬。① 六月，苏轼乞知越州，不允，后知定州。② 九月，高太后薨，哲宗亲政。

绍圣元年（1094）二月初，义天入洪圆寺教学，以遂顺宗遗愿。五月，高丽宣宗薨，献宗以长子即位。同月，义天退居伽倻山海印寺，"献王再征不能致"。③ 翌年（1095）冬十月，高丽肃宗代献宗即位，旋即遣使迎还义天。回朝后不久，义天住持兴王寺，教学如初。④ 退隐海印寺期间，义天刊定《唯识论单科》。⑤

绍圣三年（高丽肃宗元年/1096）即义天回国十年前后，辩真

---

① 《续资治通鉴长编》卷四八四："近者高丽人使乞赐书籍，此乃祖宗朝故事，且屡尝赐书与之矣，轼乃拒违诏旨，极言不可。及都省批送礼部，令吏人上簿，固非重责也，轼乃盖庇吏人，力陈强辨，期必胜而后止。夫都省总领六曹，自有上下之分，岂有论事不当，尚敢力争？""苏辙又奏曰：'臣昨日取轼所撰吕惠卿诰观之，其言及先帝者，有曰："始以帝尧之仁，姑试伯鲧，终焉孔子之圣，不信宰予。"兄轼亦岂是讥毁先帝者耶？臣闻先帝末年，亦自深悔已行之事，但未暇改耳。元祐初改，正追述先帝美意而已。'太皇太后曰：'先帝追悔往事，至于泣下。当时大臣数人，其间极有不善，不肯谏止。'吕大防曰：'闻永乐败后，先帝尝曰："两府大臣，略无一人能相劝谏。"然则一时过举，非先帝本意明矣。'太皇太后曰：'此事皇帝宜深知。'大防曰：'皇帝圣明，必能照察此事。'于是得旨，敦逸、庆基并与知军差遣。"（第 11497、11503—11504 页）

② 《续资治通鉴长编》卷四八四："壬申，礼部尚书、端明殿学士、翰林侍读学士、左朝散郎苏轼知定州。"注："按苏轼奏议，八月十九日以端明侍读礼书，论读汉、唐正史，则六月二十六日不应已除定。又《实录》于九月十三日再书除定州，恐六月二十六日所书或误，不然，六月二十六日初除州不行，故九月十三日再除，而《实录》不能详记所以也。当考。六月八日，轼乞越州，不允。七月二十四日，轼又以新知定州乞改知越州，诏不允。政目亦于二十六日书轼知定州。"（第 11515 页）

③④ 《灵通寺大觉国师外集碑》。

⑤ （高丽）义天著，黄纯艳点校：《高丽大觉国师文集》，第 4 页。

寄来一封信,说"曾奉书驰问,兼承惠及《圆宗文类》,将近十年,于今披味,未尝暂忘",提到去年寄给义天端上座附注忏一本,感谢观览。这次义天寄来《唯识论单科》三册等佛经,并紫袈裟一条等,非常感谢。并随信寄给义天《天台教图》、《白伞盖咒图子》、诗一册、小茶一百片,仍言佛门他事,且自言听闻海东有《太平广记》,询问是否可得。随此信一同寄来的诗,现存两首:①

先年,伏承附到《圆宗文类》全部,日夕披览,未尝释手。自后国朝禁制,不得贡书,良增倾向。乃者人至,辱示文字数本,仍以紫袈裟见惠,岂胜感佩? 谨率愚课成拙诗二篇,摩渎几右,伏惟慈悲少赐采览。大宋沙门辩真稽首。

金轮苗裔脱尘笼,积庆知从几劫中。智刃挥磨伡肇叡,辞锋颖锐继生融。圆宗剖蒙解心仰,文类颁来四海通。独喜道存无适莫,江山绵邈幸同风。

曾捧嘉音海国来,于今翘想日徘徊。十年东北人离去,万里西南雁不回。忽赐方袍通肺腑,俄披尺素敌琼环。庸愚自揣知何幸,笺释无功愧匪才。

辩真诗序中提及"国朝禁制,不得贡书",与元净给义天信中所言"封圻既复,贡书不能以时"②相符。

同年前后,③善聪给义天写信说,慧清曾"因寺中逼他知管常住",就逃到庐山参禅,"更不看读教乘"。后归来,善聪就写长诗勉励他重新学教,使他回心转意。最近有州官请慧清住承天

---

① (高丽)义天著,黄纯艳点校:《高丽大觉国师文集》,第153页。
② (高丽)义天著,黄纯艳点校:《高丽大觉国师文集》,第133页。
③ 后文所引慧清和诗中有"十年"云云,故和诗似在本年,而慧清、义天之诗当更早,但具体时间不可详知。

寺宝幢教院,善聪就想把这个喜讯告诉义天,顺便寄去勉励慧清背禅弘教的诗给义天看。① 诗云:

> 正法时将六百年,毗卢心海始流传。
> 共师交臂弘斯道,莫羡文殊今普贤。②

义天得知此事后,写诗寄给慧清,希望他坚持修行、弘扬教宗:③

> 华藏同游期再会,碧波亲禀认前缘。
> 欲图法眼长无缺,慎勿轻言教外传。

慧清收到义天来诗,和云:④

> 慧清顿首:海上客来,远蒙宠惠佳章三□□,但深感服,辄不自揆,依韵和成□□,少嗣荣贶,伏冀终览是幸。大宋沙门慧清顿首上。
>
> □□□□碧波前,得奉谈余匪小缘。
> 自是益□□□□,于今盖国几人传。
>
> □□□违□十年,更参嘉论复何缘。
> 此心空□□□远,尸素难寻锦鲤传。

绍圣四年(1097)二月,高丽国清寺完工。⑤ 五月,义天任住持,初讲天台教。"一时学者瞻望圣涯,舍旧而自来",将近千

---

① (高丽)义天著,黄纯艳点校:《高丽大觉国师文集》,第 132 页。
② (高丽)义天著,黄纯艳点校:《高丽大觉国师文集》,第 151 页。
③ (高丽)义天著,黄纯艳点校:《高丽大觉国师文集》,第 70 页。
④ (高丽)义天著,黄纯艳点校:《高丽大觉国师文集》,第 158—159 页。
⑤ 《高丽史》十一《世家》卷第十一,肃宗二年(1097)二月壬申,第 311 页。

人。[①] 法邻来信说，义天"新创寺额曰国清"是"大誓愿力方成就"，自己也想随舟越海去拜访他，"兼观盛事"，但无奈王制。若潜逃，又怕给"父母师主"招来"不测之祸"。他希望义天仿照大宋"官员请僧传教说禅或住持，并出请疏并公文""上禀天旨"的程序，"发商船，附表公文书疏，诣阙举请"。且"表书或公状"要依照中国常规，切"不可言'于某年得此僧诗一篇'等"。注："此事才泄，卑躬祸至。"[②] 大抵当时私自作诗跨国往来是非法的。

十二月十三日，辽遣御史中丞耶律思齐、学士李湘到高丽，册封肃宗。

元符元年(1098)，高丽肃宗命第五子从义天出家。冬，遣使尹瓘等如宋入贡，"又舍银一千三百两"，在慧因院"特创经殿"，安置以前寄来的金书《法华经》。[③] 后在《华严经》藏经阁建造过程中，净源弟子希仲曾给义天寄去三幅图，重温旧游，"都经阁缔构宏丽"，还写信感谢义天同意赞助在慧因寺"雕造圣像、经殿帐座"。(121页)

同年，耶律思齐给义天写过三封信(142—143页)。其一有"瞻言宝刹""幸觌慈标""已阒依归之素"数语，当为由丽返辽后所写。其二感谢义天送给他经教。其三提到本国智佶、安乐伊、鲜演等经义刊刻事，且说把《摩诃衍论记文》与《御义》五卷带给

①《灵通寺大觉国师外集碑》。

②（高丽）义天著，黄纯艳点校：《高丽大觉国师文集》，第139页。

③ 杨延龄：《杨公笔录》，《全宋笔记》第一编第10册，郑州：大象出版社，2003年，第153页。又《临安志》卷七八《寺观四·惠因院》说"元符二年，又施金建华严大阁以崇奉之"(《文渊阁四库全书》第490册，第808页)，而《高丽史》十一《世家》卷第十一肃宗三年(1098)七月"己未，遣尹瓘、赵珪如宋，告嗣位，进方物"(第315页)。且参考《杭州慧因教院华严阁记》(详见后文注)，故将此条列入元符元年冬。

义天。辽僧智佶还给义天写过一首诗(159—160页):

> 近日,伏睹御解大义后叙,及蒙施到山水衲衣一条,因述一章,遥奉僧统大师,幸垂详览。大辽天庆寺传戒苾蒭智佶奉上。

> 敷扬圣旨衲衣新,获睹蒙贻近在旬。
>
> 御解义中真得奥,锦襕梯内刻能匀。
>
> 堪为我后流通手,的是皇家辅翼臣。
>
> 谁把千言闻上帝,三韩今作荷恩人。

今辽宁朝阳有天庆寺,建成于辽寿昌五年(宋元符二年/1099)。[①] 智佶所在天庆寺若即此寺,则该诗创作应晚于1099年。颔、颈两联说,义天看过辽的御解大义,深得原书奥秘,不仅写作后叙,还把这部书在高丽刊刻流通。义天《新编诸宗教藏总录》收录"御制"《发菩提心戒本》二卷、《随品赞》十卷,即辽道宗(1032—1101)所作。诗序既称御解大义,恐怕也是出自辽道宗的手笔,或即耶律思齐随第三封信一同寄给义天的《御义》亦未可知。

元符三年(1100)正月,宋哲宗驾崩,徽宗即位。六月三十日,高丽遣任懿、白可臣如宋吊慰;七月十二日,遣王嘏、吴延宠如宋贺登极。贺登极使复请在慧因院华严经阁造"卢舍那佛、普贤文殊菩萨像,并供具等置于其阁"。[②]

---

① 董高、姚海山:《朝阳凤凰山在东北佛教史上的独特地位》,《辽宁省社会主义学院学报》,2006(1)。

② 《杭州慧因教院华严阁记》"元符元年冬,其国遣使贡方物。及建中靖国元年,复遣使贺今上登宝。继附白金千数两,请于慧因院造华严经阁及卢舍那佛、普贤文殊菩萨像,并供具等置于其阁",且云"未几,阁成",希仲"以余与源师有旧,请为文记之",落款时间为"建中靖国元年三月初一"。(《玉岑山慧因高丽华严教寺志》,第75页。)

余论

宋神宗朝为抗辽计，分外优待高丽，与高丽文宗想要联合宋朝的想法不谋而合。1068 年许，两国关系进入破冰期，此后以宋朝斥巨资特意打造两艘"神州"遣使高丽为标志，自 1078 年许，两国关系进入蜜月期，愈发紧密。大觉国师作为高丽王子，在宋求法游历一年。其可在 1085 年借商船潜入宋朝，本已部分说明当时两国较为宽松的商贸环境。但与此同时宋丽两国关系已经在悄然发生变化。

1081—1082 年，宋神宗出兵西夏。此间，辽朝还曾借宋向西夏开战之机从中渔利，向宋索要关南十县，几经磋商，辽改口索要岁币，将澶渊之盟约定的岁币三十万提高至五十万。最终，宋朝不但出兵西夏遭遇重挫，对辽经济负担亦大幅上涨。神宗的锐气、熙宁变法和元丰改制积累的国家财富、大宋的活力，都因用兵西夏以致惨败而消耗殆尽，辽朝却不费吹灰之力而得巨大好处。

1084 年，高丽宣宗即位，十一月受辽册封，1085 年宋神宗病逝、哲宗即位，高丽与辽关系也在渐趋发生转变。1086 年高丽遣使入辽 2 次，1087 年 6 次，1088 年辽想在鸭绿江边重开榷场，高丽一边防备，一边与辽不断交涉，请罢榷场。1089 年，高丽宣宗在乾德殿宴请辽使，把酒言欢以至咏词；1090 年，收到辽朝所赐御书，更是违背惯例，两次在乾德殿宴请，足见其对辽之重视。两国关系愈来愈紧密，高丽宣宗九年（1092）甚至出现"入宋表奏误书辽年号，宋朝却其表"之事。①

---

① 《高丽史》十《世家》卷第十，宣宗九年（1092）"八月乙丑，以李子威为尚书右仆射权知门下省事兼西京留守使。初，子威以宰相监校入宋，表奏误书辽年号，宋朝却其表，由是责罢。不数月，干谒内壁，得拜是职。时人讥之"。（第 293 页。按"辽年号"，整理本作"六年号"，奎章阁藏本作"辽年号"似是。）因言"不数月"，故误书年号事当在本年。

  高丽在宋辽之间徘徊,至 1086—1090 年,高丽不入贡宋朝,
而与辽越来越亲近。后来高丽再度入贡朝宋,宋难免心存芥蒂,
担心过分优待高丽使臣会带来不必要的国防隐患。加之此前,
因多年频繁厚待高丽使臣,地方上也严重劳民伤财。故宋哲宗
即位后,优待高丽政策逐渐取消,乃至 1097 年,出现法邻给义天
信中所透露出的,不只宋人"偷渡"高丽会株连家人,就连私下作
诗文往来高丽都是非法的情况。可见两国关系不仅疏远,甚至
到了有些紧张的局面。也可知,宋丽关系变化,不单受宋神宗实
行新法、哲宗朝排斥新法这一种因素影响。

  虽然国际关系纷繁复杂,宋丽文士间的文化交往则相较稳
定。宋朝文士大夫诗展现出对高丽扇子、毛笔等物件的喜爱,高
丽朴寅亮诗文大获宋人好评,东人说他"以诗名于中国""文章华
国";[①]义天与中国僧俗的交往,同样通过诗歌展开。苏轼既是宋朝
文坛巨擘,又是一名官员,于是他的诗中就并存着对两种高丽看似
矛盾的情感。他与苏辙、鲜于侁等人都反对厚待高丽,并一贯认为,
高丽屡入朝贡,"馆待赐予之费不可胜数","筑城造船、建立亭馆",
公私告病,对宋廷"无丝毫之益";而"使者所至,图画山川,购买书
籍",其所得很有可能"归之契丹",危害国家安全。[②] 于是元丰八
年,苏轼见高丽亭馆作诗,第三句"尽赐昆邪作奴婢"用了汲黯请
汉武帝把投降匈奴人赐予从军死者家属作奴婢的典故。[③] 与此

---

① 《白云小说》,蔡美花、赵季主编:《韩国诗话全编校注》第 1 册,第
 48 页。

② 《论高丽进奉状》,(宋)苏轼撰,(明)茅维编,孔凡礼点校:《苏轼文
 集》,第 847—849 页。

③ 解释及原诗见(清)冯应榴辑注,黄任轲、朱怀春点:《苏轼诗集合
 注》,第 1307 页。《元丰七年,有诏京东、淮南筑高丽亭馆,密、海二
 州骚然有逃亡者。明年,轼过之,叹其壮丽,留一绝云》:"檐楹飞舞
 垣墙外,桑柘萧条斤斧余。尽赐昆邪作奴婢,不知偿得此人无?"

同时,其《凝祥池》诗说:"似知金马客,时梦碧鸡坊。冰雪消残腊,烟波写故乡。鸣銮自容与,立马久回翔。乞与三韩使,新图到乐浪。"尾联注"时高丽使在都下,每至胜境,辄图画以归",却并未如《论高丽进奉状》出于军事考虑丽使"图画山川"的危险。苏轼送诗杨杰,也是表达对义天泛海求法的赞美、对杨杰伴送机会的欣羡。知扬州期间,他心爱的仇池石用高丽盆贮藏,[①]听说林希将辞免使高丽,他也说"此本劣弟差遣,遂为老兄所挽""若不能免,遂浮沧海,观日出,使绝域知有林夫子,亦人生一段美事"。[②]

不仅如此,丽使若要购入大型书籍抑或重要书籍,要经过宋朝廷的批准。可是,宋丽造船、航海技术较为发达,沿海地区商贸气息浓厚,在此背景下,民间贸易往来成为可能。商人往来的宽松度,固然与两国邦交进展的大气候息息相关,但从苏轼掌管杭州的经历来看,地方官的执法尺度对商人往来有最直接的影响。由于商人总是可以携带一些书信、书籍甚至是人,极大便利了宋丽的民间交往。除却使臣往来,宋朝文坛流行风尚、出众的文章,大抵也可通过这种方式传至高丽。这不仅为高丽文学界学习宋朝提供了文献基础,还以口耳相传的方式,传播着文学风尚。如,金觐在随朴寅亮使华前,就因有所慕,名子富轼(1075—1151)、富辙(1079—1136)。宋人也深知高丽人十分喜爱苏轼诗文,如苏颂曾在元丰二年

---

① 《仆所藏仇池石,希代之宝也。王晋卿以小诗借观,意在于夺。仆不敢不借,然以此诗先之》"盛以高丽盆,借以文登玉"句自注"仆以高丽所饷大铜盆贮之,又以登州海石如碎玉者附其足"。系年、诗、注见(清)冯应榴辑注,黄任轲、朱怀春校点:《苏轼诗集合注》,第 1837—1838 页。

② 《与林子中书》,(宋)苏轼撰,(明)茅维编,孔凡礼点校:《苏轼文集》,第 1656 页。

(1079)给子瞻诗中说到"前年高丽使者过余杭,求市子瞻集以归"事;①元丰八年,听闻苏轼将使高丽,孙觉、秦观相继作诗庆贺,中有"文章异域有知音""学士风流异域传"等句,②为苏诗传入高丽而欣喜、骄傲。可知,高丽对苏轼的崇尚非常"及时",并未出现严重滞后现象,这一消息也及时反馈到宋,高丽对宋文明的向慕、两国联系的紧密豁然可见,高丽文风紧随宋朝亦由此可想。

（三）十二至十三世纪，高丽文人群体的国家主体意识与对华观念转变

　　高丽在不断学习、模仿古代中国的同时,高丽文人的国家主体意识也在不断萌发,十二世纪的本国史修撰即其形成的鲜明标志。十二世纪中期至十三世纪初,在宋金等国渐趋衰弱的形势激发下,高丽文人的国家主体意识进一步强化。他们认为高丽本土山水之美不亚于中国,进一步追认并神化朱蒙为高句丽甚至高丽先祖,甚至以"华"自居,乃至希望与宋平起平坐。

　　由于朝鲜半岛"朝鲜王朝与同时代的明清王朝的关系,属于中朝关系史上典型的封贡关系时期,呈现出一些阶段性发展特征",③中韩等国学者对明清时期尤其是易代之际的中韩关系

---

① 《苏魏公文集》卷十《己未九月,予赴鞫御史,闻子瞻先已被系。予昼居三院东阁,而子瞻在知杂南庑,才隔一垣,不得通音息。因作诗四篇,以为异日相遇一噱之资耳》"文章传过带方州"句注。(宋)苏颂著,王同策等点校:《苏魏公文集》,第130页。

② 二诗见《淮海集笺注》卷八,上海:上海古籍出版社,1994年,第347—350页。考证见《苏轼奉使高丽一事考略》。

③ 王臻:《角色认同的转变与重建:朝鲜王朝与明清封贡关系的变迁》,《世界历史》,2018(2)。

研究成果十分丰富。① 相较于此,朝鲜半岛高丽时期的中朝关系研究则略少。② 就本节所举研究对象而言,虽积累了一定基

---

① 论著总量有数百种,如截至 2019 年 12 月,以"朝鲜、明""朝鲜、清"作为"主题"在 cnki 检索期刊论文,分别得结果 322 条、314 条;在韩国网站检索期刊论文,可分别得出结果 706 条、673 条。其中中韩关系史相关论著甚夥。中国学者著作如孙卫国《从"尊明"到"奉清"——朝鲜王朝对清意识的嬗变》(台大出版中心,2018 年)、白新良《中朝关系史——明清时期》(世界知识出版社,2002 年)、姜龙范等《明代中朝关系史》(黑龙江朝鲜民族出版社,1999 年)、宋慧娟《清代中朝宗藩关系嬗变研究》(吉林大学出版社,2007年),论文如商传《明万历元朝抗倭后期朝鲜社会秩序再建》(《求是学刊》,2014[5])、尤淑君《"华夷之辨"与清代朝鲜的事大政策》(《山东社会科学》,2015[4])等。韩国学者著作如崔韶子《明清时代中朝关系史研究》(梨花女子大学出版社,1997 年),论文如任完爀《明清交替期朝鲜的对应与〈忠烈录〉的意义》(《汉文学报》,2005[总 12])、李英春(音)《丙子胡乱前后,朝鲜与明、清的关系与金堉〈朝京日录〉》(《朝鲜时代史学报》,2006[总 38])、韩明基《明清交替期东亚格局与朝鲜的对应》(《历史和现实》,2000[总 37])、金善民《明、后金、朝鲜的三角关系》(《中国史研究》,2008[总 55])等。

② 如截至 2019 年 12 月,以"高丽、宋""高丽、元朝"为"主题"在 cnki 检索期刊论文,即可分别得结果 127 条、126 条;在韩国网站检索期刊论文,可分别得出结果 189 条、227 条。其中有关中韩关系史者大抵不过数十种。中国学界成果如黄纯艳《宋代朝贡体系研究》(商务印书馆,2014 年)在第一章《宋、辽朝贡体系的二元并存和多层结构》第二节《辽朝朝贡体系的构成》中涉及《辽朝与高丽、西夏的朝贡关系》、在第二章《南宋与金朝朝贡体系及相互关系》第一节《南宋朝贡体系的构成》中涉及《南宋与西夏、高丽、大理朝贡关系的断绝》,李碧瑶、杨军《〈高丽史〉所见辽朝出使高丽使者类型及派遣》、陈俊达《从"强狄"到"正统":史籍所见高丽君臣心中的金朝形象》(二文均载张伯伟主编:《域外汉籍研究集刊(第 18 辑)》,中华书局,2019 年)等。韩国学界成果如金庠基　(转下页)

础,①但留有一定问题,如曾有中国学者错将《东明王篇》创作归于蒙古入侵的影响,②韩国学者则不免有将《东明王篇》作为真实历史,并为其"争夺"高句丽张本者。③ 或忽略了高丽中期内外交互作用下,文人群体的国家主体意识发展及其对宋丽关系的影响;或忽视了古代韩国所受中国的深远影响,乃至民族起源传说的母本借用,即《东明王篇》书写是由中国东北地区族群的始祖传说层累地造成。故本节将从山水景观的再发现、祖先追认、战争与使行诗三个角度论述阐明高丽文人的国家主体意识,及其背后强大的古代中国影响。

（接上页）《新编高丽时代史》（首尔大学出版部,1985 年）涉及《高丽前期对外关系及对契丹入侵的抗争》《高丽肃宗、睿宗治世与女真征伐》,论文如朴旭杰（音）《高丽来航宋商人与丽宋贸易》（《大东文化研究》,1997［总 32］）、李晟敏（音）《关于高丽国丧的辽金宋吊问使行情况与多层次国际关系》（《韩国中世史研究》,2017［总 48］）、金宝光（音）《12 世纪初宋的政策提议与高丽的对应》（《东国史学》,2016［总 60］）等。

① 中文论文如朴相福:《漫谈〈东明王篇〉与〈诗经·大雅·生民〉之关联》,《延边大学学报（社会科学版）》,2015(3);李岩:《李奎报〈东明王篇〉艺术结构漫论》,《东疆学刊》,2005(3)。韩文论文如 이학주:《〈東明王篇〉을 통해 본 李奎報의 스토리텔링 전개》,《한국문학과 예술》,2017（총 24）;변동명:《이규보（李奎報）의「동명왕편（東明王篇）」찬술과 그 사학사적 위치》,호남사학회,2017(총 68);박명호:《李奎報 '東明王篇'의 창작동기》,《사총》,2000(총 52);노명호:《東明王篇과 李奎報의 多元的 天下觀》,《진단학보》,1997(총 83);손정인:《李奎報의〈東明王篇〉의 構成樣相과 作品의 性格》,《한민족어문학》,1986(총 13);박창희:《李奎報의「東明王篇」詩》,1969(총 11—12)。

② 如张春海:《高丽政权的自称抉择、记忆筛选与中国认同》,《安徽史学》,2018 年第 1 期。

③ 如 홍성암:《이규보〈동명왕편〉의 서사시적 성격과 고구려의 정체성》,《한민족문화연구》,2006 年第 19 期。

一、 本国山水景观的"再发现"：甘露寺景观群

高丽明宗十五年(1185)三月命文臣制《潇湘八景诗》，并"仿其诗意，摹写为图"。[①] 潇湘八景远在湖南，高丽人通常无法亲身观览，作画前要参考宋人画作或诗文——尤其是惠洪组诗，才能有所依凭。但高丽此番诗画创作，既没有直接临摹或凭借对宋迪画作的记忆、传闻来复原作画，也没有直接依照中国诗作画，而是重新作诗后重新作画。虽然创作主题建立在模仿的基础上，但实际操作却不想全然同于中国。同样，高丽还利用北宋现有名称命名本国山水风物，并聚合成"宋朝风物景观群"。从关注中国山水到以此为基点重新发现本国山水，高丽文人展现出自认不亚于宋朝的文化自信。

12 世纪中期左右，高丽开京西郊一日可返之处出现以宋朝风物命名的景观建筑群。甘露寺"在五凤峰下，临西湖，负岩壁"，"多景楼驾栋岩上"，[②] 至少包括多景楼、西湖、甘露寺等景观。中唐以来白居易中隐思想流传渐广，在城市周边修建景观建筑，使自然山水化为城市性小景，则可兼得城市商业繁华与山水隐逸之乐。[③]

高丽经过建国以来二百年的发展，首都文化、商业均有大幅发展，打造小景景观群即体现出对北宋风尚的模拟，诸景观名称也非偶同而是有意取自中国。杭州西湖擅名已久，唐宋经济中心

---

① 《高丽史节要》卷一三《明宗二》，明宗十五年三月条，第 307 页。

② （朝鲜朝）林芸：《游天磨录》，见《瞻慕堂先生文集》卷二，韩国民族文化推进会：《影印标点韩国文集丛刊》（后文简称《丛刊》），第 36 册，韩国：景仁文化社，1989 年，第 510 页。

③ 金文京：《西湖在中日韩——略谈风景转移在东亚文学中的意义》，石守谦、廖肇亨主编：《东亚文化意象之形塑》，台北：允晨文化实业股份有限公司，2011 年，第 147、149、150 页。

南移,因文人墨客题咏而声名日噪,继白居易之后,苏轼作诗以西子作比,还曾在杭州任上治理西湖,都为其名扬高丽增多了可能。再者,宋元丰二年(1079)苏颂诗序云"前年高丽使者过余杭",①可见杭州还是高丽使行途经之地。此外,润州多景楼得名于北宋,米芾曾题字,欧苏等人也多题咏。金强盛后,高丽使行放弃陆路,乘船过海至明州,再沿水路北上朝京,润州正是长江与大运河交汇的重要地点。故而高丽人熟悉润州情形,甚至还有可能参观游览过甘露寺、多景楼。此外中国文集通过官方颁赐、民间交流等途径传入朝鲜半岛,也为中国名胜闻名高丽提供了可能。

李仁老(1152—1220)《破闲集》记述了西湖僧人惠素及西湖见佛寺方丈闻然的故事,白贲华(1180—1224)《南阳先生诗集》卷上也有《西湖泛舟到见佛寺,次诸贤韵》,大抵高丽西湖命名发生在 12 世纪中期。而高丽睿宗十一年(1116)四月:"壬午,幸弘福寺,移御唐浦古城门楼。置酒欢赏,名楼曰多景。御制留题,命词臣和进。"②此楼虽在西京平壤,但可知最晚此时已有"多景楼"命名法。甘露寺呢?《破闲集》卷中讲述了这样一个故事:

> 昌华公李子渊杖节南朝,登润州甘露寺,爱湖山胜致,谓从行三老曰:"尔宜审视山川楼观形势,具载胸臆间,毋失毫毛。"舟师曰:"谨闻命矣。"及还朝,与三老约曰:"夫天地间凡有形者无不相似。是以湘滨有九山相似,行者疑焉;河流九曲,而南海亦有九折湾。由是观之,山形水势之相赋也,如人面目,虽千殊万异,其中必有相仿佛者。况我东国

---

① (宋)苏颂:《苏魏公文集》卷十《己未九月,予赴鞫御史,闻子瞻先已被系。予昼居三院东阁,而子瞻在知杂南庑,才隔一垣,不得通音息。因作诗四篇,以为异日相遇一噱之资耳》"文章传过带方州"句注,第 130 页。
② 《高丽史》十四《世家》卷第十四《睿宗三》,第 406 页。

去蓬莱山不远,山川清秀甲于中朝万万,则其形胜岂无与京口相近者乎? 汝宜以扁舟短棹泛泛然与凫雁相浮沉,无幽不至,无远不寻,为我相收。当以十年为期,慎无欲速焉。"三老曰:"唯。"凡六涉寒暑,始得之于京城西湖边,走报公曰:"既得之矣。三餐可返,冀烦玉趾一往观焉。"遂相与登临之,喜见眉须曰:"且南朝甘露寺虽奇丽无比,然但营构绘饰之工特胜耳,至于天生地作自然之势,与此相去真九牛之一毛也。"即捐金帛庀材瓦,凡楼阁池台之制度一仿中朝甘露寺。及断手,用题其额,亦曰"甘露"。指画经营既得宜,万像不鞭而自至。后诗僧惠素唱之而金侍中富轼继之,闻者皆和,几千余篇,遂成巨集。①

在这个故事中,西湖、甘露寺已经组合在一起。若信赖这则材料,则此"宋朝景观风物群"出现在李子渊(1003—1061)生活之高丽初,但实际这则材料很可能只是假说。首先,北宋与契丹也确曾以"南朝""北朝"对称,②但现存中韩正史并无李子渊出使北宋的记载,且李子渊在高丽显宗十五年(1024)擢魁科,文宗朝(1046—1083)历尽显耀,而宋丽两国直到1071年恢复通交,曾有四十三年断交期,所以他出使过北宋的可能性很小。大抵后世文献也因发现其中纰缪,才将时间推至"元朝"(如《松都志》

---

① (高丽)李仁老:《破闲集》卷中,《韩国诗话全编校注》,第1册,第24页。

② 如《续资治通鉴长编》卷四四:"初,富弼、张茂实以结婚及增岁币二事往报辽人,惟所择。弼等至辽……六符言北朝皇帝坚欲割地,弼曰:'此必志在败盟,假此为名,南朝有横戈相待耳。'六符曰:'南朝坚执,事安得济!'弼曰:'北朝无故求割地,南朝不即发兵,而遣使好辞更议,此岂南朝坚执乎?'及见辽主,弼曰:'两朝继好,垂四十年,一旦忽求割地,何也?'辽主曰:'南朝违约……。'"(第1063页)

《輿地图书》《新增东国輿地胜览》),抑或含混变作"中国"(《重创
松都记》)。其次,金富轼曾在 1122 年九月出使北宋,且不只到
达明州,还曾居京城数月。水路抵达河南必经江浙,故其《甘露
寺次惠远韵》更有可能在华创作。诗云:"俗客不到处,登临意思
清。山形秋更好,江色夜犹明。白鸟孤飞尽,孤帆独去轻。自惭
蜗角上,半世觅功名。"①后两联直接化用苏轼《江上看山》"孤帆
南去如飞鸟"与《满庭芳》"蜗角虚名,蝇头微利,算来着甚干忙"。
"孤帆""飞鸟"之典,金富轼在《宋明州湖心寺次毛守韵》"片帆孤
鸟千家外"②也有使用;而前两联单从诗句描绘,也无法看出登临
的是何处山水。故从该诗诗意,实际无法看出描绘的是宋润州甘
露寺还是高丽开京甘露寺。且除却金富轼诗,现存最早甘露寺诗
为李奎报(1168—1241)《次韵同年文员外题甘露寺》,文中所言包
含惠素诗在内的几千首诗均未存世,同样值得怀疑。

　　这一文人圈中广为流传的故事很可能出自道听途说,杂纂
成文,所以这则材料实际反映的不是李子渊所在的高丽初,而是
李仁老生活之高丽中期的面貌;退一步讲,纵然此事原型属实,
《破闲集》铺陈渲染也可视作表现高丽中期文人心理之材料。③

　　事实上,李仁老编写《破闲集》的初衷即在宣扬本国文士:

　　……世号"竹林高会"。倚酣相语曰:"丽水之滨必有良
金,荆山之下岂无美玉?我本朝境接蓬瀛,自古号为神仙之

---

① (朝鲜朝)徐居正:《东文选》卷九,首尔:民族文化刊行会,1994 年,
　　第 1 册,第 157 页。
② 《东文选》卷十二,第 227 页。
③ (韩)郑墡谟:《李子渊的北宋使行考——以〈破闲集〉所收甘露寺
　　诗文为中心》(《大东文化研究》第 106 辑)认为李子渊确曾出使北
　　宋,结合宋丽关系、使行路线及李子渊仕宦经历,以为李子渊出使
　　在庆历八年(1048)。

国。其钟灵毓秀,间生五百,现美于中国者,崔学士孤云唱之于前,朴参政寅亮和之于后。而名儒韵释,工于题咏,声驰异域者,代有之矣。如吾辈等,苟不收录传于后世,则埋没不传决无疑矣。"遂收拾中外题咏可为法者,编而次之为三卷,名之曰《破闲》。①

原本打算呈交国王的意愿更说明此书并非儿戏之作,正如李仁老等人所宣称,编写此书就是为了促使本国杰出作家作品广为流传。在这样盛赞"声驰异域"的书中,出现李子渊这样盛赞本国山水超过中国的故事,也就更加不足为奇了。

创作潇湘八景诗配图、打造宋朝风物景观群,反映出高丽对中国山水景观的关注。从自然界中寻找相似山水,到模仿中国人文建筑,配备中国风行的山水诗画,此种风气流行之后是自矜本国山水。正如李仁老所说:"我东国去蓬莱山不远,山川清秀甲于中朝万万。""南朝甘露寺虽奇丽无比,然但营构绘饰之工特胜耳,至于天生地作自然之势,与此相去真九牛之一毛也。"即高丽本国天生自然的山水景致,比中国不知好过多少,中国有的,高丽自然有,而且不只与中国相似,甚至比中国还好。但是,高丽夸耀本国山川更胜之后,还是仿建了一个"甘露寺",这透露出一个讯息:高丽将宋朝等"中华"国家奉为自己发展的理想。

此理念在后文重塑祖先历史及对华观念上亦有体现,即不论山水名称,还是汉诗文创作、史书编纂方式,乃至华夷等价值观念等,高丽均起步于对古代中国的模仿,但也正是在不断模仿的基础上,高丽文人萌发出国家主体意识;但在此主体意识作用下,高丽文人并非想要推翻"中华",构建另一番模式,而是想要追赶古代中国,建设"中华"模式下更"中华"的国家。

---

① (高丽)李仁老:《破闲集》卷下,第43页。

二、 追认祖先、神化朱蒙：由中国故事到高丽"历史"

远古时代部落林立，流传着许多祖先神话传说。学界以为"古辰国和商人是同一族群"，而"朝鲜半岛古辰国乃商人后裔所建"，箕子在商朝灭亡后东迁朝鲜也因源出一族。[①] 此后中国各民族文化向朝鲜半岛扩散者不胜枚举。先秦时期燕国曾向辽东拓边，燕人卫满曾在朝鲜半岛建立政权，汉代更曾在东北与朝鲜半岛地区设郡。因地缘接近，部族之间又有如此渊源，故中国与朝鲜半岛各民族的始祖传说多有互融共通。

《诗经·大雅·生民》《诗经·商颂·玄鸟》及《史记》等记载了周、商人的祖先传说：殷契之母简狄见玄鸟而吞卵生契；周后稷乃其母姜嫄践巨人足迹而生，遭遗弃后得各种动物保护，才又被姜嫄捡回抚养长大。至东汉王充《论衡》，殷周祖先神话经拼贴渲染，摇身一变为中国东北民族扶余始祖神话：

> 北夷橐离国王侍婢有娠，王欲杀之。婢对曰："有气大如鸡子，从天而下，我故有娠。"后产子，捐于猪溷中，猪以口气嘘之，不死；复徙置马栏中，欲使马藉杀之，马复以口气嘘之，不死。王疑以为天子，令其母收取，奴畜之，名东明，令牧牛马。东明善射，王恐夺其国也，欲杀之。东明走，南至掩淲水，以弓击水，鱼鳖浮为桥，东明得渡。鱼鳖解散，追兵不得渡。因都王夫余，故北夷有夫余国焉。[②]

此后《三国志》《后汉书》《魏书》《梁书》《北史》《隋书》《通典》

---

① 王洪军：《古辰国与少昊关系考》，《哈尔滨工业大学学报（社会科学版）》，2013，15（3）。

② 黄晖：《论衡校释》卷二《吉验第九》，北京：中华书局，1990年，第88—89页。

《通志》《文献通考》等书及高丽金富轼主持编纂的《三国史记》均载有此故事的变形,而明宗二十三年癸丑(1193)四月李奎报所作长篇叙事诗《东明王篇》可称该故事之完整版。诗序言:

> 世多说东明王神异之事,虽愚夫骏妇亦颇能说其事。仆尝闻之,笑曰:"先师仲尼不语怪力乱神,此实荒唐奇诡之事,非吾曹所说。"及读《魏书》《通典》亦载其事,然略而未详,岂详内略外之意耶?越癸丑四月,得旧三国史,见《东明王本纪》,其神异之迹逾世之所说者。然亦初不能信之,意以为鬼幻。及三复耽味,渐涉其源。非幻也,乃圣也;非鬼也,乃神也。况国史直笔之书,岂妄传之哉?金公富轼重撰国史,颇略其事。意者,公以为国史矫世之书,不可以大异之事为示于后世而略之耶?按《唐玄宗本纪》《杨贵妃传》并无方士升天入地之事,唯诗人白乐天恐其事沦没,作歌以志之。彼实荒淫奇诞之事,犹且咏之以示于后。矧东明之事,非以变化神异眩惑众目,乃实创国之神迹。则此而不述,后将何观?是用作诗以□□记之,欲使夫天下知我国本圣人之都耳。①

可知李奎报书写目的在借诗歌强大的宣传作用,使天下"知我国本圣人之都"。除却民间传说,他主要参考了《魏书》、《通典》、旧三国史、《三国史记》。诸书中,《三国史记》记载最详,杜佑《通典》最略。② 此外中国东北地方政权高句丽《好太王碑》撰

---

① (高丽)李奎报:《东国李相国全集》卷三十八,《丛刊》第 1 册,第 315 页。

② (唐)杜佑撰,王文锦等点校:《通典》卷第一八六《边防二·东夷下·高句丽》:"高句丽,后汉朝贡,云本出于夫余先祖朱蒙。朱蒙母河伯女,为夫余王妻,为日所照,遂有孕而生。及长,名曰朱蒙,俗言善射也。国人欲杀之,朱蒙弃夫余,东南走渡普述水,至纥升骨城,遂居焉,号曰句丽,以高为氏。"北京:中华书局,1992 年,第 5010 页。

主为东晋时期谈德（374—413），记载此事较早且较详细。故通过对比《论衡》《魏书》《好太王碑》《三国史记》《东明王篇》（详见文末附表），可看出中国东北地区族群的始祖传说，如何层累地造为王氏高丽之民族国家起源。

《论衡》并非史书，而主人公父亲不详，母亲不过国王侍婢。《好太王碑》将邹牟王创业叙述为实在的行迹，《魏书》载朱蒙是扶余后人高句丽族"自言"的先祖，此二者的主人公母亲已变为河伯之女。《三国史记》《东明王篇》进一步渲染，主人公又变为天帝之子与河伯之女共同的孩子，将神异之迹描绘得有声有色，愈发翔实。其叙事策略主要表现在以下几个方面：

一、篇首铺排。《东明王篇》从天地未开写起，将天皇十三头、地皇十一头、女节感大星生少昊挚、女枢感瑶光生颛顼、伏羲制牺牲、燧人钻燧、女娲补天等事叙述成"真实"存在过的"历史"，为圣人生则有神迹的论调提供了"事实"依据。将东明王置于中国远古神话帝王之后，使东明王叙事具备合理性、真实性，使东明王政权具备正统性。

二、叙事时间。《三国史记》将叙事时间放在朱蒙定国号"高句丽"之公元前 37 年，《东明王篇》则放在开篇位置，用来讲述朱蒙父亲"天之子"解慕漱从空中降临，使读者相信后文所述种种神迹都是在准确时间发生的确有其事，而非"很久以前"的虚无缥缈。

三、场景描写。《三国史记》简略记载了故事梗概，《东明王篇》则对神幻场景大肆铺陈，宛若亲见，令人无法置疑。如写解慕漱从天而降，仙乐飘飘，彩云环绕，神兽纷呈，尤其将天地间的距离具化为"二亿万八千七百八十里"，如同经过精确测量。

四、详述神迹。再如，解慕漱使沸流王松让臣服的决定性因素，《三国史记》记为比试箭术即武力抗衡，《东明王篇》则变作以鹿祈祷"上彻天之耳"的神力。又如《三国史记》未载,《东明王篇》却详细描述了解慕漱与河伯比试时的多种身形变化。这是解慕漱向河伯证明自己确为"天帝之子"的证据,也是李奎报向读者证明解慕漱乃至河伯(柳花之父)确为"神"的证据,丰富了朱蒙出身神族的佐证材料。与此相仿,《东明王篇》也去掉了《三国史记》中更逼近建国"真实"的材料,如降服鞣鞨部落,命乌伊、扶芬奴伐大白山东南荇人国,命扶尉猒灭北沃沮等。既然认定朱蒙"神性"为"真实",那么他的领地扩张自然不应借助军队这种"凡人"举措,而只需像与沸流王松让对抗之时,以神力使周边心悦诚服,主动来投。

五、"生死"问题的处理。"生死"是凡人的标志,《三国史记》讲述了柳花之死的时间、仪式,还记载东明王葬在龙山。《东明王篇》则不仅叙述朱蒙之父解慕漱由天而来,回天而去;其母出场在河边,退场被遮盖,也不存在"生死"的问题;朱蒙更不会死,而只是升天不下:均脱离了"生死"。最终以朱蒙之子类利的"神圣之异"收束,进一步证明朱蒙的确神乎其神。至于宫殿建设,《东明王篇》也去掉《三国史记》"秋七月,营作城郭宫室"的记载,而是借"王曰天为我,筑城于其趾"的语言力量,隐藏、神化了凡人伐木建造的工程场景。

事实上,北扶余、东扶余、高句丽这三个族群政权地域上既不连接,时间上也不联系。解慕漱、金蛙分别为北扶余、东扶余始祖,朱蒙是中国东北地方政权高句丽的创始人,赫居世则为新罗始祖。至于东明,学界说法不一,或以为扶余始祖,[①]或以为

---

① 刘永祥:《朱蒙与东明——高句丽始祖问题探索》,《辽宁大学学报(哲学社会科学版)》,1988(6)。王旭:《夫余始祖东明》,《东北史地》,2009(6)。陈永国:《浅谈夫余始祖东明王的传说》,《学问》,2015(3)。

是靺鞨族人对始祖的通称而非专指某人,东明庙即始祖庙,用来祭祀高句丽与百济王族共同所出的扶余人祖先。① 《论衡》只讲主人公东明出自北夷,南下建立扶余;《魏书》叙述主人公朱蒙母被扶余王幽闭;《好太王碑》说其邹牟王出自北扶余,南下途中经过夫余。至《三国史记》,扶余王解夫娄、金蛙、解慕漱,三个地域的三个事件不仅被安排进了线性时间,各个政权还因天神旨意而有了因果联系,"东明"也与"朱蒙"合二为一。《东明王篇》承袭此说,又进一步将朱蒙变为高丽人的远祖,并在细节描述上更多铺陈渲染。

《三国史记》为何要将东明王/朱蒙由中国东北拉入朝鲜半岛?《东明王篇》为何要在基础上进一步叠床架屋,将其塑造成高丽人的先祖呢?这背后是高丽自建国以来逐渐萌发、确立乃至强化的国家主体意识作用下,高丽文人对高丽历史的重新建构。通过重新书写历史,将现今的高丽建构成单一民族的承续。

高丽睿宗十七年(1122)九月,"命修《睿宗实录》。先是,平章事韩安仁奏:'睿宗在位十七年,事业宜载史册,贻厥后世。请依宋朝故事,置实录编修官制。'以宝文阁学士朴升中、翰林学士郑克永、宝文阁待制金富轼充编修官"。② 至 1145 年十二月,金富轼进《三国史记》即作表云:"秦汉历代之史,或有淹通而详说之者,至于吾邦之事,却茫然不知其始末,甚可叹也。"③高丽修实录、修本国史均源自对宋的模仿,而在此过程中高丽文人的国

———————————

① 孙炜冉:《"两个高句丽"及"东明神话"辨析——〈三国史记〉与〈论衡·吉验篇〉的史料辨析》(张伯伟主编:《域外汉籍研究集刊(第18辑)》,中华书局,2019 年)。

② 《高丽史节要》卷八《睿宗文孝大王二》,第 199—200 页。

③ (朝鲜朝)徐居正:《东文选》卷四十四《进三国史记表》,首尔:民族文化刊行会,1994 年,第 2 册,第 419 页。

家主体意识也在形成。将"吾邦之事"与"秦汉历代之史"相对举，即表现出鲜明的国家主体意识。在此观念影响下，金富轼等人自然要将"三国之一"的高句丽史与"秦汉历代"作一区隔，变作纯粹的"吾邦之事"。将高句丽历史由中国东北完全拉入朝鲜半岛、书写朱蒙叙事就是这种观念在史书修撰中的体现。至 12世纪中后期，高丽文人国家主体意识进一步强化，他们需要讲述清楚高丽的祖先历史，进而强化高丽的民族国家认同，巩固政权。"家庭、家族，乃至族群、民族等的群体凝聚，赖'同出一源'的根基性情感。也因此，成员们相信一共同'起源历史'，这在群体凝聚上至为重要。"①朱蒙神话传说构建成唯一的"历史"叙事，此前以及同期其他部族政权或出场即消失（如沸流王），或避而不谈。通过这样的书写策略，有意制造"记忆"与"遗忘"，单一的社会历史记忆得以构建。高丽国家的正统性、合法性不言而喻。高丽被构建成一个单一民族国家，其子民也有了属于本国家民族共同起源的"根基历史"，而英雄祖先的"神性"又可以反过来增强子民对本国家民族的认同，巩固根基性情感。

于是虽然在当时的朝鲜半岛，除却朱蒙，至少还有箕子、王建等其他对象可供书写，但李奎报还是坚定地选择了朱蒙故事。这是因为虽然《史记》有箕子东迁的记载，《汉书》也将朝鲜半岛的文明教化归于箕子，但与高丽同时的宋代视其为箕子后裔，包含了对高丽如箕子拱卫周朝一般守护宋朝的期望，如宋徽宗为高丽世子命题《洪范》即为此意。而《高丽史·高丽世系》将缺乏显赫门第的王建建构成唐帝王与龙女的后代，结合了天神在人间之子（帝王）与神这两个身份，虽可在建国之初用以抗衡其他

---

① 王明珂：《英雄祖先与弟兄民族》，北京：中华书局，2009 年，第27—28 页。

世家大族,但此故事却天然具有攀附唐帝国、从属于中原帝国的暗示。李奎报曾在《祭苏挺方将军文》(1204)说"外国不宾,常理",与高丽讨伐东京叛军不同,他认为"唐伐高丽为不义",[1]表现出强烈的国家主体意识。因此经金富轼拉入朝鲜半岛变为东明王的朱蒙,成为李奎报追认高丽祖先的最佳叙事对象。

此外《东明王篇》"使夫天下知我国本圣人之都"背后,还隐含着高丽借助"高句丽"来成其合法性的观念,这种观念亦源自高丽现实国家利益的诉求。统一新罗末,与甄萱自称百济王相对应,弓裔也取材朝鲜半岛三国时期的国家名号自称高句丽王,为政权寻求合法性。王氏代甄萱而立,高丽之号亦由此而来。[2] 高丽统一半岛后,为获取北部领土的合法性,继续向北拓边,仍旧打着"高句丽"旗号。如与辽产生领土争端,面对萧恒德"勾丽之地,我所有也,而汝侵蚀之"的指斥,高丽徐熙当即回应:"非也。我国即高勾丽之旧也,故号高丽,都平壤。"高丽事金之后,金承诺若高丽事之如辽,可不收回保州,高丽谢表也再举出:"窃以勾丽本地,主彼辽山,平壤旧墟,限于鸭绿,累经迁变。逮我祖宗,值北国之兼并,侵三韩之分野,虽讲邻好,未归故疆。"[3]在"高句丽"的旗号下,高丽北境不断拓展:"其四履,西北自唐以来以鸭绿为限,而东北则以先春岭为界。盖西北所至不

---

① (高丽)李奎报:《东国李相国全集》卷三十八,《丛刊》第 2 册,第 97 页。

② 林孝宪:《松京广考》卷三《山川》:"高丽有国之号取义于山高水丽,是则无谓也。高丽太祖虽统合三韩,实据有高句丽之故地,仍用高句丽之旧号而特去一句字而已,岂有他义哉?"李泰镇、李相泰等:《朝鲜时代私撰邑志 7:京畿道[7]》,首尔:韩国人文科学院,1989 年,第 207 页。

③ 《高丽史》十五《世家》卷第十五,仁宗四年十二月癸酉,第 449 页。

及高句丽,而东北过之。"①

不仅如此,明宗二十年(1190)正月,东京发生暴乱。二十三年(1193),南人暴乱蜂起,云门金沙弥、草田孝心尤剧。二月,高丽派大军讨伐。但权臣李义旼却暗中联络乱民,其子至纯也从叛乱人处收贿、出卖情报,导致官军屡败。史载:"义旼尝梦红霓起两腋间,颇负之。又闻古谶有'龙孙十二尽,更有十八子'之语,'十八子'乃李字也,因怀非望。自以籍出庆州,潜有兴复新罗之志,与沙弥、孝心等通。"②可见虽然如《东明王篇》诗序所言,开京附近百姓尽皆传诵东明王故事,将其奉作自己的英雄祖先,但庆州等地百姓却也多有怀抱复兴新罗志向者。

只在领土层面反复强调"高丽太祖兴于高句丽之地"③终显薄弱,只有在意识形态领域同样构建起"承续高句丽"的观念,高丽对外表述才更有底气,对内表述也才更能增强百姓子民的凝聚力。这一历史重任就落到了李奎报的肩上。《东明王篇》通过对高丽祖先历史叙事的重新书写,在意识形态领域构建起高丽与高句丽在祖源上的联系。不仅使其享有"合法"保有北部领土并不断拓边的权力,还有通过梳理历史上的单一承续,使当今高丽成为单一民族国家,强化各地对"统一高丽"的认同感,增强各

---

① 《高丽史》五十六《志》卷第十《地理一》,第 1782 页。另新旧五代史也认同了高丽自称为高句丽继承的说法。宋元丰年间,曾巩在修五朝史过程中,发现高丽与高句丽之间存在断裂,贴黄上奏,神宗令毕仲衍征询高丽使臣崔思齐、李子威,二人虽只以"高氏圣历、元和间事,皆有纪录,三韩自有史"搪塞,但"新罗、百济内乱,王建遂合三韩,易高氏姓"仍说明其主张高丽乃"以高为氏"之高句丽继承。(《续资治通鉴长编》卷三二三,元丰五年二月丁卯,第7785—7786 页)

② 《高丽史节要》卷一三《明宗二》,明宗二十三年七月条,第 318 页。

③ 《高丽史》五十六《志》卷第十《地理一》,第 1781 页。

地方凝聚力的现实作用。

经过分析《长恨歌》的创作与流传,李奎报掌握了书写历史叙事的奥秘:事件发生之后,人们永远无法"真实"还原事实的本来面目,历史编纂正可借权力"塑造"记忆,重建人们对历史的认识。正因"荒淫奇诞之事"可因诗歌强大的宣传作用而流传后世,所以他创作了《东明王篇》。从诗体叙述("作歌以志之")到广为流传("咏之以示于后"),再到天下都相信其"真实"("使夫天下知我国本圣人之都"),《东明王篇》重新塑造了"历史"。高丽政权合法性、民族凝聚力由此而强化,高丽文人的国家主体意识亦借此而凸显。

三、 以"华"自居与"天东日红":民族国家自信感的高峰

(一) 彼"胡"我"华"

13 世纪初,后辽的契丹人、女真叛众黄旗子军、金元帅亏哥下等,纷纷入侵高丽,在一系列战争中,高丽诗歌充溢着积极向上的感情色彩,展现出必胜的信念,甚至是以"华"自居的自信。

1211 年,金国受到来自蒙古的进攻,对辽东地区管辖渐趋松弛。1212 年,耶律留哥起兵叛金,后归降蒙古。1216 年,耶律留哥前往蒙古纳贡拜谒,契丹部众由耶律厮不统领。金山、乞奴等人拥戴耶律厮不在澄州(今辽宁鞍山海城)称帝。八月,契丹兴兵高丽,焚掠西界诸城,十一月,渡过大同江,攻打西海道(今朝鲜黄海道)。高丽赵冲(1171—1220)等人统领五军抵御,翌年三月大败,损失惨重,契丹兵临开京,焚黄桥而退。赵冲悔恨败军,作诗曰:"万里霜蹄容一蹶,悲鸣不觉换时节。傥教造父更加鞭,踏躏沙场摧古月。"[1]

---

① 《高丽史》一百三《列传》卷第十六《诸臣·赵冲》,第 3151 页。

　　1217 年九月，女真黄旗子军自婆速府渡鸭绿江，在麟、龙、静三州边境驻扎。赵冲将功折罪，领兵抵御，金之岱代父从军，就在赵冲麾下。不同于队卒们在盾牌上画奇兽，金之岱在上面写了一首诗："国患臣之患，亲忧子所忧。代亲如报国，忠孝可双修。"①赵冲在点兵时候看到，大为赏识。最终，高丽大胜黄旗子军。翌年七月，赵冲再度统领大军抵御契丹，诸军部伍整齐，号令严明，诸将不再敢因赵冲是书生而轻视。

　　1219 年九月，西北面元帅赵冲、兵马使金就砺大败契丹，李奎报《闻官军与虏战捷（与契丹战）》云：②"虏气日披猖，杀人如刈草。虎吻流馋涎，吞噬无幼老。妇女慎勿忧，腥秽行可扫。国业未遽央，庙谋亦云妙。行且自就诛，焉得避天讨。吾言岂妄云，今日闻捷报。"又："胡骑犹未歼，夜卧难交睫。邮筒疾似飞，报导官军捷。一国喜浓浓，蔟贺如云合。"最终，契丹进入江东城（平安南道江东）作为据点，李奎报《闻胡种入江东城自保，在省中作》云："残胡猒窜逃，已入圈牢内。得肉幸平分，万人甘共脍。"

　　1223 年，金元帅亏哥下屯兵马山，秘密入侵高丽义、静、麟三州，并于翌年掳去静州二百余人。1225 年，高丽边将崔亮擒亏哥下幕官数人。翌年，亏哥下使其兵变蒙古服，入寇义、静州。知兵马使李允诚遣别将金利生、大官丞白元凤率兵二百余人渡鸭绿江，攻破石城，斩宣抚副统等五人，获牛马兵仗，不见亏哥下而还。金希磾（？—1227）与判官礼部员外郎孙袭卿（？—1251）、监察御史宋朝瞻（？—1250）赍二十日粮往讨，大败金兵，斩七十余级。急攻石城，城主率兵出降。至紫布江，待夜晚江面

――――――――――

　　① 《高丽史》一百二《列传》卷第十五《诸臣·金之岱》，第 3143 页。

　　② （高丽）李奎报：《东国李相国全集》卷十四，《丛刊》第 1 册，第 440 页。

结冰乃渡。入自清虏镇,金希磾作诗云:

> 将军杖钺未雪耻,将何面目朝天阙。一奋青蛇指马山,
> 胡军势欲皆颠蹶。虎贲腾拏涉五江,城郭烂为煨烬末。临
> 杯已畅丈夫心,反面无由愧汗发。①

宋朝瞻和云:

> 以仁为脊义为锋,此是将军新巨阙。一挥向海鲸鲵奔,
> 再举向陆犀象蹶。况彼马山穷獭儿,制之可以随鞭末。朝
> 涉五江暮献捷,喜气万斛春光发。②

孙袭卿和云:

> 寒垣无鼎又无钟,欲记元功诗可阙?书之板上告后来,
> 观者争前僵复踊。孟明济河雪秦耻,若比于公当处末。明
> 年又可定天山,三箭元无一虚发。③

金之岱因为一首诗而得到赵冲赏识,不仅因为在众多目不
识丁的兵卒中间,他懂汉字、会写诗,更因为他在这首诗中,写出
了高丽出军的正义性,以及个人从军的义理性缘由。国患、亲忧
的是外敌入侵,高丽出军抵御,具有保家卫国的正当性;且国如
家、君如父,个人代父充军,同时满足了忠、孝的要求。此诗并无
意象勾勒、意境营造,只以说理即主旨取胜,而赵冲褒赞的,实际
也是金之岱的思想觉悟。

孟子认为,具有正义性的战争将会必胜,所谓"仁人无敌于
天下"。金之岱强调忠孝两全、保家卫国,与宋朝瞻诗"以仁为脊
义为锋"殊途同归。以仁义作利剑,不论山中水中的凶猛野兽都
可以披斩,契丹人再勇猛,也不在话下。强调仁义之师,即强调

---

①②③ 郑麟趾:《高丽史》一百三《列传》卷第十六《诸臣·金希磾》,第
3172 页。

高丽出兵的正当性。李奎报也将契丹入侵者比作垂涎高丽，杀人如草芥、连老幼妇孺都不放过的野兽。契丹是多行不义必自毙（自就诛），高丽则是替天行道（天讨），同样从义理角度，说明高丽军队必将取胜的根本原因。

赵冲与金希磾、宋朝瞻、孙袭卿之诗，斗志昂扬。赵冲诗前半首虽懊恼此前的失败，但并没有沉浸在战败当中，毫无压抑氛围——将沙场作战比喻成战马奔腾，马行万里失蹄正常，人有失手也是正常的，难过之情也很快过去，造父是给周穆王驾千里马的驭者，千里马必将踏破楼兰，赵冲也必然可以在对"古月"即"胡"人（契丹）的战争中取得大捷，充满必胜信念。而三人唱和诗，押仄声韵，铿锵有力，壮怀激烈，凸显出恢弘的气势。这背后隐含着诗人们强大的国家主体意识与自豪感。

更重要的是，不论赵冲"踏躏沙场摧古月"，还是金希磾"胡军势欲皆颠蹶"，抑或三箭定天山的典故（"明年又可定天山，三箭元无一虚发"），一方面，都展现出诗人扫平胡乱的雄心壮志、建功立业的渴望、对国家实力的信任；另一方面，高丽本身不是中原地区，并非"中华"正统，但诗人叙述，俨然如汉军出征匈奴、唐兵出征西域一般，满是以"华"征"夷"的叙述口吻，至于李奎报"得肉幸平分，万人甘共脍"，则更是与岳飞"壮志饥餐胡虏肉，笑谈渴饮匈奴血"为同调。说契丹、女真是"胡""虏"，高丽诗人作为叙事主体，俨然以"华"自居，这表现出当时高丽诗人将自身纳入文明圈的心态，而这种心态，在使行诗中也可窥见端倪。

（二）"西华萧索"与"天东日红"

自 1213 年九月，金宣宗即位，改元贞祐，遣使告高丽，闰九月，高丽遣郎将卢育夫如金进奉，上告康宗宾天，至 1233 年三月，高丽遣司谏崔璘奉表如金，因路途阻塞，未至而还，二十年间,两国似无通使,且1233年蒙金战争已至尾声,高丽遣人如金,大抵也还是为了打探情报。《金史》载,高丽于兴定三年(1219)朝贡,因道路不通而未遑迎迓,未见载于丽史;而《梅湖公小传》言,陈澕曾在高宗二年(1215)以后,以书状官如金,还,迁玉堂兼知制诰,亦未见丽史。若此事不虚,陈澕使金则或为1219年亦未可知。其《奉使入金》说:"西华已萧索,北寨尚昏蒙。坐待文明旦,天东日欲红。"①位于西边的中华国势萧索,北部边境也还是一派昏蒙,即没有文明气息。作者觉得,此时文明的太阳就将在天东边,即高丽升起。

金君绥曾在高丽明宗朝(1170—1197)擢魁科,直翰林院,高宗朝(1231—1259)拜侍郎。其《东都客馆》诗曰:"武烈王孙文烈家,鸡林真骨得无夸。故乡尚在天东角,今幸来游作使华。"②在夸耀自己身为金富轼后人、祖先出身新罗王室的同时,透露着不尽的自豪感。彼时宋丽来往甚少,史书中更少使臣往来者,但从诗末二句,可知当时金君绥并非以按察使之类身份在高丽国内寻访,而是担任使者出使"中华"。

在金君绥诗中,自己的故乡是天东角,来出使中华是一件幸事,借由自豪的感情基调,才实现了二者对等、可相抗衡的关系;而陈澕之时,高丽作为文明之日升起的地方,已成为未来可与宋相并列的文明中心,他此番出使金国才是"西游天一角"③,彰显着更加高涨的国家自豪感与自信心。《金史》载贞祐二年(1214):

---

① 陈澕:《梅湖遗稿》,《影印标点韩国文集丛刊》,第2册,第274页。
② 徐居正等编:《东文选》卷一二,朝鲜古书刊行会:《朝鲜群书大系续》,第八辑,第359页。
③ 陈澕:《梅湖遗稿·使金通州九日》,《影印标点韩国文集丛刊》,第2册,第284页。

宣宗迁汴，辽东道路不通，兴定三年，辽东行省奏高丽
复有奉表朝贡之意，宰臣奏："可令行省受其表章，其朝贡之
礼俟他日徐议。"宣宗以为然，乃遣使抚谕高丽，终以道路不
通，未遑迎逆，诏行省且羁縻勿绝其好，然自是不复通
问矣。[①]

高丽连年不朝，表面上是因金宣宗迁都，辽东道阻，实际上
是因为金国势颓："弊邑本海外之小邦也，自历世以来，必行事大
之礼，然后能保有其国家。故顷尝臣事于大金，及金国鼎逸，然
后朝贡之礼始废矣。"[②]

金国势力衰弱，高丽不用再违心地卑躬屈膝，此前所压抑的
民族自豪感、文化自信心，也就都释放、迸发了出来。陈澕、金君
绥出使时候的自豪，与赵冲、金就砺等人面对契丹、女真等入侵
的必胜心态互为表里，彰显着高丽在文化、武力两个方面的信
心，标志着高丽文人国家自信感的高峰。但即便宋"已萧索"却
仍旧是"华"，高丽以"中华"为理想，其目标仍止步于将自己建成
与宋朝等相仿之"中华"，而非独占鳌头。

余论

朝鲜半岛自古以来毗邻中国，联系紧密，这不只表现在地缘
关系上，还表现在政治、经济、文化等各方面。在不断的接触、凝
视中，朝鲜半岛古代国家被中国触及、激发，以自己的思考全方
位消化着古代中国带给他们的"中华"文明与"中华"形象。在此
过程中，古代朝鲜形成了自己对理想国家的憧憬，即"中华"的模

---

① 《金史》卷一三五《列传》第七三《外国下·高丽》，北京：中华书局，
1975 年，第 2888—2889 页。

② 《高丽史》二十三《世家》卷第二十三，高宗十九年（1232）十一月，
第 720 页。

样,并想象以"中华"的眼光凝视自己,通过使自己"中华化"来完成这一理想。崇尚"中华"这一价值观念,既是古代朝鲜半岛学习中国的原因,也是学习中国的结果。正因如此,高丽自建国以来,远法唐,近法宋,不断学习模仿古代中国。虽然至高丽中期,文人的国家主体意识逐渐形成、确立、强化,但不论山水景观的命名,还是修撰史书、借用长篇叙事诗体裁创作史诗,古代中国均是源头活水。而高丽自我标榜的主体意识中(山川景物、祖先历史、以华自居)也都包含着真正中华即古代中国的影子。

"中华"既是一个文明圈,也是东北亚国际关系中的一种权力体系,居于中华中心,即意味在权力中枢掌握主导权。宋神宗继承了仁宗以来恢复汉唐旧疆的旗帜,试图恢复河湟、西夏、幽燕、交趾等地。[①] 即意欲模拟汉唐,在东北亚国际关系中,构建以宋为中心的权力体系。主导权的掌握还需要周边的认同,而与宋没有敌对关系、曾向中原朝贡的朝鲜半岛地区,对宋而言不单是牵制辽国的重要势力,更是要获取认同的重要争取对象:"中国之招来高丽也,盖欲柔远人以饰太平。"[②]"蛮夷归附中国者固亦不少,如高丽……虽远在海外,尊事中朝,未尝少懈。"[③]获取认同、保卫主导权的主要措施便是意识形态输出与物质奖励。"中华"文明的输出与岁赐的激励,正是宋获取高丽认同、巩固主导权的举措:"朝廷赐予礼遇皆在诸国之右。"[④]"高丽之臣事中朝也,盖欲慕华风而利岁赐。"[⑤]

高丽国家理想的实现,也有赖于借助古代中国的眼光,按照

① 黄纯艳:《"汉唐旧疆"话语下的宋神宗开边》,《历史研究》,2016(1)。

② 《文献通考》卷三二五,北京:中华书局,1986 年,第 2561 页。

③④ 《续资治通鉴长编》卷三二三,元丰五年二月丁卯,第 7786 页。

⑤ 《文献通考》卷三二五,第 2561 页。

"中华"给自己设立的理想形象来看待自己;宋神宗意欲建立自己为中心的中华体系,需要得到高丽的认同。于是,高丽赢得并认同北宋所给予的"小中华"称号,①与宋朝建立"小中华之馆"相对应,高丽也曾将接待宋使安焘、陈睦之所"标曰顺天馆,言尊顺中国如天云"。②

越是认同,就越想表现出色,而非颠覆既有体系。于是至高丽中期,目睹了宋、金由盛转衰的高丽,发现"内怀向慕"的对象不再如以往那般闪耀,"外迫侵陵"的对象也不再能形成巨大武力威胁,这种国际形势变化与高丽建国以来逐渐发萌的主体意识两相遇合,导致高丽国家民族自信心不断高涨,最终在与周边民族国家的对比中,由以"华"自居直至号称"坐待文明旦,天东日欲红",表现出实现国家理想,与"西华"并列为"中华"中心的自信与渴望。但不论如何,对"中华"的认同感本身来自古代中国,高丽越想与宋并列代表"中华",也就越表明其对古代中国的认同。

---

① 参考(日)近藤一成:《宋代神宗朝的高丽认识与小中华——以曾巩为中心》,(韩)《全北史学》总第 38 辑,第 159—177 页。

② 《宋史》卷四八七《列传》第二四六《外国三·高丽》,第 14047 页。

附表

好太王碑①	魏书②	三国史记③	东明王篇④	东明王篇注释
惟昔始祖邹牟王之创基也，出自北夫余，天帝之子。	高句丽者，出于夫余，自言先祖朱蒙。	扶余王解夫娄老无子，祭山川求嗣。其所御马至鲲渊，见大石相对流泪。王怪之，使人转其石，有小儿，金色蛙形。王喜曰："此乃天赍我令胤乎？"乃收养之，名曰金蛙。及其长立为太子。后，其相阿兰弗曰："日者天降我曰，将使吾子孙立国于此，汝其避之。东海之滨有地，号曰迦叶原，土壤膏腴宜五谷，可都也。"阿兰弗遂劝王移都于彼，国号东夫余。其旧都有人，不知所从来。	汉神雀三年，孟夏斗立巳。海东解慕漱，真是天之子。	《本记》云，夫余王解夫娄老无子，祭山川求嗣。所御马至鲲渊，见大石流泪，王怪之，使人转其石，有小儿金色蛙形。王曰："此天锡我令胤乎？"乃收养之，名曰金蛙。立为太子。其相阿兰弗曰："日者天降使吾子孙立国于此，汝其避之。"东海之滨有地，号曰迦叶原，土宜五谷，可都也。"阿兰弗劝王移都，号东夫余。于旧都，解慕漱为天帝子来都。汉神雀三年壬戌岁，天帝遣太子降游扶余王古都，号解慕漱。

① 参考韩国国史编纂委员会《韩国古代金石文资料集》第 1 集《韩国古代金石文资料集》第 1 集（首尔：时事文化社，1995 年，第 1—38 页）所载横井忠直、三宅米吉、荣禧、罗振玉、今西龙，前间恭作、水谷悌二郎、末松保和、朴时亨等人判读文。

② 《魏书》卷一〇〇列传第八八《高句丽》，北京：中华书局，1974 年，第 2213—2214 页。

③ （高丽）金富轼等著，孙文范等校勘：《三国史记》卷第一三《高句丽本纪第一》，第 315—319 页。

④ （高丽）李奎报著：《东国李相国全集》卷三十八，第 173—176 页。

好太王碑	魏书	三国史记	东明王篇	东明王篇注释
	自称天帝子解慕漱,来都焉。及解夫娄老,金蛙嗣位。			
			初从空中下,身乘五龙轨。从者百余人,骑鹄纷襂纚。清乐动锵洋,彩云浮旖旎。自古受命君,何是非天赐。白日下青冥,从古所未视。朝居人世中,暮反天宫里。	从天而下,乘五龙车,从者百余人,皆骑白鹄,彩云浮于上,音乐动云中。止熊心山,经十余日始下。首戴乌羽之冠,腰带龙光之剑。朝则听事,暮即升天,世谓之天王郎。
			吾闻于古人,杳杳之去地。二亿万八千,七百八十里。梯棧躡难升,羽翮飞易惫。朝夕恣升降,此理复何尔。	
母河伯女郎,	朱蒙母河伯女。	于是时,得女子于太白山南优浡水,河伯之女,问之,曰:"我是河伯之女,名柳花。与诸弟出游,时有一男子,自言天帝子解慕漱,诱我于熊心山下,鸭渌边室中私之。	城北有青河,河伯三女美。擘出鸭头波,往游熊心涘。铿然佩璜鸣,绰约颜色媚。初疑汉皋濱,复想洛水沚。王因出猎见,目送颇留意。兹非悦纷华,诚恋生继嗣。三女见君来,入水寻相避。拟将作宫殿,潜候同来戏。	青河,今鸭绿江也。长曰柳花,次曰萱花,季曰苇花。自青河出游熊心渊上。神姿艳丽,杂佩锵洋,与汉皋无异。王谓左右曰:"得而为妃,可有后胤。"其女见王即入水,左右曰:"大王何不作宫殿,俟女入室,当户遮之?"王以遮然,置樽酒,于室中设三席,置樽酒,其女各坐其席,相成壮丽。于室中设三席,置樽酒,其女各坐其席,相

99

好太王碑	魏书	三国史记	东明王篇	东明王篇注释
			马挝一画地，铜室倏然峙。 锦席铺绚明，金樽置淳旨。 蹁蹮果自入，对酌还径醉。 王时出横遮，惊走仅颠踬。 长女曰柳花，是为王所止。	劝饮酒大醉云云。 王俟三女大醉急出，遮女等惊走，长女柳花为王所止。
		即往不返。 父母责我无媒而从人，遂谪居优渤水。"	河伯大怒嗔，遣使急且驶。 告云渠何人，乃敢放轻肆。 报云天帝子，高族请相累。 指天降龙驭，径到海宫邃。 河伯乃谓王，婚姻是大事。 媒贽有通法，胡奈芘待试。 君是上帝胤，神变请可试。 涟漪碧波中，河伯化作鲤。 王寻变为獭，立捕不待跬。 又复生两翼，翩然化为雉。 王又化神鹰，搏击何大鸷。 彼化鹿而走，我化豺而逐。 河伯知有神，置酒相燕喜。 伺醉载革舆，并置女于畸。 意与其女，天上同腾轡。 其车未出水，酒醒忽惊起	河伯大怒，遣使告曰："汝是何人，留我女乎？"王报云："我是天帝之子，今欲与河伯结婚。"河伯又使告曰："汝若我子，于我有求婚者，当使媒云云。今佩留我女，何其失礼。"王惭之，将往见河伯，不能入室，欲放其女。女既与王定情，不肯离去，乃劝王曰："如有龙车，可到河伯之国。"王指天而告，俄而五龙车从空而下，王与女乘车，风云忽起，至其宫。河伯备礼迎之，坐定，谓曰："婚姻之道，天下之通规，何为失礼？辱我门宗云云。 河伯之酒，七日乃醒。 河伯曰："王是天帝之子，有何神异？"王曰："唯在所试。"于是，河伯于庭前水化为鲤，随浪而游，王化为獭而捕之。河伯又化为鹿而走，王化为豺逐之。河伯化为雉，王化为鹰击之。河伯以为诚是天帝之子，以礼成婚。恐王无将女之心，张乐置酒，劝王大醉，与女入于小革舆中，载以龙车，欲令升天。其车

好太王碑	魏书	三国史记	东明王篇	东明王篇注释
			取女金钗，刺革舆从窍出。独乘赤霄上，寂莫不回骑。河伯大怒厥女，挽吻三尺地。乃贬优婢中，唯与奴婢二。渔师观波中，奇兽行駊騀。乃告王金蛙，铁网投波裂。引得坐石女，姿貌甚堪愕。唇不能言，三截乃能言。王知慕漱妃，仍以别宫置。	未出水，王即酒醒。取女金钗刺革舆，从孔独出升天。河伯大怒其女曰："汝不从我训，终辱我门。"今左右绞挽女唇，其唇吻长三尺，唯于左右仳动二人，贬于优婢，未知其名。泽名，今在太伯山南。渔师强力扶邹告曰："近有盗粱中鱼而将去者，未知何兽也。"王乃使渔师以网引之，其网破裂，更造铁网引之，始得一女，坐石而出。其女唇长不能言，王三截其唇乃能言。王知天帝子妃，以别宫置之。
剖卵降世，生而有至。	为夫余王闭于室中，为日所照，引身避之，日影又逐。既而有孕，生一卵，大如五升。夫余王弃之与犬，犬不食；又弃之豕，豕又不食；弃之于路，牛马避之；后弃之野，众	金蛙异之，幽闭于室中。为日所照，引身避之，日影又逐而照之。因而有孕，生一卵，大如五升许。王弃之与犬豕，皆不食；又弃之路中，牛马避之；后弃之野，鸟覆翼之。王欲剖之，不能破，遂还其母。其母以物裹之，置于暖处，有一男儿，破壳而出，骨表英奇。	怀日生朱蒙，是岁岁在癸。骨表谅最奇，啼声亦甚伟。初生卵如升，观者皆惊悸。王以为不祥，此岂人之类。置之马牧中，群马皆不践；弃于深山中，百兽皆拥卫。	其母怀中日曜，因以有娠。神雀四年癸亥岁夏四月，生朱蒙。初生，左腋生一卵，大如五升许。王怪之曰："人生卵，可为不祥。"使人置之马牧，群马不践；弃于深山，百兽皆护。阴云之日，卵上恒有日光。王取卵送母养之，卵终乃开，得一男。

好太王碑	魏书	三国史记	东明王篇	东明王篇注释
	鸟以毛茹之。夫余王割剖之，不能破，遂还其母。其母以物裹之，置于暖处，有一男破壳而出。			
	及其长也，字之曰朱蒙。其俗言"朱蒙"者，善射也。夫余人以朱蒙非人所生，将有异志，请除之，王不听，命之养马。朱蒙私试，知其骏者而减食令瘦，驽者善养令肥。夫余王以肥者自乘，以瘦者给朱蒙。后猎于田，以朱蒙善射，限之一矢。朱蒙虽一矢，	年甫七岁，嶷然异常。自作弓矢射之，百发百中。扶余俗语善射为朱蒙，故以名云。金蛙有七子，常与朱蒙游戏。其技能皆不及朱蒙。其长子带素言于王曰："朱蒙非人所生，其为人也勇，若不早图，恐有后患，请除之。"王不听，使之养马。朱蒙知其骏者，而减食令瘦，驽者善养令肥。王以肥者自乘，瘦者给朱蒙。后，猎于野，以朱蒙善射，与其矢少，而朱蒙殪兽甚多。王子及诸臣又谋杀之。	母始举而养，经月言语始。自言蝇嘬目，卧不能安睡。母为作弓矢，其弓不虚觭。年渐长才能，骨表日渐具。扶余王太子，其心生妒忌。乃言朱蒙者，此必非常士。若不早自图，其患诚未已。王令往牧马，欲以试厥志。自思天之孙，厮牧良可耻。扪心常自问，吾生不如死。意将往南游，立国立城市。为缘慈母在，离别诚未易。其母闻此言，潸然抆清泪。汝宜勿为念，我亦常痛痞。士之涉长途，须必凭骏骍。	生未经月，言语开实。谓母曰："群蝇嘬目，不能睡。母为我作弓矢。"其母以荜作弓矢与之，自射纺车上蝇，发矢即中。扶余谓善射曰朱蒙。年至长大，才能并备。金蛙有子七人，常共朱蒙游猎。王子及从者四十余人，唯获一鹿，朱蒙射鹿甚多。王子妒之，乃执朱蒙缚树，夺鹿而去。朱蒙拔树而去。太子带素言于王曰："朱蒙者，神勇之士，瞻视非常。若不早图，必有后患。"王使朱蒙牧马，欲试其意。朱蒙内自怀恨，谓母曰："我是天帝之孙，为人牧马，生不如死。欲往南土造国家。母在，不敢自专。"其母曰："此吾之所以日夜腐心也。吾闻士之涉长途者，须凭骏足。吾能择马矣。"遂往马牧，即以长鞭乱捶。群马皆惊走，一骍马跳过二丈之栏。朱蒙知

好太王碑	魏书	三国史记	东明王篇	东明王篇注释
	少,菜尝甚多。夫余之臣又谋杀之。朱蒙母阴知,告朱蒙曰:"国将害汝,以汝才略,宜远适四方。"	朱蒙母阴知之,告曰:"国人将害汝,以汝才略,何往不可。与其迟留而受辱,不若远适以有为。"	相将往马闲,即以长鞭捶。群马皆突走,一马斑色骙。跳过二丈栏,始觉是骏骥。潜以针刺舌,酸痛不受饲。不日形甚瘦,却与驽骀似。尔后王巡观,子马此即是。得之始抽针,日夜屡加喂。	马骏逸,潜以针捶马舌根。其马舌痛,不食水草,甚瘦悴。王巡行马牧,见群马悉肥,大喜,仍以瘦锡朱蒙。朱蒙得之,拔其针加喂。
命驾巡幸南下,路由夫余奄利大水。王临津言曰:"我是皇天之子,母河伯女郎,邹牟王,为我连葭浮龟。"应声即为连葭浮龟,然后造渡。	朱蒙乃与乌引、乌违等二人,弃夫余,东南走。中道遇一大水,欲济无梁。夫余人追之甚急。朱蒙告水曰:"我是日子,河伯外孙,今日逃走,追兵垂及,如何得济?"于是鱼鳖并浮,为之成桥,朱蒙得渡,鱼鳖乃解,追骑不得渡。	朱蒙乃与乌伊、摩离、陕父等三人为友,行至淹淲水(一名盖斯水,在今鸭绿东北),欲渡无梁。恐为追兵所迫,告水曰:"我是天帝子,河伯外孙,今日逃走,追者垂及如何?"于是鱼鳖浮出成桥,朱蒙得渡。鱼鳖乃解,追骑不得渡。	暗结三贤友,其人共多智。南行至淹滞,欲渡无舟舣。秉策指彼苍,慨然长咨喟。天孙河伯甥,避难至于此。哀哀孤子心,天地曷其弃。操弓打河水,鱼鳖骈首尾。屹然成桥梯,始乃得渡矣。俄尔追兵至,上桥桥旋圮。双鸠含麦飞,来作神母使。	乌伊、摩离,陕父等三人。一名斯水,在今鸭绿东北。欲渡无舟,恐追兵及,乃以策指天,慨然叹曰:"我天帝之孙,河伯之甥,今避难至此,皇天后土,孤子速致舟桥。"言讫,以弓打水,鱼鳖浮出成桥,朱蒙乃得渡。良久,追兵至。追兵至河,鱼鳖桥即灭,已上桥者皆没死。朱蒙临别,不忍暌违。其母曰:"汝勿以一母为念。"乃裹五谷种以送之。朱蒙自切生别之心,忘其麦子。朱蒙息大树之下,有双鸠来集。朱蒙曰:"应是神母使送麦子。"乃引弓射之,一矢俱举,开喉得麦子,以水喷鸠,更苏而飞去云云。

好太王碑	魏书	三国史记	东明王篇	东明王篇注释
于沸流谷、忽本西、	朱蒙遂至普述水，遇见三人，其一人着麻衣，一人着衲衣，一人着水藻衣，与朱蒙至纥升骨城，遂居焉，号曰高句丽，因以为氏焉。	朱蒙行至毛屯谷，遇三人：其一人着麻衣，一人着衲衣，一人着水藻衣。朱蒙问曰："子等何许人也，何姓何名乎？"麻衣者曰"名再思"；衲衣者曰"名武骨"；水藻衣者曰"名默居"，而不言姓。朱蒙赐再思姓克氏，武骨仲室氏，默居少室氏。乃告于众曰："我方承景命，欲启元基，而适遇此三贤，岂非天赐乎？"遂揆其能，各任以事，与之俱至卒本川。观其土壤肥美，山河险固，遂欲都焉，而未遑作宫室，但结庐于沸流水上居之。国号高句丽，因以高为氏。一云：朱蒙至卒本扶余，王无子，见朱蒙，知非常人，以其女妻之。王薨，朱蒙嗣位。	形胜开王都，山川郁嵯峨。自坐茀蕝上，略定君臣位。	王自坐茀蕝之上，略定君臣之位。

好太王碑	魏书	三国史记	东明王篇	东明王篇注释
		……王见沸流水中有菜叶逐流下,知有人在上流者,因以猎往寻,至至沸流国。其国王松让出见曰:"寡人僻在海隅,未尝得见君子,今日邂逅相遇,不亦幸乎!然不识吾子自何而来。"答曰:"我是天帝子,来都于某所。"松让曰:"我累世为王,地小不足容两主,君立都日浅,为我附庸可乎?"王忿其言,因与之斗辩,亦相射以校艺,松让不能抗。	咄哉沸流王,何奈不自揆。苦养仙人后,未识帝孙贵。徒欲为附庸,出语不慎易。未中画鹿脐,惊我倒玉指。来观鼓角变,不敢称我器。来观屋柱故,咋舌还自愧。	沸流王松让出猎,未尝得见君王,见王容貌非常,引而与坐,曰:"僻在海隅,未曾得见君王。今日邂逅,何其幸乎?君是何人?从何而至?"王曰:"寡人天帝之孙,西国之王也。敢问君王继谁之后?"让曰:"予是仙人之后,累世为王。今地方至小,不可分为两王。君造国日浅,为我附庸可乎?"王曰:"寡人继天之后,今主非天帝之胄,强号为王。若不归我,天必殛之。" 松让以王累称天孙,内自怀疑,欲试其才,乃曰:"愿与王射矣。"以画鹿置百步内射之,其矢不入鹿脐,犹如倒手。王使人以玉指环,悬于百步之外射之,破如瓦解,松让大惊云云。 王曰:"以国业新造,未有鼓角威仪,沸流使者往来,我不能以王礼迎送,所以轻我也。"从臣扶芬奴进曰:"臣为大王取沸流鼓角。"王曰:"他国藏物,汝何取乎?"对曰:"此天之与物,何为不取?夫大王困于夫余,谁谓大王能至于此?今大王奋身于万死之危,扬名于辽左,此天帝命而为之,何事不成?"于是扶芬奴等三人,往沸流取鼓而来。沸流王遣使告曰云云。王恐来观鼓角,色暗如故,松让不敢争。 松让欲以立都先后为附庸,王造宫室,以朽木为柱,故如千岁。松让来见,竟不敢争立都先后。

好太王碑	魏书	三国史记	东明王篇	东明王篇注释
		二年夏六月,松让以国来降,以其地为多勿都,封松让为主。丽语谓复旧土为多勿,故以名焉。	东明西狩时,偶获雪色麂。倒悬蟹原上,敢自号而谓:天不雨沸流,漂没其都鄙。我固不汝放,汝可助我愆。鹿鸣声甚哀,上彻天之耳。霖雨注七日,霏若倾淮泗。松让甚忧惧,沿流谩横筏。士民竞来攀,流汗相咿喑。东明即以鞭,画水水停沸。松让举国降,是后莫予訾。	西狩获白鹿,倒悬于蟹原,见曰:"天若不雨而漂没沸流王都者,我固不汝放矣。欲免斯难,汝能诉天;"其鹿哀鸣,声彻于天,霖雨七日,漂没松让都。王以鞭画水,水即减。六月,松让举国来降云云。
城山上而建都焉。不乐世位,因遣黄龙来下迎王。王忽本东冈,黄龙负升天。		……(四年)秋七月,营作城郭宫室。……(十九年)秋九月,王升遐,时年四十岁,葬龙山,号东明圣王。	玄云幂鹘岭,不见山逦迤。有人数千许,斫木声髣髴。王曰天为我,筑城于其址。忽然云雾散,宫阙高嵳峨。在位十九年,升天不下莅。	七月,玄云起鹘岭,人不见其山,唯闻数千人声以起土功。王曰:"天为我筑城。"七日,云雾自散,城郭宫台自然成,王拜皇天就居。秋九月,王升天不下,时年四十。太子以所遗玉鞭葬于龙山云云。

好太王碑	魏书	三国史记	东明王篇	东明王篇注释
顾命世子儒留王,以道兴治。	初,朱蒙在夫余时,妻怀孕,朱蒙逃后生一子,字始闾谐。及长,知朱蒙为国主,即与母亡而归之。名之曰闾达,委之国事。朱蒙死,闾达代立。	十九年夏四月,王子类利自扶余与其母逃归,王喜之,立为大子。①	偶悦有奇节,元子曰类利。得剑继父位,塞盆止人嘗。	类利少有奇节云云,少以弹雀为业,见一妇戴水盆,弹破之。其女怒而詈曰:"无父之儿,弹破我盆。"类利大惭,以泥丸弹之,塞盆孔如故。归家问母曰:"我父是谁?"母以类利年少,戏之曰:"汝无定父。"类利泣曰:"人无定父,将何面目见人乎?"遂欲自刎。母曰:"前言戏耳。汝父是天帝孙,河伯甥,怨为扶余之臣,逃往南土,始造国家,汝往见之乎?"对曰:"父为人君,子为人臣,吾虽不才,岂不愧乎?"母曰:"汝父去时有遗言:'吾有藏物七岭七谷石上之松,能得此者,乃我之子也。'"类利自往山谷,搜求不得,疲倦而还。类利闻堂柱有悲声,其柱乃石上之松木,体有七棱。类利自解之曰:"七岭七谷者,七棱也。石上松者,柱也。"起而就视之,柱上有孔,得毁剑一片,大喜。前汉鸿嘉四年夏四月,奔高句丽,以剑一片奉之王,王出所有毁剑一片合之,血出,连为一剑。王谓类利曰:"汝实我子,有何神圣乎?"类利应声,举身崇空,乘牖中日,示其神圣之异。王大悦,立为大子。

① 原书本段在上段之前,为方便对照,引至此处。

第二章　汉诗声律

（一）"多杂其国方音"——徐敬德诗作为何多不合格律

徐敬德（1489—1546），字可久，号复斋，本贯唐城，居开城，世称"花潭先生"，是朝鲜时代重要的思想家，其诗也别具特色。《四库全书》将《花潭集》收入《存目》类，乾隆庚戌（1790），乾隆皇帝八旬万寿节，朝鲜人徐浩修以进贺兼谢恩副使身份出使北京，①在京遇逢纪昀。纪昀对徐浩修盛赞郑麟趾《高丽史》的同时，又言"贵国徐敬德《花潭集》编入《四库全书·别集类》"，并对花潭予以了"外国诗文集之编诸《四库》，千载一人而已"的高度评价。② 作为汉字文化圈的一部分，朝鲜汉诗诗人多有优秀之汉诗创作，而徐敬德诗在朝鲜本国人眼中却非优秀之作，朝鲜后期四大家的老师朴趾源甚至说："徐花潭先生敬德数学类康节，有诗若文若干篇，无可观而编入《四库全书》中。今皇帝所著。"③足见朝

---

① （朝鲜朝）徐浩修：《燕行纪》卷一《起镇江城至热河》："乾隆庚戌八月十三日，即八旬万寿节也。进贺使昌城尉黄仁点、副使礼曹判书徐浩修、书状官弘文馆校理李百亨，以五月二十七日辞陛，上引见于诚正阁。"

② （朝鲜朝）徐浩修：《燕行纪》卷三《起圆明园至燕京·（七月）三十日戊申》。

③ （朝鲜朝）朴趾源：《燕岩集》卷十四《热河日记·口外异闻》，《丛刊》第 252 册，第 298 页。

鲜文士对徐敬德诗文水平并不大认可。

事实上,《四库全书》收入徐敬德诗文集,并非因其艺术水平,而是因为徐敬德本人专心"正学",不同于一般以吟咏声闻古代中国的朝鲜文士,徐敬德在理学继承、东传方面具有突出作用,《四库全书总目》说:

> 明嘉靖中,朝鲜生员徐敬德撰。敬德贫居讲学,年五十六,其国提学金安国以遗逸荐,授奉参,力辞不就。居于花潭,因以为号。是集杂文杂诗共二卷,其文中《原理气》一篇末有附记称曰"先生"、《鬼神生死论》一篇末亦有附记称"以上四篇皆先生病亟时作"、诗中《次申企斋韵》一首附录原作称"企斋赠先生诗",盖其门人所编也。敬德之学一以宋儒为宗,而尤究心于周子《太极图说》、邵子《皇极经世》,集中杂著皆发挥二书之旨,其《送沈教授序》全然邵子之学也。其《论丧制疏》《答朴枝华书》亦颇究心礼制,盖东士之务正学者。诗则强为《击壤集》派,又多杂其国方音,如所谓"穷秋盛节换,木落天地瘦",体近郊岛者不多见也。他如《无弦琴铭》"不用其弦,用其弦弦。律外宫商,吾得其天。非乐之以音,乐其音音。非听之以耳,听之以心。彼哉子期,聒耳吾琴",稍得苏黄意者亦偶一遇之。然朝鲜文士大抵以吟咏闻于上国,其卓然传濂洛关闽之说以教其乡者自敬德始,亦可谓豪杰之士矣。故诗文虽不入格,特存其目以表其人焉。①

《总目》言其诗文"不入格",虽然包含如朴趾源所言之艺术水平因素,但"多杂其国方音"以致不合格律,更是造成不入格的基础。既然徐敬德诗多杂方音,那么与他同时代朝鲜诗人的创作

---

① 《四库全书总目》卷一百七十八《集部》三十一《别集类存目五·徐花潭集》,《文渊阁四库全书》第5册,第782—783页。

大都符合格律吗？徐敬德诗作用字音韵又与同时代朝鲜诗人有很大区别吗？本节则将就此一一展开。

一、 同期朝鲜文士创作汉诗选用韵书

徐敬德所处时代大致相当于中国明代中后期的弘治（1488—1505）、正德（1506—1521）、嘉靖（1522—1566）三朝。一方面，明太祖年间（1368—1398）刊行《洪武正韵》，与之相应，明初诗集如袁凯《海叟集》《鹿皮子集》《竹居集》等，均曾使用正韵作诗。另一方面，明前期，张弼讲述虽然自己认为《洪武正韵》更优，但当时诗家大都认为古诗可用《正韵》，近体律诗还应使用"唐韵"。明中期，乔世宁言："《洪武正韵》又止用于章奏，而生徒未尝遵守，学官无所驳正，甚非所以广同文之化也。故字学宜以唐《石经》与《正韵》为法，而诗赋家亦宜以《正韵》与《唐礼部韵》并行也。"①王力在《汉语诗律学》一书中说：

> 唐宋诗人用韵所根据的韵书是《切韵》或《唐韵》，凡韵书中注明"同用"的韵就可以认为同韵；到了元末，索性把同用的韵归并起来，稍加变通，成为一百零六个韵。这一百零六个韵就是后代所谓《平水韵》，也就是明清时代普通所谓"诗韵"。由此看来，若说唐宋诗人用韵是依照平水韵的，虽然在历史上说不过去，而在韵部上却大致不差。②

可知明代人所使用的"唐韵"虽然不能等同于《平水韵》，但就近体诗用韵的实际情况而言，两者大致相仿。虽然"作为推行教化的一部分，国家积极利用出版网络来传播《正韵》，加上知识阶层

---

① （明）乔世宁：《丘隅意见》，《丛书集成初编》，上海：商务印书馆，第2923册，第1页。

② 王力：《汉语诗律学》，上海：上海教育出版社，2002年，第43页。

的配合,真正使《正韵》达到了'颁行天下'的目的。同时,由于国家功令的改变,文人的不合作,《正韵》不能取代传统的'诗韵'而处于边缘"。① 如此说来,不仅明代前中期诗歌创作并非全部使用《洪武正韵》,"终明之世竟不能行于天下"。② 而明代使用《洪武正韵》作诗者终究属于少数。

　　具体到朝鲜半岛,一方面,《洪武正韵》颁行朝鲜后,产生巨大影响。由于朝鲜文士口语使用土语,但事大交流的书面语为汉文,以致"东国世事中华,而语音不通,必赖传译"。③ 所以朝鲜文士格外重视汉文的标准字音,看重《洪武正韵》:"学者苟能先学《正音》若干字,次及于斯,则浃旬之间,汉语可通,韵学可明,而事大之能事毕矣。"④于是,朝鲜世宗朝(1418—1450)创制《训民正音》,即朝鲜有书面字母表现土俗口语发音后,即令申叔舟、成三问等人用《训民正音》"叶以七音,调以四声,谐之以清浊",翻译《洪武正韵》成《洪武正韵译训》,甚至为了"尽正俗异同之变",曾"就正中国之先生学士","往来至于七八"。⑤ 与此同时,朝鲜又以《洪武正韵》为参照,开始编纂训解通译人员的培训教材,即可称作"学华语之门户"的《直解童子习》《训世评话》,"以《正音》译汉训,细书逐字之下,又用方言以解其义","证其疑而二书之",以致"音义昭晢,若指诸掌"。⑥ 此外,朝鲜不只用《洪武正韵》校正汉文书面语的字音语音,矫正汉语学习者的口语发

---

① 张志云:《〈洪武正韵〉在明代的传播及其效用》,《中国文化研究》,2006(2)。

② 《四库全书总目》卷四十二《经部》四十二《小学类三·洪武正韵》,《文渊阁四库全书》第 1 册,第 876 页。

③⑤ (朝鲜朝)申叔舟:《保闲斋集》卷十五《〈洪武正韵译训〉序》,《丛刊》第 10 册,第 126 页。

④⑥ (朝鲜朝)成三问:《成谨甫先生集》卷二《〈直解童子习〉序》,《丛刊》第 10 册,第 191 页。

音,还以《洪武正韵》为重要参考,编纂了《续添洪武正韵》《东国正韵》①及《四声通解考》等韵书。② 另一方面,元代以金正大六年(1229)王文郁所撰《新刊韵略》为蓝本,编刊《排字礼部韵略》,而韩国现存此书最早版本,即为朝鲜世祖九年(1464)覆刊元大德梅谿书院刊行本。该书含平声上 15 韵、平声下 15 韵、上声29 韵、去声 30 韵、入声 17 韵,共计 106 韵部。"106 部为朝鲜时期的标准,当时最广泛使用的《三韵通考》《华东正音通释韵考》《三韵声汇》等书皆采取 106 韵,这些韵书是《排字礼部韵略》流传到韩国地区以后被撰写,我们可以推测这些书很有可能备受《排字礼部韵略》之影响。"③

朝鲜朝素来重视韵书,科举考试要求按韵创作,甚至允许携带韵书进入考场,如:

> (世宗二十年/1438)礼曹启:"进士试取时,古赋十韵诗,举子须考韵书,听许挟入。"从之。④

> (文宗二年/1452)礼曹启进士试取条件:"……一,《东国正韵》,既已参酌古今韵书定之,于用韵无所防碍,乞如《礼部韵》,略出注解,令举子用以押韵……"从之。⑤

> (明宗六年/1551)传日:"今日摘奸时,儒生韵书亦搜

---

① (韩)沈小喜:《通过〈洪武正韵序〉考察正音观》,(韩)《中国言语研究》,2011(总 35)。

② 参见韩国首尔大学奎章阁藏《四声通解》之《文学解题》。

③ (韩)申祐先:《〈排字礼部韵略〉〈新刊韵略〉及〈排字韵〉之间的关系》,(韩)《中国语文学论集》,2010(总 62)。

④ 《世宗实录》卷八〇,世宗二十年正月五日庚寅,韩国国史编纂委员会影印《朝鲜王朝实录》(后简称《朝鲜王朝实录》)第 4 册,第 122 页。

⑤ 《文宗实录》卷一三,文宗二年四月四日戊辰,《朝鲜王朝实录》第 6 册,第 482 页。

来。其问于法司,初若不禁韵书,其还给许赴……"①

甚至朝鲜使臣在接待明使时,也会携带韵书,如"世宗朝天使出来,偶见韵书册面书'泛翁'字,问诸馆伴申叔舟曰:'此何人书也?'"②云云。虽然此条史料叙述重点在于安平大君的书法造诣,但也可从侧面看到,馆伴申叔舟随身携带韵书,很可能是方便与明使唱酬检韵的事实。而朝鲜初,洪逸童作《任子深邀我游汉江,招刚中,用洪武正韵》,其在题目特意标明正韵,亦可侧面说明用正韵作诗并非当时的主流。那么,徐敬德同时代的本国汉诗人创作近体诗,又依据何种韵书呢?只有先确定其时之用韵标准,方可于其诗合律与否予以评判。

清代大学者朱彝尊(1629—1709)称《皇华集》中许琮(1434—1494)"继和之作绰有唐人风格",慨叹董越于其诗"音律谐畅"的评价并非虚誉。③ 朱彝尊言"孝宗即阼之初,以右春坊右庶子兼翰林院侍讲宁都董公越、工科右给事中上元王公敞颁

————————

① 《明宗实录》卷一二,明宗六年八月十三日戊辰,《朝鲜王朝实录》第 20 册,第 36 页。

② 《燕山君日记》卷四九,燕山九年(1503)四月三日己亥,《朝鲜王朝实录》第 13 册,第 556 页。

③ (清)朱彝尊选编:《明诗综》卷九十五上《许琮》:"琮字宗卿,安兴人。由进士为吏曹判书,积官至参政府议政,有《尚友堂诗集》。《诗话》:孝宗即阼之初,以右春坊右庶子兼翰林院侍讲宁都董公越、工科右给事中上元王公敞,颁诏于朝鲜。宗卿时为馆伴,继和之作,绰有唐人风格。句如'春归飞鸟外,天阔落帆中''细雨全沉树,孤城半带烟''东风瓜蔓水,斜日竹枝歌''风急抟羊角,波翻起雁群''官桥晴晒网,野渡晚维舟',俱清婉可诵。董公为作序,称其'音律谐畅,萧然出尘',非虚誉也。董公后仕至南京工部尚书,赠太子少保,谥文僖;王公亦仕至太子少保,兵部尚书,赠太子太保。宗卿祖恃,字原德,官奉常,有《梅轩集》;曾祖锦,字在中,官判书,有《野堂集》,见龚、吴两公序。"北京:中华书局,2007 年,第 4421 页。

诏于朝鲜",①即《皇华集》"弘治元年戊申颁敕谕使"部分,此即朱彝尊评判许琮诗的依据。② 虽然,今《皇华集》卷十至十二载许琮诗约百七十首中仅有十四首为自选韵而作,其余均为和诗,然于朝鲜而言,事大为关系国运的头等大事,故天使作诗用韵,必实际影响朝鲜汉诗创作用韵的时代风尚。且若使许琮馆伴唱和之用韵非平日所熟,则仓促之中难免失合于律,既然他的作品可以得到朱彝尊"音律谐畅"的称赞,他平素所用韵书必与此相同。故举许琮所和韵之天使原韵,与许琮自选韵所作之诗典型者各一首,以说明其所用韵书之状况。

《皇华集》卷十二王敞《过安城馆》其二云:"屋角桃花片片

---

① (清)朱彝尊选编:《明诗综》卷九十五上《许琮》:"琮字宗卿,安兴人。由进士为吏曹判书,积官至参政府议政,有《尚友堂诗集》。《诗话》:孝宗即祚之初,以右春坊右庶子兼翰林院侍讲宁都董公越、工科右给事中上元王公敞,颁诏于朝鲜。宗卿时为馆伴,继和之作,绰有唐人风格。句如'春归飞鸟外,天阔落帆中''细雨全沉树,孤城半带烟''东风瓜蔓水,斜日竹枝歌''风急抟羊角,波翻起雁群''官桥晴晒网,野渡晚维舟',俱清婉可诵。董公为作序,称其'音律谐畅,萧然出尘',非虚誉也。董公后仕至南京工部尚书,赠太子少保,谥文僖;王公亦仕至太子少保,兵部尚书,赠太子太保。宗卿祖惜,字原德,官奉常,有《梅轩集》;曾祖锦,字在中,官判书,有《野堂集》,见龚、吴两公序。"北京:中华书局,2007年,第4421页。
② (清)朱彝尊选编:《明诗综》卷九十五上:"《静志居诗话》:高丽文教,远胜他邦。自元以前,诗曾经大司成鸡林崔瀣彦明父选录,目曰《东人之文》,凡二十五卷,度必有可观,惜无从访求。今之存者,仅会稽吴明济子鱼《朝鲜诗选》而已。牧斋钱氏为王氏诸臣白冤,可谓发潜德之幽光矣。予更证以《高丽史》《东国通鉴》《东国史略》《殊域周咨录》《皇华集》《轺轩录》,订其异同,补其疏漏,论次稍加详焉。"(第4403页)故知竹垞于许琮诗之评判仅据《皇华集》耳。

飞,天涯谁遣送春归。莫言花谢浑无赖,柳絮池塘绿正肥。"[1]分别以《洪武正韵》《平水韵》言之:

	《洪武正韵》	《平水韵》
屋	入声,一屋	入声,一屋
角	入声,六药	入声,三觉
桃	平声,十三爻	下平,四豪
花	平声,十五麻	下平,六麻
片	去声,十一霰	去声,十七霰
飞	平声,二支	上平,五微
天	平声,十一先	下平,一先
涯	平声,十五麻	上平,九佳
谁	平声,七灰	上平,四支
遣	去声,十一霰	去声,十七霰
送	去声,一送	去声,一送
春	平声,八真	上平,十一真
归	平声,七灰	上平,五微
莫	入声,七陌	入声,十一陌
言	平声,十一先	上平,十三元
谢	去声,十六蔗	去声,二十二祃
浑	平声,八真	上平,十三元
无	平声,五模	上平,七虞
赖	去声,六泰	去声,九泰
柳	上声,十九有	上声,二十五有

---

① 赵季编校:《足本皇华集》,南京:凤凰出版社,2013 年,第 393 页。

	《洪武正韵》	《平水韵》
絮	去声,四御	去声,六御
池	平声,二支	上平,四支
塘	平声,十七阳	下平,七阳
绿	入声,一屋	入声,二沃
正	去声,十八敬	去声,二十四敬
肥	平声,二支	上平,五微

虽不论以何种韵,其平仄均为"仄仄平平仄仄平,平平平仄仄平平。仄平平仄平平仄,仄仄平平仄仄平",合于七言绝句仄起式"(仄)仄平平仄仄平,(平)平(仄)仄仄平平。(平)平(仄)仄平平仄,(仄)仄平平仄仄平"。然以《平水韵》观之,则其诗为首句入韵之七言绝句;若以《洪武正韵》观之,则其诗韵脚"归""肥"则将分属于"灰""支"二韵部,则为出韵。许琼自选韵之诗中,《日日陪游,清兴足矣。但相别无几,思之不觉怅然。因以"登山临水送将归"为韵以寄下情,谨奉两大人求教》其七,与上述情况相仿:

> 烟波渺渺白鸥飞,江左风光天下稀。
>
> 海国山川难着眼,知公无日不思归。①

此诗合于七绝平起式,以《平水韵》言之,则押"微"韵,首句亦入韵;但若以《洪武正韵》言,则为"稀""归"各押"支""灰"二韵部之出韵。而《琼二月廿一日初拜鸭绿江上,奄忽之间已逾一月矣。今还到江上,临别不胜怅恨。谨录奉近体各三律,以寄景仰之情》,则明言为近体诗,其中"送别副使大人"

---

① 赵季编校:《足本皇华集》,第 401 页。

第三首诗说：

> 早向青霄稳着鞭，一时才器绝无前。
>
> 草成方朔三千牍，书破羲之九万笺。
>
> 龙气冲星雷焕剑，虹光贯月米家船。
>
> 今年过海诗成集，留与人间万口传。①

合于七律仄起式，通诗押《平水韵》"先"韵，首句入韵。但以《洪武正韵》核之，则"鞭""前""笺""传"合"先"韵，而"船"则入于"阳"韵，为出韵。以此观之，则《皇华集》中董越、王敞、许琼三人唱酬，必用《平水韵》而非《洪武正韵》者明矣。

此类情况在徐敬德诗中同样存在。花潭五言古体诗《天机》②通篇押《平水韵》"微"部，若依《洪武正韵》，则分入"支""齐""灰"三部，不再押韵。《谢张教授纶惠桃树》更为显著："梦陟清都扣玉扉，瑶台春色觉依俙。凌晨见寄仙桃树，疑是移从上界归。"③以诗之平仄观之，是为典型之七言绝句。若依《平水韵》，则为

---

① 赵季编校：《足本皇华集》，第 415—416 页。

② （朝鲜朝）徐敬德《花潭先生文集》卷一《天机》："壁上糊马图，三年下董帏。溯观混沌始，二五谁发挥。惟应酬酢处，洞然见天机。太一斡动静，万化随璇玑。吹嘘阴阳囊，阖辟乾坤扉。日月互来往，风雨交阴晖。刚柔蔚相荡，游气吹纷霏。品物各流形，散布盈范围。花卉自青紫，毛羽自走飞。不知谁所使，玄宰难见几。显仁藏诸用，谁知费上微。看时看不得，觅处觅还非。若能推事物，端倪见依俙。张弩发由牙，三军麾用旂。服牛当以牿，扰马当以羁。伐柯即不远，天机岂我违。人人皆日用，渴饮寒则衣。左右取逢原，原处便知希。百虑终一致，殊途竟同归。坐可知天下，何用出庭闱。春回见施仁，秋至识宣威。风余月扬明，雨后草芳菲。看来一乘两，物物赖相依。透得玄机处，虚室坐生辉。"《丛刊》第 24 册，第 291 页。

③ （朝鲜朝）徐敬德：《花潭先生文集》卷一，《丛刊》第 24 册，第 293 页。

首句入韵,通篇押"微"韵;而若依《洪武正韵》,则"扉""俙"入"支"部,而"归"入"灰"部,为出韵。故于《洪武正韵》《平水韵》二者之间,徐敬德汉诗创作依据,相较于正韵,显然是选择了平水韵。

二、 花潭诗格律状况①

今《花潭先生文集》中共有徐敬德诗约九十六首,现把其诗列于下表,以分析其平仄②、韵脚③等韵律情况。

---

① 《四库全书总目》所言徐敬德诗文集系浙江巡抚采进本,而《丛刊》
　所收底本乃韩国精神文化研究院藏书阁所藏 1786 年刊本《花潭
　先生文集》,其刊刻时间虽略晚于《四库全书》成书时间,然《四库
　全书总目》所言内容与藏书阁藏本大体相仿,且藏书阁藏本分四
　卷,其卷三、卷四均为附录,花潭诗文仅收于卷一、卷二,也与《四
　库全书》提要所言之杂文杂诗共二卷相吻合。故四库馆臣所见虽
　非此韩国刊本,但内容恐不差许多,可以为据。
② 平仄规格,五七言诗参考王力《汉语诗律学》、六言诗参考启功《诗
　文声律论稿》(北京:中华书局,2000 年)。
③ 因和韵诗之韵脚全依原韵,非可自己选定,故不列入押韵状况之
　考察范围。约十五首。另,《联句》用他诗之韵一首,亦不列入考
　察范围。

诗名	参照标准 （此列所言入韵与否指首句而言）	平仄规格			押韵状况	备注
		不合之处				
		位置	应为	实为		
谢金相国惠嵩二首	七律仄起入韵式	八	(仄)仄平平仄仄平	竹杖相将云水乡	○	
	七律仄起入韵式				○	
天机	五言古体				○	古体
观易吟	七律平起入韵式				○	
	七绝仄起入韵式				○	
冬至吟	七律平起入韵式	五 六 七	(平)平(仄)仄平平仄 (仄)仄平平仄仄平 (仄)仄(平)平平仄仄	人能知复道非远 世或改图洽可回 广大工夫要在做	○	
	五律仄起不入韵式	四	(仄)仄仄平平	衰鬓日复新	○	
观易偶得首尾吟以示学易诸君贤	七律平起入韵式	六 七	(仄)仄平平仄仄平 (仄)仄(平)平平仄仄	易向柳风梧月知 秋洛春辜阿远	○	句六为拗数 句七为七言 特殊句式
又一绝	七律仄起入韵式					

诗题	参照标准（此列所言入韵与否指首句而言）	平仄规格			押韵状况	备注
		不合之处				
		位置	应为	实为		
笑戏	七律平起入韵式	二	(仄)仄平平仄仄平	输得尧夫闲静时	颔联"暌"入齐韵，他入支韵。	颔颈联对偶恐为古体
		五	(仄)仄平平平仄平	必有事来岂大持		
依述邵尧夫首尾吟聊表尚友千古之思	七律仄起入韵式	五	(平)平仄仄平平仄	物皆藏用圣何弃	○	此联拗救
		六	(仄)仄平平仄仄平	代不乏人天有时		
开窗	七绝平起入韵式				○	
有物	七绝仄起入韵式	四	(仄)仄平平平仄平	为问君初何所来	○	
	七绝仄起不入韵式	四	(仄)仄平平平仄平	为问君从何所归	○	
偶吟	五绝仄起入韵式	二	平平仄仄平	古琴弹歇初	○	
述怀	七律平起入韵式	二	(仄)仄平平仄仄平	晚岁还甘颜氏贫	○	
读参同契斐赠倲真庵赵景阳	七律仄起入韵式	三	(仄)仄(平)平平仄仄	混沌前头接玄母	○	句三为七言特殊句式
		六	(仄)仄平平仄仄平	六六洞天狄第开		
山居	五律平起入韵式				○	
	五律平起入韵式				○	

	参照标准（此列所言入韵与否指首句而言）	平仄规格				
		不合之处			押韵状况	备注
		位置	应为	实为		
无题	七绝平起入韵式				○	
	七绝平起入韵式				○	
闲怀	七绝仄起入韵式				○	
雨后看山	七绝仄起入韵式				○	
登高吟	七绝平起入韵式	二	（仄）仄平平仄仄平	仰面弥高高不穷	峰:平,冬 芬:平,东 踪:平,冬	
游山	五绝平起入韵式				○	
大兴洞	五言古绝	二	（平）平平仄仄	碧溪污潭镜	仄声,敬韵	五言特殊句式
知足寺	五绝平起不入韵式	一 三	（平）平平仄仄 （仄）仄平平仄	自卓延平岛 山水吾有取	○	
咏苔	五言古体				仄声,沃韵	

| | 参照标准（此列所言入韵与否指首句而言） | 平仄规格 | | | 押韵状况 | 备注 |
| | | 位置 | 不合之处 | | | |
			应为	实为		
雪月吟	五言古体				×	
春日	五绝仄起不入韵式				○	
谢张教授绘惠桃树	七绝仄起入韵式				○	
	七绝平起入韵式	二	(仄)仄平平仄仄平	远寄仙桃情见亲	○	
种松	七绝平起入韵式				松:平,冬 龙:平,冬 功:平,东	
咏菊	七律平起入韵式	六	(仄)仄平平仄仄平	承露溥时色更鲜	○	
闻鼓刀	七绝仄起入韵式				刀:平,豪 庖:平,肴 号:平,豪	
溪声	七绝仄起入韵式				○	

	参照标准（此列所言入韵与否指首句而言）	平仄规格 不合之处 位置	应为	实为	押韵状况	备注
次韵答留守李相国	七律仄起入韵式	八	(仄)仄平平仄仄平	不记桐庐春已过	次韵	
赠葆真庵	七律平起入韵式	三	(仄)仄(平)平仄仄仄	不是吾心薄卿相	○	七言特殊句式
谢赵上舍惠笔	七律平起入韵式	一 八	(平)平(仄)仄仄平平 (仄)仄平平仄仄平	手封文宝远相遗 且得甄收风月奇	○	二字均有二音
次申企斋韵	七律仄起入韵式				次韵	
又奉赠一首	七绝平起入韵式				○	
次企斋韵赠其子熺	七律平起入韵式				次韵	
次留守沈相国韵	七律仄起入韵式				次韵	
次留守朴相国韵	七绝平起入韵式	二	(仄)仄平平仄仄平	为爱深车马疏	次韵	
	七绝仄起入韵式				次韵	
以桃献留守朴相国	七绝平起入韵式	二	(仄)仄平平仄仄平	咏带清冷风露香	○	此字有二音

123

参照标准（此列所言入韵与否指首句而言）	参照标准	平仄规格 不合之处 位置	应为	实为	押韵状况	备注
奉赠留守李相国	五律仄起入韵式	二六	平平仄仄平 平平仄仄平	讲绂须及辰 柳丝缘半勺	○	句二拗救 句六犯孤平
赠金都事	七绝仄起入韵式				○	
	七绝平起入韵式				○	
次沈别提韵	七绝仄起入韵式				次韵	
	七绝仄起入韵式	一	(仄)仄平平仄仄平	象外散人常妥如	次韵	拗救
	七绝仄起入韵式				次韵	
	七绝仄起入韵式				次韵	
	七绝仄起入韵式				次韵	
次沈教授见赠韵	七绝平起不入韵式	二	(仄)仄平平仄仄平	壮志当年期帝佐	次韵	此不押韵，或非近体。
	七绝平起不入韵式	一	(平)平(仄)仄平平仄	山人屡见鸾鹥馨	次韵	

	参照标准（此列所言入韵与否指首句而言）	平仄规格			押韵状况	备注
		位置	不合之处			
			应为	实为		
再次	七绝仄起入韵式				次韵	
	七绝仄起入韵式				次韵	
次申秀才落花韵	七律平起入韵式	三	(仄)仄(平)平平仄仄	不唧芳菲易衰歇	次韵	七言特殊句式
	七绝平起入韵式				次韵	
次申秀才上巳见赠	七绝仄起入韵式	一	(仄)仄平平仄仄平	多少浮生锁愁颜	次韵	
		四	(仄)仄平平仄仄平	郭外青山人字攀		
寄申秀才六言	六言律句	四	平仄仄平仄仄	屠龙手他日试	○	
有人读南华经以诗示之	七绝平起入韵式	一	(仄)仄平平仄仄平	千里谬从一蹧差	○	
游归法寺前溪	七绝仄起入韵式	一	(仄)仄平平仄仄平	上下溪亦行复行	○	
谢留守相国屏骑从访花潭	七绝仄起入韵式				○	

参照标准 （此列所言入韵与否 指首句而言）	平仄规格			押韵状况	备注
	不合之处				
	位置	应为	实为		
沈教授携诸生访花潭即席次其韵				次韵	
谢府官诸公游花潭见访					
同林正字朴参奉游朴渊				久：上，有 袖：去，有 酒：上，有 瘦：去，有 秀：去，有	
沈教授游满月台一律追次				次韵	
席上赠人	一	仄仄平平平仄仄	花下移樽松月高	○	

诗题	参照标准（此列所言入韵与否指首句而言）	平仄规格			押韵状况	备注
		位置	不合之处			
			应为	实为		
奉留守李相国饮以诗相谢之	七绝仄起入韵式				○	
谢人	五绝仄起不入韵式				○	
谢二生赠衣	五言古体				○	
送朝京使	五律仄起不入韵式				○	
送留守沈相国罢归江陵	七绝平起入韵式				○	
别朴菱儞颐正	七绝平起入韵式				○	
送金彦顺	七绝平起入韵式				○	
敬德宫饮沈教授韵	七律平起入韵式	二	（仄）仄平平仄仄平	故阙犹余王气浮	次韵	
次灵通寺板上韵	七律平起入韵式				次韵	
	七律平起入韵式				次韵	

	参照标准（此列所言入韵与否指首句句而言）	平仄规格			押韵状况	备注
		位置	不合之处			
			应为	实为		
题洪君医人堂	七律仄起入韵式	八	（仄）仄平平仄仄平	不问升沉多少愁	○	
题虚白堂	七绝仄起入韵式	一	（仄）仄平平仄仄平	虚白堂中凭几人	○	
过鲁津校赠广文	五律平起入韵式				○	
宿康翎村舍主人粗识字	五律平起不入韵式				家:平、麻 多:平、歌 霞:平、麻 么:平、歌	
途中	五律平起不入韵式				○	
	五律仄起不入韵式	四	平平仄仄平	清凉风月怀	○	
愍俗离山下	五律仄起不入韵式	三	（平）平平仄仄	尘中谢荣辱	○	
边山	七律仄起不入韵式				○	
宿智异山般若峰	七律仄起入韵式	八	（仄）仄平平仄仄平	千里来寻诚所通	○	

	参照标准（此列所言入韵与否指首句而言）	平仄规格			押韵状况	备注
		不合之处				
		位置	应为	实为		
金刚山	五律平起不入韵式	六	平平仄仄平	岩枫红欲燃	○	
联句	七绝平起不入韵式				用沈教授示诸生律中二联韵	
挽人	七律仄起不入韵式	一 八	仄仄平平平仄仄 （仄）仄平平仄仄平	物自何来亦何去 为指还家是先天	○	首句为七言特殊句式
	五律仄起不入韵式				○	
送沈教授	五绝仄起不入韵式				○	
	五绝平起不入韵式				○	
	五绝平起不入韵式	一	（平）平平仄仄	青山数间屋	○	首句为五言特殊句式

三、 不合格律的原因

通过分析可以看出，花潭诗不论因何缘故，其差谬数量之多可见一斑。诗句平仄之差或有不经意的可能，但韵脚出韵则难辞其咎。一方面，近体诗创作对于押韵的要求是很严格的，即使出现个别兼韵的情况，也要符合韵部相邻的前提。花潭《登高吟》①《种松》②两诗均通押之"冬""东"二韵，《闻鼓刀》③一诗通押之"豪""肴"二韵，即属于邻韵的情况。然依照邻韵原则将韵部分为若干类之后，仍有七个韵是独用的，其中就包含花潭《宿康翎村舍主人粗识字》《次韵答留守李相国》等诗所通押的"麻""歌"二韵。而第二首次韵诗为和答李龟灵，原诗用韵亦当为此，可见此种通押"歌""麻"二韵的情况在当时并非个例。张维说：

> 近体以声律为主，最严于用韵。故通用旁韵，为律家大禁。古人或间有通韵者，如东冬、支微、鱼虞、真文、庚青等韵，犹可相通，以其音叶故也。若歌麻二韵，汉音本自迥别，

---

① （朝鲜朝）徐敬德：《花潭先生文集》卷一《登高吟，携彦顺金惠孙颐正朴民献及黄元孙登金神寺后峰作》："欲穷高处陟危峰，仰面弥高高不穷。若语天高犹未极，始知足底是高踪。"《丛刊》第24册，第293页。

② （朝鲜朝）徐敬德：《花潭先生文集》卷一《种松》："槛边除棘种稚松，长阅千年想作龙。莫谓寸根成得晚，明堂支日勒丰功。"《丛刊》第24册，第293页。

③ （朝鲜朝）徐敬德：《花潭先生文集》卷一《闻鼓刀》："有鸟凌晨劝鼓刀，鼓刀应在割烹庖。年来盘上无盐久，莫向茅斋苦叫号。"《丛刊》第24册，第293页。

而东土音讹，最难辨别，故我东诗人例多通押。①

可见朝鲜诗人通押与本国方音有关，并非个别人的偶然情况，花潭通押亦当为此种原因。另一方面，《同林正字荟、朴参奉溉游朴渊》②一诗虽为古体，但通押了分属于上、去二声之"有""宥"二韵。古体诗创作虽然可押仄声韵，但仄韵仍要区别上去入三声，不可通押，即使同声通押，亦应遵循出自邻韵的原则。③ 那么，花潭此种谬误又因何而出呢？ 张维言：

> 我东乡音，上去二声绝不可辨。虽深于文学者，必须检韵，不尔则不能别也。余常病此。及观古人文字，押韵或有糅杂。如东坡《酒经》本用庚韵，而其中"饼""猛"等韵，上声也，"正""定""劲""病"等韵，去声也。唯取音叶，虽平仄不同，皆不拘也。此犹文也。柳子厚《闵生赋》，"静""骋"与"陨""隐"等通押；陈后山《示三子诗》，"忍""省""哂""稳"通押；李空同《石将军战场歌》，"战""店"通押。此其音韵迥异，不啻上去之别，皆以方音相叶故不避也。以此推之，凡著杂文用韵，虽时混上去声，不至大错，唯诗什则当谨守正法耳。④

由此可见，花潭此谬盖出自东国方音与韵书之差，作诗时未细究

---

① （朝鲜朝）张维：《谿谷漫笔》卷一《通用旁韵》，《丛刊》第 92 册，第 572 页。

② （朝鲜朝）徐敬德：《花潭先生文集》卷一《同林正字荟、朴参奉溉游朴渊》："有怀宜辄遂，百年未为久。吟筇入洞天，白云妆衣袖。景奇或上诗，兴来时把酒。穷秋感节换，木落天地瘦。兹游曷不乐，同来皆俊秀。"《丛刊》第 24 册，第 296 页。

③ 本段有关诗律之论述，参考王力《汉语诗律学》，第 328—360 页。

④ （朝鲜朝）张维：《谿谷漫笔》卷一《我东乡音上去二声难辨》，《丛刊》第 92 册，第 573 页。

韵书所致。

此外,花潭诗声律多谬,大抵也与徐敬德对邵雍的学习模仿有关。《四库全书总目》结合《花潭集》具体内容,以为徐敬德之学一以宋儒为宗,集中杂著皆发挥周敦颐《太极图说》、邵雍《皇极经世》之旨,诗作则模仿《击壤集》。那么邵雍诗之声律又如何呢?邵雍尝自言:"诚为能以物观物,而两不相伤者焉,盖其间情累都忘去尔,所未忘者独有诗在焉。然而虽曰未忘,其实亦若忘之矣。何者?谓其所作异乎人之所作也。所作不限声律,不沿爱恶,不立固必,不希名誉,如鉴之应形,如钟之应声。其或经道之余,因闲观时,因静照物,因时起志,因物寓言,因志发咏,因言成诗,因咏成声,因诗成音,是故哀而未尝伤,乐而未尝淫。虽曰吟咏情性,曾何累于性情哉!"①可见邵雍作诗是体道观物之余的自然流露,故而因言成诗,不合格律也多有不计。如其与花潭诗同题之《观易吟》云:

> 一物其来有一身,一身还有一乾坤。
>
> 能知万物备于我,肯把三才别立根。
>
> 天向一中分体用(又云造化),人于心上起经纶。
>
> 天人焉有两般义(又云事),道不虚行只在人。②

第三句"备"字、第七句"两"字均不合平仄,就押韵来看,"身""纶""人"押"真"韵;"坤""根"则押"元"韵,不合律诗的严格押韵。另外两首同名的《冬至吟》分别写道:

> 何者谓之几,天根理极微。今年初尽处,明日未来时。

---

① (宋)邵雍著,郭彧整理:《邵雍集·伊川击壤集序》,北京:中华书局,2010年,第180页。

② (宋)邵雍著,郭彧整理:《邵雍集·伊川击壤集》卷十五《观易吟》,第416页。

此际易得意,其间难下辞。人能知此意,何事不能知。①

　　　　冬至子之半,天心无改移。一阳初起处,万物未生时。
玄酒味方淡,大音声正希。此言如不信,更请问庖牺。②

前诗,"几""微"押"微"韵,而"时""辞""知"则押"支"韵;后诗,
"移""时""牺"三字押"支"韵,而"希"则押"微"韵,亦不合严格押
韵。而前一首第五句句尾"易得意"更是三连仄,第六句亦只是
"难"字平仄颠倒,故不成拗救。如此诸端,邵雍诗"原脱于诗法
之外",虽有"誉之者以为风雅正传",但也难免"毁之者务以声律
绳之",③那么讲学"专以周、邵为宗,诗亦效法《击壤》"④的徐敬
德,其诗不合声律也就更在情理之中。

　　徐敬德汉诗创作依据《平水韵》,而其具体诗作则有因受方
音影响而不合格律之处,故四库《总目》评价还是颇为中肯的。
既如此,《四库全书》又为何仍要将其收入呢? 一方面,如《四库
全书总目·凡例》所言:"外国之作,前史罕载。然既归王化,即
属外臣,不必分疆绝界,故木增、郑麟趾、徐敬德之属,亦随时代
编入焉。"⑤徐敬德作品收入《四库全书》,即可体现"外国""归王
化"与编纂收书的博大胸襟。另一方面,如前所引,《总目》言朝
鲜传播理学教导乡里,以徐敬德为始,并谓以豪杰之士,这与乾
隆三十七年(1772)正月初四日圣谕所言"其历代流传旧书,内有

---

① (宋)邵雍著,郭彧整理:《邵雍集·伊川击壤集》卷十八《冬至吟》,
　　第 472 页。
② (宋)邵雍著,郭彧整理:《邵雍集·伊川击壤集》卷十八《冬至吟》,
　　第 489 页。
③ 《四库全书总目》第 4 册,第 128 页。
④ (清)朱彝尊选编:《明诗综》卷九十五上《徐敬德》,第 4441 页。
⑤ 《四库全书总目》第 1 册,第 36 页。

阐明性学治法,关系世道人心者,自当首先购觅",①正相符合。且《四库全书》收书更有"论人而不论其书"②的宗旨,故《花潭集》收入《存目》以"表其人"也就更加不足为奇了。

小结

《四库全书》收入徐敬德《花潭集》乃浙江巡抚采进本。大抵徐敬德文集通过民间途径传入朝鲜,而《四库全书》编纂有不分疆界、注重性理学、论人不论书等原则,故地方将此书层层上报。当时虽然朝鲜使臣也在不断向清廷及纪昀个人献书,但《四库全书》所收朝鲜诗文集仅此一种。且馆臣虽赞叹徐敬德学问人品,认可其在性理学东传中的重要作用,但仍不免评价其诗"多杂其国方音"。

朝鲜朝素来注重字音字韵,为保证诗作格律准确,甚至科举考试也允许携带韵书入场。而徐敬德同时代,不论明代还是朝鲜朝士人,其诗作均大体遵照唐韵而非《洪武正韵》。平水韵与唐韵虽不完全等同,但从创作实际上看,两者约略相等。故用平

① 《四库全书总目》第1册,第2页。另,今《四库全书总目·存目》所著录之《徐花潭集》,乃浙江巡抚采进本。实即乾隆壬辰冬至乙未夏,浙江采集遗书时所得鲍廷博知不足斋写本,其时间恰在乾隆皇帝此谕旨之后。(参考北京图书馆出版社影印清乾隆四十五年刻本《浙江采集遗书总录》,第578、599—602页。)

② 《四库全书总目·凡例》:"文章德行,在孔门既已分科,两擅厥长,代不一二。今所录者,如龚诩、杨继盛之文集,周宗建、黄道周之经解,则论人而不论其书;耿南仲之说《易》,吴幵之评诗,则论书而不论其人。凡兹之类,略示变通,一则表章之公,一则节取之义也。至于姚广孝之《逃虚子集》、严嵩之《钤山堂诗》,虽词华之美足以方轨文坛,而广孝则助逆兴兵,嵩则怙权蠹国,绳以名义,匪止微瑕。凡兹之流,并著其见斥之由,附存其目,用见圣朝彰善瘅恶,悉准千秋之公论焉。"第1册,第38—39页。

水韵考察徐敬德诗作后,可知其创作确实屡屡违背格律,其背后固然有朝鲜方言影响的原因,也有其深受邵雍之学的影响以致自觉模仿邵雍诗风的因素。

（二）审音"清、浊"——许筠对诗词声律的把握

许筠(1569—1618)在韩国文学史上颇负盛名,在诗论、选诗等方面独具慧眼,对社会制度、人生思想的远见卓识又远远超出他所处的时代。故此前学界关于他的诗、诗话、小说,甚至他的思想、生平、诗学理论等,已有很多精彩的探讨。许筠曾在《鹤山樵谈》讨论词作《渔家傲》说"一篇总合音律而一字不合",具体提出"朱"字的清浊问题。此前学界就此展开研究,但仍留有空间。[①] 笔者以为,重视字的清浊与重视字的平仄用韵一脉相承,而后者则体现在诗创作的平仄格律之中,故将二者综合起来研究,或可提供新的思路。故本节试图从押韵、平仄的角度,考察许筠诗作,并在此基础上,重新探讨许筠提出的《渔家傲》中"朱"字的清浊问题。

一、 许筠诗的格律分析

今《韩国文集丛刊》影印《惺所覆瓿稿》中,载诗两卷,卷一《丁酉朝天录》《幕府杂录》《戊戌西行录》《佐幕录》《南宫稿》《南征日录》《壬寅西行录》《骑省稿》《太仆稿》《枫岳纪行》《辽山录》,卷二《光禄稿》《真珠稿》《大官稿》《秋官录》《病闲杂述》《宫词》《和思颖诗》《附录》《续梦诗》《和白诗》,有诗传世。

---

① （韩）朴现圭《许筠词分析》(《韩国汉文学研究》,2005[总36])曾有涉及。

近体诗一般押平声韵,平仄合乎律体,如《丁酉朝天录》中:

| 时序属高秋,流年暗中失。 | 平仄仄平平,平平仄平仄。 |
| 赏月有佳篇,才情推第一。① | 仄仄仄平平,平平平仄仄。 |

虽然押仄声韵"质",但平仄合律(折腰体),所以仍归入近体类。
而如《枫岳纪行》中《火龙潭》一诗:

深泓渟黛绿,俯瞰何幽幽。	平平平仄仄,仄仄平平平。
两崖滑而仄,竦身难久留。	仄平仄平仄,仄平平仄平。
其下毒龙蟠,霜叶不得投。	平仄仄平平,平仄仄仄平。
游者慎局足,毋为龙所求。②	平仄仄仄仄,平平平仄平。

虽然押"尤"韵为平声,但第二句三连平,第三、五、七句均失粘,第六
句失对,第五句末字还是平声,多处违律,所以仍旧属于古体诗。

在押韵韵部的基础上,主要考虑诗句用字是否合乎合律,以
此划分古体、近体,则各诗集所含古近体诗情况如下:

	文集名	共有诗题数	古体诗题数	近体诗题数
1	《丁酉朝天录》	37	4	33
2	《幕府杂录》	17	0	17
3	《戊戌西行录》	19	1	18
4	《佐幕录》	23	5	18
5	《南宫稿》	14	1	13
6	《南征日录》	26	0	26
7	《壬寅西行录》	6	0	6
8	《骑省稿》	7	0	7

① 《丛刊》第 74 册,第 108 页。
② 《丛刊》第 74 册,第 129 页。

	文集名	共有诗题数	古体诗题数	近体诗题数
9	《太仆稿》	17	1	16
10	《枫岳纪行》	47	17	30
11	《辽山录》	25	1	24
12	《光禄稿》	8	0	8
13	《真珠稿》	13	2	11
14	《大官稿》	14	1	13
15	《秋官录》	12	1	11
16	《病闲杂述》	20	5	15
17	《宫词》	100	0	100
18	《和思颖诗》及《附录》	26	4	22
19	《续梦诗》	10	8	2
20	《和白诗》	25	1	24
	合计	466	52	414

近体诗数量明显多于古体诗,可见古近体中,许筠更倾向于创作近体诗,而古体诗创作也较熟练而不排斥。下文则将从押韵、平仄两方面考察许筠的近体诗创作。

1. 押韵

在这 414 题近体诗中,押韵情况如下:

	文集名	题数	首数	押韵韵部
1	《丁酉朝天录》	33	42	萧、萧、支、尤、删、东、东、庚、侵、支、阳、阳、元、寒、东、歌、支、元、阳、文、庚、先、尤、东、质、先、庚、月、侵、萧、歌、支、微、阳、虞—鱼、寒、盐、歌、庚、麻—歌、青、微

续表

	文集名	题数	首数	押韵韵部
2	《幕府杂录》	17	28	萧、灰、萧、真、东、先、支、支、支、支、寒、豪、灰、庚、寒、豪、灰、庚、阳、灰、寒、萧、灰、先、尤、庚、东、文
3	《戊戌西行录》	18	20	东、东、歌、歌、阳、支、齐、歌、微、庚、先、灰、支、文、蒸、萧、萧、东、支、真
4	《佐幕录》	18	20	阳、删—寒、灰、灰、虞、灰、阳、豪、阳、侵、侵、先、删—寒、先、萧、阳、歌—麻、先、阳、灰、先
5	《南宫稿》	13	14	删、删、文、蒸、麻、东、删、虞、文、真、真、支、麻、真
6	《南征日录》	26	30	东、冬、江、支、微、鱼、虞、齐、佳、灰、真、文、元、寒、删、先、萧—豪、肴、豪、歌、麻、阳、庚、青、蒸、尤、侵、覃、盐、咸
7	《壬寅西行录》	6	6	歌、尤、庚、删、麻、删
8	《骑省稿》	7	11	阳、阳、虞、虞、灰、支、豪、元、先、文、冬
9	《太仆稿》	16	19	虞、灰、庚、删、微、元、支、真、灰、豪、文、微、鱼、灰、阳、灰、齐、庚、虞
10	《枫岳纪行》	30	31	尤、先、支、文、侵、文、灰、冬、寒、先、支、删、虞、先、先—寒、文、灰、元、文、元、灰、元、侵、寒、青、庚、删、先、删、删、阳
11	《辽山录》	24	28	庚、先、支、麻、阳、删—寒、蒸、江、盐、肴、虞、豪、歌、灰、东、佳、冬、萧、覃、咸、微、鱼、齐、青、真、尤、侵、寒
12	《光禄稿》	8	11	先、蒸、麻、先、蒸、东、侵、寒、麻、支、麻
13	《真珠稿》	11	17	阳、支、删、先、支、歌、真、先、支、支、东、鱼、寒、青、侵、侵、庚

续表

	文集名	题数	首数	押韵韵部
14	《大官稿》	13	16	寒、麻、尤、元、真、支、庚、豪、麻、麻、虞、虞、阳、支、庚、寒
15	《秋官录》	11	12	豪、齐、鱼、寒—真、灰、阳、阳、寒、真、东、东、支
16	《病闲杂述》	15	23	灰、庚、先、庚—侵、尤、阳、先、灰、尤、支、麻、真、冬、侵、文、侵、灰、真、豪、虞、尤、支、真
17	《宫词》	100	100	豪、真、元、灰、灰、真、灰、真、阳、萧、灰、元、灰、先、灰、先、寒、庚、先、真、冬、麻、尤、阳、阳、元、寒、真、灰、阳、阳、先、盐、鱼、灰、歌、东、灰、阳、灰、东、真、支、齐、阳、灰、真、灰、虞、寒、灰、灰、文、麻、寒、庚、虞、鱼、先、阳、覃—咸、灰、覃、微、灰、阳、先、支、删、尤、尤、元、灰、歌、阳、阳、灰、灰、侵、青、东、文、阳、阳、寒、东、微、支、删、先、阳、鱼、尤、支、尤、真、佳、虞、阳、删
18	《和思颖诗》及《附录》	22	30	支、齐、寒、齐、东、先、先、阳、阳、尤、阳、真、虞、东、阳、阳、鱼、删、删、微、尤、微、庚、东、先、微、微、麻、灰、齐
19	《续梦诗》	2	19	冬、删、东、先、文、灰、元、文—先、阳、鱼、文、阳、庚、寒、庚、寒、东、删、支
20	《和白诗》	24	24	元、东、先、文、真、阳、庚、支、歌、灰、支、歌、麻、真、支、歌、支、麻、删、真、虞、灰、支、侵
	合计	414	501	

统计上述二十部诗集 501 首诗的押韵情况,除却《丁酉朝天录》中《十五夜,使示以五言绝句七篇,用"一年明月今宵多"为韵,仍奉和》组诗中第一、四首分别押韵"质""月"属仄声,其余

499 首诗均押平声韵,具体每韵部出现频次由多至少为(通押者两韵均分别计入统计):灰 46,阳 45,支 39,先 36,寒 27,真 27,东 26,庚 25,删 24,文 19,麻 19,虞 18,尤 18,歌 17,侵 16,元 15,微 13,豪 12,萧 12,鱼 11,齐 9,冬 7,青 6,蒸 6,盐 4,覃 4,咸 3,佳 3,肴 2,江 2。

王力在《汉语诗律学》中,依据 30 个韵部各包括字数的多少,由多至少分为宽韵、中韵、窄韵、险韵四类:[1]

宽韵	支、先、阳、庚、尤、东、真、虞
中韵	元、寒、鱼、萧、侵、冬、灰、齐、歌、麻、豪
窄韵	微、文、删、青、蒸、覃、盐
险韵	江、佳、肴、咸

许筠在近体诗中的用韵频次,与此大体相合,可知其用韵较为广泛,且即使窄韵、险韵也乐于作诗尝试。

尤其《丁酉朝天录》载《到山海关,闻杨经理直到京城,贼到稷山败回》:"闻说诗书将,长驱入汉都。凶锋摧慰礼,褪妖雾扶余。抢急千人废,江浑万马趋。榆关传月捷,可笑此行虚。"[2]《至辽东,见家书》:"久客见乡信,欢然如到家。君王犹在镐,诸将正横戈。杜老千金重,河桥一字多。唯怜莱妇病,客寓海西涯。"[3]《佐幕录》载《小酌南墅》:"幕府聊偷暇,郊扉得暂过。开筵斟绿醑,留客看黄花。霜落山容瘦,天空月色多。哀筝弦欲绝,惆怅怨年华。"[4]三诗首联、颈联分别押韵"虞""麻""歌",颔联、尾联分别押韵"鱼""歌""麻","鱼""虞"通押,"歌""麻"通押,

---

① 王力:《汉语诗律学》,第 46 页。
② 《丛刊》第 74 册,第 109 页。
③ 《丛刊》第 74 册,第 110 页。
④ 《丛刊》第 74 册,第 116 页。

此三诗属于进退格。

此外，也存在一些其他通押/出韵的情况。如《南征日录·金灵光家戏题》："函谷西瞻紫气遥，寿星敷彩朗彤霄。诗成叠璧投人烂，地胜千花拥槛娇。珍馔海王输俊味，琼彝杭姥荐仙醪。桂香飘月蟾宫近，倘有萧郎弄玉箫。"①"遥""霄""娇""箫"属"萧"韵，而"醪"属"豪"韵，"萧""豪"二韵通押。

《风月纪行·摩诃衍》："宝刹排云上，珠宫夺日鲜。经函明贝叶，炉烬郁梅檀。僧自参禅坐，吾仍借榻眠。夜阑风籁发，笙鹤下三天。"②"鲜""眠""天"属"先"韵，"檀"属"寒"韵，"先""寒"二韵较远，很少通押。

《佐幕录》载《题僧卷用西潭韵》："松花茗叶进僧餐，愧把尘客对碧山。林月未圆萝径暗，岫云初霁石楼寒。宦游牢落秋将老，禅话留连夜向阑。却恨劳生长役役，白头犹事马蹄间。"③分别押韵"删""寒""寒""删"。《龙渊》："深泓百丈黑湾环，中有神龙万古蟠。下界年年多旱魃，急将雷雨洗炎寰。"④分别押韵"删""寒""删"。而《辽山录·试士回到杨山作》："棘撤催归骑，杨州暂解颜。使君斟绿酝，清乐动云鬟。挑烛香凝帐，掀帘雪满山。欢娱不知竟，良夜已阑珊。"⑤前三联押"删"韵，尾联押"寒"韵。"删""寒"二韵通押。

《秋官录·祀宣陵作冬享》："横冈金粟郁龙盘，佳气葱葱拥石栏。禋祀最明周典礼，风云长护汉衣冠。松楸御道迎神降，霜

①《丛刊》第74册，第120页。
②《丛刊》第74册，第130页。
③《丛刊》第74册，第114页。
④《丛刊》第74册，第115页。
⑤《丛刊》第74册，第133页。

露宸情怆岁寒。圣德百年人尚说，拈香来奠感词臣。"①前三联押"寒"韵，尾联押"真"韵，而"寒""真"原则上不是邻韵。

《病闲杂述·阅乐》其二："搅搅弦索亮更深，侧调初阑旋炙笙。袖拂舞头牙板促，步虚当拍第三声。"②二、四句押"庚"韵，但首句"深"虽为平声，但属"侵"韵，与"庚"韵不通押。

《宫词》其六十一："禁中佳节值三三，诸殿宫娥试薄衫。争向上林来斗草，就中先取翠宜男。"③一、四句押"覃"韵，二句押"咸"韵，"覃""咸"通押。

《续梦诗·上清词》其七："仙童私地着青裙，晓盖俄金缬紫云。九色霞光香满殿，象真来科玉皇前。"④一、二句押"文"韵，四句押"先"韵，"文""先"原则上不是邻韵。

与此同时，也存在可能因讹误而导致出韵的情况。如《宫词》其十五：

御酝如霞潋兽罍，传宣左阁绣筵开。	仄仄平平仄仄平，平平仄仄仄平平。
内庭当昼排银烛，留待词臣夜来对。⑤	仄平平仄平平仄，平仄平平仄平仄。

"罍""开"均属平声"灰"韵，而"对"则属去声"队"韵，但"来"则是平声"灰"韵，而且"来"字处位居第六字，当用仄声，将"来""对"二字颠倒后，既平仄相合，也符合押韵，字句意思通顺。

再如《和思颖诗》中，《用下直韵》："晴日初升麦陇斋，修篁半带宿烟低。循除自课蜂输蜜，拳箔还惊燕啄泥。翰墨无功知力

---

① 《丛刊》第 74 册，第 141 页。

② 《丛刊》第 74 册，第 145 页。

③⑤ 《丛刊》第 74 册，第 148 页。

④ 《丛刊》第 74 册，第 159 页。

退，田园将废奈归稽。秋来倘有金鸡赦，即命巾车向竹西。"①四联押"齐"韵，而首句"斋"属"佳"韵，"齐"与"斋"字形相近，且"麦陇齐"意思通顺，故"斋"当为讹字。《春晦用马上韵》："逝水日悠悠，年光倏告道。鸟啼深树静，花落小溪流。授玦元天意，看云忆州帝。镜湖三百里，何计洗吾愁。"②首句与一、二、四联押"尤"韵，颈联"州"亦属"尤"韵，且"忆帝州"合乎平仄、意思更优。

又如《和白诗·写怀用闲游韵》："凄凉楚臣梦，牢落野人期。徇禄忧终在，归田计已违。青春对芳草，白日见游丝。即此多幽兴，还如未病时。"③首联、颈联、尾联押"支"韵，颔联押"微"韵，虽然"支""微"二韵通押，但白居易《闲游》诗的韵字本是"期""迟""丝""时"，"迟"亦属"支"韵，且与"违"形近，"归田计已迟"句意亦通，故"违"当为"迟"的讹字。

2. 平仄

本节主要考察许筠近体诗中的特殊句式、拗救，以及违律的情况。特殊句式，即"三拗四救"/"五拗六救"，如杜甫《天末怀李白》"凉风起天末"（平平仄平仄），杜牧《早雁》"莫厌潇湘少人处"（仄仄平平仄平仄）。许筠诗中这种句式非常常见：

1	《丁西朝天录·登箭门岭》首联④	行登箭门岭，斜日照前旌。 平平仄平仄，平仄仄平平。
2	《丁西朝天录·怀远关》尾联⑤	孤灯照无睡，候雁已南翔。 平平仄平仄，仄仄仄平平。

---

① 《丛刊》第 74 册，第 154 页。
② 《丛刊》第 74 册，第 156 页。
③ 《丛刊》第 74 册，第 162 页。
④ 《丛刊》第 74 册，第 106 页。
⑤ 《丛刊》第 74 册，第 107 页。

续表

3	《丁酉朝天录·高平》尾联①	哀笳数声发,不夕掩谯门。 平平仄平仄,仄仄仄平平。
4	《丁酉朝天录·山海关》其二颔联②	治兵副都尉,留钥职方郎。 仄平仄平仄,平仄仄平平。
5	《丁酉朝天录·闻本国水兵统制元均及水使李亿麒、崔湖溘死》尾联③	中宵坐垂涕,忧愤有谁知。 平平仄平仄,平仄仄平平。
6	《丁酉朝天录·还到蓟州,闻李副总获虏酉》尾联④	仍闻李飞将,新获左贤王。 平平仄平仄,平仄仄平平。
7	《丁酉朝天录·闾阳》尾联⑤	探诗自排闷,不害捻寒髯。 仄平仄平仄,仄仄仄平平。
8	《丁酉朝天录·三岔河闻房警》尾联⑥	平生请缨志,看剑独悲歌。 平平仄平仄,平仄仄平平。
9	《幕府杂录·良策》尾联⑦	关河信难越,天外绛河遥。 平平仄平仄,平仄仄平平。
10	《幕府杂录·守岁》尾联⑧	明朝已三十,衰病两—作暗相催。 平平仄平仄,平仄仄平平。
11	《戊戌西行录·百祥楼》颔联⑨	秋花石间早,霜气水边多。 平平仄平仄,平仄仄平平。

---

① 《丛刊》第 74 册,第 107 页。
② 《丛刊》第 74 册,第 108 页。
③④⑤⑥ 《丛刊》第 74 册,第 109 页。
⑦ 《丛刊》第 74 册,第 110 页。
⑧ 《丛刊》第 74 册,第 111 页。
⑨ 《丛刊》第 74 册,第 112 页。

续表

12	《戊戌西行录·新安》尾联①	人生贵欢笑，何地是吾乡。 平平仄平仄，平仄仄平平。
13	《戊戌西行录·郭山东厢》尾联②	寒岩桂花在，招隐有新诗。 平平仄平仄，平仄仄平平。
14	《戊戌西行录·渡铁山江》③首联、尾联	落日临古渡，西风人独过。 仄仄平仄仄，平平平仄平。 中流忽怊怅，江上有渔歌。 平平仄平仄，平仄仄平平。
15	《戊戌西行录·古津江》尾联④	孤怀正憭栗，无处问寒衣。 平平仄平仄，平仄仄平平。
16	《戊戌西行录·义州》尾联⑤	留连待初月，衣袖露华清。 平平仄平仄，平仄仄平平。
17	《佐幕录·金沙寺》尾联⑥	披襟望蓬岛，浮海兴悠哉。 平平仄平仄，平仄仄平平。
18	《佐幕录·白沙汀》尾联⑦	长歌答明月，吾是述郎徒。 平平仄平仄，平仄仄平平。
19	《佐幕录·修证寺二首》其二尾联⑧	能令许玄度，投绂镇长寻。 平平仄平仄，平仄仄平平。
20	《佐幕录·九月山檀君祠》尾联⑨	东民报遗泽，歌舞闹曾颠。 平平仄平仄，平仄仄平平。
21	《佐幕录·玉溜泉》后二句⑩	煎得琼瓯小团月，不须瓶汲惠山泉。 平仄平仄平平仄，仄平平仄仄平平。

---

① ② 《丛刊》第 74 册，第 112 页。
③ ④ ⑤ 《丛刊》第 74 册，第 113 页。
⑥ ⑦ ⑧ ⑨ 《丛刊》第 74 册，第 115 页。
⑩ 《丛刊》第 74 册，第 116 页。

续表

22	《南宫稿·以大祝祠宗庙》尾联①	陈诚荐珪币,元揆代明君。 平平仄平仄,平仄仄平平。
23	《南宫稿·适陵所》尾联②	侵寒扈灵寝,其奈鬓毛斑。 平平仄平仄,平仄仄平平。
24	《南宫稿·砺山逢尹止中名毅立》颔联③	时辈虽嘲逐贫赋,故人宁著绝交书。 平仄平平仄平仄,仄平仄仄仄平平。
25	《壬寅西行录·留松京》尾联④	南楼一惆怅,吊古且长歌。 平平仄平仄,仄仄仄平平。
26	《骑省稿·骑省初秋》颔联⑤	诗书负边腹,霜雪满冯颠。 平平仄平仄,平仄仄平平。
27	《太仆稿·内司次而述见赠韵二》其一尾联⑥	公孙饬舆马,来和柏梁台。 平平仄平仄,平仄仄平平。
28	《太仆稿·内司次而述见赠韵二》其二尾联⑦	唯怜故人意,恋恋一绨袍。 平平仄平仄,仄仄仄平平。
29	《太仆稿·叔正楼》颔联、尾联⑧	闲持玉如意,高卧竹方床。 平平仄平仄,平仄仄平平。 胡姬旧相识,横笛奏斜阳。 平平仄平仄,平仄仄平平。
30	《枫岳纪行·初出国门》尾联⑨	层城一回首,双阙五云浮。 平平仄平仄,平仄仄平平。
31	《枫岳纪行·抱川道中》尾联⑩	平生倦游恨,容鬓近凋年。 平平仄平仄,平仄仄平平。

---

①②《丛刊》第74册,第117页。

③《丛刊》第74册,第119页。

④《丛刊》第74册,第122页。

⑤《丛刊》第74册,第123页。

⑥⑦《丛刊》第74册,第124页。

⑧⑨《丛刊》第74册,第125页。

⑩《丛刊》第74册,第126页。

续表

32	《枫岳纪行·金水潭正卿墅作》尾联①	东峰有初月,谢朓得新诗。 平平仄平仄,仄仄仄平平。
33	《枫岳纪行·宿金城》第四联②	风帘闪灯影,雨砌涩虫音。 平平仄平仄,仄仄仄平平。
34	《枫岳纪行·通沟》尾联③	临溪问茅店,烟树已斜曛。 平平仄平仄,平仄仄平平。
35	《枫岳纪行·欢喜岭》尾联④	王乔在何处,天外鹤飞回。 平平仄平仄,平仄仄平平。
36	《枫岳纪行·双成湖》首联、颔联、尾联⑤	并海平海阔,沿流客棹轻。 仄仄平仄仄,平平仄仄平。 烟凝暮山紫,霜落夕波清。 平平仄平仄,平仄仄平平。 吹笙降王母,何许董双成。 平平仄平仄,平仄仄平平。
37	《枫岳纪行·宿洛山寺》首联⑥	重寻五峰寺,风景似前年。 平平仄平仄,平仄仄平平。
38	《辽山录·寓怀》其二尾联⑦	空惭二千石,不逮汉循良。 平平仄平仄,仄仄仄平平。
39	《辽山录·试士回到杨山作》尾联⑧	欢娱不知竟,良夜已阑珊。 平平仄平仄,平仄仄平平。
40	《辽山录·宿瑞兴人家》尾联⑨	蓬山一千里,归梦晓恢恢。 平平仄平仄,平仄仄平平。

---

①②③《丛刊》第 74 册,第 126 页。

④《丛刊》第 74 册,第 127 页。

⑤《丛刊》第 74 册,第 131 页。

⑥《丛刊》第 74 册,第 132 页。

⑦⑧⑨《丛刊》第 74 册,第 133 页。

续表

41	《辽山录·懒翁来》尾联①	微官亦何物,归路在江湖。 平平仄平仄,平仄仄平平。
42	《辽山录·初坐轩》尾联②	东风动归兴,湖海有渔舠。 平平仄平仄,平仄仄平平。
43	《辽山录·还郡》尾联③	聊书道州考,吟眺日徘徊。 平平仄平仄,平仄仄平平。
44	《辽山录·漫吟》尾联④	同心二三子,临眺且从容。 平平仄平仄,平仄仄平平。
45	《辽山录·汝仁来自西京》尾联⑤	西京有消息,春恨董娇娆。 平平仄平仄,平仄仄平平。
46	《辽山录·冲天阁书》颔联、尾联⑥	黄鹂替歌曲,红药殿芳菲。 平平仄平仄,平仄仄平平。 归期负山友,身为食言肥。 平平仄平仄,平仄仄平平。
47	《光禄稿·又次实之回赠韵》其二颔联⑦	金门遗官拙,玉牒仅名登。 平平仄平仄,仄仄仄平平。
48	《光禄稿·自嘲》尾联⑧	空怜病司马,描得雪梅看。 平平仄平仄,平仄仄平平。
49	《真珠稿·芳林》尾联⑨	劳生几时息,双鬓惜流光。 平平仄平仄,平仄仄平平。
50	《真珠稿·宿羽溪,族人金同知携盒来慰》颔联、尾联⑩	槐根出墙下,山色入楼多。 平平仄平仄,平仄仄平平。 同知善看客,一饱一吟哦。 平平仄平仄,仄仄仄平平。

---

① ② 《丛刊》第 74 册,第 133 页。
③ ④ ⑤ ⑥ 《丛刊》第 74 册,第 134 页。
⑦ ⑧ ⑨ 《丛刊》第 74 册,第 137 页。
⑩ 《丛刊》第 74 册,第 138 页。

续表

51	《真珠稿·闻罢官作二》其一 尾联①	人生且安命,归梦尚祇林。 平平仄平仄,平仄仄平平。
52	《真珠稿·闻罢官作二》其二 颔联②	君须用君法,吾自达吾生。 平平仄平仄,平仄仄平平。
53	《大官稿·夕》尾联③	城中旧游地,车马自喧喧。 平平仄平仄,平仄仄平平。
54	《大官稿·贵家》尾联④	严城暮钟彻,尘拥七香车。 平平仄平仄,平仄仄平平。
55	《大官稿·梁子渐来访》 尾联⑤	相逢且高咏,世事正堪悲。 平平仄平仄,仄仄仄平平。
56	《秋官录·自释》尾联⑥	前驱谩呵喝,何似一渔舠。 平平仄平仄,平仄仄平平。
57	《秋官录·夜坐》后二句⑦	挑得残灯读书史,暮年相伴宋窗鸡。 仄仄平平仄平仄,仄平平仄仄平平。
58	《秋官录·酌锦溪所》尾联⑧	留连待佳月,城角暮吹哀。 平平仄平仄,平仄仄平平。
59	《秋官录·寒食祀靖陵》 颔联⑨	天香五更雨,芳草二陵春。 平平仄平仄,平仄仄平平。
60	《秋官录·忆滇州》尾联⑩	归期尚绵邈,咄咄且书空。 平平仄平仄,仄仄仄平平。
61	《病闲杂录·志喜》尾联⑪	秋风倘苏病,长啸出秦关。 平平仄平仄,平仄仄平平。

①② 《丛刊》第 74 册,第 139 页。
③④ 《丛刊》第 74 册,第 140 页。
⑤⑥⑦ 《丛刊》第 74 册,第 141 页。
⑧⑨⑩ 《丛刊》第 74 册,第 142 页。
⑪ 《丛刊》第 74 册,第 143 页。

续表

62	《和思颖诗·寓怀,用呈同行韵》尾联①	愁心剧悬旆,遥逐北归鸿。 平平仄平仄,平仄仄平平。
63	《和思颖诗·惜春,用秋怀韵》颔联、尾联②	轻寒半山雨,小院落花天。 平平仄平仄,仄仄仄平平。 关东一千里,归梦汶阳田。 平平仄平仄,平仄仄平平。
64	《和思颖诗·旅舍朝起,用晓发济州韵》尾联③	空怜夜来梦,千里过东关。 平平仄平仄,平仄仄平平。
65	《和白诗·侨居赋事,用闲舍闲题韵》尾联④	吾生本为口,非是利妻儿。 平平仄平仄,平仄仄平平。
66	《和白诗·写怀,用闲游韵》颔联、颈联⑤	凄凉楚臣梦,牢落野人期。 平平仄平仄,平仄仄平平。 青春对芳草,白日见游丝。 平平仄平仄,仄仄仄平平。
67	《和白诗·忆石洲,用忆元九韵》 尾联⑥	春来有佳句,莫惜问怀沙。 平平仄平仄,仄仄仄平平。
68	《和白诗·忆太虚亭,用宝积寺韵》首联⑦	遥怜鉴湖墅,烟景腻残春。 平平仄平仄,平仄仄平平。
69	《和白诗·红桃落尽,用夜合树韵》后二句⑧	惆怅明年此翁去,不知花为阿谁开。 平仄平平仄平仄,仄平平平仄平平。

上述 69 例中,来自七言诗的仅 4 组,其余均为五言诗;诗体角度,只有 3 例出现在绝句,3 例出现在排律,其余均出现在律

---

①②《丛刊》第 74 册,第 155 页。

③《丛刊》第 74 册,第 156 页。

④《丛刊》第 74 册,第 161 页。

⑤⑥⑦⑧《丛刊》第 74 册,第 162 页。

诗；从位置上看，出现在首联的有 5 例，颔联 12 例，颈联 1 例，排律第 4 联 1 例，结尾处有 57 例（含律诗尾联 52 例、绝句后二句 3 例，排律结尾 2 例）。可见许筠喜在五言律诗，尤其结尾处，使用三拗四救的句式。

一般情况下，平韵格律诗中，三拗四救只出现在非韵句，而许筠则在韵句中也有少量尝试。如：

1	《丁酉朝天录·到山海关，闻杨经理直到京城，贼到稷山败回》颔联①	凶锋摧慰礼，祲妖霁扶余。 平平平仄仄，平平仄平平。
2	《辽山录·寓怀》其一②	归来君自逸，拙宦尔堪嗟。 平平平仄仄，仄平仄平平。
3	《光禄稿·又次实之回赠韵》其二颈联③	艺苑方衰运，文风属中兴。 仄仄平平仄，平平仄平平。

孤平，即韵句“仄平仄仄平”，如：

《太仆稿·小集叔正许》颈联④	在世多贪病，徇名足是非。 仄仄平平仄，仄平仄仄平。
《枫岳纪行·石上有杨蓬莱八大字》首二句⑤	斗龙拿爪岌相缠，石抉跳猊万古镌。 仄平平仄仄平平，仄仄仄平仄仄平。
《辽山录·懒翁来》首联⑥	客逐东风至，令余病欲苏。 仄仄平平仄，仄平仄仄平。
《真珠稿·闻罢官作二》其一颈联⑦	已分青云隔，宁愁白简侵。 仄仄平平仄，仄平仄仄平。

① 《丛刊》第 74 册，第 109 页。
②⑥ 《丛刊》第 74 册，第 133 页。
③ 《丛刊》第 74 册，第 137 页。
④ 《丛刊》第 74 册，第 124 页。
⑤ 《丛刊》第 74 册，第 129 页。
⑦ 《丛刊》第 74 册，第 139 页。

续表

《病闲杂述》首二句①	平生景仰是先儒,持论宁同绝粒夫。 平平仄仄仄平平,仄仄平平仄仄平。
《宫词》其五十 首二句②	大君贡币过千端,斥卖令求上服纨。 仄平仄仄仄平平,仄仄平平仄仄平。

在孤平基础上,第三字改"仄"为"平",变为"仄平平仄平",即为孤平拗救。许筠诗有:

《丁酉朝天录·十五夜,使示以五言绝句七篇,用"一年明月今宵多"为韵,仍奉和》其五③	对酒惜清景,怆然伤客心。 仄仄仄平仄,仄平平仄平。
《戊戌西行录·渡铁山江》颈联④	徂岁已云尽,故园今若何。 平仄仄平仄,仄平平仄平。
《骑省稿·骑省初秋》首联⑤	五载马曹直,省郎何日迁。 仄仄仄平仄,仄平平仄平。
《真珠稿·初到府有感》其三⑥	忆在甲辰三月时,暂携桃叶寻安期。 仄仄仄平平仄平,仄平平仄平平平。 烟花含腻楼台晚,罗绮斗娇箫鼓悲。 平平平仄平台晚,平仄仄平平仄平。
《真珠稿·初到府有感》其四 前二句⑦	浮生倏忽人已去,世故纠纷吾亦衰。 平平仄仄平仄仄,仄仄平平平仄平。
《真珠稿·西轩》首联⑧	挥牒日才午,绿阴鸣笋舆。 平仄仄平仄,仄平平仄平。

---

① 《丛刊》第 74 册,第 147 页。

② 《丛刊》第 74 册,第 148 页。

③ 《丛刊》第 74 册,第 108 页。

④ 《丛刊》第 74 册,第 113 页。

⑤ 《丛刊》第 74 册,第 123 页。

⑥⑦⑧《丛刊》第 74 册,第 138 页。

续表

《真珠稿·偶吟》颔联①	客子正多感,异乡谁共欢。 仄仄仄平仄,仄平平仄平。
《和思颍诗·惜春,用秋怀韵》首联②	春序忽云暮,客怀还怆然。 平仄仄平仄,仄平平仄平。

对句拗救,即"仄仄平平仄,平平仄仄平"句式,上句第四字当平为仄,第四字不论平仄,下句第三字都应变为平声来补救,即变为"仄仄平仄仄/仄仄仄仄仄,平平平仄平"句式。许筠诗如:

《幕府杂录·肃宁人日》颔联③	处处人语别,皆云时大平。 仄仄平仄仄,平平平仄平。
《戊戌西行录·平壤旅夜》首联④	夕霁天气冷,间房来远风。 仄仄平仄仄,平平平仄平。
《戊戌西行录·渡铁山江》首联⑤	落日临古渡,西风人独过。 仄仄平仄仄,平平平仄平。
《真珠稿·初到府有感》其四首联⑥	浮生倏忽人已去,世故纠纷吾亦衰。 平平仄仄平仄仄,仄仄仄平平仄平。

而如《枫岳纪行·双成湖》首联:"并海平海阔,沿流客棹轻。"(仄仄平仄仄,平平仄仄平)则拗而不救。

除了孤平,许筠诗中也有失粘失对者,如:

《丁酉朝天录·怀远关》颈联⑦	旅关人谁问,殊方岁渐凉。 仄平平仄仄,平平仄仄平。

---

①⑥《丛刊》第 74 册,第 138 页。

②《丛刊》第 74 册,第 155 页。

③④《丛刊》第 74 册,第 112 页。

⑤《丛刊》第 74 册,第 113 页。

⑦《丛刊》第 74 册,第 107 页。

《佐幕录·题僧卷用西潭韵》首联①	松花茗叶进僧餐,愧把尘客对碧山。 平平仄仄仄平平,仄仄平仄仄仄平平。
《枫岳纪行·寂灭庵》颔联②	素练倒垂千瀑落,玉虹横桥百川回。 仄仄仄平平仄仄,仄平平平平仄平。
《光禄稿·赠李实之春英》其二尾联③	笑他篱底鹍,焉识有搏鹏。 仄平平仄仄,平仄仄仄平。
《光禄稿·又次实之回赠韵》其一颔联④	三缄宜结舌,一割肯采铅。 平平平仄仄,仄仄仄仄平。
《真珠稿·偶吟》尾联⑤	独抱单居恨,伤心空凭栏。 仄仄平平仄,平平平平平。
《秋官录·自释》颔联⑥	平反推定国,奸究慑咎陶。 平仄平仄仄,平仄仄仄平。
《秋官录·监腊剂于驿楼》其一首联⑦	珍剂龙麝气芬芳,捣就玄霜玉杵忙。 平仄平仄仄平平,仄仄平平仄仄平。
《病闲杂录·阅乐》其五首二句⑧	舁束腰鼓置中筵,轮得红槌彩袖翩。 平仄平仄仄平平,平平仄仄仄仄平。
《病闲杂录·有感》其二末二句⑨	发问早知深意在,敢遣诸子乞昭诬。 仄仄仄平平仄仄,仄仄平平仄仄平。
《宫词》其九十五后二句⑩	横楼肯许宫娃上,曲曲缃尽帘下钩。 平平仄仄平平仄,仄仄平平仄仄平。
《和思颖诗·用寄陆知郡韵》尾联⑪	胜境想来游兴动,谁向山水奏牙弦。 仄仄仄平平仄仄,平仄平仄仄平平。

① 《丛刊》第 74 册,第 114 页。
② 《丛刊》第 74 册,第 130 页。
③④ 《丛刊》第 74 册,第 137 页。
⑤ 《丛刊》第 74 册,第 138 页。
⑥ 《丛刊》第 74 册,第 141 页。
⑦ 《丛刊》第 74 册,第 142 页。
⑧ 《丛刊》第 74 册,第 145 页。
⑨ 《丛刊》第 74 册,第 147 页。
⑩ 《丛刊》第 74 册,第 148 页。
⑪ 《丛刊》第 74 册,第 155 页。

由此可见,许筠虽喜用三拗四救句式,在孤平自救、对句拗救等方面也有尝试,但在实际创作中,与押韵方面的偶有通押、出韵相一致,平仄方面也未固守平仄而出现失粘失对的情况。

二、《渔家傲》中的"浊"字问题

许筠曾在《鹤山樵谈》中说:

> 娣(姊)氏尝自称"作词则合律",喜为小令。余意其诳人,及见《诗余图谱》,则句句之傍尽圈点,以某字则全清全浊,某字则半清半浊,逐字注音。试取所作符之,则或有五字之误,或有三字之误,其大相舛谬者则无一焉。乃知天才俊迈,俯而就之,故其用功约而成就如此。其《渔家傲》一篇总合音律而一字不合,词曰:"庭院东风□恻恻,墙头一树梨花白。斜倚玉栏思故国。归不得,连天芳草萋萋色。　　罗幕绮窗扃寂寞,双行粉泪沾朱臆。江北江南烟树隔。情何极?山长水远无消息。""朱"字当用半浊字,而"朱"字则全浊。才如苏长公者,亦强不中律,况其下者乎?[1]

因词最初配乐歌唱,具有音乐性,所以填词不能只看平仄、押韵,而词谱也或涉及律吕、清浊等方面。许筠在这段话中,则通过兰雪轩的创作实践,提出一个作词方法,即给词谱中的例词字字注音,分析其用字清浊,在平仄、押韵之外,借由在清浊角度模仿例词,促使自己创作与例词大致相符。

这种方法引起笔者的好奇,所以,笔者也想在分析平仄、押韵之后,重新从清浊即字的声母角度考察许筠这首词与例词的异同。而张綖、万惟檀均曾有《诗余图谱》,故本节将结合二书的

---

① 蔡美花、赵季主编:《韩国诗话全编校注》,第 1448—1449 页。

例词进行探讨。

首先，是平仄用韵的分析：

《惺叟诗话》例词	平仄分析	与张綖《诗余图谱》不合处
庭院东风□恻恻，	平仄平平平仄仄韵	
墙头一树梨花白。	平平仄仄平平仄韵	
斜倚玉栏思故国。	平仄仄平平仄仄韵	
归不得，	平仄仄韵	
连天芳草萋萋色。	平平平仄平平仄	平平平仄平平仄韵
罗幕绮窗扃寂寞，	平仄仄平平仄仄	平仄仄平平仄仄韵
双行粉泪沾朱臆。	平平仄仄平平仄	
江北江南烟树隔。	平仄平平平仄仄	平平仄韵
情何极？	平平仄韵	
山长水远无消息。	平平仄仄平平仄	

张綖《诗余图谱》平仄①	张綖《诗余图谱》例词②	张綖例词平仄分析
◐●●○○●●韵 首句七字仄韵起	平岸小桥千嶂抱。	平仄仄平平仄仄韵
◐○●●○○● 二句七字仄叶	柔蓝一水萦花草。	平平仄仄平平仄韵
◐●●○○●● 三句七字仄叶	茅屋数间窗窈窕。	平仄仄平平仄仄韵
○●● 四句三字仄叶	尘不到。	平仄仄韵
◐○●●○○● 五句七字仄叶	时时自有春风扫。	平平仄仄平平仄韵
	午枕觉来闻语鸟。	仄仄仄平平仄仄韵
后段同前	欹眠似听朝鸡早。	平平仄仄平平仄韵
	忽忆故人今总老。	仄仄仄平平仄仄韵
	贪梦好。	平仄仄韵
	茫然忘了邯郸道。	平平仄仄平平仄韵

---

① （明）张綖：《诗余图谱》第 2 册，国家图书馆藏明万历二十七年（1599）刊本，第 29 页。

② （明）张綖：《诗余图谱》第 2 册，第 29—30 页。

龙榆生《唐宋词格律》①	万惟檀《诗余图谱》例词②	万惟檀例词平仄分析③
＋｜＋－－｜｜(韵) ＋－＋｜－｜(韵) ＋｜＋－－｜｜(韵) －＋｜(韵) ＋－＋｜－－｜(韵)	网得鱼来堪贳酒,首句七字 一桡撑向桃花口。二句七字 手挽桥边才绿柳,三句七字 樵作友,四句三字 等闲不向红尘走。五句七字	○○●○○●●前段仄起 ●○●●○○●仄叶 ●●○○○●●仄叶 ○●●仄叶 ○○●●○○●仄叶
＋｜＋－－｜｜(韵) ＋－＋｜－｜(韵) ＋｜＋－－｜｜(韵) －＋｜(韵) ＋－＋｜－－｜(韵)	何妨披襟还露肘? 风香碧涧余新藕。 寄还凭将双鲤剖, 盘九九, 朝家橝子吾何有?	●●○○○●●后段仄叶 ○○●●○○●仄叶 ●●○○○●●仄叶 ○●●仄叶 ○○●●○○●仄叶

这首词,张绖与万惟檀词谱最为不同处,即上下阕首句第二字。万惟檀词谱标上阕第二字用平声、下阕第二字用仄声,但例词"得"在《词林正韵》属"职"韵,系仄声,"妨"属"阳"韵,为平声,词谱与词例呈现出差异。张绖词谱则上下阕相同,首句第二字皆定为仄声,例词"岸""枕"在《词林正韵》也属"翰""寝",都是仄声,与词谱相符,许筠例词也是仄声。而依照张绖词谱,则许筠例词上阕末句"连天芳草萋萋色"第三字、下阕倒数第二句"情何极"第二字,当仄而平。但这些均合龙榆生《唐宋词格律》所标平仄。可见,许筠例词虽与词谱有出入,也仍符合唐宋词创作的一般情况。但更重要的问题是,许筠例词通篇韵脚字"侧""白""国""得""色""臆""隔""极""息",分

---

① 龙榆生:《唐宋词格律》,上海:上海古籍出版社,1978 年,第 89 页。
② (明)万惟檀:《诗余图谱》,国家图书馆藏明崇祯十年(1637)刊本,第 57 页。
③ (明)万惟檀:《诗余图谱》,第 57 页。

别押韵"职""陌""职""职""职""职""陌""职""职",韵部"质""陌""锡""职""缉"可通押,但下阕首联末字"寞"押"药"韵,不可通押,出韵为大忌。

再逐字看声母清浊。明代以来推广《洪武正韵》,朝鲜王朝在创制字母编成《训民正音》后,又以《训民正音》定音,在世宗二十九年(1447)编成《东国正韵》,次年颁行。至中宗十二年(1517),崔世珍等人利用韩文字母,奉命编成《四声通解》,该书补充了《洪武正韵译训》(1455)的音系与《四声通考》的字义。《四声通解》成书时间与许筠生活年代相仿,故查阅本书,即大抵可知许筠同时代某字声母为何,正音如何。于是依照本书,①可知许筠例词与两本《诗余图谱》中例词的声母,而据《四声通解》载《洪武韵三十一字母之图》,又可知每个声母的清浊状况,故得列表如下:

	牙音	舌头音	唇音重	唇音轻	齿头音	正齿音	喉音	半舌	半齿
全清	见	端	帮	非	精	照	影		
次清	溪	透	滂		清	穿	晓		
全浊	群	定	并	奉	从	床	匣		
不清不浊	疑	泥	明	微			喻	来	日
全清					心	审			
全浊					邪	禅			

---

① (朝鲜)崔世珍:《四声通解》,韩国国立中央图书馆藏光海君六年(1614)顷刊本。

《惺叟诗话》例词	《惺叟诗话》例词 《四声通解》字母	《洪武正韵》 字母对应清浊						
庭院东风□恻恻，	定 疑 端 非 □ 穿 穿	全浊	不清不浊	全清	全清	□	次清	次清
墙头一树梨花白。	从 定 影 禅 来 晓 并	全浊	全浊	全清	全浊	不清不浊	次清	全浊
斜倚玉栏思故国。	邪 影 疑 来 心 见 见	全浊	全浊	不清不浊	不清不浊	全清	全清	全清
归不得，	见 帮 端	全清	全清	全清				
连天芳草萋萋色。	来 透 非 清 清 清 审	不清不浊	次清	全清	次清	次清	次清	全清
罗幕绮窗扃寂寞，	来 明 溪 穿 见 从 明	不清不浊	不清不浊	次清	次清	全清	全浊	不清不浊
双行粉泪沾朱臆。	审 匣 非 来 照 照 影	全清	全浊	全清	不清不浊	全清	全清	全清
江北江南烟树隔。	见 帮 见 泥 影 禅 见	全清	全清	全清	不清不浊	全清	全浊	全清
情何极？	从 匣 群	全浊	全浊	全浊				
山长水远无消息。	审 床 审 疑 微 心 心	全清	全浊	全清	不清不浊	不清不浊	全清	全清

张綖《诗余图谱》例词	张綖《诗余图谱》例词《四声通解》字母	《洪武正韵》字母对应清浊						
平岸小桥千嶂抱。	并疑心群清照并	全浊	不清不浊	全清	全浊	次清	全清	全浊
柔蓝一水萦花草。	日来影审喻晓清	不清不浊	不清不浊	全清	全清	不清不浊	次清	次清
茅屋数间窗窈窕。	明影审见穿影定	不清不浊	全清	全清	全清	次清	全清	全浊
尘不到。	床帮端	全清	全清	全清				
时时自有春风扫。	禅禅从喻穿非心	全浊	全浊	全清	不清不浊	次清	全清	全清
午枕觉来闻语鸟。	疑照见来微疑泥	不清不浊	全清	全清	不清不浊	不清不浊	不清不浊	不清不浊
欹眠似听朝鸡早。	影明邪透照见精	全清	不清不浊	全浊	次清	全清	全清	全清
忽忆故人今总老。	晓影见日见精来	次清	全清	全清	不清不浊	全清	全清	不清不浊
贪梦好。	透明晓	次清	不清不浊	次清				
茫然忘了邯郸道。	明日微来匣端定	不清不浊	次清	不清不浊	不清不浊	全浊	全清	全浊

万惟檀《诗余图谱》例词	万惟檀《诗余图谱》例词《四声通解》字母	《洪武正韵》字母对应清浊						
网得鱼来堪贳酒，	微端疑来溪审精	不清不浊	全清	不清不浊	不清不浊	次清	全清	全清
一桡撑向桃花口。	影日穿审定晓溪	全清	不清不浊	次清	全清	全浊	次清	次清
手挽桥边才绿柳，	审微群帮从来来	全清	不清不浊	全浊	全清	全浊	不清不浊	不清不浊
樵作友，	群精喻	全浊	全清	不清不浊				
等闲不向红尘走。	端见帮审匣床精	全清	全清	全清	全清	全浊	全浊	全清

万惟檀《诗余图谱》例词	万惟檀《诗余图谱》例词《四声通解》字母	《洪武正韵》字母对应清浊						
何妨披襟还露肘?	匣非滂见匣来照	全浊	全清	次清	全清	全浊	不清不浊	全清
风香碧涧余新藕。	非晓帮见喻心疑	全清	全清	全清	全清	不清不浊	全清	不清不浊
寄还凭将双鲤剖,	见匣并精审来滂	全清	全浊	全浊	全清	全清	不清不浊	次清
盘九九,	并见见	全浊	全清	全清				
朝家檐子吾何有?	床见喻精疑匣喻	全浊	全清	不清不浊	全清	不清不浊	全浊	不清不浊

如果说《四声通解》反映明代及以前的音韵情况,宋初修成的《广韵》则反映唐宋时期的音韵情况,在参考《四声通解》之后,再依照《广韵》分析许筠例词与两本《诗余图谱》中例词的声母,也可作一参考。据《四声通解》载《广韵三十六字母之图》,可得表如下:

	牙音	舌头	舌上	唇重	唇轻	齿头	正齿	喉音	半舌	半齿
全清	见	端	知	帮	非	精	照	影		
次清	溪	透	彻	滂	敷	清	穿	晓		
全浊	群	定	澄	并	奉	从	床	匣		
不清不浊	疑	泥	娘	明	微			喻	来	日
全清						心	审			
全清						邪	禅			

《惺叟诗话》例词	《惺叟诗话》例词《四声通解》字母	《广韵》字母对应清浊						
庭院东风□恻恻，	定 匣 端 帮 □ 初① 初	全浊	全浊	全清	全清	□	次清	次清
墙头一树梨花白。	从 定 影 常 来 晓 并	全浊	全浊	全清	全浊	不清不浊	次清	全浊
斜倚玉栏思故国。	邪 影 疑 来 心 见 见	全浊	全浊	不清不浊	不清不浊	全清	全清	全清
归不得，	见 帮 端	全清	全清	全清				
连天芳草萋萋色。	来 透 滂 清 清 清 生	不清不浊	次清	次清	次清	次清	次清	全清
罗幕绮窗扃寂寞，	来 明 溪 初 见 从 明	不清不浊	不清不浊	次清	次清	全清	全浊	不清不浊
双行粉泪沾朱臆。	生 匣 帮 来 知 章 影	全清	全浊	全清	不清不浊	全清	全清	全清
江北江南烟树隔。	见 帮 见 泥 影 常 见	全清	全清	全清	不清不浊	全清	全浊	全清
情何极？	从 匣 群	全浊	全浊	全浊				
山长水远无消息。	生 澄 书 云 明 心 心	全清	全浊	全清	不清不浊	不清不浊	全清	全清

---

① 当今学界《广韵》研究分为三十八声母，包括将正齿音"照穿床审禅"分为"庄初崇生俟"和"章昌常书船"两组，以及将"喻"母三等分立为"云"母，不合并到"匣"，"喻"母分出"以"母等，此与《四声通解》所载《广韵》字母不合，故清浊仍依"照穿床审禅"大致标出。

张綖《诗余图谱》例词	张綖《诗余图谱》例词《四声通解》字母	《广韵》字母对应清浊						
平岸小桥千嶂抱。	并疑心群清章并	全浊	不清不浊	全清	全浊	次清	全清	全浊
柔蓝一水萦花草。	日来影书喻晓清	不清不浊	不清不浊	全清	全清	不清不浊	次清	次清
茅屋数间窗窈窕。	明影生见穿影定	不清不浊	全清	全清	全清	次清	全清	全浊
尘不到。	澄帮端	全清	全清	全清				
时时自有春风扫。	常常从云昌帮心	全浊	全浊	全浊	不清不浊	次清	全清	全清
午枕觉来闻语鸟。	疑章见来明疑端	不清不浊	全清	全清	不清不浊	不清不浊	不清不浊	全清
欹眠似听朝鸡早。	影明邪透知见精	全清	不清不浊	全浊	次清	全清	全清	全清
忽忆故人今总老。	晓影见日见精来	次清	全清	全清	不清不浊	全清	全清	不清不浊
贪梦好。	透明晓	次清	不清不浊	次清				
茫然忘了邯郸道。	明日明来匣端定	不清不浊	不清不浊	不清不浊	不清不浊	全浊	全清	全浊

万惟檀《诗余图谱》例词	万惟檀《诗余图谱》例词《四声通解》字母	《广韵》字母对应清浊						
网得鱼来堪贳酒,	明端疑来溪书精	不清不浊	全清	不清不浊	不清不浊	次清	全清	全清
一桡撑向桃花口。	影日？书定晓溪	全清	不清不浊		全清	全浊	次清	次清
手挽桥边才绿柳,	书明群帮从来来	全清	不清不浊	全浊	全清	全浊	不清不浊	不清不浊
樵作友,	从精云	全浊	全清	不清不浊				
等闲不向红尘走。	端见帮书匣澄精	全清	全清	全清	全清	全浊	全浊	全清

万惟檀《诗余图谱》例词	万惟檀《诗余图谱》例词《四声通解》字母	《广韵》字母对应清浊						
何妨披襟还露肘?	匣 滂 滂 见 匣 来 知	全浊	次清	次清	全清	全浊	不清不浊	全清
风香碧涧余新藕。	帮 晓 帮 见 以 心 疑	全清	全清	全清	全清	不清不浊	全清	不清不浊
寄还凭将双鲤剖,	见 匣 并 精 生 来 滂	全清	全浊	全浊	全清	全清	不清不浊	次清
盘九九,	并 见 见	全浊	全清	全清				
朝家檐子吾何有?	澄 见 以 精 疑 匣 云	全浊	全清	不清不浊	全清	不清不浊	全浊	不清不浊

　　比较《四声通解》载《广韵三十六字母之图》与《洪武正韵三十一字母之图》,可知前者只是多出舌上音"知澈澄娘"与唇轻音"敷"几种类别,而没有许筠所谓"半浊"的分类。而参照《四等声子》等有"半浊半清"类目的韵书,"半浊半清"也只是将"全浊"中的"邪、禅"二母单独归入"半浊半清",至于此类是否即许筠所指"半浊"亦未可知。但不论如何,下阕第二句倒数第二字"朱"属于全清,而两个词谱相同位置用字也都是全清字,与许筠说的情况并不相和;且逐字分析后发现,许筠例词的声母清浊,与词谱的差别,也不止三五处而已。

小结

　　在诗创作方面,许筠虽然创作了相当数量的古体诗,但他更倾向于创作近体诗。在近体诗创作实践中,押韵方面,他大体用平声韵,一韵到底,但也偶有通押、出韵的情况;平仄方面,他虽喜用三拗四救句式,在孤平自救、对句拗救等方面也有尝试,但仍有未固守平仄而出现失粘失对的情况。

在词创作方面，他虽提出要注重声母清浊，并赞扬许兰雪轩创作逐字检查声母清浊，力求与词谱保持一致，但在《渔家傲》这首词的创作实践方面，不止他提出的"朱"字清浊不合实际，例词用字的声母清浊，也与词谱差异较多，亦即其例词的创作实践，与他所提出的创作主张不能相合。虽然如此，他提出的这种通过参考古人作词用字的声母清浊，从而提升艺术水平的创作主张，还是具有相当的价值。

第三章　陶渊明诗的韩国回响

（一）北窗高枕处，靖节是前身——申钦《和陶诗》思想

申钦（1566—1628），字敬叔，号玄轩、象村、玄翁、放翁，平山人，历宣祖（1567 年即位）、光海君（1608 年即位）、仁祖（1623—1649）三朝，谥文贞。曾与李恒福等编撰《宣祖实录》，通晓象纬律法、算数医卜、善书法、文章，与李廷龟（月沙）、张维（谿谷）、李植（泽堂）合称"月象谿泽"文章四大家。除却诗文成就，同时代之张维（1587—1638）评价申钦功言兼树、才德兼备。① 而自言与申钦同庚、同学且同直玉堂的李德泂（1566—1645），也赞美申钦清名雅望、忠信清白。② 申钦著作，今传《象村稿》六十卷，

---

① （朝鲜朝）张维《谿谷集·玄轩先生集序》："夫功言之不能兼树也，诗文之不能两至也，自古昔以然。而公身生衰季，种学居业，卓然有立。名理为士林之标准，位望系国家之安危。而诗声文轨各擅词场，邃识微言直探理窟，往喆之所未全，公则备焉，诸家之所偏造公则兼焉。若公非所谓全才大雅高视百代者耶？"《丛刊》第 92 册，第 104 页。

② （朝鲜朝）李德泂《竹窗闲话》："申相国钦号象村，天姿英敏，高材间世。年才十余，文名已振。时有宋君眉老颇解东坡，又有能诗声，世之学东坡者皆归焉。常聚学徒试诗赋，年少才名之士闻风争赴。有同黉序战艺之场，公时年十四亦预其中。容貌（转下页）

其中卷五十六为《和陶诗》一百余首。①

　　在韩国历史上,陶渊明历来倍受士人推崇。高丽李奎报
(1168—1241)就曾言喜爱渊明平淡纯粹的语言,平和天然、韵味
甘醇的风格,以及其高洁的志意,②并赞美他的旷达。③ 其后,士
人于陶潜推崇之心不少迁,至几百年后与申钦同时代之人同样

──────────

　　(接上页)玉雪,举止端雅,人皆起敬,不以童幼待之。方其制述
也,分明别类,吟诗咏赋,词锋正闹。公静坐一隅,不持一卷书,不
观他人之作。日既方中,独自展纸,书赋既讫,连写诗篇,滔滔杰
制,笔不暂停,两篇俱成,词气老苍。满庭多士咸来聚观,啧啧称
叹曰:'此必真仙降世间,宁有此等奇才乎?'皆阁笔敛手,气色摧
阻,莫敢相衡也。宋君读来,不觉击节曰:'文章手段已成,非吾所
敢下手,必称天才。'竟置魁。欲招公见之,则公已还家,盖厌其称
誉也。公与余同庚,始识面于宋公家。后同直玉堂,言及当时试
制之事,相与叙旧。公年二十中司马一等,二十一登第。清名雅
望,朝野倚重。年仅四十,已跻六卿,尝典文衡,位至领议政。享
年六十三,谥文贞。一生清白,秉心忠亮,世称贤相。有集行于
世。"《大东野乘》,韩国古典翻译院整理本。

① (朝鲜朝)申钦:《象村稿》卷五十六,内含和陶诗一百一十九首及
《和归去来辞》一篇。

② (高丽)李奎报《东国李相国全集》卷十四《读陶潜诗》:"吾爱陶渊
明,吐语淡而粹。常抚无弦琴,其诗一如此。至音本无声,何劳弦
上指。至言本无文,安事雕凿费。平和出天然,久嚼知醇味。解
印归田园,逍遥三径里。无酒亦从人,颓然日日醉。一榻卧羲皇,
清风飒然至。熙熙大古民,岌岌卓行士。读诗想见人,千载仰高
义。"《丛刊》第1册,第439页。

③ (高丽)李奎报《东国李相国全集》卷十九《陶潜赞并序》:"予读渊
明本传及诗集,爱其旷达,故赞之云:无弦琴上,怡怡其心。人曰
无弦,不如无琴。有琴无弦,安有厥音? 若曰寓意,凡物皆是。渊
明嗜酒,惟日以醉。有杯无酒,其可醉止。达士之趣,人岂易会?
所摄者内,可遗者外。苟慕于外,惟欲之渐。岂独弦耳,需索莫
猷。苟遗其内,短折之招。真人炼丹,长生是邀。酒亦神药,不饮
病随。弦宁可忘,酒不可离。"《丛刊》第1册,第492页。

对其节操推崇备至。①

申钦很钦佩渊明，曾自称"靖节是前身"。② 他早年受知宣祖，位至正卿，光海君当政后不几年，则"获戾于朝，一逐而归于田，再逐而累于穷峡"。③ 自身境遇变迁，致使他对陶渊明有了更深的体悟，此即《和陶诗》创作的大概背景。而申钦获罪的直接原因是死囚朴应犀声言谋立永昌大君，申钦作为"遗教七臣"之一，受到牵连。事实上，看似谋反事件的背后，牵扯到朝鲜王朝内部相互交织的王位之争与党争。

宣祖原有十四子，第一子临海君与第二子光海君同为恭嫔金氏所生，王妃并无子嗣，即宣祖并无嫡子。朝鲜升平日久，毫无战备，壬辰乱起，举国将希望寄托在大将申砬身上。申砬阵亡，军事要塞鸟岭沦陷，朝鲜方才意识到与日本这一战的严重性，突如其来的战火即将燃至都城，朝鲜有覆国之危，情急之下，宣祖决定弃置黎民社稷，避乱蒙尘。因大臣纷纷要求册封世子以固国本，于是光海君成为世子不二之选。宣祖北上出逃途中，经与众臣合议，决定实行分朝政策，一部分大臣追随宣祖出逃，光海君则带领其余大臣南下，摄国事，组织人马抗击日本。光海君时年十七，但应对朝政，处置合宜，颇得人望。由于壬辰倭乱中的不当表现，宣祖大失民心，权力也渐渐向光海君倾斜。此

---

① （朝鲜朝）张维《谿谷先生集》卷二十五《又和乐全阅陶诗有感之作》："渊明有道者，余事还能诗。愔愔韶濩韵，杳杳羲皇思。斯人已千载，正声日以离。大羹孰知味？腥腐填馋饥。志士仰高风，攀和有余悲。知君继家学，雅咏发心期。乐全先相公有《和陶》诗在集中，故结句云。"《丛刊》第 92 册，第 416 页。

② （朝鲜朝）申钦：《象村稿》卷九《杂兴五首》其三，《丛刊》第 71 册，第 384 页。

③ （朝鲜朝）申钦：《象村稿》卷五十六《和陶诗序》，《丛刊》第 72 册，第 370 页。

后,为恢复王权,宣祖采取过一系列举措,他与光海君的关系也渐行渐远。宣祖三十九年,继妃仁穆王后诞下永昌大君,真正的嫡系王子出生。

宣祖朝末期,浊小北派党魁柳永庆成为朝鲜实际的最高统治者,他们一党极力反对光海即位,支持永昌大君。宣祖病重,因担忧幼子永昌大君在光海即位后的安危,故临终时"遗教七臣",让他们在自己过世后,"爱护扶持"永昌大君:

> 内殿降遗教一封,外面书曰:"遗教于柳(永庆)、韩(应寅)、朴(东亮)、徐(渻)、申(钦)、许(筬)、韩(浚谦)诸公。"其教曰:"不谷忝位,负罪臣民,若陨渊谷,今忽得重病。夫修短有数,死生有命,昼夜之不能违。圣贤之所不免,夫复何言?但大君幼稚,未及见其成长,以此耿耿耳。我不幸后,人心难测。万有邪说,愿诸公爱护扶持,敢以此托之。"按,大行王以柳永庆、韩应寅、朴东亮、徐渻、申钦、许筬、韩浚谦等皆王子驸马姻属,有此遗教。七臣之祸,实自此始。[1]

申钦因子翊圣为当朝驸马,故为七臣之一。[2]

由于相近时期明朝廷也出现帝位继承问题,即明神宗不顾长子朱常洛,想改立三子朱常洵为太子,朝臣反对,至万历二十九年(朝鲜宣祖三十四年/1601),才不得已立长子为储,故因光

---

① 《光海君日记》(重抄本),光海君即位年二月二日己未,《朝鲜王朝实录》第26册,第2页。

② 《光海君日记》(重抄本),光海君五年五月十七日甲戌:"申钦子东阳尉翊圣、柳永庆子全昌尉廷亮、朴东亮子锦阳尉瀰及景霭皆尚主。韩应寅孙女、许筬女皆嫁王子,韩浚谦又以今上中宫之父。故宣祖平时遇之加厚,遗教特及焉。"《朝鲜王朝实录》第27册,第688页。

海君不是长子,明廷五次拒绝批准朝鲜封他为世子。直到光海君登基十个月有余,几经周折,最终迫于当时东北部地区女真部落的兴盛,考虑边境安全,明朝才承认了光海君的朝鲜国王身份。可见光海君纵有才干,非嫡子、非长子身份,使得他从成为世子到登上王位的十数年,遭遇众多荆棘坎坷。即位初始,解决了对明外交的棘手问题,还要处理国内党争、收回分散了的王权。有鉴于小北派势大、大北派弱小,光海君积极壮大反对柳永庆的力量,起用了南人党元老李元翼、清小北首领南以恭,又把被放逐出去的大北派核心人物李尔瞻、郑仁弘重新召回朝廷。党争发展到最后,一方总要拿出压倒性证据来打倒另一方。于是,大北派想到拿出谋反罪名,打倒以领议政柳永庆为首的力量,"朴应犀事件"给了他们一个绝好的机会。

光海君五年癸丑(1613),鸟岭地有外来商人被杀,朴应犀被仆人指认被捕。李尔瞻与捕盗大将韩希吉串通,教唆死囚朴应犀上疏告变。朴应犀为求自保,使得本来的盗金杀人变为谋反:

> 癸丑五年春。朴应犀,故相淳妾子。徐羊甲牧使益妾子、沈友英铨妾子、李耕俊兵使济臣妾子,朴致仁、致义忠侃妾子等,结为死生之友,居于昭阳江上,号其堂曰"无伦",诗酒自娱,或称江边七友,或称竹林七贤。结党为盗,杀京商于鸟岭,被捉于捕厅。时尔瞻深嫉永昌,常在大妣之侧百计欲杀。及闻应犀罪当斩,大喜,往韩希吉家,蟹折进拜。希吉谢曰:"今公拜我何意?"尔瞻曰:"见公之面多有福相,不久必立大勋。可贺!"夜令族人李义崇密谓应犀曰:"汝罪当斩。与徒死,不若依吾言上疏告变。如是,非徒免死,录正勋云云。"应犀喜而依其言,引耕俊为制檄,金庆孙、平孙为传檄,檄有曰:"真龙未起,假狐先鸣。"真龙指永昌,假狐指光海云。羊甲友英仁发耕俊、庆孙就鞫,应犀自狱中秘密上

疏入启，命即日亲鞫。

应犀供称病，且茫昧不能详细口达，逆党事状书于别纸以来云云。谋逆事状结约曲折：徐羊甲、朴致毅为谋首，与钟城判官郑滑、前守门将朴宗仁、庶孽沈友英、许弘仁、出身柳仁发等，交结勇士，欲图社稷，几至四五年。先王升遐之后，诏使出来，弘仁、羊甲持弓矢来到南别营外，欲射中诏使，故为生变，图为起兵。以诏使宿卫严密，不得遂计。金直哉变时，吏文学官李耕俊以兴义军门为号，成檄付四大门，倾动民心，因为起兵计。直哉之变炽成，耕俊还夺檄书烧火。羊甲自以为盖世骁雄，首倡逆谋。其后，羊甲友英弘、仁柳、孝先等同居骊江，日议凶谋曰："吾辈以卓荦之才，禁锢于当代之法，不得伸其志。男儿不死则已，死则举大名耳。"遂交结壮士豪杰，出身柳仁发、武士朴致毅、万户金平孙、守门将朴宗仁、士人金衰即金睟之孙也。恨无金银。辛亥秋，羊甲作盐商于海州地，杀人逃来。前年春，郑浃、弘仁等诈称王使作赋于富人李承崇家。前年秋冬间，弘仁等三度往来岭南。今春，羊甲等打杀银商，得银六七百两。当今定计，则欲以壮士三百余人乘夜潜入阙内，而先以所亲武士用贿赂于朝逆，或拜宣传官、内禁卫、守门将以为内应。又欲以金银略执政，使郑浃得拜训炼大将。散尽金帛，交结得三百余人。后乘夜犯阙，先犯大殿，次犯春宫，后急持国宝进大妃，请出垂帘，因闭城门，变百官一边，先杀戚里及总兵卫之官。亲旧同党，布列朝廷。羊甲自上为领议政，放释今代窜谪之辈，亦拜显官，使之同心拥立大君，后遣使奏闻天朝。其辞有不忍闻者。权日用乃壮士，有奔马兵书及古今阵图积在羊甲、弘仁、友英三家云云。臣以世臣之子，不胜愚衷激切，敢悉陈以闻云云。

　　四月,沈友英、朴宗仁、朴致仁、徐羊甲、金庆孙、李士浩、朴致安、李耕俊、金□,压膝不服。①

最终,经过一次压膝、三次火刑,徐羊甲终于招供,说"所谓执政者果是金府院君,首倡者亦金府院君也"即指金悌男,继而道:

　　金府院君在铜雀亭时,本宫次知吴允男与应犀及臣皆亲属,故与之交密,而宰相家出入非便,使此人通言矣。府院君欲多得壮士,又图亲切人为训炼都监大将,而官卑者郑浃也,前兵使李瑊亦尝见称,欲使之为大将。又有李止孝者与本房相亲。此人若不知逆谋,则岂欲用之? 且欲以都监、水原军托以夜操,仍举事犯阙矣,此外骊、利军之说则皆虚矣。吴允男妻常谓臣曰:"大君若长成,则必不保全,慈殿以此每涕泣。此时若有拯济之者,则岂偶然哉?"又曰:"本房甚拙,不能出意思,畏慎太过,常常掩尾于两股间,敢出他计乎? 尔辈多结友朋,万一成此事,则岂不幸甚?"臣答曰:"本房若欲收用,得人何难今时? 有财利,则交人甚易。若得财,则事可成矣。"允男曰:"本房家名虽巨,而实无所储。果欲得财,则慈殿有私藏或可得。且慈殿度量与府院君不同矣。"其后允男以告本房,本房曰:"世岂有如此英雄耶? 然果如是,则我虽为府院君,亦岂无权? 汝辈得食之路岂不广哉?"此其所闻于允男夫妻者也,本房则臣时未亲见矣。允男妻又言:"许筬、申钦、朴东亮、韩浚谦、徐渻等乃顾命大臣云。"此指先王遗教而言。然此人等岂参于臣等逆谋乎? 但以其受顾命,故恃而为援矣? 其相助与否,未可知也。②

---

① 《大事编年·朴应犀狱》,韩国国立中央图书馆藏抄本。
② 《光海君日记》(重抄本),光海君五年五月六日癸亥,《朝鲜王朝实录》第 27 册,第 674 页。

徐羊甲将谋反事牵连到了金悌男及遗教七臣,但并不认同:

> 应犀供云:"所谓执政,非的指一人也。到今更思之,羊甲语臣曰:'拥立大君,则不可不言于金悌男云。'且欲以悌男为左相,己为领相。凡打银商、募勇士等策,皆此汉首发,之金悌男事,乃虚言也。大君之事,臣且上达,敢讳悌男事乎?此汉乃八道庶孽之魁也。常曰:'尽聚庶孽,则何至三百?可至十万。'且凡事皆讳于嫡同生矣。今谓与悌男通谋,此乃构臣之言也。吴允男与臣极疏远亲也,臣岂知之?羊甲自知之矣。"羊甲曰:"此应犀诈言也。应犀亦言推悌男为将矣。"①

朴应犀虽然矢口否认,但李尔瞻"深忌永昌大君"这一点与光海君十分相合,光海君一直视永昌为王位的威胁,想要借机除之,于是顺水推舟,朴应犀谋反案很快做实。不久,左议政郑仁弘札请先除七臣,"以折永昌羽翼"。②

申钦本为西人党一员,与大、小北派间的争斗并无关联,但因其"遗教七臣"的身份,不免遭受此王位之争的池鱼之祸:癸丑五月初七日削去仕版,十五日被逮,十七日蒙恩,与韩应寅、徐渻放归田里。③"十八日出都门,八月十四日到金浦先墓下,历甲寅、乙卯两年",其后废妃论起,申钦坚决反对,故"丙辰九月十八日台论又发,十月初五日卷家来鹭江上待命",终于丁巳年

---

① 《光海君日记》(重抄本),光海君五年五月六日癸亥,《朝鲜王朝实录》第 27 册,第 674 页。

② (朝鲜)宋时烈:《宋子大全随札》卷十二《卷之一百六十五碑》,《丛刊》第 116 册,第 478 页。

③ (朝鲜朝)申钦:《象村稿》卷五十三《山中独言》,《丛刊》第 72 册,第 351 页。

(1617)正月初六日定配于春川,①谪居四年。申钦《和陶诗序》中所言"万历丁巳四月下浣"即为其初居春川之时。

申钦自幼受苏轼影响,②尝言素好东坡之旷然自达,③即使放归谪居,亦"床头唯有"东坡"和陶篇"。④四十九岁时,申钦因东坡和李白《紫极宫》而再和,⑤而此时五十二岁和陶,同样是出自对于东坡的效法:

> 一日,见苏长公和陶诗,深有契于衷。盖苏翁之偃蹇折

---

① (朝鲜朝)申钦:《象村稿》卷五十四《漫稿》第五《江上录》,《丛刊》第 72 册,第 357 页。

② (朝鲜朝)李德泂《竹窗闲话》:"申相国钦号象村,天姿英敏,高材间世。年才十余,文名已振。时有宋君眉老颇解东坡,又有能诗声,世之学东坡者皆归焉。常聚学徒试诗赋,年少才名之士闻风争赴。有同黉序战艺之场,公时年十四亦预其中。"高丽大学藏抄本。

③ (朝鲜朝)申钦《象村稿》卷三十《自赞并序》:"尝见黄鲁直赞东坡及自赞文,奇古超卓。窃喜之,且素好两公为人,作小赞以自列于二子之后。当世者固莫之许,后岂无子云,亦漆园之朝暮遇者夫?和寡则千载一士,志契则万物一致。穆然而庄者,摩围道人。旷然而达者,东坡居士。驾而折轴而无闷,去而道塞而无忧。不以有涯之生罜乎无涯之知者,伊玄翁与二子俦。"《丛刊》第 72 册,第 145 页。

④ (朝鲜朝)申钦《象村稿》卷八《咏怀》:"噫吾有似龟粘壳,峡里深谷甘雌伏。时从田父课桑麻,归对妻儿共馈粥。床头唯有和陶篇,肘后曾传长命箓。谈王说霸竟何为,暮四朝三任痴黠。陇南豆苗早已荒,厓北瓜田犹未苗。溪通石沼菡萏披,径接山蹊杉桧碧。醒骚不学左徒愁,醉眼却喜嗣宗白。天地茫茫亦有穷,昔贤往矣嗟何及。浮名安用过耳飙,吾道如今日炭炭。秋毫太山孰重轻,怅望西风空伫立。"《丛刊》第 71 册,第 371 页。

⑤ (朝鲜朝)申钦《象村稿》卷六《次李白紫极宫韵》自序云:"李谪仙年四十九有《紫极宫》之作,东坡亦于四十九和之。余今适丁是年,感两仙之致,步韵口占。"《丛刊》第 71 册,第 352 页。

因于惠于儋仿佛于余,而乃若陶翁之高标清节,余之景慕又不啻苏翁。兹故踵其和而继和之。①

他觉得自己放归金浦、谪居春川有类于苏轼谪居惠州、儋州,景慕渊明与东坡,是申钦写作一百余首《和陶诗》的直接原因。

陶渊明在古代韩国产生了无比巨大的影响,但少有如申钦因苏轼和陶而再和、应和百余首成如此规模者;而近年来韩国和陶诗研究层出不穷,但对申钦《和陶诗》思想却始终缺乏系统深入的研究。如韩国学者《象村申钦的〈和陶诗〉研究》一文,②从和陶诗的特点、和陶诗的世界等方面写出申钦在贬谪后因苏轼和陶而再和,但对其贬谪背后的王权党派斗争语焉不详;虽写出诗中蕴含的现实乖离与孤独、坚守节操与理学倾向、亲近自然与乐天知命、脱离俗世与流连现实的双重性等,但也未能道出这些表象背后的思想根源。

下文将从朝鲜宣祖朝中后期发蒙的王权与党派斗争写起,详细讲述申钦被贬原因,再对《和陶诗》蕴含思想抽丝剥茧,一一溯源,展现出朝鲜朝文人创作受本国环境、时代思潮、原生家庭、个人际遇影响的同时,更深层面上,是古代中国思想文化深入骨髓血脉的影响。

死生固有常

申钦在《和陶诗》中表现出自己对于生命的理解、对人生价值的追求以及对待生活的态度。其虽渊源自庄子、邵雍乃至道

---

① （朝鲜朝）申钦:《象村稿》卷五十六《和陶诗序》,《丛刊》第 72 册,第 370 页。

② （韩）金周伯:《象村申钦的〈和陶诗〉研究》,（韩）《汉文学论集》,1992(总 10)。

教思想,但也终究还是深植于朝鲜朝崇儒的大背景中,以坚守节操为最终依归。这与陶渊明在玄、道、佛相互交融的时代思潮下形成的生命意识不尽相同。

一、 知天安命——庄子、邵雍思想的影响①

申钦在《读山海经》其二中说"齐物等漆园",②庄子主张一种相对的绝对,即认为宇宙万物皆相齐于一,齐寿夭,等生死,泯是非而无物我,这些思想在《和陶诗》中都有不同程度的显现。

关于生命长度,申钦《九日闲居》说"达识齐彭殇,拘人恋死生",③有《庄子·齐物论》"莫寿于殇子而彭祖为夭"④的意味。关于生死,《拟古》其二说:"无物又无我,有初当有终。"⑤即《庄子·秋水》:"道无终始,物有死生。"郭象注:"死生者,无穷之变耳,非终始也。"⑥亦即生命开始与结束无非物我转化的过程而已,并非意味着开始与结束,既然物我本身都不存在,那也就不会有所谓"初""终",也就无所谓生死。

《庄子·至乐》认为,人之始本无生、无形、无气,变而有气、

---

① 下文关于庄子、邵雍思想之论述参考冯友兰:《中国哲学史》,《大学丛书》,上海:商务印书馆,1935 年,第 283—302、831—845 页。唐明邦:《邵雍评传》,南京:南京大学出版社,1998 年。且此后论及邵雍者,均参考本书。

② (朝鲜朝)申钦:《象村稿》卷五十六,《丛刊》第 72 册,第 381 页。

③ (朝鲜朝)申钦:《象村稿》卷五十六,《丛刊》第 72 册,第 372 页。

④ 刘文典撰,赵锋、诸伟奇点校:《庄子补正》卷一下《内篇·齐物论第二》,北京:中华书局,2015 年,第 66 页。

⑤ (朝鲜朝)申钦:《象村稿》卷五十六,《丛刊》第 72 册,第 378 页。

⑥ 刘文典撰,赵锋、诸伟奇点校:《庄子补正》卷六下《外篇·秋水第十七》,第 473 页。

有形、有生，又变而之死，不过是一种存在形式转为另一种存在形式。面对知己黄慎辞世，申钦作《饮酒》其一以托哀思。其开篇言："初来自何所，既去亦何之？来也亦一时，去也亦一时。生死固有常，旷古皆若兹。"①正是这样的意思。申钦曾为岳父写《外舅清江公迁葬祭文》，中言："形乎胲我，气乎维我。倏焉而散，还于造化。"②也是这种思想的明确表现。

　　齐物论的宗旨是"凡天下物皆无不好，凡意见皆无不对"，③所以一切存在之形式皆无不好，故而生死作为生命的两种存在形式，也就无所谓好或不好，其理论建构的根基正在"是非"的相对性。

　　一方面，万物各有其性、各有所好，所以人之意见虽吹万不同，但皆无不对，不必也无须强求一致。庄子说"彼亦一是非，此亦一是非"，④处在彼此相互是非之中则不得超脱；如果不与是非者辩论，便可"枢始得其环中，以应无穷"。⑤ 申钦在《饮酒》其六说"非者不自非，是者谁谓是"，⑥还说自己虽然身非老子，也未在庄子的漆园中居住，但却可以像老庄一样超脱"环中"，领悟大道，⑦正是这种思想的体现。

　　另一方面，以此相对之心来观物，如果"以俗观之"，便会出现用世俗的政治、社会阶层的眼光来分别贵贱，导致"贵贱不在

①⑥（朝鲜朝）申钦：《象村稿》卷五十六，《丛刊》第 72 册，第 376 页。

②（朝鲜朝）申钦：《象村稿》卷二十九，《丛刊》第 72 册，第 139 页。

③ 冯友兰：《中国哲学史》，北京：中华书局，1961 年，第 288 页。

④ 刘文典撰，赵锋、诸伟奇点校：《庄子补正》卷一下《内篇·齐物论第二》，第 53 页。

⑤ 刘文典撰，赵锋、诸伟奇点校：《庄子补正》卷一下《内篇·齐物论第二》，第 54 页。

⑦（朝鲜朝）申钦《象村稿》卷五十六《答庞参军》："守玄岂李曳，环中非漆园。"《丛刊》第 72 册，第 373 页。

己"的情况；如果"以物观之"，便会出现《逍遥游》中蜩与学鸠之笑大鹏、"自贵而相贱"的情况：①都不是真正绝对的客观。可如果以道之观点来观物，不作一切分别，达到"万物与我为一"②、与道合一之境界，便会如同"圣人"一般，"和之以是非"，③听万物之自然，不废是非而超越之，也就物无不齐而无所谓贵贱了。申钦在《杂诗》其六中说"荣辱既云了，何尝有忧喜？ 物我既无异，何尝有难事"，④言物我合一则无荣辱忧喜，便是这种思想的体现。

《庄子·大宗师》言"杀生者不死，生生者不生"，⑤只有忘生才可得不死，从而得到"无古今"而"入死生"，在超越死生的基础上，方可获得超越时间的永存。其方法，便是如《逍遥游》"乘天地之正，而御六气之辩，以游无穷"，⑥与自然宇宙相融合。

通过"心斋""坐忘"可达到与自然之融合，于是自东晋以来的诗歌创作中出现了将此思想融入山水审美的情况。申钦在《读山海经》其二描写山景，而后道"忘我仍忘言"，⑦在《归园田

---

① 刘文典撰，赵锋、诸伟奇点校：《庄子补正》卷六下《外篇·秋水第十七》，第465页。
② 刘文典撰，赵锋、诸伟奇点校：《庄子补正》卷一下《内篇·齐物论第二》，第66页。
③ 刘文典撰，赵锋、诸伟奇点校：《庄子补正》卷一下《内篇·齐物论第二》，第59页。
④ （朝鲜朝）申钦：《象村稿》卷五十六，《丛刊》第72册，第379页。
⑤ 刘文典撰，赵锋、诸伟奇点校：《庄子补正》卷三上《内篇·大宗师第六》，第204页。
⑥ 刘文典撰，赵锋、诸伟奇点校：《庄子补正》卷一上《内篇·逍遥游第一》，第16页。
⑦ （朝鲜朝）申钦：《象村稿》卷五十六，《丛刊》第72册，第381页。

居》其五慨叹人生如寄之后说纵情山水，"清游不厌频，聊以穷昏旭"，①便是这种思想的延续。其目的在于达到心灵与自然的冥合，在"清游"中"忘生"，也就达到了《庄子·天地》所描绘的"忘汝神气，堕汝形骸，而庶几乎"②的"忘己"境界，从而获得与自然相等同的生命长度。

《大宗师》中还描绘了"藏舟"的故事，表明只有与宇宙相融合，方可使生命永存。申钦《杂诗》其十云：

> 客有一方舟，其如大浸稽。半夜丧维楫，飘泊山北崖。长年技已穷，伫立空伤怀。江神不我相，牲帛日既弥。衣裙孰能戒？握筮占重离。岂乏济川手，那肯为尔羁？徒令鲛鳄横，坐见尔载亏。③

同样截取了"藏舟于壑"的场景，借大舟之无计可留，表明生命的消失非人力可挽回。亦即，宇宙间万物，有朝一日终将逝去，不是人力可以留住的，生命也是如此。只有"得其所一而同焉"，④与天地宇宙融为一体，才可以让自己同于宇宙的无终无始，获得生命的"无终无始"，从而超越生死，获得永恒。

庄子的"逍遥"原本是超越死生的，而郭象注却解释成"物任其性，事称其能，各当其分"。⑤ 也就是说，万物皆有其自然之性，顺性即可得幸福；如果各人满足于自己所得于天者，便会得

---

① （朝鲜朝）申钦：《象村稿》卷五十六，《丛刊》第 72 册，第 373 页。

② 刘文典撰，赵锋、诸伟奇点校：《庄子补正》卷五上《外篇·天地第十二》，第 353 页。

③ （朝鲜朝）申钦：《象村稿》卷五十六，《丛刊》第 72 册，第 380 页。

④ 刘文典撰，赵锋、诸伟奇点校：《庄子补正》卷七下《外篇·田子方第二十一》，第 579 页。

⑤ 刘文典撰，赵锋、诸伟奇点校：《庄子补正》卷一上《内篇·逍遥游第一》，第 1 页。

到逍遥的境界。以此思想为基础，庄子认为"性不可易，命不可变"，①死生有定分，非人所能改变，对生死也就应采取顺天安命的态度，这种思想同样影响了申钦，他感受到一种安分知足的思想。《怨诗楚调示庞参军邓治中》说：

> 隐沦愧渔父，谋生后计然。枉落瓮盎中，浮沉三十年。违时迹既孤，涉世性又偏。中岁堕文罔，狼狈获归田。食力是我愿，犁锄充赋廛。耕余欣一饱，卧向北窗眠。此外复何求？万事任推迁。兴来时出步，云山当我前。依依榆柳间，羃羃生白烟。逍遥且自聊，永矢踵高贤。②

他对自己为官以来的生活作了回顾，想到了自己的不合于俗、被谗放归，并最终在田居生活中感叹无复所求。《归园田居》其四直言"丰约且安分，那复计赢余"，③更是这种安分知足思想的表达。

在与朋友的书信中，申钦写道："冬间，久淹江上，适有《南华》一帙在案上。时时阅览，此老恢诡之论，颇有所会。及到配所，读《邵易》，益知人生定分，不可移易。只以面前家累，不能不关情，亦随事任遣尔。"④可见，他的思想在受庄子影响的同时，还受到了《邵易》的强化。申钦在和陶诗中所言"冥心任大化"⑤"万事

---

① 刘文典撰，赵锋、诸伟奇点校：《庄子补正》卷五下《外篇·天运第十四》，第 430 页。

② （朝鲜朝）申钦：《象村稿》卷五十六，《丛刊》第 72 册，第 373 页。

③ （朝鲜朝）申钦：《象村稿》卷五十六，《丛刊》第 72 册，第 372 页。

④ （朝鲜朝）申钦：《象村稿》卷三十五《书牍三十首·答李昌期》，《丛刊》第 72 册，第 208 页。

⑤ （朝鲜朝）申钦：《象村稿》卷五十六《和连雨忆旧游》，《丛刊》第 72 册，第 374 页。

任推迁"①,都是这种思想的直接体现。

邵雍认为一切事物发生、发展、变化均有公式可推,均有定数。申钦很看重象数之学,他认为:"象数既隐,则安有所谓《易》者乎? 特一部《庸》《学》比尔。"故申钦自言少读《邵易》而不解,及其"窜迹田间","捐佩之余,取经世约法观之","求数于羲、邵","因之推研,则信其为加倍之法","则忽若有所通晓"。②

申钦在《先天窥管跋》中说:"《经世》内外篇,若《方》《圆》两图,天地始终;《元会》诸图,已具其概,推之自当悟入。"③所谓《方图》,即邵雍所制定的《伏羲六十四卦方图》,它阐释了《周易·说卦》所言"天地定位,山泽通气,雷风相薄,水火不相射"的原理,研究了阴阳相互对立统一这一先天易学的基本法则。《圆图》,即邵雍所设计的《伏羲六十四卦方位图》(又称大圆图),作为完整的先天图,它构成了先天易学的一种基本图式,表示出宇宙间阴阳消长、大化流行、万物兴衰、人事治乱之机。《元会》诸图,即《皇极经世》"以元经会"十二图,是邵雍从宏观上描述世界历史年表的作品,借此在说明宇宙万物变化规律的基础上,探讨人类历史治乱兴废的规律。

《跋》言"因之推研,则信其为加倍之法",④也就是利用邵雍"加一倍法"进行推算,所以他继续说:"大抵《易》,象而起也。象者物也。物生而有数,《易》乃数之原也。数作而理在其中矣。

---

① (朝鲜朝)申钦:《象村稿》卷五十六《怨诗楚调示庞参军邓治中》,《丛刊》第 72 册,第 373 页。

② (朝鲜朝)申钦:《象村稿》卷六十《先天窥管·识》,《丛刊》第 72 册,第 417 页。

③④ (朝鲜朝)申钦:《象村稿》卷六十《先天窥管·跋》,《丛刊》第 72 册,第 417 页。

上世用《易》以卜者,此也。"①正因为一切皆有规律,皆可推算,故而申钦阅读《邵易》,一切皆有定数的思想自然会产生,而有定数,则自然有定分。

在此基础上,申钦产生了"任其自然"的思想。《答庞参军》其四说:

> 天道变化,四序平分。盈虚得丧,胡戚胡欣?
> 或陷而泥,或升而云。任此大运,屏我知闻。②

天道变化有常,每一年都平分为四季。盈虚得失、此消彼长,又哪里值得悲喜呢? 落陷入泥、升迁入云,如此看来,地位变迁也有常理,自己所能做的,也只是摒弃外在感官,"任其数之自然"。③

事实上,申钦这种思想的产生也与他的现实经历有着密不可分的关系。就个人而言,他中年居高官、老年遭谗被贬的巨大落差使他经历到人生跌宕与毁誉变换,迫使他对造成一切的深层动因穷究根底。在阅尽世事、历尽人情的基础上,想到一切皆因"造物"。④《读山海经》十三云:"困厄亦何关? 轩冕为倘来。于物自无竞,胡被鹰隼猜?"⑤面对这种无妄之灾,他只有借"任

---

① (朝鲜朝)申钦:《象村稿》卷六十《先天窥管·跋》,《丛刊》第 72 册,第 417 页。

② (朝鲜朝)申钦:《象村稿》卷五十六,《丛刊》第 72 册,第 371 页。

③ (朝鲜朝)申钦:《象村稿》卷五十八《求正录》中,《丛刊》第 72 册,第 396 页。

④ (朝鲜朝)申钦:《象村稿》卷五十六《饮酒》其十:"阅世饱酸咸,处己铲廉隅。半生宠辱间,老去复危途。问之何因尔? 苦被造物驱。"《丛刊》第 72 册,第 377 页。

⑤ (朝鲜朝)申钦:《象村稿》卷五十六,《丛刊》第 72 册,第 382 页。

运乐天命"①"大运纷相乘,身外任推迁",才可以令自己觉得未
陷囹圄已是幸运,②从而获得一种心理安慰。

　　看到社会衰败、卖官鬻爵,"取人之路,坏乱极矣",他在
《春城录》写道:"邵氏之言曰'好花须看未开时',盖开便有落
之理,已开则怕其落也。此老审乎盛衰之理,观天地世运,国
家兴亡亦然。"③相信不论是自然界的花开必有落,还是人世的
有盛必有衰,其衰败都是有定数的,从而慨叹"其亦气运之使
然欤"。④

　　虽然他《坎止窝铭》的"止于所止,窃庶几乐天知命之君
子",⑤是用了《周易·系辞》"乐天知命,故不忧",⑥而孔疏"顺天
道之常数,知性命之始终,任自然之理,故不忧也",⑦也就是申
钦《求正录》所言的"圣人率其性之当然,而任其数之自然",⑧但

---

① (朝鲜朝)申钦:《象村稿》卷五十六《读山海经》其十三,《丛刊》第
　　72册,第382页。
② (朝鲜朝)申钦《象村稿》卷五十六《和张常侍》:"上有千尺松,下有
　　百丈泉。以我于其间,湛然日忘言。荆棘苦未除,芝兰苦不繁。
　　天机那可测,世道渐多怨。策马临洪流,操舟上高山。颓俗日以
　　愈,淳风谁复还? 放逐亦故何? 聊喜免羁缠。守我杜德机,如如
　　穷岁年。大运纷相乘,身外任推迁。浪抚山水操,中怀空渺然。"
　　《丛刊》第72册,第375页。
③ (朝鲜朝)申钦:《象村稿》卷五十五,《丛刊》第72册,第359页。
④ (朝鲜朝)申钦:《象村稿》卷五十三《山中独言》,《丛刊》第72册,
　　第351页。
⑤ (朝鲜朝)申钦:《象村稿》卷三十,《丛刊》第72册,第146页。
⑥ (魏)王弼、(晋)韩康伯注,(唐)孔颖达疏,于天宝点校:《宋本周易
　　注疏》卷第十《周易系辞上》,北京:中华书局,2018年,第392页。
⑦ (魏)王弼、(晋)韩康伯注,(唐)孔颖达疏,于天宝点校:《宋本周易
　　注疏》卷第十《周易系辞上》,第393页。
⑧ (朝鲜朝)申钦:《象村稿》卷五十八《求正录中》,《丛刊》第72册,
　　第396页。

申钦"任自然"思想的得来,又有着他自己的理解过程:

> 命之说有二:仁义礼智受于天者,谓之天命;穷达寿夭系乎人者,亦谓之天命。一即性,性即理也;一即气,气即数也。理,无眹也,属天;气,有眹也,属形。才形,为物矣;才物,有成坏矣;才成坏,有美恶长短吉凶矣。其所以然者,理也。二者不相离矣。故圣人率其性之当然,而任其数之自然。①

圣人率"性"任"数",是因为"命"中有"性""数"的成分。天命之性,是"仁义礼智受于天者",即"理";天命之"气",是"穷达寿夭系乎人者",即"数"。"气"有征兆,属"形",可以形成物,进而有成坏,会产生美恶、长短、吉凶;"理"无征兆,属"天",涵盖着"气"可以形成美恶、长短、吉凶等外在表象的道理。

这样一来,所谓率"性"、任"数",也就有了秉承"仁义礼智"以正确处理外在事物,正确对待事物的形成、衰败乃至美恶、长短、吉凶等一切的意味。这种思想就与简单的委任自然有了区别,更加体现出朝鲜性理学所特有的思想背景。于此,在后文朝鲜崇儒思想中还会有进一步说明。

二、 服气内修——道教思想

申钦对生命短暂有着强烈的感觉,这在《和陶诗》中表现为一种对时间的极其敏感。他说:"钟漏行不辍,崦嵫景已倾。"②"何当

---

① (朝鲜朝)申钦:《象村稿》卷五十八《求正录中》,《丛刊》第 72 册,第 396 页。

② (朝鲜朝)申钦:《象村稿》卷五十六《九日闲居》,《丛刊》第 72 册,第 372 页。

倾北斗？手汲南溟斟。"①"岁月憺无几，崦嵫驰徂晖。"②眼看着时间一点点消失，他感受到生命一点点接近尾声。于是，他在《己酉九月九日》中不禁发出"浮生本如寄"的慨叹。

面对生命短暂，申钦希求长年，在《和陶诗》中还表现出一种道教思想，"服气或坐晨"③"服食保长年"④"晚闻服食诀，咽吸疗我饥"⑤所提及的"服气""服食"便都是道教的专有词汇。

道教认为，人既然与宇宙天地万物同禀一气而生，那么便可通过"食气"以补亏耗，即"服元气"。⑥ 在《道家经义说》中，申钦虽言"修养家不过自私之小道"，⑦但他又对道教书中"隐语"一一解释，其中，"丹田有三：脑为上丹田，心下为中丹田，脐下为下丹田"，⑧是典型道教内丹派的说法。所以他所说的"服食"，也并非外丹派所言口服金丹。

《读山海经》其四言："我梦游蓬莱，上有魏伯阳。贻我餐玉法，服食年纪长。"⑨可见申钦的服食法取自魏伯阳，亦即《周易

---

① （朝鲜朝）申钦：《象村稿》卷五十六《和郭主簿二首》其一，《丛刊》第 72 册，第 374 页。

② （朝鲜朝）申钦：《象村稿》卷五十六《送客》，《丛刊》第 72 册，第 374 页。

③ （朝鲜朝）申钦：《象村稿》卷五十六《与殷晋安别》，《丛刊》第 72 册，第 374 页。

④ （朝鲜朝）申钦：《象村稿》卷五十六《和连雨忆旧游》，《丛刊》第 72 册，第 374 页。

⑤ （朝鲜朝）申钦：《象村稿》卷五十六《贫士七首》其一，《丛刊》第 72 册，第 380 页。

⑥ "人既然"至此参考葛兆光：《道教与中国文化》上编，上海：上海人民出版社，1987 年，第 112 页。

⑦ （朝鲜朝）申钦：《象村稿》卷三十三，《丛刊》第 72 册，第 187 页。

⑧ （朝鲜朝）申钦：《象村稿》卷三十三，《丛刊》第 72 册，第 188 页。

⑨ （朝鲜朝）申钦：《象村稿》卷五十六，《丛刊》第 72 册，第 381 页。

参同契》。申钦自言:"余年十五得俞玉吾所注《参同契》,试其法。"①而原题全阳子俞琰所述《周易参同契发挥》,也是一种体内修炼的方法。

《劝农》诗说:"丹田有种,匪黍匪稷。玉池神水,可灌可植。昧者何知? 不耕不穑。天光泰宇,如日未食。"②此借农事比喻。《黄庭外景经》上部说:"丹田之中精气微,玉池清水上生肥……方寸之中谨盖藏,精神还归老复壮……物有自然道不烦,垂拱无为身体安。"其实也就是莫燥莫欲,守神养气,自然无为,莫使精气外耗的意思。③

至于《拟古》其五"人寰不可托,空外双青鸾。语了拂衣去,蓬海灵风寒",④有了羽化而登仙的味道;《拟古》其四就更是一首游仙诗了:

> 我昔骖青鸾,凌云眄穷荒。飞仙在其上,迢迢白玉堂。
> 尘世若蜉蝣,万劫何微茫? 时时逢素女,大笑百千场。
> 浮生能几岁,毕竟同归邙? 贻我不死诀,精神为激昂。
> 欲将刀圭剂,一一分四方。共得玄命秘,庶其无夭伤。⑤

诗人想象自己飞仙入天,在天宫中俯视尘寰。其后不只像李白一样遇到仙女,更得到不死之方,分与世人,共得长生。他在送朋友朝京的诗歌中,嘱托朋友要趁机在中国学习道教升仙之法,

---

① (朝鲜朝)申钦:《象村稿》卷五十五《春城录》,《丛刊》第 72 册,第 362 页。

② (朝鲜朝)申钦:《象村稿》卷五十六,《丛刊》第 72 册,第 371 页。

③ "《黄庭外景经》"至此参考葛兆光:《道教与中国文化》上编,第 51 页。

④⑤ (朝鲜朝)申钦:《象村稿》卷五十六,《丛刊》第 72 册,第 378 页。

并言"毋以余为谐"，①可见其所希冀的借"驻三关"以保"老至有童颜"②也属认真之言。

　　申钦对秦皇汉武类的求丹问药有所排斥，他借之以求延长寿命的，是"生神生气、清明在躬"，③具体做法，也就是他在《和陶诗》中所说"蕴真致虚静"④"物欲止于里"⑤"嗜欲苟不深，自可延修龄"⑥。《老子》说，最大的祸就来自欲得，最大的咎就来自有私。因此"少私寡欲，见素抱朴"才是人生应该追求的理想境界。⑦　这种把心理上的清净虚明、无思无虑，与生活上的自然恬淡、少私寡欲当作养生之术的基础的理论，与唐宋以来所形成的道教主流哲学是一致的。

　　中国唐宋以来三教合流，道教融入禅宗"坐禅入定"的方法，得到自己的一套与禅相类似的修炼方法。就南宗而言，即"起真正般若观照，一刹那间，妄念俱灭"，是一种在内心中寻求空明宁

①　（朝鲜朝）申钦：《象村稿》卷二十一《送李金知寿俊以贺节朝京师序》，《丛刊》第 71 册，第 344 页。

②　（朝鲜朝）申钦《象村稿》卷五十六《拟古》其五："傍人怪相问，老至有童颜。答云无所为，但知驻三关。"《丛刊》第 72 册，第 378 页。

③　（朝鲜朝）申钦《象村稿》卷三十三《道家经义说》："道在五气五脏，而求之于金石草木，秦皇汉武之伦是已。苟能生神生气、清明在躬，则可以占人元之寿，有志者不惑于妄诞则几矣。"《丛刊》第 72 册，第 187 页。

④　（朝鲜朝）申钦：《象村稿》卷五十六《杂诗》其二，《丛刊》第 72 册，第 379 页。

⑤　（朝鲜朝）申钦：《象村稿》卷五十六《止酒》，《丛刊》第 72 册，第 379 页。

⑥　（朝鲜朝）申钦：《象村稿》卷五十六《九日闲居》，《丛刊》第 72 册，第 372 页。

⑦　本句参考葛兆光：《道教与中国文化》上编，第 308 页。

静境界的方法。① 申钦《归园田居》其二"内景得三住,已断流注想",正是这种思想的体现。

因唐朝至少有五位帝王(太宗、宪宗、穆宗、武宗、宣宗)因服食丹药中毒身亡,宋代士人不太信任道教外丹之术,而相信道教中合于《周易》"何思何虑"、《论语》"仁者静寿"之说,对于道教清心寡欲、养气守神理论表示赞赏。② 宋代士人中,苏轼是具有这种思想的一个代表,而申钦对苏轼也非常推崇,并称之为"坡仙"③等。

正如申钦虽然喜爱庄子,但会对其思想不合孔孟之处加以贬斥,④他对道教的吸收也有所取弃。虽然早在放归之前的天启六年(1626),他就在《广寒楼记》中以"停杯道人"自称,其诗中也多有仙境之描绘,但他吸收的仍旧是道教中合于儒家的部分,亦即经过不断的自省,修炼内在人格。

通过《周易》,申钦学到了"静坐唤醒"以"正先天光景"⑤,而这也是符合儒学尤其是性理学要求的。他在《进古经周易札》进一步写道:

> 《易》言"寂然不动",即子思子所谓"未发之中"也;《易》言"感而遂通",即子思子所谓"发而中节"也。一以贯之,初

---

① "这种"至此参考葛兆光:《道教与中国文化》上编,第 310—311 页。

② 葛兆光:《道教与中国文化》上编,第 305 页。

③ (朝鲜朝)申钦:《象村稿》卷十二《次东皋牛家庄》,《丛刊》第 71 册,第 409 页。

④ (朝鲜朝)申钦:《象村稿》卷三十六《书齐物论后》,《丛刊》第 72 册,第 228 页。

⑤ (朝鲜朝)申钦:《象村稿》卷三十五《答郑时晦》,《丛刊》第 72 册,第 205 页。

无二致。能使吾之心体寂然之中，天机不昧，感应之际，本
原常静，物交于前而不与俱往，事交于外而不与俱迁，鉴空
水止，纤尘莫染，则神明在躬，阖辟由我，观象玩占，特余
事尔。①

《周易·系辞下》言："易无思也，无为也，寂然不动，感而遂通天
下之故。"②程颐曾解释《中庸》道："'喜怒哀乐之未发谓之中。'
中也者，言寂然不动者也。故曰'天下之大本'。'发而皆中节谓
之和。'和也者，言感而遂通者也，故曰'天下之达道'。"③申钦的
议论，正是在程颐的基础上阐发的，意思是说：天地之道寂静不
动者，体现在人，即喜怒哀乐未发；道流行天地、化育万物者，体
现在人，即发而为情，符合天理规范。人的天命之性与天地之
道，本无二致，故而，若体悟天地大道，守持本心，寂静不动，洞察
天机变化；外物而来，应对之际，不改本体常静，应对事物而不随
之迁移本心。用心如镜如水，外物来则映照、泛起涟漪（应对），
外物去则镜子空、水波静，恢复常态而无丝毫牵挂，那么就能做
到自己做了自己心性的主人。这才是《周易》真正教人的大道，
至于用它占卦，不过是细枝末节罢了。

　　上述论断深刻反映出申钦思想的性理学渊源，正因如此，当
他在有了齐物、安分、委任自然乃至道教思想之后，仍旧可以说

---

① （朝鲜朝）申钦：《象村稿》卷三十一，《丛刊》第 72 册，第 154 页。
② （魏）王弼、（晋）韩康伯注，（唐）孔颖达疏，于天宝点校：《宋本周易
　　注疏》卷第十一《周易系辞上》，第 414 页。
③ （宋）程颢、（宋）程颐著，王孝鱼点校：《二程集·遗书》卷第二十五
　　《伊川先生语十一·畅潜道录》，北京：中华书局，2004 年，第
　　319 页。

出"恶来寿亦短,伯夷夭亦长。人伦所重者,三纲与五常"①的话,而其根源,也正在儒学思想深入骨髓的影响。

三、 固穷守节——朝鲜时代崇尚朱子学背景

申钦的生命意识中,虽然有"道"之思想成分,不过他并未一味放任山水、无所作为,而是仍旧以朱子学思想为依托。《游斜川》:

> 开岁倏五十,缅想陶翁休。窘余纵罝罦,方寸有天游。
> 行藏既无意,得坎或逢流。栖息依江口,忘机同海鸥。
> 幽悄不可躅,杖策登崇丘。青松为我伴,白云为我俦。
> 呼酒时命侣,得句无人酬。借问夸毗子,能识陶翁不?
> 虽乏三事贵,而无一朝忧。九原傥可作,此翁吾所求。②

首二句对应渊明原诗"开岁倏五十,吾生行归休"而来。③"天游"句出《庄子·外物》,说自己纵使获罪放归,但"方寸之心,制之在我"(《抱朴子》),仍可心游天地,任真而行。行藏出处无须考虑,不论"得坎""逢流",都可如水一样任其自然,这是用了《周易》中的话。后面说自己栖息江口,鸥鹭忘机。这几句很有苏颂诗④的味道。尽管忘机,也仍旧有挥之不去的忧愁,故而效法渊

---

① (朝鲜朝)申钦:《象村稿》卷五十六《读山海经》其八,《丛刊》第72册,第381页。

② (朝鲜朝)申钦:《象村稿》卷五十六,《丛刊》第72册,第373页。

③ (晋)陶渊明撰,袁行霈笺注:《陶渊明集笺注》卷二《游斜川》,北京:中华书局,2003年,第91页。

④ (宋)苏颂著,王同策等点校《苏魏公文集》卷十二《走笔次韵察推见别二篇》其二:"行藏无意但随时,不为人知我者稀。负壳蜗牛初就舍,驯鸥海客已忘机。缄收卷轴尘生蠹,合和丹丸醡有衣。久冒宠荣无所补,敢烦从事叹巍巍。"(第153页)

明登东皋以舒啸,以青松白云为伴侣。一时兴起,与同伴饮酒,
却可惜无人酬和。"夸毗"出自《大雅·板》,意指屈己卑身,求得
于人。阮籍《咏怀》五三说"如何夸毗子,作色怀骄肠",①这样的
人往往仕途亨达,衣食无忧。这两句是感叹世人不识陶翁。渊
明虽无正身德、利民用、厚民生之"三事"(《书·大禹谟》),但以
仁义为标准,也就不会有"一朝之患"(《孟子·离娄下》),渊明若
死而复生,那正是自己追随的对象,呼应开篇。

　　虽然尽力委任自然、任时去来,但心中终究会想到渊明的节
操。申钦一直以来说自己钦佩渊明且要学习的,也正是他眼中
渊明对于操守的坚持。在更为集中探讨生命价值与意义的《形
影神》组诗中,这种坚持节操的思想更为明显。其中,形就是生
命的形体;影就是人的影子,借指身后之名;神即为人的最高精
神存在:

形赠影②

有我必有尔,肇自赋与时。坐起常与俱,谁能或离之?
虽有平生亲,相亲不如兹。哲人贵先觉,践形是所期。
日乾复夕惕,动作无邪思。荣达宁健美,穷戚不涕洏。
形既无愧影,影于形奚疑?陶潜亦何者?得酒但莫辞。

影答形③

珥貂既非工,葛宽何必拙?所贵至人者,超然与世绝。
四大乃假合,七情徒相悦。尔我本同归,世人苦分别。
坡老亦区区,强道我不灭。莫谓涸阴寒,莫附炎炎热。
威仪欲不愆,服礼当自竭。曹交空较长,晏婴宁短劣!

---

① (三国魏)阮籍著,黄节笺注:《阮步兵咏怀诗注》,北京:中华书局,
　　2008年,第394—395页。
②③ (朝鲜朝)申钦:《象村稿》卷五十六,《丛刊》第72册,第372页。

神释①

地文山川列，天文日月著。耳目与口鼻，动用缘曷故？
能视与能听，以我之相附。显仁藏诸用，其机妙谁语？
茫乎不可测，沕然同出处。百骸赅而存，我住尔亦住。
昧者日昏蔽，扰扰奚足数？私智梏本性，穿凿徒文具。
謇予敛华实，使尔终有誉。穷达任大运，轩冕倘来去。
独立穹壤间，屋漏惟可惧。清明苟在躬，自可屏百虑。

第一首说，形和影总是相伴存在的，再相亲的关系也不会比它们更加亲近。哲人以事先认识觉察为贵，而其所期望的是天赋的品质。"先觉"与"践形"分别出自《论语·宪问》与《孟子·尽心上》，是只有贤人与圣人可以达到的。后一句化用《周易·乾》："君子终日乾乾，夕惕若厉。"②从早到晚都谨言慎行，没有邪念，方才是君子所为。富贵荣华没有什么值得仰慕的，位卑贫穷也不值得流泪悲戚。形体所为没有什么愧对影的地方，那么影对于形又有什么怀疑呢？渊明又是怎样的人？有酒不辞罢了。诗末二句照应渊明原诗。这首诗好像是形被影冤枉后道出的自白，说出自己平日以圣贤为楷模、以君子为标准的行为方式，以及不为贫富所扰的志向。既然自己已经做到这些，就无可愧疚，影也就毋庸怀疑自己会影响到它的名誉。

第二首是以影的口吻叙述。汉代侍中、中常侍插貂尾于冠上为饰，后指贵官显宦。葛宽，即"疏葛宽裁"，宋荣樵仲与元冯尊师都用此描写过隐士。珥貂既然不是那么工巧，又何必认为

---

① （朝鲜朝）申钦：《象村稿》卷五十六，《丛刊》第72册，第372页。
② （魏）王弼、（晋）韩康伯注，（唐）孔颖达疏，于天宝点校：《宋本周易注疏》卷第十一《周易系辞上》，第6页。

疏葛宽裁拙劣呢？像至人一样超然遗世才是真正宝贵的，其原因在于"遗物"，更在"与道俱"，这是用了《史记·屈原贾生列传》中的话。佛教言人身是地、水、火、风假合而成，而人之七情也是徒然相悦，那么形存在的短暂不言而喻。士人心中均有着"三不朽"的思想，将身后之名看得无比重要；世人也都认为人虽然死了，名声却会长存。苏轼在《和陶影答形》中说："君如火上烟，火尽君乃别。我如镜中像，镜坏我不灭。"[1]申钦却认为形影同归，亦即身死名灭。前面仿佛是影的自我辩说，后六句则是影对于形的叮咛，嘱咐形不可趋炎附势，仍要"淑慎尔止，不愆于仪"（《大雅·抑》）、竭力遵行礼法。追求圣贤明德的时候，如同曹交一般计较外形是无用的，若晏子，即使身材矮小也可成为有才德之人。

　　第三首诗则主要言"神"，更像是它对"形""影"所说的话。山川并列是地的文采，日月显耀是天的文采，那么驱使耳目与口鼻的又是什么呢？它们之所以可以用来看用来听，不都是因为我（神）的缘故吗？"显诸仁，藏诸用"（《周易·系辞上》），个中机妙又能同谁讲呢？我（神）潜藏无形，但含于你们（形、影）之中，共生共灭，同存同住。《列子·周穆王》言："今顿识既往，数十年来存亡、得失、哀乐、好恶，扰扰万绪起矣。"[2]蒙昧的人整天昏昏沉沉，他们的烦恼又哪里值得数清？我（神）若被私智桎梏本性，你（形）虽凿七窍，不过空成一副皮囊罢了；正是由于我（神）懂得收敛浮华，返璞归真，才使得你（影）葆有荣誉。穷达、轩冕都是天道运行的结果，一任其自来自去。我（神）独立穹宇之中，时刻

---

① （宋）苏轼撰，（清）王文诰辑注，孔凡礼点校：《苏轼诗集》卷四十二，第2307页。

② 杨伯峻撰：《列子集释》卷第三《周穆王第三》，北京：中华书局，1979年，第110页。

应保持谨慎自重,真正值得担忧的仍是自身对操守的坚持。如果躬身清察明审,那自然可以摒除千忧百虑。

申钦的《形影神》组诗更多关注道德准则与处世方式,不只形有以圣贤为楷模的意思,看到影同神灭的道理之后,仍旧提出的是"威仪欲不愆,服礼当自竭"的行为操守。至于《神释》,虽然用到《庄子》的掌故,但其最终仍旧谈到了穷达的问题,直至拉回现实生活中穷则独善其身的思想,让人不禁想到"不知生,焉知死"的典型儒家理念。末尾,不愧屋漏、"清明苟在躬,自可屏百虑",直显朱子学这种"慎独"、坚守本性的自我要求。

申钦这种恪守人生信条、坚持操守的思想渊源于朝鲜时代崇尚朱子学的大背景。朱子学努力探求人间本性与宇宙形而上学的原理,由此提出理气与性情的问题,将其与善恶正邪的义理相联系,作为人间行为准则的原理与根据,思考历史和现实中人的行为准则、规范。"朝鲜代之学问乃是以朱子学为中心的儒学;不只佛教、老庄之学被视为异端,同属儒学之陆王学派亦被排斥为非正统思想。"十六世纪的朝鲜朝更是朱子学的全盛时期。①

赵光祖被视为朝鲜朱子学的始祖②,申钦为其身死己卯士祸感到不平之余,更加对其"学问操履"充满钦佩。③ 赵光祖思想中很重要的一点,便是认为如果脱离孔子所言孝悌、忠信、仁义等日常人间应行之道,朱子学则说明无由。进而强调,不只要知道个别规范之所当然,还要明白其根本原理之所以然;不只要

① 本段参考(韩)柳承国著,傅济功译:《韩国儒学史》,台北:台湾商务印书馆,1990年,第129—133页。
② (朝鲜朝)李珥《栗谷全书》卷三十一《语录》上:"郑圃隐号为理学之祖,而以余观之,乃安社稷之臣,非儒者也。然则道学自赵静庵始起。"《丛刊》第45册,第258页。
③ (朝鲜朝)申钦:《象村稿》卷三十六《书己卯党籍后》,《丛刊》第72册,第225页。

行为合于"善行",出于慈爱、孝道、忠诚、友爱,还要穷究所以行其道的真义。在重视具体操行之外,更严别"义利""王霸"以正君心、造福百姓,否则无崇道学、仿圣贤之由。①

在宋代性理学东传三百年后,出现诸多巨儒,均以朱子学为唯一法门。②申钦七岁时,母亲、父亲相继过世,③此后便在外祖宋麒寿家长大,"承训于庭者盖十祀"。宋麒寿"契许"李滉,④申钦放归后曾说:

> 穆陵即位,首召退溪李滉。是时上方砺己向学,朝廷之间,清议方兴,无有蟷蜘之干翳,士庶亦望风响慕。韦布之徒,无不上谈性命,下持礼容。(《山中独言》)

李滉在朝之时,举国上下都在学习朱子学。退溪的学风在当世影响之深,表现在具体行动上,便是谈性命、持礼容。虽然退溪、栗谷二人并称儒学双璧,⑤但申钦却明显偏向退溪李滉之学。⑥

退溪主"理",视"理"作人间神圣本性的穷极根源,强调圣、美的价值与人的尊严。退溪的"性理"指向人间的本性,与从身体、物质条件所由来者严格区别。为完成人间本性,人应将此发挥扩充,尽力于人之所以为人者。

---

① (韩)柳承国著,傅济功译:《韩国儒学史》,第 133 页。

② (韩)李丙焘著,(韩)许宇成译:《韩国史大观》,台北:正中书局,1980 年,第 322 页。

③ (朝鲜朝)申钦:《象村稿》卷二十五《先府君墓表》,《丛刊》第 72 册,第 67 页。

④ (朝鲜朝)申钦:《象村稿》卷二十七《右参赞宋公神道碑铭》,《丛刊》第 72 册,第 101 页。

⑤ (韩)柳承国著,傅济功译:《韩国儒学史》,第 129 页。

⑥ (朝鲜朝)申钦《象村稿》卷五十三《山中独言》:"栗谷李珥、牛溪成浑并起一时,虽元气乍漓,而风俗丕变。"《丛刊》第 72 册,第 353 页。

退溪在"四七论"中言"四端"(即道心),"理发而气随之",发自本然之性,纯善无杂;"七情"(即"人心"),"气发而理承之",发自形气,虽本为善,而如失其中庸,则为人欲、为恶。退溪在以此"二元论"把握人间事物的过程中,继承并发扬了朱子学"心为身主,敬为心主"、"敬"为圣学始终之要的思想。用"敬"所构成的主体,扩充从人间本性而来的"四端",并给人间身体的欲求下一界限,使不沦于人欲,使得人间自我主体被要求、限制。①

申钦同样强调源自天命之性与发自形气之性的区别,他在《求正录》中言"天命之性无不善,气质之性有善有不善",并将"天命之性"与"气质之性"比作"水"流入清、浊不同之地,言"物欲之蔽,皆原于气质之累"。

虽然与退溪认为"七情"皆"气发而理承之"不同,他认为:"情有七而发于性","圣人之情一于理,故情而性;凡人之情多发于气,故违性者众;小人之情纯乎欲,故反于性而沦于恶。"但是,他同样强调"中节","以中节、不中节为圣凡之别",在这点上继承了退溪的思想,并进一步强调了"心"对于性情的统帅作用,提出"心清则气亦清,心污则气亦污,复性之本在乎心"的主张。

朱子学的修养基础是持敬。申钦强调"敬"说:"《大学》之书只言纲领条目,而程朱说持敬以为《大学》进修之阶,此实圣门三昧。"并进一步落实"敬"的内涵:"无仪节度数,故务外者或以言语訾之也。至于曲礼节文,乃下学工程,不可伪为者也。必先从事于此,使筋骸有所持循,行检有所隐栝,心虑有所定帖,然后可以无扞格矣。"

朝鲜朝的思想文化深深植根于朱子学,在这种背景下成长的申钦,其生命意识难免植根其中,以儒生对于个人操守的坚持

---

① (韩)柳承国著,傅济功译:《韩国儒学史》,第131—132页。

为自己生命的依归。加之,党争士祸频仍,多有正直的士人惨遭牺牲的命运。在邪理横行、是非不明的社会中,退溪为阐发真实的善恶与正邪的根源,提示了正直的真理与行为标准。① 而与李滉相同,赵光祖也关注人之所以为人之标准(道德准则与行为规范),也坚守义理,这都给申钦带来很大影响。

四、 与陶渊明之比较②

申钦很大程度上受到了庄子与邵雍的影响,而渊明作为东晋时代的诗人,自然接受的也是东晋玄学的生命观和自然观。表现在诗歌中,便是渊明《游斜川》对王羲之《兰亭诗》"取乐在一朝,寄之齐千龄"思想的继承,慨叹人生短暂,在寄情山水的过程中得到精神解脱。申钦诗中所表现的与自然融合,与渊明一致,但申钦这种思想是以"齐死生"观念为基础而达到的"无死生"境界,其思想根源与渊明不同。

同样,渊明在《神释》中把生命消逝视为自然规律,提出以乘化委运的态度对待生死问题,有着乐天知命的思想,并在此基础上表现出任自然的知足之乐。申钦虽然也有任自然的思想,但他以齐物论乃至《邵易》思想为基础,并在此基础上表现出对"人生定分"问题的思考,表达安分的思想,与渊明是不同的。

申钦有着典型道教的思想,他虽排斥外丹派之道术,但诗中仍多次出现游仙乃至仙境等元素。渊明的《形影神》组诗是针对当时"贵贱贤愚,莫不营营以惜生"的社会现象,以"极陈形影之

---

① (韩)柳承国著,傅济功译:《韩国儒学史》,第 132 页。
② 此部分对陶渊明思想的论述,参考葛晓音教授在香港浸会大学讲授《陶渊明研究》的课堂讲义。

苦,言神辨自然以释之"。① 故而渊明第一首《形赠影》诗就说"我无腾化术",对世人求仙进行了否定。从这一点上看,申钦与渊明之思想大相径庭。

渊明《影答形》诗表现出对死后名声的重视,并提出立善的行为原则,与申钦所言"为善最乐,非贤不亲"②"片善勿为小,拳石成高嵩"③是一致的。但即使渊明诗中多次强调追求个人道德修为,也仍旧没有申钦对于行为规范、个人操守重视之强烈,亦即在诗中出现频繁。

究其根源,渊明乃中国东晋时代之诗人,对他影响最强烈的,是道家、玄学与汉代儒学之余波。申钦则是朝鲜宣祖、光海、仁祖时期诗人。一方面,申钦的生活区间相当于中国明代,自然受到渊明之后中国一系列思潮与具体人物的影响,如其道教思想体现出的唐宋以来的三教合流,如对其产生深刻影响的邵雍,此皆时代所限,为渊明所未经历。另一方面,作为朝鲜诗人,其思想深深根植于本国的朱子学,而对赵光祖、李滉之推崇,使他更加受到注重坚持操守这一思想的影响,以至于这种思想在其和陶诗中随处可见。这些都使得申钦和陶诗体现出的思想与渊明相类而不尽相同。

行藏安于所遇

申钦在《和陶诗》中经常表现出一种类似隐者的生活场景与

---

① (晋)陶渊明撰,袁行霈笺注:《陶渊明集笺注》卷二《形影神序》,第59页。

② (朝鲜朝)申钦:《象村稿》卷五十六《答庞参军》其二,《丛刊》第72册,第371页。

③ (朝鲜朝)申钦:《象村稿》卷五十六《和戴主簿》,《丛刊》第72册,第373页。

志趣，但事实上他的内心深处仍旧怀抱着复入仕途的渴望，这两种看似矛盾的心理构成了申钦仕隐思想的两个基本层面。二者在申钦的思想中并存，这与申钦对于隐逸的理解有关，而又深源于申钦所处之时代、家庭背景与自身经历。

一、　身在田野，心系庙堂——仕隐观念的两个基本层面

在田居过程中，申钦确实像农民一样参加劳动，并与农民有着较好的关系。他在诗中说"浮名同敝屣，故里有先田。门揖谈农客，书存种树篇"①"忆在金陵田舍时，邻翁社老得追随"②，便是这种生活的写照。

他的生活环境也确有好山好水。谪居昭阳四年，申钦回顾平生，写了《昭阳迁客行》，中言"诛茅作舍故山隈"，③并这样具体描述自己的田居生活："浮沉田父野老间，南陌东阡相汝尔。锄荒累石通细径，疏涧开池侵小沚。密藻时游丙穴鱼，春林驯翠眠锦雉。疏篱霜重怜菊艳，曲砌阴移看竹醉。芒鞋日涉栗里园，道似频寻远公寺。苍松万甲老成龙，踯躅千层红结绮。天磨西望浮修眉，华岳东盘玉屏峙。海月轩临大野迥，超然斋瞰长洲迤。秋林栗肥过拳黄，晓栅蟹实脐团美。"④自然之景清新明媚。

在《和陶诗》中，申钦则将生活场景描绘成"我杖我藜，遵彼广陆。旭日腾辉，光风载穆。嘉草争抽，鸣禽队逐。西邻有伴，

---

① （朝鲜朝）申钦：《象村稿》卷十《癸丑腊日书二首》其二，《丛刊》第71 册，第 393 页。
② （朝鲜朝）申钦：《象村稿》卷二十《正月二十八日夜坐，信笔遣怀》，《丛刊》第 71 册，第 502 页。
③ （朝鲜朝）申钦：《象村稿》卷八，《丛刊》第 71 册，第 373 页。
④ （朝鲜朝）申钦：《象村稿》卷八，《丛刊》第 71 册，第 374 页。

诺则无宿"。① 对于农民,他又说:"村家风俗淳,迎迓无近远。"②可见,不论耕种生活、自然之景还是与农民之关系,都是取材于自己的生活,而非刻意仿照渊明隐居生活进行描画。

在谪居生活中,申钦确实感受到了田居的乐趣。《杂诗》其一说:"舒啸步南涧,禽鱼自来亲。呼童理游屐,酾酒邀西邻。"③放声歌啸着渡过南边的涧流,山中的飞鸟小鱼主动出现,来和自己表示亲切友好。呼唤童仆整理好游山的鞋子,用醇酒招待西边的邻居。虽然因其自身受道教影响,在诗境营造上有了唐代山水诗的仙道气,④不过仍旧可以看出申钦在田居生活中怡然自得,有"暤暤"若"羲农人"的感受。

可是,贬谪之后生活的欢乐,并非源自物质的富足,而是伴随着生活的艰辛。放归之初,申钦所居"只有数间屋,与儿小杂处。所业,课僮拾薪而已"。之后重"葺小庐",也只是"足以容膝"。⑤ 待罪江上期间,申钦更是经历了"南湖旅舍度三冬,虐雪饕风艰苦备"的艰苦;⑥贬居春川之后,虽然"月廪兼筐篚",⑦可

---

① (朝鲜朝)申钦:《象村稿》卷五十六《劝农》其三,《丛刊》第71册,第371页。

② (朝鲜朝)申钦:《象村稿》卷五十六《怀古田舍》其一,《丛刊》第71册,第375页。

③ (朝鲜朝)申钦:《象村稿》卷五十六,《丛刊》第71册,第379页。

④ (朝鲜朝)申钦《象村稿》卷五十六《杂诗》其一:"达士志寥廓,所在厌尘尘。唯有清平山,烟霞伴我身。"《丛刊》第71册,第379页。

⑤ (朝鲜朝)申钦:《象村稿》卷三十四《答白沙》,《丛刊》第72册,第197页。

⑥⑦ (朝鲜朝)申钦:《象村稿》卷八《昭阳迁客行》,《丛刊》第71册,第374页。

仍旧会有诸如"脚气春犹重,脾寒夜未眠"的感受。①

　　除却生活状况所引发的忧乐,申钦内心深处始终怀有的,是对见用、对仕途的深切渴望。金浦田居期间,他将苏轼生平经历进行了总结:苏轼虽然历尽仕途坎坷,小人章惇也曾得用一时,可是终究"七年而惇败,竟得长公所谪地不还",后人"唾之如粪土";而东坡却得以"蒙恩北返,卒于常州家庄",宋南渡之后"其孙符等位列宰辅。孝宗爱其文,手不暂释,许令刊布天下。赠谥易名,位极人臣。至今孺童下皂闻其风亦凛凛起敬"。② 初居春川,申钦"偶阅"东坡年谱,"见其得罪四年而加罪者与我同","故记"东坡贬谪地点与时间"以为后观"。③ 在对苏轼经历的回顾中,显然,申钦将自己申冤昭雪、复官任用的期望寄托其中。

　　申钦早年仕途不顺,"中年荷穆陵知遇,忝窃分外之荣",官至宰相,子为当朝驸马,而穆陵升遐、光海即位,"朝贵一新而大祸遽作"。④ 宣祖知遇之恩令申钦感怀至深。放归之日,申钦作诗首句便言:"西出都门问路歧,穆陵东望更堪悲。朝衣久拭袁

---

① (朝鲜朝)申钦《象村稿》卷十一《咏事二首》其一:"泪洒壬辰岁,魂惊癸丑年。浮生有如此,不死又胡然。脚气春犹重,脾寒夜未眠。残釭空耿耿,伴我五更天。"其二:"丙辰秋九月,名姓再书丹。丁巳年人日,苍黄又出关。经来五寒暑,历尽几艰难。却笑余生在,区区寄世间。"由此推断诗中描述为申钦贬谪后第五年,亦即《和陶诗序》中所言丁巳年。《丛刊》第71册,第378页。

② (朝鲜朝)申钦:《象村稿》卷五十三《山中独言》,《丛刊》第72册,第354页。

③ (朝鲜朝)申钦:《象村稿》卷五十五《春城录》,《丛刊》第72册,第359页。

④ (朝鲜朝)申钦:《象村稿》卷五十三《山中独言》,《丛刊》第72册,第352页。

安泪，圈狴还供孟博词。"①金浦田居，申钦作诗说："西清曾忝侍，忆在穆陵朝。御跸临关庙，登歌杂凤箫。乔山弓剑远，桑海岁年遥。惆怅重游日，孤魂暗自消。"②他对自己见用穆陵的怀恋之情溢于言表。丙辰冬待罪江上，他也仍会写道："罪戾丘山积，愚忠日月光。唯将满行泪，沾洒穆陵傍。"③借以表达对宣祖的忠贞与怀念。谪居昭阳四年，申钦"忧愤丧病"之时仍不忘感怀先帝，"先王有灵必有知，事死事生奚二致。斜阳宿草穆陵寒，冥冥泉壤玄宫闷"，④一片忠心可鉴日月。所以，当他面对光海即位、小人当道而自己谪居僻地的现实，就很自然在和陶时写出《杂诗》其三这样的诗篇：

> 人才亦何常？拾遗平斗量。
>
> 唐室昔全盛，有相杜与房。
>
> 时君若昼一，国祚应无央。
>
> 萤爝虽熠耀，那能近太阳？
>
> 念此不得寐，悄悄摧我肠。⑤

人才哪里有固定的标准呢？武后时期连车平斗，官员繁冗。回想盛唐时候政治清平，全赖房谋杜断，辅弼社稷。如果国君好像青天白昼一般明察洞彻，那么国家运势也就会昌盛不绝。日月

---

① （朝鲜朝）申钦：《象村稿》卷十五《蒙恩解系，命放归田里，出宿西江村舍，癸丑五月十七日也》，《丛刊》第 71 册，第 449 页。

② （朝鲜朝）申钦：《象村稿》卷十《南关王庙送客有感》，《丛刊》第 71 册，第 392 页。

③ （朝鲜朝）申钦：《象村稿》卷十《闻朝议将加罪不得即归田舍，姑留江上待命》，《丛刊》第 71 册，第 392 页。

④ （朝鲜朝）申钦：《象村稿》卷八《昭阳迁客行》，《丛刊》第 71 册，第 374 页。

⑤ （朝鲜朝）申钦：《象村稿》卷五十六，《丛刊》第 72 册，第 379 页。

出则燔火当息,国运昌平,又哪里需要能力微薄的自己献出力量呢? 想到这里,久久难眠,黯然神伤。"大圣亦安用? 鲁笑东家丘",①大圣孔子的不被见用,不禁令人想到被弃不用的诗人自身。事实上,诗人惆怅的并非政治昌明以致用不到自己的绵薄之力,而是盛世不再、世道昏暗,自己有志难伸。

二、 有道则行,无道则隐——对归隐的理解

饱尝生活艰辛,却能自得田园之乐,同时还怀揣着回归仕途的渴望,几种看似矛盾的心理在申钦的思想中并存。他所推崇的隐居,不是普普通通的归田,而是要像"伯夷耻周,严光辞汉"一样,属于"砺世道难""为世防""松柏后于岁寒,清士见于溷浊",②以坚持节操为基础,并与"世道"相关联。

朝鲜朝世祖篡位后,金时习(1435—1493)佯狂入山,申钦曾将他比作伯夷。③ 而金时习曾在《古今君子隐显论》中仔细探讨过归隐的问题:"君子之处身","不可以利躁进,不可以危勇退",仕隐标准"惟在义之当否、时之可不可如何"。隐不是为了"洁身乱伦",显不是为了"市名沽利",而是"待其有为之时,沕然相合"。选择出仕还是隐居,取决于"义之适与不适、道之可行与不行",而非拘泥于隐居为高、出仕为苟且的价值判断定式。仕隐本身无优劣之分,如果失去操守,不论仕隐均为鄙薄。④

---

① (朝鲜朝)申钦:《象村稿》卷五十六《拟古》其八,《丛刊》第 72 册,第 378 页。

② (朝鲜朝)申钦:《象村稿》卷二十五《五代祖正言墓表》,《丛刊》第 72 册,第 68 页。

③ (朝鲜朝)申钦《象村稿》卷五十三《山中独言》:"金时习悦卿,乃我朝之伯夷也。"《丛刊》第 72 册,第 351 页。

④ 《梅月堂文集》卷十八《古今君子隐显论》,《丛刊》第 13 册,第 262 页。

义与时,即坚持操守与明察时世。申钦继承了金时习的仕隐取舍标准,他在《归来斋说》中进一步阐明"行与世违而以行为归,志与事违而以志为归,用舍无与于己,行藏安于所遇者",①同样可称为未失归之常。

申钦五世祖申晓"为司谏院右正言",因"斥言宫禁事,忤上旨,遂归于莘,结庐居之","足不迹都门,年八十一而终",在说明世道难易与君子处身之后,申钦继续评论道:"法语引君,忠也;致身抗节,义也;弃世遐遁,贞也;藏器自晦,明也;委化知命,智也;全真杜机,达也。"②在他看来,五世祖申晓的归隐之所以"树之无穷",正是因为同时具备了"臣之则""士之节""履之正""行之哲""周乎已""安乎天"这"六德",将委任自然、乐天知命、全真任性建立在合乎节操标准的基础之上。③

在申钦眼中,陶渊明也同样不是一般的隐士,而是"处乱亡而陶然无迹"的"忠臣",④"生为天下士,死为千载人",⑤"解印而归"是在"义熙不竞,浊流横天。乾坤易位,冠屦倒悬"⑥的情况下,有着"贞而不拘,旷而不迁"的品质,可与伯夷相比肩。

同样,面对东坡"出仕三十余年,为狱吏所折困,终不能悛,

---

① (朝鲜朝)申钦:《象村稿》卷三十三《归来斋说》,《丛刊》第 72 册,第 194 页。

②③ (朝鲜朝)申钦:《象村稿》卷二十五《五代祖正言墓表》,《丛刊》第 72 册,第 68 页。

④ (朝鲜朝)申钦:《象村稿》卷五十三《山中独言》,《丛刊》第 72 册,第 354 页。

⑤ (朝鲜朝)申钦《象村稿》卷六《次陈子昂感遇三十六首》三十二:"栗里陶渊明,谷口郑子真。生为天下士,死为千载人。九原不可作,欲见嗟无因。赖有遗编在,恍然谈笑亲。海内方攘攘,风尘满函秦。有山须种花,有田须艺麻。"《丛刊》第 71 册,第 351 页。

⑥ (朝鲜朝)申钦:《象村稿》卷四《题靖节望山图》,《丛刊》第 71 册,第 337 页。

以陷于大难,乃欲以桑榆之末景,自托于渊明"的情况,①申钦说"达人旷识,意在骊黄之外,若以出处屈伸为标的而二之者,糟粕论也",②集中体现了他的仕隐思想。即,虽然东坡出仕、渊明隐居,二人出处不同,但"使陶苏两贤易地",则"舒啸东皋、乐夫天命"则同。③ 申钦所对比的,是二人"不以得丧夷险贰其操,不以穷苦迫厄易其虑"④的精神,而非具体生活方式。

"用则行,舍则藏","所谓行者,行其道于身也;藏者,藏其道于身也","用舍无与于己,行藏安于所遇"。⑤ 只要坚持操守,内心始终保持那种像渊明一样"高标情节"的隐居精神,时运来时便出仕,即使未曾归隐,也可等同于隐居。真正重要的是坚守个人节操,而非隐居这种生活形式;如果时运不再,便出世归隐,但仍要将个人节操的坚守放在首位。

"联姻禁掖",可谓王亲国戚,但申钦之妻反而"益惧盛满,持以谦卑","唯日枲麻织纴,自资而已",不攀附权贵,也不艳羡富贵,并为他人"废著居货""贡献牟利""治金钱连结奥援"的行为感到羞愧。⑥ 虽然这些是申钦对妻子行为的追述,可也能依此想见申钦个人的生活状况。身遭贬谪之后,申钦也还能在艰困的生活中保持积极的心态,他觉得如果稍有"好衣服、美饮食"

---

① （宋）苏辙著,陈宏天、高秀芳点校:《苏辙集》卷二十一《子瞻和陶渊明诗集引》,第 1111 页。

② （朝鲜朝）申钦:《象村稿》卷五十六《和陶诗序》,《丛刊》第 72 册,第 370 页。

③④ （朝鲜朝）申钦:《象村稿》卷三十三《归来斋说》,《丛刊》第 72 册,第 194 页。

⑤ （朝鲜朝）申钦:《象村稿》卷五十七《求正录上》,《丛刊》第 72 册,第 385 页。

⑥ （朝鲜朝）申钦:《象村稿》卷二十八《亡室李氏行状》,《丛刊》第 72 册,第 133 页。

"治车马、盛畜积"之欲,即使"日诵经传、日谈性命",也是虚伪的,不可以称作"士"。①

由此,申钦形成了一种典型的"仕隐"思想:有道则仕,竭忠尽义;无道则隐,固守穷节。他将归隐与时命世道相联系,不论归隐与否,都将士人节操放在首位。这种思想为他之后的《和陶诗》奠定了一个基调:虽然在归隐中安贫乐道,时而忘情山水,畅谈坐忘;但其心仍旧牵萦天下,并不时发出英雄暮年、但乏知己、时运不济之悲吟。

三、 申钦仕隐观念的形成

申钦的仕隐思想既在性理学笼罩的社会思潮、党争士祸的社会现实此二者双重作用下形成,还与其家庭背景、自身学养有着密不可分的联系。

从时代方面看,前文已讨论过朝鲜时代崇儒的思想背景,申钦对于坚守节操的重视则根源于此。除此思想传统,申钦所处的时代,还有浓郁的出世隐居思潮。十五世纪末至十六世纪中期,朝鲜王朝党争不断,四大士祸相继发生,②尤其是己卯士祸,使士人受到极其深痛的创伤,陷入极度沮丧之中,归隐情绪弥漫一时,纷纷背弃政界,归隐山林,专心治学。权威学者大都退居乡土,私立书院,各立门户,讲学立论,生徒争集门下,致发生政治与学问分离为二的倾向。当时儒者大概可分为三种:一是"绝对遁隐主义者",这些人决心隐退山林,断绝与政界关系,专事治学修行;二是"相对隐逸主义者",这些人虽有时出仕,但本意仍在山林,故

---

① (朝鲜朝)申钦:《象村稿》卷五十八《求正录中》,《丛刊》第 72 册,第 397 页。

② 燕山君时代戊午(1498)、甲子(1504)士祸、中宗时期己卯(1519)与明宗初年乙巳(1545)士祸。

遇环境不佳则退居山林以修学行;三是"见机出山主义者",这些人大都为机会主义者,虽身在山林,但一心只在政界,只要遇到时机便出山为官。① 不论哪一种士人,心中都有隐居思想。

申钦《始作镇军参军经曲阿》言:"幸逢尧舜君,掎袂临亨衢。耻为五侯鲭,植性空自疏。长怀麋鹿群,不愿金紫纡。"说自己有幸遇到尧舜一样圣明的宣祖,便步入仕途。但世道衰微,自己不愿为高官厚禄苟合于俗,心中时时保有隐居的志趣,便是时代思潮在申钦诗中的反映。

从家庭方面看,申钦十八世祖为高丽太师壮节公崇谦,"本贯谷城,初名能山。与卜智谦等翼戴丽祖,统合三韩,为元勋,赐籍平山。丽祖为萱兵所迫,挺身出战,卒代死,人比之纪信"。② 正因为十八世祖为高丽开国功臣之一,其后世代为官,这种家族荣誉感以及报效国家的热情,使得申钦在内心种下家国天下的种子。放归后,他为先父撰写墓表说:

> 不肖孤钦获庀先休,种学绩文。忝窃科第,历践台阁。班跻八座,阶列一品。以宣宗朝原从勋,赠先府君议政府领议政,先妣贞敬夫人。弟鉴亦擢文科,历给谏侍讲,今为牧使。噫! 不肖孤虽不克光于祖宗,亦不敢覆坠前训。而癸丑夏,以宣宗大王遗教株连姻媾,罢归田里。自念成立显扬,罔非先考妣敷遗之余庆;遘值灾衅,良由时命之或舛。唯以不踣于行、无愧于中者,为全归之地,为显亲之义。庶几未及溘先朝露,庸揭烈于墓道,以寓不肖无穷之慕。③

---

① (韩)李丙焘著,(韩)许宇成译:《韩国史大观》,第 321—325 页。

② (朝鲜朝)申钦:《象村稿·象村稿系牒·东阳申氏系牒》,《丛刊》第 71 册,第 264 页。

③ (朝鲜朝)申钦:《象村稿》卷二十五《先府君墓表》,《丛刊》第 72 册,第 68 页。

这种仕进以光耀门楣的思想仍旧可见,亦透露出将自己放归与时命相连之感。虽然他曾自言"本少宦情","只缘早丧父母,门户凋零,不得不拔策决科,以绍先业。而意谓位至州府,可以知止。不幸遭国屯难,奔走内外。逡巡之际,滥叨六卿"。① 但振兴家门的责任感与报效国家的使命感显而易见。

申钦七岁时已父母双亡,"孤而无依",故"与弟鉴往鞠于外氏"。② 十五岁时"聘全义李氏,即清江李公济臣第二女也。受《易》于清江公"。③ 外祖宋麒寿与岳父李济臣是对申钦本人思想的形成有很大影响的两个人。

就宋麒寿而言,他本人就曾身经乙巳士祸,"以母夫人年老,不得不趋列,而实与时冰炭,出按京圻"。④ 两年后,堂兄麟寿"遭祸"身死,他受牵连,直至改朝方受大用,"虽居名宦,恒有超举物外之想,遇山水会心处,辄悠然忘返。仕罢却扫,不憧憧世故。晚以美疢即闲,而忧喜以国,教子弟必以忠孝为先"。⑤ 这仿佛为申钦放归后的生活打下了思想基调,亦即乐天知命、亲近自然,却不免感慨时事、运道不公。宋麒寿"见子婿登显仕,诸孙满前,曰:'吾靡德以堪。忌溢戒得,此吾所佩也。'取欹器鼎铭,

---

① (朝鲜朝)申钦:《象村稿》卷五十三《山中独言》,《丛刊》第 72 册,第 351 页。

② (朝鲜朝)申钦:《象村稿》卷二十五《先府君墓表》,《丛刊》第 72 册,第 67 页。

③ (朝鲜朝)申钦:《象村稿·象村稿年谱》,《丛刊》第 71 册,第 268 页。

④ (朝鲜朝)申钦:《象村稿》卷二十七《右参赞宋公神道碑铭》,《丛刊》第 71 册,第 102 页。

⑤ (朝鲜朝)申钦:《象村稿》卷二十七《右参赞宋公神道碑铭》,《丛刊》第 71 册,第 102—103 页。

为图自警。书《出师表》《归去来辞》"。①申钦放归后,不仅《归去来辞》不离左右,心中还深藏着《出师表》的情怀,这两篇文章反映出在朱子学思想背景、党争士祸的社会现实共同影响下的士人心态,仿佛构成了萦绕在申钦内心的两种思想的基础。

就李济臣而言,他就更加不只是心存山水,文武双全的李公还曾有一段罢还经历。当时,申钦十四岁,一年后与李济臣之女成婚。在《归愚堂记》中,李公说自己看出仕途险恶,罢还如"蚌蜗有甲,亦鷃之枝",并描述其生活:"惟兹二间,幸备俯仰之遗。四围图书,抽绎先古。寄傲南曲,寓兴花竹。日夕佳趣,在彼南山。则浪吟退之《秋怀》之作曰'归愚识夷涂,汲古得修绠'。"②乍看之下,与普通隐居无异,实际上,他仍旧保有对节操的坚守:"杜门息交,日以文籍自娱。有劝公以交欢时望者,公正色曰:'虚受人爵,而实获天谴,孰为利害?'"③

李公罢还转年即又赴官,"晚乘边障起建节,而竟为时所诬,从吏议,缳于西土而卒"④,年仅四十八岁。病危之时,他仍"吟杜少陵'出师未捷身先死'之句,顾语子寿俊曰:'自昔贤人君子如寇莱公辈亦以非辜窜死,如我者尚何恨?圣恩如天,尔等庶几图报也。'"⑤这种归隐与仕进、报国相互交织思想应给十八岁的申钦留下了极深印象。

---

① (朝鲜朝)申钦:《象村稿》卷二十七《右参赞宋公神道碑铭》,《丛刊》第 71 册,第 103 页。

② (朝鲜朝)李济臣:《清江先生集》卷二,《丛刊》第 43 册,第 510 页。

③ (朝鲜朝)李恒福:《白沙先生集》卷四《清江遗事》,《丛刊》第 62 册,第 268 页。

④ (朝鲜朝)申钦:《象村稿》卷三十六《清江集跋》,《丛刊》第 72 册,第 218 页。

⑤ (朝鲜朝)申钦:《象村稿》卷二十四《清江先生墓志铭并序》,《丛刊》第 72 册,第 48 页。

此外,二人在日常生活上都保持着艰苦朴素的作风:宋麒寿为官期间"以近名为耻,不为厓异边幅、芬华趋竞","居第服食,一循俭素","家无媵嬖之私";①李济臣也是"持身清谨,摆脱家累。位至宰列,妻子常假贷于人。然不为皎厉之行以沽于世"。②申钦的妻子更是受到父亲的影响,在申钦"尝忝佐两铨","于西铨又久而累,间有从婢使欲以货款者"的情况下,因夫人李氏言"吾少而事严君无此事,长而奉君子如严君焉,何可以利故重垢吾家范",得以"闺阃日清"。③贬谪之后,申钦仍不忘告诫子孙"惟谨惟俭,惟忠惟信",④也是对于宋李二公精神节操的一种传承。

从个人学养来看,申钦在《玄翁自叙》自言"少志于学,旁通九流",又言"书无所不观",⑤其子所作《先府君领议政文贞公行状》说:"十四悉取濂洛诸贤遗书,旁及佛老,无不推研,领会其旨。参赞公家多藏书,签轴满数楹。府君常入其中,闭户观之,至忘寝食。象纬堪舆,律历算数,阴阳岐黄之书无不涉猎。"⑥

事实上,申钦贫富观念的形成,除"耻贫者不足与言学,欲贵者不足与立节"的典型儒家思想,⑦还与道家思想、邵雍哲学有

---

① (朝鲜朝)申钦:《象村稿》卷二十七《右参赞宋公神道碑铭》,《丛刊》第 71 册,第 102—103 页。

② (朝鲜朝)李恒福:《白沙先生集》卷四《清江遗事》,《丛刊》第 62 册,第 268 页。

③ (朝鲜朝)申钦:《象村稿》卷二十八《亡室李氏行状》,《丛刊》第 72 册,第 133 页。

④ (朝鲜朝)申钦:《象村稿》卷五十八《求正录中》,《丛刊》第 72 册,第 399 页。

⑤ (朝鲜朝)申钦:《象村稿》卷二十一,《丛刊》第 72 册,第 14 页。

⑥ (朝鲜朝)申翊圣:《象村稿》卷十三,《丛刊》第 93 册,第 360 页。

⑦ (朝鲜朝)申钦:《象村稿》卷五十八《求正录中》,《丛刊》第 72 册,第 398 页。

关。他在《大觉赋》中说虚构了玄轩子达到逍遥物外境界,有客"问道所由"的场景,借此表达"物我则一"的情况下,"贱贵同其辙""无物不归于幻灭"的思想。①

"戊申以后,时事大变,朝贵一新",一个曾与申钦一同长大、同朝为官的朋友也抛弃自己平日夙志,"遽萌忧怖之心,遂因左腹攀附宫掖",极尽"媚事诣结"之事。② 至丙辰(1616),申钦即将被谪、栖泊江上之时,亲故纷纷来别,那个朋友与之把酒畅谈。分别数日后,其友中风猝死。申钦由此感到人应安分安命,不可只图利欲,而其思想根源便在于生命意识中的邵雍哲学。一切皆有定分,贫富自不例外:"人生有定分,周公之富贵、颜子之贫贱,皆其分也。"③

如此一来,朝鲜王朝的崇儒思想、现实社会中的归隐思潮,宋、李二公的坚守节操与山水情怀,都与申钦自幼便开始接触的儒释道玄等多种思想融会在一起,形成了他自己以贫富观念为基础的仕隐观念。

四、 与陶渊明之比较

陶渊明身处东晋玄学、佛学盛行的时代,且有着不同的家庭背景、人生经历。经过几次出处,渊明在对人生进行了深刻的思考后,最终慎重抉择,自主选取了归隐的生活方式,其决心更为彻底,对归隐的理解也更加深刻;而申钦的归隐生活肇自放归、被系,并非其自由意志选择的结果,仁祖反正之后,他便辗转入

---

① (朝鲜朝)申钦:《象村稿》卷一,《丛刊》第 71 册,第 316—317 页。

② (朝鲜朝)申钦:《象村稿》卷五十五《春城录》,《丛刊》第 72 册,第 362 页。

③ (朝鲜朝)申钦:《象村稿》卷五十八《求正录中》,《丛刊》第 72 册,第 397 页。

仕，乃至位极人臣。渊明曾写《桃花源记》来描绘心目中的理想社会，而申钦则在"言志"之《内稿》①中写出了《治乱篇》《民心篇》《权臣篇》《士习篇》《财用篇》《用兵篇》《立本篇》《慎分篇》《去蔽篇》《核伪篇》等类似施政纲领的教化社会之方式方法。虽然申钦和陶是在其放归与被系的时候，当时心境也许类似渊明，但根本而言仍旧有异。

关于仕隐，申钦与陶渊明最大的不同在于他将隐居看作一种精神，而非具体的生活形式。申钦和陶之仕隐思想的形成，虽然有着深厚的本国思想渊源，而这种思想本身也有其内在理路，反映出中国自东晋至于唐宋，千百年来士人慕陶诗歌创作中之仕隐思想的变迁。

初唐时期，王维在晚年放弃了自己有道则仕、无道则隐的精神旨趣，再次搬出东晋玄学思想，提出"身心相离，理事俱如"，他便将身居高位以描绘虚构隐居意境的内容，引入山水田园诗歌的创作领域。大历年间，韦应物进一步继承王维的仕隐思想，以田园笔法描写郡斋生活，表现渊明隐逸之志趣，在慕陶诗歌创作上，为后世打开了只重"心迹"而非"行迹"之先河。此后，中唐诗人更注重阐发东晋玄学的"适足"思想。这种思想源于老子"知足"与庄子"适性"的融合，在肯定"物物"的前提下，"不物于物"，亦即以肯定生活层面上的"有所待"为前提，在心理上达到不役于物、不依赖物的境界。以此为基础，白居易进一步提出隐于郡斋的"中隐"思想，以州府郡斋生活表现自己悠游自在的"隐居"志趣，在慕陶诗歌创作方面，进一步扩大创作范围，发展了前人"慕陶"重"心迹"的思想。宋代苏轼在此基础上将前人仕隐思

---

① （朝鲜朝）申钦《象村稿·象村稿自序》："内稿言志，外稿言事。"《丛刊》第 71 册，第 263 页。

想再度发展,纯粹以渊明节操为依归,故其谪居中仍可慕陶,甚至与之合一。① 当申钦因苏轼和陶而和陶的时候,便暗含对于苏轼仕隐思想的接纳。

谁是知音人?

申钦放归被谪,远离亲旧,自然会产生寂寞之感,而他的孤独感却又不止于此,而是渊源于对历史发展状况的失望、社会现实与个人追求的不合,还与对穆陵盛世的怀念有关,有着丰富的内涵,与陶渊明、屈原不尽相同。

一、 孤独感内涵及其形成原因

首先,从自身生活层面来看,申钦放归之后,"自念为世所讳,虽生平亲族,罕有以简帖寄声"。② 担忧连累亲朋,极少与他们主动联络。③ 于是身处异地他乡,"独视息田间……空谷无与传此情者"。④ "罪迹未卜行期,尚滞江上"之时,则是"人事断

---

① 本段对陶渊明思想的论述,参考葛晓音教授在香港浸会大学讲授《陶渊明研究》的课堂讲义。

② (朝鲜朝)申钦:《象村稿》卷三十四《寄清阴》,《丛刊》第 72 册,第202 页。

③ (朝鲜朝)申钦《象村稿》卷三十四《与秋浦》:"城里亲旧时或有寄问者,而答礼外不敢及一言,以其讳恶深也。"《丛刊》第 72 册,第201 页。《象村稿》卷三十五《答赵怡叔》:"废放来,不敢辄寄声于亲旧,诚如病疠者,唯以染污人为惧也。独念贤同病,不至相讳恶,故凭便附区区矣。"《丛刊》第 72 册,第 207 页。

④ (朝鲜朝)申钦:《象村稿》卷三十四《寄清阴》,《丛刊》第 72 册,第203 页。

绝，旅店阒寂"。① 谪居春川，"诸贤落落远迁"，更加远离朋友，于是"峡中孤累，尤无以为心"。② 虽然"亦有农圃子，时时来破颜"，可是"客去复寂然，明月照柴关"。③

正因"伊我去故国，栖栖俶人居"，④与朋侪湖海相隔、参商相望，⑤他才会在现实居住环境中"寂寂四无邻，柴门未尝开"，⑥体味到"峡里绝朋知，无人问所思"⑦的孤独。《读山海经》其十，他表达了对挚友李恒福的深切思念；1617 年（即《和陶诗序》所言万历丁巳），知己黄慎病故，更加重了他孤独的感受——"吾质既已亡，有口谁与言"⑧"顾影转踽踽，生世独奚成"⑨。《还旧居》说："故乡日以远，梦魂亦不归。江城何寂寞，谁慰楚臣悲？"⑩正是他这种去国怀乡、谪居远人之孤独感的真实写照。

---

① （朝鲜朝）申钦：《象村稿》卷三十四《答白沙》，《丛刊》第 72 册，第 199 页。
② （朝鲜朝）申钦：《象村稿》卷三十四《寄清阴》，《丛刊》第 72 册，第 203 页。
③ （朝鲜朝）申钦：《象村稿》卷五十六《庚戌九月中于西园获早稻》，《丛刊》第 72 册，第 376 页。
④ （朝鲜朝）申钦：《象村稿》卷五十六《拟古》其三，《丛刊》第 72 册，第 378 页。
⑤ （朝鲜朝）申钦：《象村稿》卷五十六《贫士》其四，《丛刊》第 72 册，第 380 页。
⑥ （朝鲜朝）申钦：《象村稿》卷五十六《饮酒》其九，《丛刊》第 72 册，第 377 页。
⑦ （朝鲜朝）申钦：《象村稿》卷五十六《拟古》其六，《丛刊》第 72 册，第 378 页。
⑧ （朝鲜朝）申钦：《象村稿》卷五十六《饮酒》其二，《丛刊》第 72 册，第 376 页。
⑨ （朝鲜朝）申钦：《象村稿》卷五十六《饮酒》其三，《丛刊》第 72 册，第 376 页。
⑩ （朝鲜朝）申钦：《象村稿》卷五十六，《丛刊》第 72 册，第 375 页。

其次,经过对于整个历史发展状况的思考,申钦感到"羲农既远,吾谁适从"①的孤独。《饮酒》其二十:②

> 惟天不容伪,薄俗难见真。阶级日以下,谁能复其淳?
> 诗礼还发冢,杨雄献美新。嗟彼桃源子,卒世能避秦。
> 乡原诚可耻,胁肩同光尘。伊我艺六籍,望道力徒勤。
> 生也后尼父,教铎安得亲?断航淹绝潢,滉漾迷去津。
> 空锄邵平瓜,且戴陶翁巾。浩歌振金石,谁是知音人?

天不容奸伪,可是世俗浇薄、难见真淳,世风日下,谁能使其回复真淳呢?《庄子·外物》言"儒以诗礼发冢",汉末扬雄作《剧秦美新》称颂王莽,可见世道人心之沦落已非一日之寒。感叹桃花源里面的人,可以避末世秦时乱。《抱朴子·名实》说:"宁洁身以守滞,耻胁肩以苟合。"③像乡愿那样与世俗同流合污的人是可耻的。希望借儒家精神恢复大道,可既然与孔子生活年代相隔久远,又怎能亲近他的教化呢?韩愈《送王秀才序》云:"故学者必慎其所道。道于杨墨老庄佛之学而欲之圣人之道,犹航断港绝潢以望至于海也。"④世事茫茫,世人迷惑,孔学门径又在哪里呢?秦时邵平辞官归隐后种瓜为生,瓜味甜美;陶渊明隐居,酒熟时便以头上葛巾滤酒。自己现在像他们一样过起隐居的生

---

① (朝鲜朝)申钦:《象村稿》卷五十六《停云》其二,《丛刊》第72册,第371页。

② (朝鲜朝)申钦:《象村稿》卷五十六《饮酒》其三,《丛刊》第72册,第378页。

③ (晋)葛洪著、杨明照撰:《抱朴子外篇校笺》卷二十《名实》,北京:中华书局,1991年,第497页。

④ (唐)韩愈著,刘真伦、岳珍校注:《韩愈文集汇校笺注》卷十,北京:中华书局,2010年,第1114—1115页。

活,可是《楚辞·九歌·少司命》说"望美人兮未来,临风恍兮浩歌",①《荀子·乐论篇》说"金石丝竹,所以道德也",②面对这样的社会现实,诗人长吟道德之歌,谁又能解其中音律呢?申钦常说"人之相知,贵相知心",③他此时此刻孤独的根源便是自古以来的世风日下、世俗浇薄。

　　申钦觉得社会风气并非向上发展,而是"今既不如昔,后当不如兹"。④ 上古时期道德融入了人的生活中,人在其中而不自知。当老子谈道德,想让人们回复到上古古朴真淳的状态,就意味着社会现实的"道德之亡"。"圣贤训人""随世而异",所以后世"孔子不言性命而孟子始说性","周程出而说性,说命,说气,说理,说情",也正表现出社会现实的"人禀愈下而每下愈况"。申钦自己所处的时代距离上古更加久远,既然"三代乃古之叔世",那"今日"就更加是"汉唐之叔世",所以自然"道术分裂,百变俱作,脔卷伦囊而脊脊太乱",⑤以至于"世道渐多愆""颓俗日以愈",而且淳朴的风尚无人能够复还。⑥ 面对历史发展,他曾

---

① (宋)洪兴祖撰,白化文等点校:《楚辞补注》卷二,北京:中华书局,1983 年,第 73 页。

② (清)王先谦撰,沈啸寰、王星贤点校:《荀子集解》卷十四《乐论篇第二十》,北京:中华书局,1988 年,第 382 页。

③ (朝鲜朝)申钦:《象村稿》卷三十四《答吴汝益》《答洪辉世》,《丛刊》第 72 册,第 206、213 页。

④ (朝鲜朝)申钦:《象村稿》卷五十六《拟古》其六,《丛刊》第 72 册,第 378 页。

⑤ (朝鲜朝)申钦:《象村稿》卷三十六《书道德经后》,《丛刊》第 72 册,第 229 页。

⑥ (朝鲜朝)申钦:《象村稿》卷五十六《和张常侍》,《丛刊》第 72 册,第 375 页。

极度感慨世道不平、天道不公。① 他觉得,自古至今,秦汉唐宋
上下三千年,贤臣君子本自不多,又尽皆不得志,小人却往往得
意一时。基于这样的总结,他看到"贤人君子生乎世"的不幸:被
小人"摈斥"、谗谮,乃至被囚,至死"始褒崇赞美以媚人",激愤
中,他甚至发出"岂天之所好恶亦与小人同耶"的感叹。② 经过
诸多思考,申钦真切感受到民风真淳不再,他的孤独也正是来自
对于上古以来整体社会风俗发展状况的失望。

　　再其次,社会现实与个人追求的矛盾是申钦孤独感的又一
层面。《和郭主簿二首》:③

　　　　朔吹号长林,天际冻云阴。端居守块独,谁与语冲襟?
　　　　闲愁积如丘,聊复理瑶琴。古调我所爱,还恐坐非今。
　　　　繁声悦人耳,哇音匪台钦。何当倾北斗?手汲南溟斗。
　　　　世无钟氏子,峨洋空自音。独乐亦云乐,不用求盍簪。
　　　　逍遥万物表,此意深复深。

　　　　惟松有直干,惟竹有劲节。不受霜雪欺,挺然独清澈。

---

① (朝鲜朝)申钦《象村稿》卷四十三《外稿》第三《汇言三》:"秦以宦
　寺乱,亡于草莱之兵。汉以外戚乱,亡于权臣之手。唐以朋党乱,
　亡于藩镇之起。宋以权臣乱,亡于外寇之侵。上下三千年间,贤
　君贤臣,指不多屈。而小人即必得志,君子即必失志。天乎? 人
　乎? 懵莫知其故。吁!"《丛刊》第 72 册,第 310 页。
② (朝鲜朝)申钦《象村稿》卷四十三《外稿》第二《汇言二》:"贤人君
　子之生乎世,岂非不幸也耶? 生则摈斥之,惟恐一日立乎朝;甚者
　目以奸党,目以反逆,以动时君之听,期于拘囚斩伐,备极困辱乃
　已。没,始褒崇赞美以媚人。岂天之所好恶亦与小人同耶?"《丛
　刊》第 72 册,第 308 页。
③ (朝鲜朝)申钦:《象村稿》卷五十六《和张常侍》,《丛刊》第 72 册,
　第 374 页。

收为庭畔友,凛凛称两绝。翳彼桃与李,卑贱得敢列。
亦有东篱菊,并作花中杰。伊我托素襟,泂迹传真诀。
壶觞空自斟,磊落消岁月。

第一首诗说,自己在恶劣的环境下独自形容枯槁,旷淡的胸怀无人可谈。《楚辞·九辩》说:"块独守此无泽兮,仰浮云而永叹。"①既然愁情无可化解,只得再次弹琴,并用"复"字强化表现了愁情出现之频繁。"今人难语言,抗志在古昔",②自己如此喜欢古调,恐怕还是因为对于现今世道的不认同。浮靡的音乐取悦人耳,鄙俗的音乐难登大雅。时光飞逝,青春不再,可自己如同伯牙一般弹琴,却始终遇不到钟期,无人解听。尽管如此,独乐也是一种乐趣,不必有朋友。优游宇宙万物,其中自有深意。庄子说"出入六合,游乎九州,独往独来,是谓独有。独有之人,是之谓至贵",有一种"独往"的乐趣。可是,"我有万重怀,山水不解言",③申钦的乐趣建立在"世无钟氏子"的基础之上,基于无人"语冲襟""闲愁如丘",所以这种乐趣可以看作如同前文所言弹琴长歌、徜徉山水一般,只是一种面对世道变迁、无人理解所采用的排解孤寂的方法罢了。

紧接着,第二首诗就回归到对于操守的坚持。诗人以桃李喻指小人,起到衬托的作用,直以松竹、菊花岁寒后凋的精神品质自比。既然松竹、菊花与自己的襟抱泯然相合,其志向操守也就不言自明。

第一首诗中,诗人对于时光流逝表现出一种极其强烈的敏

---

① (宋)洪兴祖撰,白化文等点校:《楚辞补注》卷八,第188页。
② (朝鲜朝)申钦:《象村稿》卷五十六《移居》其一,《丛刊》第72册,第374页。
③ (朝鲜朝)申钦:《象村稿》卷五十六《读山海经》其五,《丛刊》第72册,第381页。

感,可第二首诗中,诗人却写对月饮酒、消磨岁月,无限怅然,无奈之感更加深化,而在这种情况下仍可写出的"磊落"二字,也就更加凸显出诗人孤傲不挠的节操。

那么申钦看到的社会现实又是怎样的呢?自光海即位,"大狱岁起,人之起家拔迹者,莫不由告变由内通。大则歃血盟坛,为卿为相;小则绾青带紫,得意横行。不由此途者,莫不嵚崎沦落,甚则得罪陷宪。虽免于死,率皆流放。故嗜利无耻者,攀附左腹,罔有纪极。至有杂菜尚书、沈菜政丞之语行于世。盖以杂菜、沈菜进御而得幸也"。① 面对冤案迭出、世人汲汲富贵权位而不惜害人的景象,申钦不禁感叹:"盗跖死牖下,田常享齐国。世道尽如斯,欲语还自默。"②经历癸丑一祸,他亲历了"世上非乏交游,末路皆露真形";③亲见了正人君子身居草野、郁郁不得志,小人却身居要职、尸位素餐。④

操守方面,申钦觉得,士人是"藏器于身,待用于国者",具体而言,要做到尚志、敦学、明礼、秉义、矜廉、善耻,不汲汲于世。所谓儒,便是"士而得士之行者","孔子所谓儒行是也"。⑤ 只有做到这些、坚持这些,才是真正的士人。观念上对于"士"深入骨

---

① (朝鲜朝)申钦:《象村稿》卷五十五《春城录》,《丛刊》第 72 册,第 360 页。

② (朝鲜朝)申钦:《象村稿》卷五十六《饮酒》十八,《丛刊》第 72 册,第 378 页。

③ (朝鲜朝)申钦:《象村稿》卷三十四《寄清阴》,《丛刊》第 72 册,第 202 页。

④ (朝鲜朝)申钦《象村稿》卷五十六《杂诗》其九:"乔松藏壑底,夭草居崇颠。公议在草野,廊庙但素餐。"《丛刊》第 72 册,第 380 页。

⑤ (朝鲜朝)申钦:《象村稿》卷四十一《士习篇》,《丛刊》第 72 册,第 298 页。

髓的理解,促使申钦始终坚持"颓波之中,不失初服"。①

申钦自言本性"寡可寡合",自为官起便"未尝作夏畦态色",不曾攀附权贵。② 他的遭谗被贬即"非由自作",③而是"寡合之害"。④ 田居四年,他"日得京信。非告变杀人,必论启黜人。且以吾辈四人为注,期于刘蕡而后已",⑤即使再遭贬谪,他也坚持"余幼好奇服,矢心终不改"。⑥

面对社会上极少有人可以保持父子、兄弟、夫妇伦常,甚至"下贼上,君诈臣",⑦申钦仍旧坚守"为善最乐,非贤不亲";⑧面对世人都各自为生计、利禄奔波,他仍旧遵循钻研诗书、"率性修道"。⑨ 被谗放归,深感无辜,"虽使圣贤当之","唯杜门静坐,涤虑洗心","如此而止"。⑩ 即使持续多年遭受谗言,他感到"众口共铄金,幽忧少暇豫",⑪也仍旧以"程叔子回自涪陵,髭发胜昔;刘元城逼死万般,操履愈确"的事例为榜样,以"大贤君子处困居

----

① (朝鲜朝)申钦:《象村稿》卷三十四《答吴汝益后稿》,《丛刊》第 72 册,第 206 页。

②④ (朝鲜朝)申钦:《象村稿》卷五十三《山中独言》,《丛刊》第 72 册,第 352 页。

③⑩ (朝鲜朝)申钦:《象村稿》卷三十四《答白沙》,《丛刊》第 72 册,第 197 页。

⑤ (朝鲜朝)申钦:《象村稿》卷五十五《春城录》,《丛刊》第 72 册,第 364 页。

⑥ (朝鲜朝)申钦:《象村稿》卷五十六《拟古》其九,《丛刊》第 72 册,第 379 页。

⑦ (朝鲜朝)申钦:《象村稿》卷四十三《汇言三》,《丛刊》第 72 册,第 310 页。

⑧⑨ (朝鲜朝)申钦:《象村稿》卷五十六《答庞参军》其二,《丛刊》第 72 册,第 371 页。

⑪ (朝鲜朝)申钦:《象村稿》卷五十六《杂诗》其五,《丛刊》第 72 册,第 379 页。

坎之道"自勉,重新回到自己"君子信乎己而已"①的准则,仍旧
"守志居贞以为归根复命之地"。②

《赠羊长史》说:"毁固起浸润,誉亦有不虞。毁誉于吾何?唯
须理我书。正气伸物表,外饰奚必都?形骸虽已忘,大闲矢不逾。
道岂远于人?德以敬为舆。"③诋毁的话像水那样一点一点浸润,
赞美也会在意想不到的时候出现。可不管是诋毁还是赞美,于我
又有什么关系呢?我关心的只是我的书罢了。浩然正气自可延
伸至世俗之外,又何必将外表粉饰时尚呢?自己虽像《晋书·阮
籍传》所言"嗜酒能啸,善弹琴,当其得意,忽忘形骸",④可自己却
仍旧会坚持道德行为的规范。大道难道是远离人境的吗?德操
以恭敬为辅。正是这种坚持,使他不合于光海朝趋名逐利的世
俗,使他自主选择"杜门喜绝俗"⑤"孤居捐世事,自与世情疏"⑥。

　　基于对社会现实的不满,申钦的孤独还包含着对于盛世的追
求。宣祖朝在朝鲜历史上被称作"穆陵盛世",曾为乙巳士祸平反、
重用大批贤才,申钦感叹"穆陵初年之治为我朝之冠"。⑦　而紧随其

----

① (朝鲜朝)申钦《象村稿》卷四十三《汇言三》:"汲黯平生好直谏,孤
　　立无党,而卒令终。张汤舞智饰诈,专阿主意,而卒不良死。祸福
　　固不可以智巧免,君子信乎己而已。"《丛刊》第 72 册,第 310 页。

② (朝鲜朝)申钦:《象村稿》卷三十四《与秋浦》,《丛刊》第 72 册,第
　　201 页。

③ (朝鲜朝)申钦:《象村稿》卷五十六《杂诗》其五,《丛刊》第 72 册,第
　　374—375 页。

④ 《晋书》卷八二《列传》第五二,第 1359 页。

⑤ (朝鲜朝)申钦:《象村稿》卷五十六《饮酒》十二,《丛刊》第 72 册,第
　　377 页。

⑥ (朝鲜朝)申钦:《象村稿》卷五十六《读山海经》其一,《丛刊》第 72
　　册,第 381 页。

⑦ (朝鲜朝)申钦:《象村稿》卷五十三《山中独言》,《丛刊》第 72 册,
　　第 352 页。

后的光海朝在朝鲜历史上却以昏暗著称。申钦自感"生也后仲尼",①"圣路湮已久",②且如今是"仪凤不复来,百鸟何啾喧。圣人不复作,众家割据偏"。③ 凤凰是典型的儒家盛世象征,可不论是清平盛世还是大圣至贤,均已一去不返:④

> 崔苇莽连天,蠢蠕犹群飞。如何青田鹤,失俦鸣独悲?
> 非无鸡与鹜,鸡鹜那可依?丹山有孤凤,层翮何时归?
> 岂不欲相和?岐周道已衰。复闻清唳音,似恨徒侣违。

诗人运用比兴寄托写出世事不平、小人得势的现实状况,也写出自己不与小人为伍、德操无人理解的孤独。诗人想要与凤凰为伴,可是世道衰微,凤凰不还,满是小人横行,自己坚守节操则无以为友。基于个人际遇,申钦的孤独感中融入了盛世不再的大感伤中。

二、 与陶渊明、屈原比较

陶渊明自主选择隐居,远离亲故的生活自然会引发一种寂寞,他写作《停云》,自言"思亲友也",⑤就是这种孤独感的表现;而屈原放谪远游,同样存在去国怀乡、思念故土之感,孤独感的表层上,不论申钦还是渊明、屈原,都是相同的。

然而,陶渊明看透了社会整体发展的世风日下、人心不古。他在《感士不遇赋序》说:"自真风告逝,大伪斯兴。闾阎懈廉退之节,

---

① (朝鲜朝)申钦:《象村稿》卷五十六《示周倞》,《丛刊》第 72 册,第 373 页。
② (朝鲜朝)申钦:《象村稿》卷五十六《饮酒》十六,《丛刊》第 72 册,第 377 页。
③ (朝鲜朝)申钦:《象村稿》卷五十六《饮酒》其五,《丛刊》第 72 册,第 376 页。
④ (朝鲜朝)申钦:《象村稿》卷五十六《饮酒》其四,《丛刊》第 72 册,第 376 页。
⑤ (晋)陶渊明撰,袁行霈笺注:《陶渊明集笺注》卷一,第 1 页。

市朝驱易进之心。怀正志道之士，或潜玉于当年；洁己清操之人，或没世以徒勤。故夷皓有安归之叹，三闾发已矣之哀。"①可是，渊明由此而生的是"士之不遇，已不在炎帝帝魁之世"的哀叹，②他对于王道已再无期待之情，故而才会更加坚定自己退隐的决心。

申钦如渊明一般感受到了"羲农去我久，举世少复真"，③屈原在《天问》中也表现出自己对于整个历史发展与社会现状的思考，二人都在对现实失望的同时，有一种对盛世、王道的怀念。申钦之子为宣祖驸马，他与宣祖有姻亲关系，这与具有楚国宗室身份的屈原相似。屈原不被楚王重用，在《离骚》中也曾多次严别正邪，表现对楚怀王亲贤臣、远小人的期盼，这与申钦感怀穆陵盛世的思想内涵一致，都是对王道的期盼，而不同于渊明对于历史、现实的彻底失望。

尽管如此，在孤独感产生的深层次上，不论是申钦、渊明还是屈原，其根源也都是大致相同的。陶渊明的孤独感中包含一种昏沉的时代氛围中缺乏知音共话平生的孤独和寂寞。他常在诗里期盼知音，《怨诗楚调示庞主簿邓治中》结尾说"慷慨独悲歌，钟期信为贤"，④正是希望自己像伯牙、钟期那样遇到知音。渊明在诗中屡次用到张仲蔚和刘龚的故事。汉代张仲蔚隐居，所居蓬蒿没人，只有好友刘龚（字孟公）是他的知己。《饮酒》十六后半首说："竟抱固穷节，饥寒饱所更。敝庐交悲风，荒草没前庭。披褐守长夜，晨鸡不肯鸣。孟公不在兹，终以翳吾情。"⑤叹息自己与张仲蔚同样为保住固穷节，过着如此艰苦的日子，却没有孟公那样的知己可以诉说衷情。《咏贫士》其六明白地说出了

① （晋）陶渊明撰，袁行霈笺注：《陶渊明集笺注》卷五，第 431 页。

② （晋）陶渊明撰，袁行霈笺注：《陶渊明集笺注》卷五，第 432 页。

③ （晋）陶渊明撰，袁行霈笺注：《陶渊明集笺注》卷三《饮酒》其二十，第 282 页。

④ （晋）陶渊明撰，袁行霈笺注：《陶渊明集笺注》卷二，第 108 页。

⑤ （晋）陶渊明撰，袁行霈笺注：《陶渊明集笺注》卷三，第 271 页。

自己"举世无知者"的寂寞和孤独就是因为"寔由罕所同"。①

　　申钦如屈原一般的被谗经历,使得他不禁想到屈原。②《拟古》其八说:"客从何方来?击节歌《远游》。远游君莫问,连年客他州。"③屈原形象直接入诗,更加有了以屈原自比的色彩。他在《贫士》其三中运用了阳春白雪、曲高和寡的典故,写出身陷谪所,襟抱无人理解的孤独。④ 而其原因则在于世风浇薄,高洁之士反被忌恨,高雅之道无人赏识。在《丙辰八月中于下澨田舍获》中,⑤曲高和寡之感再次出现,诗人以富有道德、天性不与世俗为伍的"孤凤"自比,更加体现出"肝胆郁未平,谁来共剖析"⑥这种深刻的寂寞。《饮酒》其七,他更加效法屈原,借用比兴寄托的方法,借《离骚》,说出自己的失意与神情恍惚。⑦ 其中蕴含的正是屈原"独清""独醒"的孤独。

---

① (晋)陶渊明撰,袁行霈笺注:《陶渊明集笺注》卷四,第 375 页。

② (朝鲜朝)申钦《象村稿》卷三十四《寄清阴》:"借令左徒与吾辈偕生,则不识《骚》中又添何等格外懊恼语尔? 左徒所遭,特上官一时贝锦已。方之今日之难,岂非眇少也耶?"《丛刊》第 72 册,第 203 页。

③ (朝鲜朝)申钦:《象村稿》卷五十六,《丛刊》第 72 册,第 379 页。

④ (朝鲜朝)申钦:《象村稿》卷五十六《贫士》其三:"昔在金陵庐,按歌调瑶琴。峨洋不足证,窅默咸池音。暨来作湘累,此乐慨难寻。徽弦谁复鼓,樽酒谁复斟? 薄俗忌高标,雅道无人钦。独兹抱冲襟,畴欤谐余心?"《丛刊》第 72 册,第 380 页。

⑤ (朝鲜朝)申钦:《象村稿》卷五十六《丙辰八月中于下澨田舍获》:"我来寿春城,赁屋东南限。兀兀坐如痁,谁能知我怀? 岂无匣中弦? 调高寡所谐。孤凤初来仪,五彩异群鸡。禀性绝俦侣,举翅还遭回。俗情苦险巇,烈士徒悲哀。"《丛刊》第 72 册,第 376 页。

⑥ (朝鲜朝)申钦:《象村稿》卷五十六《移居》其一,《丛刊》第 72 册,第 374 页。

⑦ (朝鲜朝)申钦:《象村稿》卷五十六《饮酒》其七:"枳棘何蓁蓁,兰芷何英英。芳臭溷一途,如何伤我情。謇余郁佗傺,有怀谁与倾?"《丛刊》第 72 册,第 377 页。

正因为孤独感的深层根源在于缺乏同道的理解，所以渊明才会常在诗中将自己比作孤鸟、孤松、孤云，而这种因世上无人能够理解自己的思想、操守和追求所带来的孤独感，与屈原的"独清""独醒"是一脉相承的。

事实上，大凡士人在精神节操达到很高境界，都会因不合于俗而产生最深层之孤独感，他们期盼知音所表现的，也正是"知音徒自惜，聋俗本相轻"。① 自屈原以下，这种深层之孤独感时时出现，如果深埋于心，便是阮籍穷途之哭、渊明"八表同昏"之叹，以及李白在《送蔡山人》中所言"我本不弃世，世人自弃我"；②如果将其呐喊而出，便是柳宗元的一句"希声阒大朴，聋俗何由聪"。③ 士人坚守节操却不被世俗之大多数所理解，面对这种现实，他们重新对社会乃至整个历史进行思考，以期找到自身的位置、找到自身真正的价值所在。屈原、渊明之孤独皆深源于此，而申钦《和陶诗》所表现之孤独感也正与此相同。④

与苏轼《和陶诗》思想比较

苏轼在韩国古代有着很大的影响。徐居正曾说"高丽文士专尚东坡，每及第榜出，则人曰'三十三东坡出矣'"，并举权适诗佐证。⑤

---

① （唐）孟浩然撰，李景白校注：《孟浩然诗集校注》卷三《赠道士参寥》，北京：中华书局，2018年，第288页。

② （唐）李白撰，安旗等笺注：《李白全集编年笺注》卷六《送蔡山人》，北京：中华书局，2015年，第641页。

③ （唐）柳宗元著：《柳宗元集》卷四十二《初秋夜坐赠吴武陵》，北京：中华书局，1979年，第1134页。

④ 对于陶渊明、屈原等人孤独感的分析，参考葛晓音教授在香港浸会大学讲授《陶渊明研究》的课堂讲义。

⑤ （朝鲜朝）徐居正《东人诗话》卷："文章所尚随时不同。古今诗人推李杜为首，然宋初杨大年以杜为村夫子，酷爱李长吉 （转下页）

梁庆遇《壶谷诗话》也说："国初以来专尚东坡。"①至申钦时期，诗歌风尚虽有变化，但苏轼的影响仍旧不可忽视，如郑澈为诗主苏黄、许筠少学东坡。②申钦亦自少学习苏轼诗文，③尝言素好东坡之"旷然而达"。④被谪期间，作诗有暗合东坡者，竟"喜其暗合，仍存而不改之"。洪万宗说，申钦之所以作诗时候不觉流出东坡之诗，正是因为对苏诗烂熟于心。⑤四十九岁时，申钦因东坡和李白《紫极宫》而再和；五十二岁和陶，同样出于效法东坡，出

（接上页）诗，时人效之。自欧苏梅黄一出，尽变其体。然学黄者尤多，江西宗派是已。高丽文士专尚东坡，每及第榜出，则人曰：'三十三东坡出矣。'高元间，宋使求诗，学士权适赠诗曰：'苏子文章海外闻，宋朝天子火其文。文章可使为灰烬，千古芳名不可焚。'宋使叹服。其尚东坡可知也已。"蔡美花、赵季主编：《韩国诗话全编校注》，第 185 页。

① （朝鲜朝）南龙翼：《壶谷诗话·诗评·东诗》，蔡美花、赵季主编：《韩国诗话全编校注》，第 2201 页。

② （朝鲜朝）李晔光《芝峰类说》卷十四《文章部七·诗艺》："郑湖阴为诗主苏黄，晚年甚悔之，每读樊川、义山。许荷谷少学东坡，后喜《唐音》、李白，自言欲变前习而未能。林石川号为学李白者，而常读《乐天集》云。以前辈之文章才艺尚如此，岂苏黄易染而李白难学故欤？"蔡美花、赵季主编：《韩国诗话全编校注》，第 1345 页。

③ （朝鲜朝）李德泂《竹窗闲话》："申相国钦号象村，天姿英敏，高材间世。年才十余，文名已振。时有宋君眉老颇解东坡，又有能诗声，世之学东坡者皆归焉。常聚学徒试诗赋，年少才名之士闻风争赴。有同黉序战艺之场，公时年十四亦预其中。"

④ （朝鲜朝）申钦：《象村稿》卷三十《自赞并序》，《丛刊》第 72 册，第 145 页。

⑤ 《诗评补遗》："玄翁《江上录》云：余逐而东也，作诗有句曰：'孟德岂能容北海，幼安还欲老辽东。'未久，阅《东坡集》，乃坡翁全句也，喜其暗合，仍存而不改之云。所谓暗合者，虽语意酷似，似无字字相合之理。或意凡人看书，若眼目已惯，则后虽不能记谁氏作，而吟咏之际忽然流出，有若自己所出者然。玄翁此句亦出于不觉其自来而来耶？"蔡美花、赵季主编：《韩国诗话全编校注》，第 2428 页。

于对渊明、东坡二人的双重景慕，申钦写作一百二十余首《和陶诗》。

既然申钦于苏轼有着如此深厚的“渊源”，那么申钦所理解的陶渊明，是真正的陶渊明，还是苏轼笔下的陶渊明呢？除却写作缘由，苏轼《和陶》究竟于申钦有怎样的影响呢？

现将申钦与苏轼《和陶》篇目列表如下：

<table>
<tr><th colspan="4">和诗篇目</th><th colspan="2">前言有无</th><th colspan="3">诗篇数量</th></tr>
<tr><td rowspan="5">四言</td><td>陶渊明</td><td>申钦</td><td>苏轼</td><td>陶</td><td>苏</td><td>陶</td><td>申</td><td>苏</td></tr>
<tr><td>停云</td><td>停云</td><td>停云</td><td>○</td><td>○</td><td>4</td><td>4</td><td>4</td></tr>
<tr><td>时运</td><td>时运</td><td>时运</td><td>○</td><td>○</td><td>4</td><td>4</td><td>4</td></tr>
<tr><td>答庞参军</td><td>答庞参军</td><td>答庞参军</td><td>○</td><td>○</td><td>6</td><td>6</td><td>6</td></tr>
<tr><td>劝农</td><td>劝农</td><td>劝农</td><td>×</td><td>○</td><td>6</td><td>6</td><td>6</td></tr>
<tr><td rowspan="13">五言</td><td rowspan="3">形影神并序</td><td>形赠影</td><td>形赠影</td><td rowspan="3">○</td><td>×</td><td rowspan="3">3</td><td>1</td><td>1</td></tr>
<tr><td>影答形</td><td>影答形</td><td>×</td><td>1</td><td>1</td></tr>
<tr><td>神释</td><td>神释</td><td>×</td><td>1</td><td>1</td></tr>
<tr><td>九日闲居</td><td>九日闲居</td><td>九日闲居</td><td>○</td><td>○</td><td>1</td><td>1</td><td>1</td></tr>
<tr><td>归园田居五首</td><td>归园田居六首</td><td>归园田居</td><td>×</td><td>○</td><td>5</td><td>6</td><td>6</td></tr>
<tr><td>游斜川</td><td>游斜川</td><td>游斜川</td><td>○</td><td>×</td><td>1</td><td>1</td><td>1</td></tr>
<tr><td>示周续之祖企谢景夷三郎时三人共在城北讲礼校书</td><td>示周掾</td><td></td><td>×</td><td>×</td><td>1</td><td>1</td><td></td></tr>
<tr><td>乞食</td><td>乞食</td><td>乞食</td><td>×</td><td>×</td><td>1</td><td>1</td><td>1</td></tr>
<tr><td>怨诗楚调示庞主簿邓治中</td><td>怨诗楚调示庞参军邓治中</td><td>怨诗楚调示庞主簿邓治中</td><td>×</td><td>×</td><td>1</td><td>1</td><td>1</td></tr>
<tr><td>答庞参军</td><td>答庞参军</td><td>答庞参军</td><td>○</td><td>×</td><td>1</td><td>1</td><td>1</td></tr>
<tr><td>五月旦作和戴主簿</td><td>和戴主簿</td><td>五月旦作和戴主簿</td><td>×</td><td>×</td><td>1</td><td>1</td><td>1</td></tr>
<tr><td>连雨独饮</td><td>和连雨忆旧游</td><td>连雨独饮</td><td>×</td><td>×</td><td>1</td><td>1</td><td>2</td></tr>
</table>

续表

和诗篇目			前言有无		诗篇数量		
五言	移居二首	移居二首	移居	× ○	2	2	2
	和刘柴桑	和刘柴桑	和刘柴桑	× ×	1	1	1
	酬刘柴桑	酬刘柴桑	酬刘柴桑	× ×	1	1	1
	和郭主簿二首	和郭主簿二首	和郭主簿	× ○	2	2	2
	于王抚军座送客	送客	于王抚军座送客	× ×	1	1	1
	与殷晋安别	与殷晋安别	与殷晋安别	○ ×	1	1	1
	赠羊长史	赠羊长史	赠羊长史	○ ○	1	1	1
	岁暮和张常侍	和张常侍	岁暮作和张常侍	× ×	1	1	1
	和胡西曹示顾贼曹	和胡西曹	和胡西曹示顾贼曹	× ×	1	1	1
	始作镇军参军经曲阿	始作镇军参军经曲阿	始作镇军参军经曲阿	× ×	1	1	1
	辛丑岁七月赴假还江陵夜行途口	江陵夜行途中	辛丑岁七月赴假还江陵夜行涂口	× ×	1	1	1
	癸卯岁始春怀古田舍二首	怀古田舍	癸卯岁始春怀古田舍	× ○	2	2	2
	乙巳岁三月为建威参军使都经钱溪	乙巳岁三月	乙巳岁三月为建威参军使都经钱溪	× ×	1	1	1
	还旧居	还旧居	还旧居	× ×	1	1	1
	己酉岁九月九日	己酉九月九日	己酉岁九月九日	× ○	1	1	1
	庚戌岁九月中于西园获早稻	庚戌九月中于西园获早稻	庚戌岁九月中于西田获早稻	× ○	1	1	1
	丙辰岁八月中于下潠田舍获	丙辰八月中于下潠田舍获	丙辰岁八月中于下潠田舍获	× ×	1	1	1

续表

和诗篇目				前言有无		诗篇数量		
五言	饮酒二十首	饮酒	饮酒	○	○	20	20	20
	止酒	止酒		×	○	1	1	1
	拟古九首	拟古	拟古 另和《拟古第五》为《和东方有一士》	×	×	9	9	9 / 1
	杂诗十二首	杂诗	杂诗	×	×	12	11	11
	咏贫士七首	贫士	咏贫士	×	○	7	7	7
	咏二疏		咏二疏	×	×	1		1
	咏三良		咏三良	×	×	1		1
	咏荆轲	荆轲		×	×	1	1	1
	读山海经十三首	读山海经	读山海经	×	○	13	13	13
	桃花源记并诗		桃花源	×	○	1		1

由此可见，二人和陶篇目大体相同，小序方面却有较大区别。苏诗小序内容主要是具体生活实境，数量明显多于渊明。如和《咏贫士七首》，也在诗前引中言明生活状况；[①]又如和《归园田居》，先叙述"三月四日"那天的出游、与农人的交往，后因"闻儿子过诵渊明《归园田居》诗六首"，"乃悉次其韵"。[②]

相形之下，申钦和陶大致仅《饮酒》序"秋浦之亡，悲不自持，

___

① （宋）苏轼撰，（清）王文诰辑注，孔凡礼点校：《苏轼诗集》卷三十九《和陶贫士七首并引》，第 2136 页。

② （宋）苏轼撰，（清）王文诰辑注，孔凡礼点校：《苏轼诗集》卷三十九《和陶归园田居六首并引》，第 2104 页。

诗以遣怀"、其三序"亦为秋浦作",①《读山海经》其十序"此怀白沙"②、其十二序"亦悼秋浦作"③等寥寥数字。申钦和陶诗序数量不及渊明,更不及东坡,内容也无关田居生活场景。

不仅如此,申钦与苏轼的和陶诗内容也有很大区别,这主要体现在是否触及田园生活层面。申钦只是"舒啸步南涧,禽鱼自来亲。呼童理游屐,酤酒邀西邻"④"村家风俗淳,迎迓无近远"⑤等数句简单勾勒,显示诗作确为自身生活经历,非如隐于郡斋者对渊明生活的想象性模仿。其余和诗,则多有如"人才亦何常? 拾遗平斗量"⑥等对世道不公、人心不古、无人理解的感慨。

与申钦不同,苏轼和陶诗内容大都与小序相合,是大量的田园生活情境描绘。如《和陶归园田居》其四:"老人八十余,不识城市娱。造物偶遗漏,同侪尽丘墟。平生不渡江,水北有幽居。手插荔支子,合抱三百株。莫言陈家紫,甘冷恐不如。君来坐树下,饱食携其余。归舍遗儿子,怀抱不可虚。有酒持饮我,不问钱有无。"⑦直为小序"有父老年八十五"⑧这一情境的特写。这

---

① (朝鲜朝)申钦:《象村稿》卷五十六,《丛刊》第72册,第376页。
② (朝鲜朝)申钦:《象村稿》卷五十六,《丛刊》第72册,第381页。
③ (朝鲜朝)申钦:《象村稿》卷五十六,《丛刊》第72册,第382页。
④ (朝鲜朝)申钦:《象村稿》卷五十六《杂诗》其一,《丛刊》第72册,第379页。
⑤ (朝鲜朝)申钦:《象村稿》卷五十六《怀古田舍》,《丛刊》第72册,第375页。
⑥ (朝鲜朝)申钦:《象村稿》卷五十六,《丛刊》第72册,第379页。
⑦ (宋)苏轼撰,(清)王文诰辑注,孔凡礼点校:《苏轼诗集》卷三十九,第2105—2106页。
⑧ (宋)苏轼撰,(清)王文诰辑注,孔凡礼点校:《苏轼诗集》卷三十九《和陶归园田居六首并引》,第2104页。

是否因为申钦贬居期间，田园生活少有与陶相类之处，而无法如东坡一般进行大量描绘呢？答案恐怕是否定的。如申钦曾"新构小茨在山中深谷，当夏绿阴四垂，远浦极目。独坐终日，唯闻流莺送声"，并就此口占一绝一律。① 可见其生活中不乏苏轼《和陶归园田居》所表现的田居景色与惬意心情，这与渊明"久去山泽游，浪莽林野娱"②也正相吻合。又如，申钦《癸丑冬至大雪》说"拾薪烹豆粥，挑菜备盘辛"，③也与东坡"衣食渐窘""樽俎萧然"④的困苦、渊明"饥来驱我去，不知竟何之"⑤的窘境相合。可是，申钦却并未将此写入和陶诗或序，他与苏轼的差别不在实际经历，而在和陶的选材。

造成苏轼、申钦二人和陶诗、序选材不同的原因，是否在于二人慕陶的方式，亦即是更重行迹还是更重精神的差别呢？自大历年间，韦应物继承王维的思想，以田园笔法写郡斋生活，表现渊明隐逸志趣，在慕陶诗歌创作上，为后世打开重"心迹"非"行迹"之先河。白居易进一步提出隐于郡斋之"中隐"思想，用州府郡斋生活表现自己悠游自在的"隐居"志趣，进一步发展了前人"慕陶"重"心迹"的思想、扩大了慕陶诗歌的创作范围。在此基础上，苏轼将前人仕隐思想再度发展，崇慕陶之精神，而非一味追慕行迹，至纯粹以思想为依归，故其谪居中仍可慕陶，有

---

① （朝鲜朝）申钦：《象村稿》卷五十三《山中独言》，《丛刊》第 72 册，第 351 页。

② （晋）陶渊明撰，袁行霈笺注：《陶渊明集笺注》卷二《归园田居》其四，第 86 页。

③ （朝鲜朝）申钦：《象村稿》卷十，《丛刊》第 71 册，第 393 页。

④ （宋）苏轼撰，（清）王文诰辑注，孔凡礼点校：《苏轼诗集》卷三十九《和陶贫士七首并引》，第 2136 页。

⑤ （晋）陶渊明撰，袁行霈笺注：《陶渊明集笺注》卷二《乞食》其四，第 103 页。

感其为人,甚至与之合一。① 对苏轼的这种认识,申钦也觉得:"达人旷识,意在骊黄之外,若以出处屈伸为标的而二之者,糟粕论也。"②事实上,不论是申钦还是苏轼,他们所注重的,都是渊明的精神,而非生活情境,而当申钦因苏轼和陶而和陶的时候,也就暗含了对苏轼慕陶方式的吸收。

可既然苏轼与申钦所看重的,都是渊明的精神而非行迹,又为何仍和诗内容的选材会大相径庭呢? 而且,申钦和陶创作缘由有踵慕苏轼的成分,慕陶思想也体现出对苏轼的认同,那申钦所领悟的陶渊明会是间接来自苏轼吗?

苏轼眼中的陶渊明,是不为世事所累所扰、不慕荣利、但求一"适"的隐者:"我不如陶生,世事缠绵之。云何得一适,亦有如生时。"③又言:"仕宦岂不荣,有时缠忧悲。所以靖节翁,服此黔娄衣"④,"当欢有余乐,在戚亦颓然。渊明得此理,安处故有年"⑤。"适",即东晋玄学的"适足"思想,融合了老子"知足"与庄子"适性",在肯定"物物"的前提下,"不物于物",亦即以肯定生活层面的"有所待"为前提,在心理上达到不奴役于物、不依赖于物的境界。中唐诗人更注重这种思想的阐发,而苏轼的陶渊明印象,便主要源自对中唐诗人,尤其白居易的"适足"思想的

---

① 参考葛晓音教授在香港浸会大学讲授《陶渊明研究》的课堂讲义。

② (朝鲜朝)申钦:《象村稿》卷五十六《和陶诗序》,《丛刊》第 72 册,第 370 页。

③ (宋)苏轼撰,(清)王文诰辑注,孔凡礼点校:《苏轼诗集》卷三十五《和陶饮酒》其一,第 1883 页。

④ (宋)苏轼撰,(清)王文诰辑注,孔凡礼点校:《苏轼诗集》卷四十《和陶咏三良》,第 2185 页。

⑤ (宋)苏轼撰,(清)王文诰辑注,孔凡礼点校:《苏轼诗集》卷四十一《和陶怨诗示庞邓》,第 2271 页。

接受。①

　　申钦虽然也认为渊明是一个乐天知命的隐者,以为若"使陶苏两贤易地",二人"舒啸东皋、乐夫天命"则同。② 但申钦的理解不止于此,其心目中的陶渊明还更加有着"忠臣"的意味:"陶元亮,忠臣也,处乱亡而陶然无迹"③,"生为天下士,死为千载人",④他"解印而归"也是在"义熙不竞,浊流横天。乾坤易位,冠屦倒悬"的情况下,有着"贞而不拘,旷而不迁"的质量,可与伯夷相比并。⑤ 正因如此,他才会在自己的和陶诗中,放弃大量田园生活的描写,转而将更多的笔墨用在自身的不平之鸣,乃至反复强调自己对节操的坚守。

　　正是因为申钦与苏轼对于渊明的理解不同,他们在和陶时候勾画出了不同的诗境。苏轼看到更多的是渊明的"隐者"形象,所以他在诗、序中才会着重描写自身近似"隐居"的生活;相较简单的隐者,申钦更加侧重渊明的"忠臣"形象,所以相较于东坡诗大量的田居景象,他反而更侧重表现外界环境与自己内心的冲突,用以表现自己对操守的坚持。

　　金浦田居期间,申钦将苏轼生平经历进行了总结:苏轼虽然历尽仕途坎坷,小人章惇也曾得用一时,可终究"七年而惇败,竟得长公所谪地不还",后人"唾之如粪土",东坡却得以"蒙恩北

---

① 参考葛晓音教授在香港浸会大学讲授《陶渊明研究》的课堂讲义。

② （朝鲜朝）申钦:《象村稿》卷三十三《归来斋说》,《丛刊》第 72 册,第 194 页。

③ （朝鲜朝）申钦:《象村稿》卷五十三《山中独言》,《丛刊》第 72 册,第 354 页。

④ （朝鲜朝）申钦:《象村稿》卷六《次陈子昂感遇三十六首》三十二,《丛刊》第 71 册,第 351 页。

⑤ （朝鲜朝）申钦:《象村稿》卷四《题靖节望山图》,《丛刊》第 71 册,第 337 页。

返,卒于常州家庄",宋南渡之后"其孙符等位列宰辅,孝宗爱其文,手不暂释,许令刊布天下,赠谥易名,位极人臣,至今孺童下皂,闻其风亦凛凛起敬。"①此后,申钦初居春川之时"偶阅"东坡"年谱,则见其得罪四年而加罪者与我同","故记"东坡贬谪地点与时间"以为后观"。②

在对苏轼经历的回顾中,显然可以看出申钦对自己申冤昭雪、复官任用的期望,"闻其风"三字更显示出申钦对苏轼的景慕,也仍旧在其为人。故而,当他对比苏轼与陶渊明,说出"达人旷识之处已,不以得丧夷险贰其操,不以穷苦迫厄易其虑",③便更易看出,申钦对苏轼乃至渊明这一坚守节操形象的理解。

申钦《和陶诗》的写作虽然与苏轼有很大渊源,但他所理解的陶渊明并非是对苏轼理解的简单复制。当然,更深层次上看,申钦这种对恪守节操思想的坚持,是深深根源于朝鲜时代崇尚朱子学的大背景,而与朝鲜宣祖至光海朝的社会政治剧变密切相关,前文已述,兹不赘言。

(二) 讲到酒中趣,含情妙莫言
——李家源《和陶饮酒诗》思想

李家源先生(1917—2000)是朝鲜时代大儒李滉十四世孙,一生致力于韩国文学的整理研究,还创作了大量的汉诗文作品,

---

① (朝鲜朝)申钦:《象村稿》卷五十三《山中独言》,《丛刊》第 72 册,第 354 页。

② (朝鲜朝)申钦:《象村稿》卷五十五《春城录》,《丛刊》第 72 册,第 359 页。

③ (朝鲜朝)申钦:《象村稿》卷三十三《归来斋说》,《丛刊》第 72 册,第 194 页。

教学无数,为韩国汉文学的传承发扬做出了卓越贡献,实属韩国汉文学殿军。其身处新旧时代交替之际,自身既是大儒学者、汉文学作家,又是新时代的知识人,热忱参与国家政治,为韩国发展建言献策,与同时代中国大儒学者、政治人物均有往来。研究李家源诗文思想,可窥韩国时代变革下的知识人思想动态,而通过其《和陶诗》研究,则可窥李家源先生思想之一斑。

今李家源《游燕堂集》录有《和陶吟馆稿》一编,即以当年夏天创作《和陶饮酒诗二十首》,因以名其斋。① 该组诗创作于丙寅(1986)农历六月二十日午时至酉时,小叙言:

> 陶渊明尝有《饮酒》二十首,盖借题寓意,非真酷嗜也。苏轼、苏辙昆季及晁无咎、张文潜皆有和之者,吾邦退溪先生亦有之。今译注《退溪》诗,庄诵玩味,深得陶意,大有所感,乃欣然泚毫,步其韵而和之。自午抵酉,一气呵成,盖各言其志也。时丙寅农历六月二十日也。

之所以创作和陶诗,李家源说,是因为他在译注退溪和陶饮酒诗之时,反复揣摩,感触颇深,乃步韵创作。且在《和陶饮酒诗其十三》中,他也提到苏轼和陶诗,并批评道:"句中多琐语,妆外遗本领。"既和陶,那他和诗与陶渊明原诗相比有何异同呢?既因退溪和诗而再和,其诗相比退溪又如何呢? 他又为何如此评论苏氏兄弟呢? 他对陶渊明"本领"的理解又是怎样的呢?

一、 为何饮酒?

二十首和陶饮酒诗,其创作时间集中在一天之内,其叙述内

---

① (韩)李家源:《游燕堂集》,首尔:檀国大学校出版部,1990 年,第96 页。下文李家源《和陶饮酒诗》均引此书,不再出注。

容则远不止一天一年,而是纵跨几十年,李家源七十岁,诗中汇集了他诸年生活场景,囊括他对若干问题的思考。陶渊明创作《饮酒》组诗,是因为他"闲居寡欢"、长夜漫漫,于是"偶有名酒,无夕不饮,顾影独尽,忽焉复醉",醉后题诗,后日托人抄写、编次成篇。① 既然是和陶《饮酒》诗,"饮酒"终究是一个核心话题,李家源如何在和诗中讲述自己饮酒及其饮酒原因的呢?

"忆昔青岁日,得酒辄饮之。非吾酷嗜也,适值黯黮时。祖国已沦亡,万悲都萃兹。不饮更何为? 顿无自惊疑。"(其一)自述自己青年时代有酒辄饮,但说这不是因为爱喝酒,而是因为时代黑暗、祖国沦亡,无限悲痛无从化解,只得付之于酒,这是悲痛之酒。

"得意若相逆,颓然倒玉山。讲到酒中趣,含情妙莫言。昨焉今复是,滚到三十年。"(其二)晋嵇康风姿特秀,其醉也,傀俄若玉山之将崩(《世说新语》)。作者回忆自己这三十年中,"得意"就会喝醉,这醉中还有如嵇康一般潇洒风流的气度。而酒中所蕴含的意趣,是超乎语言之上、无法用言辞表达的,这是得意、得"趣"之酒。

"伟哉燕岩氏,旷世好风姿。岿然超党色,而不恋故枝。许生虎叱篇,畴不大惊奇? 酒户宽如海,不醉更何为?"(其八)燕岩朴趾源风姿绝世,见识卓伦,不落党争之中,创作小说《许生》《虎叱》笔锋犀利,讽刺假士人的虚伪、道貌岸然,前所未有,足以令人大大惊奇。读其文、怀其人,惟有饮酒一醉可以大慰己心,这酒中有旷世遇知音之感。与此相仿,其七:"喜谭实学士,感慨一尊倾。蛟星与燕茶,璐璐一代鸣。唉余蹑后尘,心醉竟平生。"也

———
① (晋)陶渊明撰,袁行霈笺注:《陶渊明集笺注》卷三,第 235—282 页。下文陶渊明《饮酒》诗均引此书,不再出注。

是因为在崇尚实学的蛟山许筠、星湖李瀷、燕岩朴趾源、茶山丁若镛等古人那里,找到了学术人生的知己,引发感慨,倾樽倒酒。

陶渊明率性自然,不为虚名所累,言他人"有酒不肯饮",是因为"但顾世间名",但人生短暂不可重来,又怎能为虚名所累?(其三)于是,渊明《饮酒》诗如其题,大量涉及饮酒的内容。李家源在开篇两首诗回忆青年时代、回忆三十年间的生活,因亡国之痛、得意而饮酒,陶渊明在其十九中也回忆自己几十年间的生活:昔日因饥苦而出仕,但终非心之所向,放归田里,至今已有十二年。此时喝酒,乃因世路悠悠,与杨朱哭歧路异曲同工。

与李家源"得意"而得"酒中趣"(其二)相类,陶渊明在故人携酒来访,以致"班荆坐松下,数斟已复醉。父老杂乱言,觞酌失行次"的时候,也感受到了"酒中有深味"。但与李家源不同,陶渊明的体验是因为首先"知有我",进而"知物为贵",亦即建立在自我体认、自我把握的基础上。(其十四)那渊明又是如何把握自己的呢? 其九讲述了一个"田父"来访的故事。如同屈原所遇见的"渔父",希望渊明放弃洁身自好的隐居生活、与世俗相浮沉,但渊明还是觉得这样做违背自己本心,不愿听从。虽然可以一起欢快地饮酒,但自己的初心却不可改变。通过这首诗,显然可以看出,渊明的"无夕不饮""忽焉复醉"是清醒的醉,这清醒建立在他深刻的人生思考基础上,渊明的自我认识,也就是不与世俗相推移,坚守自己。"醉""醒"成为一对有意思的参照,其十三再次提及。其九自言要一直保持清醒者的状态,而这首诗就变成了对醉者的"褒赞"。渊明以醉者自许,借醉者的身份嘲笑醒者愚笨,最后二句更劝醉者最好是朝暮醉饮、夜以继日的喝酒,反讽、矛盾的心态充溢笔端。

既然陶渊明的饮酒、醉酒与人生处境的困顿、疑惑、思考密切相关,那李家源有无这样的认识呢? 其三竟在"饮酒"诗中谈起"戒酒"的问题：

> 大乱苦无涘，事皆违常情。我覷浪漫士，亦似赌清名。
> 若不改吾路，竟当误此生。一滴乃不饮，朋辈吃一惊。婢精
> 恣究研，拙计乃得成。

身处乱世，事情常常悖谬，看似浪漫的读书人也似乎不过是追求清名罢了，李家源发现，只有改变以往的生活，才能活出人生的意义，于是开始戒酒，专心学术研究。事实上，在慎重思考社会而坚持人生方向上，李家源与陶渊明是一致的。但不同的是，陶渊明对国家、现实社会失望至极，方才选择归隐田园，他对国家社会现实深深的绝望，根植于他对社会发展的清醒认识（其十九），而李家源所关注的，更多还是在现实的国家社会层面。

二、忧心国家的"分歧"

虽然与陶渊明相仿，李家源也关注到了社会风气的变迁，也觉得今不如古，但想到的不是远离现实社会，而是投身其中：

> 性理好真诠，大道谅在是。此是吾家学，清嗣不可毁。
> 荒亡今无谓，可怜吾与尔。吾道布与粟，奚羡肉兼绮？
> （其六）

性理学博大精深，乃大道所在，也是李家源作为退溪后人的家学所在，当绍述祖业，不可荒废。但当今社会，性理的学问早已少人问津。虽然如此，士君子只应正道直行，安守贫贱。不义而富且贵，不足艳羡。其一也说"然而微醉已，贞确故自持"，与陶渊明"不赖固穷节，百世当谁传"（其二）的"固穷节"理念属同调。

认清社会现实、坚守节操，李家源与陶渊明是一致的。但是，陶渊明在认清历史发展之后，对国家、现实也就愈发绝望，思考也就愈发深入，乃至上升至自然、人生层面（《饮酒》其一）。人

生之中，荣衰无常，此中道理惟达人可解，而非人力可以改变。此时饮酒，及时行乐，是因参透了人世无常，也包含着对无力回天的无奈。而这种无奈，可在天地自然中得以化解（其七），此时饮酒，乃是将自身融入天地自然的律动，在景物之美中乐而忘忧。

因此，陶渊明更致力于保持精神上的洁净与人格上的独立，他对于国事，是多少有所回避的。渊明提到扬雄，并不像李家源提到朴趾源等人一样，是因为向慕思想学术等，而是用扬雄讲述自己"性嗜酒，家贫不能常得"（《五柳先生传》）、或有人赠酒则饮辄尽的生活状态。饮酒时，往往知无不言，但涉及攻伐国家者，则闭口不言（其十八）。然而，时当东晋乱世，凡国家之事，大抵皆与攻伐相关，陶渊明的无奈大抵也由此显现。

李家源则未曾对国家社会现实绝望。他早年因亡国悲痛而饮酒，祖国光复后，他也一直关心国家民族，满怀忧思：

> 祖国初光复，笑齿暂见开。河山忽半壁，同室操异怀。紫白是何道？胞族永相乖。问天苍无语，使我更栖栖。南播更北旋，不饮醉如泥。荒野久回皇，朋聚恣谈谐。盈盈一水间，魂梦亦凄迷。何日坚冰释，北去复南回？

祖国刚刚摆脱日据获得独立，半岛南北忽然分裂。虽然同属韩民族，却一分为二。无可奈何，惟有借酒消愁，每日魂牵梦绕的，就是希望南北可以重新统一。

这种对国家的忧心挂念贯穿渊民先生一生，写作《和陶饮酒诗》的同年，他还在《自叹》诗中说："救国无良术，伤时独苦吟。聊将梅翠酒，竟夕醉沉沉。"①仍旧为救国乏术而忧心、饮酒。他在《渊翁七十岁真影自赞—浪李钟祥描》中也说："身委丘壑，心

---

① （韩）李家源：《游燕堂集》，第110页。

存民社。"①国家社稷、百姓，是他一生的牵挂。

在李家源看来，真正的"爱国"不是空口白话，而是"人各守前业""君子乃渊默"，即默默地履行自己的职责（其十八）。其十自述生活近况道："而今十载间，空陆长为途。行遍地球村，风船复云驱。"即十年间奔波在世界各地。但注意，这可不是游山玩水，因为该诗开篇即言："吾生非匏系，乌能委一隅？"这是用《论语·阳货》中，孔子以匏瓜自问的话。这种奔波是渊民先生践行士君子责任、"爱国"的具体行动。

具体到渊民先生自己的职责，则是学术。他倡导"为学贵树风"（其十），而作为学者，在专心学术研究之余，也往返于世界各地，传道四方，广收学徒，传道授业：

> 离乡四十年，仅有数间宅。楼藏万卷书，庭无俗人迹。唯有从游子，蔼茏非十百。兰薰播远馥，梅清吐冷白。勿忘古人言，寸阴真可惜。（其十五）

家有藏书万卷、学生若干，每日读书并教授探讨学问。谨从古人之言珍惜光阴，既是对学生的教诲，也是对已到暮年的自己的勉励。然渊民先生自幼年即"冲霄壮怀飞"（其六），志向远大，不局限于学术研究：

> 学成邦有道，乃可出而仕。拨乱而反正，安人先修己。邦之无道也，谷也知为耻。达固兼济焉，否乃归田里。廉耻与礼义，为国之四纪。可以行则行，亦可知所止。温凉只自知，世变故难恃。（其十九）

他秉持的是达则兼济、穷则独善这一典型儒家传统，修己、治人是一贯联系在一起的有机整体，而他心中则始终抱有对国家的

---

① （韩）李家源:《游燕堂集》，第118页。

热忱,其五言：

> 万学经为大,百家漫自喧。正德与利厚,缺一已为偏。大同与小康,其论重如山。大既难得就,小亦久忘还。秋声读古史,长息复何言？

经学是万学之首,渊民先生的治国理念,就是"正德、利用、厚生"三管齐下,渐次实现小康,乃至大同社会。

这种治国理想,也体现在他写给邓公小平的信中。他褒赞邓公"以命世之才,处至重之位",继而阐述了自己"上法孔夫子大同之圣典,躬行现代实用之至治""正德利厚可以并行,囿天下于大同之圈,在所急务"的政治主张,希望邓公"就诸儒学,祛其陈腐,取其真腴,可以经世,可以致用,可以为天下主盟"。①

三、 思想渊源

李家源一向推崇忠义节烈之人,他在《永慕斋记》中称赞河纬地道：

> 先生在朝鲜朝,以庄宪大王顾命之臣,为幼冲之主,不屈于不义,卒能办得宇宙间大事,杀身成仁,俾千后之为人臣者克知有所不敢为而不为者。②

这种称赞,与朝鲜朝士大夫的称赞,其体现出的价值观、评判标准几乎别无二致。李家源又曾概述旧韩末郑一斋然准(1891—1961)生平说：

> 盖公蚤承圃翁家法,先行谊而后文艺,遭时不祥,见韩社沦亡,赍志出疆,将有所为,而竟不如意,则卷而归之,婆

---

① 《与邓公》,见(韩)李家源：《游燕堂集》,第139—140 页。
② (韩)李家源：《游燕堂集》,第128 页。

娑初服,逍遥水竹间,以卒其岁焉。①

此二人一个做官杀身成仁,一个退隐山林,行迹看似截然不同,渊民先生却都予以极大褒赞,这是因为他觉得:"儿郎伟,天降英豪之才,国有昌明之运。达而兼济天下,穷则敛退田间。借此经世之文章,著得垂后之典籍。一时之诎,万代之长。"②这是他对其七中也推崇过的实学家丁若镛的评价,足以看出他对士君子的评判标准。

这一标准的形成,固然深深植根于朝鲜朝以来朝鲜半岛一贯崇尚朱子学的大背景,也源自他的家学影响,正如其六所言,性理学是李家源的家学,这种家学熏陶,在其四中也有描述:

> 婴年诵古书,冲霄壮怀飞。六经默尝脔,造句亦清悲。陈言务去之,孤诣独吾依。孳孳礬丹忱,往哲可同归。凡甫有恒言,古旺今何衰?徒慨而无为,毕竟古道违。

幼年诵读古书、学习儒家经典的成长历程,以性理学为根基的家风,确立了李家源自己对人生、对世界的看法,他以继承往圣先哲、坚守古道为己任,时刻肩负着家国天下这一士君子的责任。

家风源自退溪先生李滉,这位先人予以他莫大的影响。当檀国大学在汉南洞营建退溪纪念中央图书馆完工,李家源乃以"弘益人间,遥嗣檀祖精神;覃研理学,宏扬退老宗风"为对联,"揭颂于其落成之宴"。③ 在彰显民族独立性的同时,倡导以理学为根基,弘扬退溪学风。

李家源和陶也是步李滉和陶而再和,李家源对陶渊明的理

---

① 《凤阳斋记》,见(韩)李家源:《游燕堂集》,第 129 页。

② 《与犹堂重建上梁文》,见(韩)李家源:《游燕堂集》,第 117 页。

③ (韩)李家源:《游燕堂集》,第 125 页。

解，也与他对退溪接受陶渊明形象的理解有莫大关联。换言之，他接受的陶渊明形象，是他揣摩退溪接受陶渊明形象的再接受。

那么，退溪眼中的陶渊明形象，李家源又是如何理解的呢？译注退溪《和陶饮酒诗》之外，李家源还在檀国大学退溪纪念图书馆开馆纪念国际学术会议上，发表了《退溪先生의〈和陶集饮酒〉二十首初探》一文。① 二十首饮酒诗中，李家源尤其重视第五首，以为陶诗"结庐在人境，而无车马喧。问君何能尔，心远地自偏"数句，不仅是渊明诗境的代表，更展现出其人生观与思想——不离人境，即不忘斯世，只因心中纤尘不染，俗世自然渐远，他觉得退溪"爱喧固不可，爱静亦一偏。君看大道人，朝士等云山"数句，与陶诗正相契合。进而说出："大道人，并非厌恶世俗杂音，而抛却民族、国家、社会，遁入深山，与鸟兽同群之人。正因如此，退溪才不把渊明看作平常隐士，才对其作品抱以赤诚。"不仅如此，退溪和诗其十四云：

> 舜文久徂世，朝阳凤不至。祥麟又已远，叔季如昏醉。
> 仰止洛与闽，群贤起鳞次。吾生晚且僻，独昧修良贵。朝闻
> 夕死可，此言诚有味。②

李家源分析说："大舜、文王、孔子远去之后，举世昏醉之际，程朱承继而生，儒家大统不至断绝，此乃退溪平生至论。"③ 不止退溪坚守朱子学，李家源的思想根基也由此可见。退溪和诗其二十云：

> 近代苏云卿，汉时郑子真。遁迹意何如，聊欲还其淳。
> 千岁如流电，万事更故新。伯夷本归周，黄公竟避秦。古来

---

① ③ 原文系韩语撰写，载（韩）《退溪学报》，1986（总 52）。

② （朝鲜朝）李滉：《退溪先生文集》卷一《和陶集饮酒二十首》，《丛刊》第 29 册，第 74 页。

英杰士,终不坠风尘。圣贤救世心,岂必夙夜勤。卓哉柴桑翁,百世朝暮亲。汤汤洪流中,惟子不迷津。同好陆修静,晚负庐山巾。安得酒如海,唤起九原人。[1]

李家源分析说,开篇先写苏云卿、郑子真,言其得隐遁真意,并非果忘斯世,而是想要回到业已失去的真淳世风。继而叙述伯夷、夏黄公,即陶渊明这一类隐者的渊源所在,从而归结至渊明。

综合退溪和诗其十四、其二十这两首诗,李家源说:"立身渊明的时代,以继承伏羲、神农、大舜、文王、孔子道统自处之人,诸子百家不胜其多,但以退溪之见,只有程朱才是继承孔子的正统。故而,纵然如渊明一样的高士,也不能参与到儒家正统之中,故而此处,才在苏云卿、郑子真、伯夷、夏黄公等隐士一脉中评价陶渊明。而且,还用脱离庐山社的陆修静,衬托渊明卓然的节操。末尾二句感慨醉邪,曲终奏雅,回到诗境当中。"[2]

其实,揣摩退溪其二十诗意,尤其"古来英杰士……惟子不迷津"数句,当是说陶渊明也是不堕风尘的英杰,同样如圣贤一般怀揣救世之心。《论语·微子》讲孔子与子路出行,遇长沮、桀溺而问津,对话中即有"滔滔者天下皆是也"一句,[3]退溪在此化用,当指天下大势昏暗,唯有陶渊明可以如同圣贤一般坚守节操而不致迷失自我。诗末二句,更是有自奉渊明为千古知音之意。李家源在分析退溪诗时,有意将陶渊明摒于"道统"之外、归入守节隐士之中,更显出李家源自己对朱子学、道统的坚守。

在论文结束处,李家源总结道:"退溪素爱渊明之自然,叹仰

---

① (朝鲜朝)李滉:《退溪先生文集》卷一《和陶集饮酒二十首》,《丛刊》第 29 册,第 75 页。

② 原文系韩语撰写,载(韩)《退溪学报》,1986(总 52)。

③ (清)刘宝楠撰,高流水点校:《论语正义》卷二十一《微子》,北京:中华书局,1990 年,第 721 页。

其不爱仕宦之高情,而渊明身处乱世、弃官归隐的情境,正与自己抛弃荣进之事、专心学问之途、坚守进退大节相类,故将渊明视作千古知音。"在李家源看来,这就是退溪眼中的陶渊明形象。

四、 陶渊明形象

朝鲜半岛古代三峰郑道传(1342—1398)曾将概括渊明为"悠然之乐""超然之节"①这两个重要方面。或许正与自身行迹有关,退溪和陶饮酒诗,不止涉及"超然之节",有对世俗不良风气的厌恶、对个人节操的坚守,还涉及"悠然之乐",在自然景物中陶然忘形:"园林朝雨过,葱蒨嘉树姿。晚凉生众虚,余霭栖高枝。沈寥茅屋静,谽谺洞壑奇。酒无独饮理,偶兴聊自为。陶然形迹忘,况复婴尘羁"(其八);在自然中找到人生至乐:"薰风鼓万物,亨嘉今若兹。物与我同乐,贫病复何疑"(其一);甚至有将个人生命融入自然造化的超脱:"曒日出东北,岩居雾露开。川原旷延瞩,爽朗幽人怀。万物各自得,玄化妙无乖。飞飞双燕子,长夏自来栖。有口不啄粟,卒瘏衔其泥。巢成养雏去,物性天所谐。无机似独智,用巧还群迷。晴檐语呢喃,主人梦初回。"(其九)

如前所述,苏轼接受陶渊明,更多是"悠然之乐"而非"超然之节"的一面,故在其和诗中,独善其身、坚守节操等等不是叙写的重点。而相较苏轼,李家源对陶渊明形象的接受,受到退溪影响更大。

一如李家源论述退溪和陶,他敏锐察觉到渊明与退溪对士君子人格的坚守。然而,虽然如论文对《饮酒》其五的分析,他知道陶渊明有"悠然之乐"的一面;"温温退陶翁,平生怀陶至。有酒斯饮之,退翁句。取适非取醉"(其十四),他也深知退溪和陶有

---

① (高丽)郑道传:《三峰集》卷四《读东亭陶诗后序》,《丛刊》第5册,第356页。

"悠然之乐"的一面。但是,"吾知陶处士,生逢鸿洞时。无心云出岫,漫赋归来辞。采菊悠然见,所思不在兹。乘化聊归尽,乐天复奚疑"(其十二),"细味渊明诗,饮酒非为真。借题寓其意,旷古娉天淳"(其二十),他赞赏渊明的纵浪大化、乐夫天命,但他觉得在自然中陶然忘忧,实乃时事使然,并非渊明真正所思;纵情饮酒,也非渊明真情,不过是借题寓意,展现天性真淳。相比退溪和陶饮酒诗,李家源更突出"达则兼济天下,穷则独善其身"的儒家精神,爱国之心溢于言表,而很少涉及沉吟自然、乐以忘忧的成分,相较"悠然之乐",他强调渊明更多的是"超然之节"的方面。于是,他与苏轼在渊明的"悠然之乐""超然之节"中,各有侧重,也就难怪他批评苏轼"曾有和陶篇,纷纷论醉醒。句中多琐语,妆外遗本领"(其十三)。

最后,尤其要强调的是,李家源出于退溪和陶而再和,他的诗比退溪更强调渊明"超然之节"的一面,更突出对国家社稷、百姓的考量,一如他在和陶饮酒诗所写,恐怕与其曾遭逢亡国等有关。旧韩末,申处士鼎均敬仪慕陶渊明,匾其室曰恋陶斋,柳麟锡(1842—1915)阐述道:

> 今天下大乱,夷横兽食,坏我礼义正邦,世皆滔滔陷溺摧折,有如霜雪一打,万山草木荒落,而于其中能作凌霜挺雪之松菊,几个欤?此非处士所以自励而恋慕于渊明者耶?如是则处士家行乃克有终,而其又能扶持世道,使天下后世慕之,争名其斋以恋陶,如处士之所为,不亦善乎?①

可见,时逢易代亡国,慕陶归隐当中,守节、固穷的意味被尤其突出,此乃时代烙印。渊民先生也曾叙述旧韩末卢秉玉的行迹道:

---

① (朝鲜朝)柳麟锡:《毅庵先生文集》卷四十三《恋陶斋记》,《丛刊》第339册,第164页。

乙巳年所谓韩日协约勒成，以官微年浅，无路可诤，乃自叹曰："不去何俟？"丙午弃官归田卢，引酒哦诗，以泻幽愤。庚戌韩社遽屋，公仰天太息曰："昊天不吊，可哀此族将泊何地？"与乡中诸同志潜图光复之策，纠弹虐政，拒不纳税，屡被拘逮，终不见屈，然因而得病，至癸丑五月六日而殁，得年二十有九。①

于是，卢秉玉仿佛融合了河纬地的抗争与丁若镛的归隐，前日的归隐、后日的抗争，成为互为表里的两面。这也就难怪渊民先生尤其看重渊明独善其身的超然之节，而在自己和陶诗中尤其强调对社稷、百姓的忧心了。

余论

高丽末风云变幻之际，郑道传（1342—1398）在 1375 年后数年间流配罗州会津，读到《东亭先生陶诗后序》，提出"悠然之乐"与"超然之节"。郑道传是朝鲜朝开国奠基的关键人物，超然之节、悠然之乐正是渊明精神的两个重要方面，也是后人慕陶、和陶多有的表达。

朝鲜朝初期，金时习也曾作诗和陶《饮酒》，②感慨"大道既沦没"（其六）、"举世皆奔趋，汩汩混泥尘"的世风浇薄，但重点则在归隐避世后的固守穷节（其九）。他虽然也受老庄影响，提出要嗒然守拙，归隐山林（其十一），甚至在认识到"跖蹻与丘轲，彼此皆一时。及其运命乖，圣哲犹不辞"的基础上，领悟到生命真谛："乘化终归尽，知命且勿疑。"但最终也还是归结到"所

---

① 《宫内部主事旧庵卢公秉玉行状》，见（韩）李家源：《游燕堂集》，第141 页。

② （朝鲜朝）金时习：《梅月堂诗集》卷八《和渊明饮酒诗二十首》，《丛刊》第 13 册，第 213—215 页，后略。

以君子心,汪汪无自欺。譬如中流舟,驾浪任所之"的坚持自己(其十二)。

朝鲜朝中期,性理学大家退溪李滉也曾有《和陶集〈移居〉韵二首》《和陶集〈饮酒〉二十首》。① 李滉和陶,既不愿与世俗同流合污,也不提倡完全归隐(其五),即更贴近白居易以来慕陶的"中隐"思想,而在自然景物中,他可"陶然形迹忘"(其八),也可"物与我同乐"(其一),甚至有将个人生命融入自然造化的超脱,只是"万物各自得"更多了朱子学的旨趣(其九)。

苏轼慕陶惟重"适",亦即偏重悠然之乐;金时习和陶更偏重"超然之节",李滉重"超然之节"也重"悠然之乐"。申钦慕陶的重要层面则是"超然之节",在他眼中,金时习也如陶渊明一样,是可与伯夷相比之人,申钦的仕隐标准更是对金时习的继承。于是,申钦虽然很敬重李滉,思想受其很大影响,但在和陶诗中,申钦与金时习更近似,更强调以固穷节为旨归。大抵李滉虽曾因厌恶党争而多次请辞,但或终为朝野所敬重,在道德学问上更是一代宗师泰斗,其"素爱渊明之自然,叹仰其不爱仕宦之高情,渊明身处乱世、弃官归隐的情境,正与自己抛弃荣进之事、专心学问之途、坚守进退大节相类,故将渊明视作千古之音"。② 金时习则不同,他在世祖篡位后,佯狂入山,申钦和陶也是备经坎坷之际,故其慕陶心境或与金时习更为贴近。此外,朝鲜半岛浸润老庄思想已久,更受朱子学影响深厚,故韩国文人慕陶、和陶,也多有乐天知命、纵浪大化、固穷节等思想的展现。但类似的表征背后,申钦思想却渊源自庄子乃至邵雍易学的影响,实属少有。

① (朝鲜朝)李滉:《退溪先生文集》卷一,《丛刊》第 29 册,第 73 页。
② (韩)李家源:《退溪先生〈和陶集饮酒〉二十首初探》,(韩)《退溪学报》,1986(总 52)。

　　时至当代,李家源则将陶渊明看作退而独善其身的儒士隐者,更突出超然之节的方面,除却朱子学、退溪家学影响之外,渊民先生幼年祖国沦亡的经历,也是导致他如此偏重陶渊明超然之节,在和诗中反复强调爱国、忧心社稷的原因所在。李家源和陶饮酒,与陶渊明饮酒动机相类,都与国家社会现实情况有关,他们饮酒、醉酒中体现出的不与世俗同流合污的个人操守是相同的。但是陶渊明的饮酒中,还有对宇宙、自然、人生的更深层次思考,他的归隐源自对人世社会的极度失望。而李家源因自幼身处朝鲜朱子学思潮之中,深受退溪以来的家族影响,始终着眼现实,对祖国、社会发展满怀难以割舍的感情。

第四章　名字号谥中的汉文化

（一）名与字

韩国是汉文化圈最重要的组成部分,古代韩国文人自幼学习中国典籍,汉语虽非母语,但他们却可结合本国及自身的独特状况,创造出灿烂的汉文学作品,在名讳、表字这个极具民族文化特色的领域,也深受汉文化熏染。

中国历史上一直有阐释名字间关系的传统。东汉许慎(约58—约147)将名字当作训诂资料加以应用,清代王引之(1766—1834)写出第一部名字解诂专著《春秋名字解诂》,并首次将先秦人名字间关系概括为"同训""对文""连类""指实""辨物"五种类型。此后俞樾、胡元玉、王萱龄、黄侃等人对其研究作了补充修正,却未能拓展名、字关系之研究。直至当代学者出版《中国古人名字解诂》①《中国人的名字别号》②,可谓中国古人名字解诂研究集大成著作。

笔者曾编撰《韩国文人名字号训诂辞典》③,解释高丽、朝鲜朝人名 1034 个,表字 997 个,名字合计约 940 组,为确保正确

---

① 吉常宏、吉发涵著:《中国古人名字解诂》,北京:语文出版社,2003 年。

② 吉常宏著:《中国人的名字别号》,北京:商务印书馆,1997 年。

③ 刘畅、(韩)许敬震、赵季著,首尔:以会社,2014 年。

性,人物名字大都搜集自汉诗文集。本节将在此基础上,列举韩国古代汉诗文作家名字组合的十四种方式,统计每类所占比重,分析中国古代文化产生的深刻影响。

一、名字组合的十四种方式

第一种方式为同义相协,即名与字意义相同或相近。如尹俅(1645—1725)字士顺,《诗·周颂·丝衣》"载弁俅俅"毛传"俅俅,恭顺貌",俅、顺义同。又如赵璞(1356—1408)字安石,璞玉与石意义相近。权近《安石说》言,玉在石中为璞,石为玉之本,人亦有所出之处;玉需经石雕琢方可成器,人亦需修身养性方可成才。权近命字,乃希冀其不忘本、不忘戒,进德修业,相王辅成,"安石"二字仅偶同于谢安之字、王安石之名,并无崇慕之意。① 再如赵载遇字会之。遇,《广韵》"不期而会",②与"会"相协。可"会之"二字,偶同于宋秦桧表字,引起同僚不解,东谿赵龟命(1693—1737)特为之辨明道:若效法尧舜,则众人咸以为难;若戒为桀跖,则众人易之。戒为恶,即可为善之徒,字"会之",立朝处世时刻以秦桧自警,则可为良臣。③

第二种方式为相反取义,即名、字意义相反。如张敏(1207—1276)字弛之,《说文》"敏,急也",④又《广韵》"弛,置也,舍也,缓也";又如沈埈(1674—?)字叔平,埈同陵,《说文》"陵,陻

---

① (朝鲜朝)权近:《阳村先生文集》卷二十一《安石说》,《丛刊》第 7册,第 213 页。

② 《宋本广韵》,中国书店 1982 年影印本,第 344 页。下文《广韵》均用此本,不再出注。

③ (朝鲜朝)赵龟命:《东谿集》卷五《会之字说辛亥》,《丛刊》第 215册,第 206 页。

④ (汉)许慎:《说文解字附检字》,北京:中华书局,1963 年影印本,第67 页。下文《说文》均用此本,不再出注。

高也"。

此类特例,即字面意思相反而实际意义相连。如姜隐字之显,牧隐李穑(1328—1396)命字,意在阐明君子之道显而隐:

> 隐,不可见之谓也。其理也微,然其着于事物之间者,其迹也粲然。隐也、显也,非相反也,盖体用一源也明矣,请毕显之说。天高地下,万物散殊。日月星辰之布列、山河岳渎之流峙,不曰显乎? 然知其所以然者鲜矣。尊君卑臣,百度修举。诗书礼乐之煟兴、典章文物之贲饰,不曰显乎? 然知其所由来者亦鲜矣。求之人心,鉴空衡平,物之来也无少私;云行水流,物之过也无少滞。其体也寂然不动,其用也感而遂通。光明粲烂,纯粹笃实。谓之隐,则彻首彻尾;谓之显,则无声无臭。故曰,君子之道费而隐,鬼神之德、鸢鱼之诗可见矣。是以显之道,观乎吾心,达乎天德而已矣。士君子素其位而行,无入而不得。胸中洒落,如光风霁月。阴邪无所遁其情,鬼蜮无所遁其形矣。之显少年擢第,扬历台省。夷考其行,盖君子人也。刚毅之气,触奸邪而立摧。温柔之质,敦孝友以相感。平生所行无不可与人言者,则显之道行矣。夫子曰:"以我为隐乎? 吾无隐乎尔。"夫子,昭然日月也。之显,其仰止焉,其服膺焉![①]

人心如空的镜子、水平的天平,如实地反映物体的外形、质量,亦如行云流水不停流动,不因外物而稍作停滞;人心本体虽寂然不动,但其用却可感受万物、豁然通达。不论外物还是内心,均蕴含着理,理不可见,即"隐";但蕴含理之自然万物、社会法度等却可见,即"显"。隐、显虽字义相反,却共存于万事万物,相反相成。

---

① (高丽)李穑:《牧隐文稿》卷十《之显说》,《丛刊》第 5 册,第 82 页。

第三种方式为连类相及,即名与字同类。如申从濩(1456—1497)字次韶,《韶》《濩》分别是虞舜、商汤时乐名;又如,辛正复(1704—?)字大有,《复》《大有》皆为《周易》卦名。

第四种方式为因字指实名义,即"名"与"字"为属性、特点等关系。如徐宗玉(1688—1745)字温叔,《说文》"玉,石之美,有五德:润泽以温……","润"是"玉"的特点。又如李廷馨(1549—1607)字德薰,《诗·大雅·凫鹥》"尔酒既清,尔殽既馨"毛传"馨,香之远闻也"、《说文》"薰,香草也","馨"是"薰"的属性。

第五种方式为辨明类属,即"名"与"字"为种属或从属关系。如权擘(1520—1593)字大手,《说文》"擘,大指也",是手的一部分。又如宋相琦(1657—1723)字玉汝,《广韵》"琦,玉名",是"玉"的一种,又宋有宰相韩琦,故饰"琦"以"相",且《诗·大雅·民劳》有"王欲玉女,是用大谏",故缀"玉"以"汝"。再如丁舜泰(?—1926)字再华,《诗·郑风·有女同车》"有女同车,颜如舜华"毛传"舜,木槿也","舜"是"华"的一种。

第六种方式为语出经典,即名字取自儒家经典。韩国古人名字中,语出《诗经》者,如李行(1352—1432)字周道,《小雅·大东》"周道如砥,其直如矢。君子所履,小人所视"笺"此言古者天子之恩厚也,君子皆法效而履行之";又如林象德(1683—1719)改字彝好,是因为:

> 润者,德成之效也。今余方求德者,遽以德成之效自居可乎?求所以易之而不得。读《诗》,得《大雅》之"天生烝民,有物有则。人之秉彝,好是懿德",遂自命曰"彝好"。①

林象德言,初字"润"是德行养成后的状态,自己方才求德,不可

---

① (朝鲜朝)林象德:《老村集》卷四《改字说》,《丛刊》第 206 册,第 79 页。

以"润"自居。《大雅》言,天生万民,莫不有法,是民所执之常性,故其情无不好此美德。改字"彝好",即与名中"德"字相应,即指常性好德。

语出《尚书》者,如洪得禹(1641—1700)字叔范,《洪范》"天乃锡禹洪范九畴,彝伦攸叙";又如李尚迪(1804—1865)字惠吉,《大禹谟》"禹曰:'惠迪吉,从逆凶,惟影响'"集传"惠,顺。迪,道也……惠迪、从逆,犹言顺善从恶也。禹言天道可畏,吉凶之应于善恶,犹影响之出于形声也"。

语出《礼记》者,如尹俨(1536—1581)字思叔,《曲礼上》"毋不敬,俨若思"注"俨,矜庄貌。人之坐思,貌必俨然";又如,庆迟(1566—1635)字容甫,《玉藻》"君子之容舒迟",即言君子之貌应从容闲雅;再如,王翰英(朝鲜后期)字季华,《乐记》"和顺积中而英华发外"疏"谓思念善事日久,是和顺积于心中,言词声音发见于外,是英华发于身外",本指音乐创作,此处韶濩堂金泽荣(1850—1927)命字季华,则借以祝愿王翰英"专意肆志于文学,为英为华,优闲清胜,使父声不隳"。[1]

语出《礼记·大学》篇者,如安崇善(1392—1452)字仲止,取自"大学之道在明明德,在亲民,在止于至善";又如,朴齐家(1750—1805)字次修、在先、修其,自言"取《大学》之旨而名焉",[2]即指《大学》"欲齐其家者,先修其身……身修而后家齐"。

语出《礼记·中庸》篇者,如许锦(1340—1388)字在中,取自《诗》曰'衣锦尚䌹',恶其文之著也",锦衣在䌹衣之内,即"在中";又如,田愚(1841—1922)字子明,取自"人一能之,己百之;

---

① (朝鲜朝)金泽荣:《韶濩堂文集定本》卷七《王原初三子字说辛酉》,《丛刊》第347册,第315页。

② (朝鲜朝)朴齐家:《贞蕤阁文集》卷三《小传》,《丛刊》第261册,第649页。

人十能之,己千之。果能此道矣,虽愚必明,虽柔必强"。

语出《周易》者,如金自粹(1351—1431)"用《乾·文言》之辞,字曰纯仲,盖'刚健中正,纯粹精',乾之德也"。① 又如李东亨(1637—1717)字泰卿,取《泰卦》"泰,小往大来,吉亨"。

语出《春秋》经传者,如琴仪(1153—1230)字节之,《左传·昭公元年》"君子之近琴瑟,以仪节也,非以慆心也"注"为心之节仪,使动不过度"。又如孔俯(1352—1417)字伯共,作为孔子后人,他认为"仲尼,天地也;天地之所从出,大极也。正考父之俯也共也,仲尼盛德光辉之根柢也",故字伯共"盖有慕于正考父三命而俯,兹益共之语也"。② 此即指《左传·昭公七年》"及正考父佐戴、武、宣,三命兹益共,故其鼎铭云'一命而偻,再命而伛,三命而俯。循墙而走,亦莫余敢侮。饘于是,鬻于是,以糊余口',其共也如是",意在强调谨独笃恭。

语出《孟子》者,如金始振(1618—1667)字伯玉,《万章下》"集大成也者,金声而玉振之也";又如李原龄(1327—1387)改名集、字浩然:

> 夫所谓浩然者,乃天地之正气也。凡物之盈于两间者,得是气以为之体。故在鬼神为幽显,在日月星辰为照临,轧之为雷霆,润之为雨露,为山岳河海之流峙,为鸟兽草木之所以蕃。其为体也,至大而至刚,包宇宙而无外,入毫芒而无内。其行也无息,其用也无所不周。而人则又得其最精者以生。故其在人,耳目之聪明,口鼻之呼吸,手之执,足之奔,皆是气之所为。本自浩然,无所欠缺,与天地相流通,此则李君之所养者。而其养之也,又非私意苟且而为也。舍

---

① (高丽)李穑:《牧隐文稿》卷十《纯仲说》,《丛刊》第5册,第85页。
② (高丽)李穑:《牧隐文稿》卷十《伯共说》,《丛刊》第5册,第78页。

之不可也，助之不可也，必有事焉，集义而已矣。噫！是气流行之盛，虽金石不可遏，入水而水不濡，入火而火不热，触之者碎，当之者震裂而莫能御，况吾既得最精者以生，而又养其最精者于吾身之中以为之主，则向所谓人所苦者，皆外物之生于是气之余者，又安能反害于吾之最精者哉？此吾断然以为李君中有所养而无所改于忧患而无疑者也。①

高丽末，贼臣辛旽用事，李原龄乡人有为旽门下者，李君不义其所为，大忤其意。辛旽将害之，李君窃负其父唐，野处草食，昼伏夜行，隐于永川。及旽诛，始还，改名与字，"本于《孟子》之言"，即指《公孙丑上》"我善养吾浩然之气……是集义所生者"。

语出《论语》者，如惠文（？—1235）字彬彬，取《雍也》"质胜文则野，文胜质则史，文质彬彬，然后君子"；又如韩用和（1732—1799）字礼之，取《学而》"有子曰'礼之用，和为贵'"。

第七种方式为语出老庄，即名字取自老庄书籍。取自《老子》者，如金自知（1367—1435）字符明，取"知人者智，自知者明"；又如李晚秀（1752—1820）字成仲，取"大方无隅，大器晚成，大音希声，大象无形"。

取自《庄子》者，如申叔舟（1417—1475）字泛翁，取《列御寇》"无能者无所求，饱食而遨游，泛若不系之舟，虚而遨游者也"；又如白大鹏（？—1592）字万里，则取《逍遥游》之大鹏扶摇直上九万里。

第八种方式为语出名篇，如朝鲜太祖李成桂（1335—1408）字仲洁，取自张九龄（678—740）"兰叶春葳蕤，桂华秋皎洁"。② 张九龄自比兰桂，志趣高洁，不因境遇改变节操，这也正是

① （高丽）郑道传：《三峰集》卷四《李浩然名字后说》，《丛刊》第5册，第351页。

② （唐）张九龄撰，熊飞校注：《感遇》其一，《张九龄集校注》上册，北京：中华书局，2008年，第171页。

李穑为李成桂取字之意。① 又如李存吾（1341—1371）字顺卿，取自张载《西铭》"存，吾顺事；没，吾宁也"，意谓"孝子之身存，则其事亲者不违其志而已。没，则安而无所愧于亲也。仁人之身存，则其事天者不逆其理而已。没，则安而无所愧于天也"。② 再如田九畹（1615—1691）字正则，取自《楚辞·离骚》"名余曰正则兮，字余曰灵均……余既滋兰之九畹兮，又树蕙之百亩"。③

第九种方式为用典使事，指名字取材于历史故事。如李珥（1536—1584）字叔献、柳颖（1603—1646）字洗耳、尹三举（朝鲜后期）字子莘，三人名字分别取材于薛公献珥、许由洗耳、商汤三聘伊尹之事。尤其尹三举字子莘，连姓成义。

第十种方式为记实，指因经历的某件事而取名、字。如郭舆（1058—1130）字梦得："舆，少时梦有人命名舆，遂以为名，字梦得。"④ 又如南在（1351—1419）字敬之，因朝鲜太祖即位，"思公功大，物色求得之，赐名曰在，盖喜其无恙尚在也。初字未详，而赐名后自字敬之，盖敬君赐之意也"。⑤ 再如杨世英（1535—1585）字秀彦，因"君生而英秀，乃名而字之"。⑥

---

① （高丽）李穑：《牧隐诗稿》卷二十九《李商议问其字及居室名，又请名其一郎。予取"桂花秋皎洁"字之曰"仲洁"，配桂莫如松，且公所重者节义也，故扁其居曰"松轩"。三郎之名曰芳毅，故名一郎曰某封注，即我恭靖大王之讳，果毅相须者也。吟成一篇》，《丛刊》第 4 册，第 414 页。
② （宋）张载撰，陈俊民校编：《关学经典集成·张载卷》附录一《西铭解》，西安：三秦出版社，2020 年，第 661—662 页。
③ （宋）洪兴祖撰，白化文等点校：《楚辞补注》，第 4—10 页。
④ 《高丽史》九十七《列传》卷第一〇《郭尚》，第 3003 页。
⑤ （朝鲜朝）南在：《龟亭先生遗稿》卷上《年谱》"（八月二十日己巳）祗受赐名"注，《丛刊》第 6 册，第 629 页。
⑥ （朝鲜朝）申光汉：《企斋文集》卷一《直长杨君墓志铭》，《丛刊》第 22 册，第 494 页。

第十一种方式为追慕前贤。此类以向慕中国先贤为主，此外亦有崇慕韩国古人者，如李同揆（1623—1677），因生年月日同于其祖李晬光（1563—1628）而字祖然。①

第十二种方式为崇慕华夏。如安命夏（1682—1752）字国华，《尚书·武成》"华夏蛮貊，罔不率俾"。②

第十三种方式为析名为字，指利用名的汉字形体结构特点，拆分成字。如权瑮（1667—1716）字寿玉、柳琏（1741—1788）字连玉、韩致齋（1765—1814）字大渊。

第十四种方式为以名为字，即名衬一虚字而成字，如李胄（？—1504）字胄之、朴浩（1653—1718）字浩然。

经统计，在约 940 组名字组合中，最常见的组合方式为语出经典，约 422 组，占总数 44.89%。其次是以字义为基础者，即同义相协、相反取义、连类相及、因字指实名义、辨明类属五类，共约 264 组，占总数 28.09%。再次是追慕前贤，约 64 组，占总数 6.80%，除前文所举一例，以及沈澈（1681—1741）字季涵，或本于宣祖朝名臣郑澈（1536—1593）字季涵，940 组名字中，其余大抵均为追慕中国古人者。

笔者曾撰文涉及解释者 11 例③（金富辙字子由、韩宗愈字师古、成聃寿字耳叟、姜希颜字景愚、姜希孟字景醇、韩景琦字稚圭、李好闵字孝彦、成汝学字学颜、金尚宪字叔度、李景颜字汝愚、申翊圣字君奭），此外仍有：④

---

① （朝鲜朝）李瀷：《星湖先生全集》卷五十九《混泉李公墓表》："公生岁六甲与芝峰公同，故名同揆，字祖然。"《丛刊》第 200 册，第 4 页。
② 《尚书集传》，见《四书五经宋元人注》，北京：中国书店，1985 年，第 72 页。
③ 赵季、刘畅、（韩）金真：《〈箕雅〉研究》，天津：南开大学出版社，2010 年。
④ 以下表格内容依据《韩国文人名字号训诂辞典》。

名	时期	字	崇慕古人
金齐闵	1338—1384	敬之	闵子骞
金齐颜	？—1368	仲贤	颜回
韩继美	1421—1471	公甫	杜甫
孙舜孝	1427—1497	敬甫	舜
苏自坡	1451—1524	眉叟	苏轼
成希颜	1461—1513	愚翁	颜回
尹殷辅	1468—1544	商卿	伊尹
成重淹	1474—1504	季文	范仲淹
崔山斗	1483—1536	景仰	韩愈
金希参	1497—1560	师鲁	曾参
权辙	1503—1578	景由	苏辙
朴汉老	朝鲜中期	景舒	董仲舒
韩修	1514—1588	永叔	欧阳修
尹斗寿	1533—1601	子仰	韩愈
李民觉	1535—？	志尹	伊尹
金士元	1539—1602	景庞	庞统
金克孝	1542—1618	希闵	闵子骞
权斗文	1543—1617	景仰	韩愈
康伏龙	朝鲜中期	汉辅	诸葛亮
俞省曾	1576—1649	子修	曾子
李景宪	1585—1651	汝思	原宪
李景陆	1588—？	子散	陆龟蒙

名	时期	字	崇慕古人
金世濂	1593—1646	道源	周敦颐
李景曾	1595—1648	汝省	曾子
李景奭	1595—1671	尚辅	召公奭
都慎修	1598—1650	永叔	欧阳修
许廷奭	1603—?	相甫	召公奭
崔兴霖	1581—1606	贤佐	傅说
尹衡圣	1608—1676	景任	伊尹
崔后亮	1616—1693	汉卿	诸葛亮
李殷相	1617—1678	说卿	傅说
苏斗山	1627—1693	望如	韩愈
权愈	1633—1704	退甫	韩愈
金夏锡	1638—?	梦得	刘禹锡
姜硕弼	1679—1755	公望	姜太公
南有容	1698—1773	德哉	南容
吴瑗	1700—1740	伯玉	蘧瑗
李之晦	1706—?	希朱	朱熹
金载均	?—?	正则	屈原
洪良浩	1724—1802	汉师	张良
宋焕箕	1728—1807	子东	箕子
俞汉隽	1732—1811	曼倩	隽不疑
安景曾	1732—?	鲁叟	曾参

名	时期	字	崇慕古人
柳琴	1741—1788	弹素	陶潜
白东修	1743—1816	永叔	欧阳修
申惠渊	1748—？	希柳	柳下惠
尹鲁东	1753—？	圣瞻	孔子
徐潞修	1766—1802	景博	文彦博
洪奭周	1774—1842	成伯	召公奭
郑奭	朝鲜后期	周伯	召公奭
李沂	1848—1909	伯曾	曾点

这些名字虽然都因崇慕中国古人而起,但有的直接取自古人名、字、别号、爵位等等,有的则取自生前事迹。比如同样是景慕韩愈,崔山斗字景仰、尹斗寿字子仰、权斗文字景仰、苏斗山字望如,便都是用了《新唐书·韩愈传赞》"自愈没,其言大行,学者仰之如泰山、北斗云"的典故;韩宗愈字师古,则是连姓表意,用名、字表现韩愈生前复古的思想主张;权愈字退甫,就是直接取材韩愈字退之的名、字。

二、中国古代文化的影响

韩国古代汉诗文作家名字并非随意择取,其中蕴含着中国古代文化亦非出于偶然。著名汉诗诗人金尚宪(1570—1652)明确表示:"名者所以教之终身,而字则其训也。嘉名固不能善其人,人若顾名思训而能践其义,则善之道由是焉。"①中国古代文

---

① (朝鲜朝):《清阴先生集》卷三十八《柳安世字序》,《丛刊》第 77 册,第 578 页。

化的渗透,尤其儒家文化的影响,昭然可见。

古朝鲜至高丽建国前,名、字存世者寥寥,此后渐趋增多,直至蔚然大观。① 可以想见,浸染在中国文化中的古代朝鲜半岛,伴随官名、官服、典章制度等一系列的汉化,人名表字的汉化成为潮流。汉诗文作家在学习中国典籍文化的同时,不断摸索中国古人命名取字的规律,模仿取名字的方法,因而韩国古人名字的高度汉化,则是他们深受中国古代文化影响的表现。

首先,名字组合频繁出现"语出经典"这种形式,反映出朝鲜半岛儒学繁盛、儒学经典深入人心。而其最重要原因,则是以儒学经典为主要内容的学制与科举制的实行,而国王对于经典的学习、引用,则会起到上行下效的作用。

高句丽(前 37—668)"国初始用文字",②小兽林王二年(372)设太学,学制虽不可详考,但应与中国相仿,即以五经为主要科目,置博士教授经史。③ 前此,太祖大王九十四年(146)让位时已言"天之历数,在汝躬",④句同《尚书·大禹谟》,可见儒经传入似更早。百济(前 18—660)近肖古王三十年(375)已有文字纪事,⑤而此前王仁已将《论语》《孝经》带入日本。梁大通

---

① 임종욱编:《韩国人名字号辞典》,首尔:以会社,2010 年。该辞典共收入韩国人名字共计约 13124 组,然高丽建国以前出生者,仅约 13 组。

② (高丽)金富轼著,孙文范等校勘:《三国史记》卷第二〇《高句丽本纪》第八《婴阳王》,第 244 页。

③ 参考、翻译李丙焘著:《韩国儒学史》,韩国学术情报出版社,2012 年,《斗溪李丙焘全集》第 7 册,第 44 页。

④ (高丽)金富轼著,孙文范等校勘:《三国史记》卷第一五《高句丽本纪》第三《太祖大王》,第 195 页。

⑤ (高丽)金富轼著,孙文范等校勘:《三国史记》卷二四《百济本纪》第二《近肖古王》,第 295 页。

六年(534)、大同七年(541),百济又引进《毛诗》博士。①

新罗(前57—935)在真兴王(534—576)末年之前,已采取融入儒学形成的举荐制度(花郎道)。② 统一新罗(668—901)时期,圣德王十六年(717)设国学,景德王代(742—765)称太学,授《周易》《尚书》《毛诗》《礼记》《左传》《论语》《孝经》《文选》。元圣王四年(788)定读书三品科,以五经、三史等选拔人才。终新罗一代,入唐公派留学者甚多,如金嗣宗、朴亮之等;自费留学生亦多不可数,崔致远(857—?)即其中佼佼者。

918年高丽建国,太祖临终训要以戒后王,第十条言:"周公大圣《无逸》一篇进戒成王,宜当图揭,出入观省。"③可见《尚书》影响之大。光宗九年(958)设科举,分制述、明经两科,前者偶以经义代试诗赋颂策,后者即以五经为主要考试范围。成宗元年(982),崔承老上时务策二十八条,以重儒尊华为要。五年,重修太学,募集各地学子,后分遣学成者至十二牧,教授地方学生。九年,于西京平壤设修书院。靖宗秉承文治,十一年(1045)四月"秘书省进新刊《礼记正义》七十本,《毛诗正义》四十本,命藏一本于御书阁,余赐文臣"。④ 高丽中期私学兴盛,主要教授九经三史。睿宗四年(1109)重振官学,国学设七斋,分授《周易》《尚书》《毛诗》《周礼》《戴礼》《春秋》以及武学。九年(1114),"王幸

---

① 《梁书》卷五四《列传第四十八·诸夷·百济》,北京:中华书局,1973年,第3册,第805页。

② (朝鲜朝)李瀷《星湖先生全集》卷七《花郎歌序》:"崔致远《鸾郎碑序》曰:'国有玄妙之道曰风流,说教之源,备详《仙史》。实乃包含三教,接化群生。且如入则孝于家,出则忠于国,鲁司寇之旨也;处无为之事,行不言之教,周柱史之宗也;诸恶莫作,诸善奉行,竺干太子之化也。'"(《丛刊》第198册,第164页。)

③ 《高丽史》二《世家》卷第二,太祖二十六年(943)四月,第44页。

④ 《高丽史》六《世家》卷第六,靖宗十一年(1045)四月,第175页。

国学,献爵于先圣先师。御讲堂,命翰林学士朴升中讲《书·说命》篇,百官及生员七百余人立庭听讲,各进歌颂,王制诗宣示左右令和进"。① 仁宗朝(1122—1145),开京国子监下设六学,地方设乡校。六学中,国子学、大学、四门学授课均以经学为主,科目有《周易》《尚书》《周礼》《礼记》《毛诗》《孝经》《论语》与《春秋》三传。终高丽一朝,国王经学讲论不断,且有金仁存(?—1127)《论语新义》、尹彦颐(1190—1149)《易解》、李仁实(1081—1153)《春秋讲义》等著作问世。

高丽末,儒学者可赴元应举,当时元朝考试科目即朱熹《四书章句集注》。高丽忠穆王即位(1344),亦将此书设为本国科考依据。朝鲜太祖三年(1394)定都汉阳,六年建成均馆,称国学。世宗元年(1418),四书五经大全传入。至获赐翻刻用书,乃令庆尚、全罗、江源三道刊刻,此后教学、取士均以此为准。② 朝鲜朝科举分大小两科,大科(即文科)以诗赋颂策为主,小科(即司马试)分生员试、进士试,生员试考五经义、四书疑二篇,进士试考赋一篇并古诗、铭、箴中一篇。大科虽以文学创作为主要考试内容,但初试初场亦考五经四书疑、义或论中二篇,覆试(又称会试)初场考四书三经句读、训释、讲论。③

朝鲜半岛学习儒学经典的一大特色,是利用本土语言标记、解释儒学经典。在汉语非母语的朝鲜半岛,此方法为儒学经典的学习提供了极大便利,对儒学经典在朝鲜半岛的繁盛起到加速作用。

---

① 《东史约》卷五,韩国李镇泽藏本。
② 参见(韩)沈庆昊:《韩国汉文基础学史》,首尔:太学社,2012年,第392页。
③ "朝鲜朝科举"至此参考(韩)李丙焘著:《韩国儒学史》,《斗溪李丙焘全集》第7册,第74—75页。

统一新罗时期，薛聪曾以方言解九经，训导后生，儒学大行。[①] 高丽末，郑梦周、权近曾撰四书五经口诀，朝鲜世祖令郑麟趾、申叔舟、崔恒等订定。世宗朝发明韩字，此后使用悬吐、谚解等方法标注儒学经典的方法更为广泛使用。朝鲜朝使用吐（口诀）标记儒经主要有《书传大文》《诗传大文》《诗正文》《周易大文》《孝经》《论语大文口诀》《礼记集说大全》《周易传义大全》《周易传义》等。谚解方面，宣祖朝设立校正厅，先后刊行儒经有《孝经谚解》《四书谚解》《周易谚解》《书经谚解》《诗经谚解》，后四种是为辅助《四书三经大全》学习，忠实依照《四书集注》《易本义》《书集传》《诗集传》进行谚解。肃宗十年（1684）成均馆刊行《四书三经大全谚解》。朝鲜后期，李珥所著《四书谚解》于1749年刊行，即《四书栗谷先生谚解》，影响广泛。

其次，名字组合方式以字义为基础的五类，名字关系建立在字义相近、相反、相及等关系基础上。理解字义是阅读汉籍、理解文义的基础，掌握汉字字形、字义，是阅读、理解书籍乃至参加科举考试的基础与前提。

朝鲜半岛至晚在高句丽427年迁都平壤时，字书被列为各地学校教材。据《旧唐书》记载，高句丽"俗爱书籍，至于衡门厮养之家，各于街衢造大屋，谓之扃堂，子弟未婚之前，昼夜于此读书习射"，其书目则有"《五经》及《史记》、《汉书》、范晔《后汉书》、《三国志》、孙盛《晋春秋》、《玉篇》、《字统》、《字林》；又有《文选》，尤爱重之"。[②] 可见南朝梁大同九年（543）顾野王奉命所撰《玉

---

① （韩）张志渊：《朝鲜儒教渊源》，檀国大学校出版部，1979年，《张志渊全书》第8册，第2页。

② （后晋）刘昫等：《旧唐书》卷一九九上《列传第一四九上·东夷》，北京：中华书局，1975年，第5320页。

篇》,与北魏阳尼、阳承庆祖孙所撰《字统》,及晋吕忱所撰《字林》,均为当时重要字书。

高丽文宗九年(1055),崔冲(985—1068)以中书令致仕,乃设学校,分九斋养成后进,教学以九经三史为主,重训诂、记诵、词章,应举者必往学。① 朝鲜王朝,中宗三十一年(1536)编订《韵会玉篇》,作为元《古今韵会举要》索引;依照《康熙字典》,1800 年编订完成《全韵玉篇》。1815 年段玉裁《说文解字注》刊行,此书随即传入朝鲜半岛,金正喜、许传、李裕元、李圭景等人文集均有提及,朴瑄寿(1821—1899)更撰写了《说文解字翼征》。

再次,前述追慕前贤类 64 组中,集中者为韩愈 6 例,颜回、召公奭 5 例,曾参 4 例,闵子骞、欧阳修 3 例,苏辙、伊尹、诸葛亮、傅说 2 例。韩愈、欧阳修、苏辙以文章名世,颜回、曾参、闵子骞以品德著称,召公奭、伊尹、诸葛亮、傅说则为辅国名臣。

这些古人的备受尊崇,展现出儒学,尤其是朱子学,在朝鲜王朝产生的巨大影响。如朴汉老字景舒,非泛泛指示独尊儒术,更在强调尊崇董仲舒发明自周季以来黯灭之"正学":汉初"学子仅能传习训诂",而董仲舒"粹王驳霸""正义明道""勉学强行"之论乃"源本大全之学",足为"万世正学之标帜""可以老称"。② 又如,李民觉(1535—?)字志尹,《御制序皇华集》卷二十九《与李正郎子民觉说》云:

> 伊尹,天民之先觉也。其所以有是觉民之具者,则自畎亩乐尧舜之道始。其就汤伐桀,佐命立勋,皆举而措之耳。故尹之所以为任者,不在乎觉民,而其未觉之先已自有其地

---

① 参考、翻译李丙焘著:《韩国儒学史》,《斗溪李丙焘全集》第 7 册,第 99 页。

② (朝鲜朝)金安国:《慕斋先生集》卷十《朴汉老、咸敬忠字说》,《丛刊》第 20 册,第 192 页。

矣。正郎之子曰"志尹",将志其任乎？抑将志其任之地乎？
有其地而任可胜，无其地虽志也亦徒矣。归语若子，无汲汲
于任之名，而先求其任之所在。行将业广艺成，而后及于国
家，斯可以言"志尹"矣。若子能究其用功之地，则以颜子之
学教之。周子曰"志伊尹之所志，学颜子之所学"，盖必学颜
子之学，而后可以行尹之志也。归语若子，率余教，使异日
以吉士名于国中，庶几乎无忘余爱。①

明世宗嘉靖二十三年（1544），朝鲜中宗辞世，翌年，仁宗受
诰命嗣位，旋即薨逝。二十五年（1546），明行人司行人王鹤
（1516—？）受命以赐谥使出使朝鲜。李民觉是朝鲜礼曹正郎李
洪男（1515—？）之子，曾去太平馆（朝鲜王朝专门接待明朝使臣
的馆舍）拜访王鹤，并留下较好的印象。在王鹤即将渡鸭绿江回
国之时，李洪男请王鹤为子民觉作字说，以规范其德行。

按照王鹤的阐释，"志尹"二字，并非意在向慕伊尹的官职地
位，而是指乐道笃行，致力于进德修业，待德行修成，而后身居高
位，承担起重任，造福于国家。文中"志伊尹之所志，学颜子之所
学"，是周敦颐所说，也见《近思录》卷二"濂溪先生曰：圣希天，贤
希圣，士希贤。伊尹、颜渊，大贤也。伊尹耻其君不为尧舜，一夫
不得其所，若挞于市。颜渊'不迁怒，不贰过''三月不违仁'。志
伊尹之所志，学颜子之所学，过则圣，及则贤，不及则亦不失于令
名"，②王鹤命字的阐述即由此张本，其理论基础，正是在明与朝
鲜朝广泛流行的朱子学。

此外，颜回、伊尹、韩愈、曾子等皆为朱子学重要人物。如

---

① 赵季辑校：《足本皇华集》，南京：凤凰出版社，2013 年，第 1023 页。
② （清）江永撰，严佐之校点：《近思录集注》卷二，上海：华东师范大
学出版社，2015 年，第 44 页。

《近思录》卷十四言"韩愈亦近世豪杰之士。如《原道》中言语虽有病,然自孟子而后,能将许大见识寻求者,才见此人。至如断曰'孟子醇乎醇',又曰'荀与扬,择焉而不精,语焉而不详',若不是他见得,岂千余年后,便能断得如此分明","曾子传圣人学,其德后来不可测,安知其不至圣人? 如言'吾得正而毙',且休理会文字,只看他气象极好,被他所见处大。后人虽有好言语,只被气象卑,终不类道",尤其颜回、伊尹二人,如前引《近思录》"濂溪先生曰"条所言,是朱子学人格修养与行道天下的典范人物。

现存韩国最早的《近思录》系书籍,是高丽恭愍王十九年(1370)晋州牧使李仁敏复刻宋本《近思录集解》,该书传入当更早。[①] 朝鲜时代刊行《近思录》不少于廿二次,现存最早者为1436年甲寅字本,最晚者为1826年戊申字翻刻本。[②]

《近思录》自朝鲜初在经筵进讲,定为官学教材之一,朝鲜后期成为侍讲院讲学教材。自国王至普通学子,学习体悟《近思录》都是十分重要的。据《朝鲜王朝实录》记载,世宗即位(1418)始于经筵讲习《近思录》,十七年以"《近思录》与四书、《小学》相为表里",乃"以大字模印以备睿览,且颁臣僚"。[③] 中宗十一年(1516)尝言"唯此性理之书《近思录》非沉潜反覆莫之能解",侍讲官阐述道"此乃性理之本源,常常体念,则古之帝王心学之传可得矣,非徒务文字而察其要指,以求至乎治心之极,不

---

① (韩)宋熹准:《〈近思录〉의 도입과 이해》,《韩国学论集》,1998(总25)。

② 详见(韩)崔敬勋:《朝鲜時代 刊行의 朱子 著述과 註釋书의 编纂》,韩国庆北大学文献情报学硕士学位论文,2008年,第45—46页。

③ 《朝鲜世宗实录》卷二,世宗十七年四月八日己酉。

可以为寻常而忽之也"。① 正祖二十一年(1797)尝令太学"泮长
与斋任及年少勤业之儒生,不拘斋中方外",每月"一设讲会",使
之"轮回诵读,俾探颐本源,禁止浮华,则恐或为对扬文化之一
助",诵读内容就是"四书及《性理大全》《近思录》"。②

除却刻印《近思录》原文及中国注释本外,朝鲜王朝更有《近
思录口诀》《近思录释疑》《近思寻源》《近思录疑义》《近思录疾
书》《近思录释义》《近思录注说》等多种标注、注解、研究型著作
出版。③《近思录》的流行也从侧面反映出朱子学在朝鲜朝的重
要地位。

最后,朝鲜半岛对中国而言是"外国",但其自身对中华文化
有着天然的归属感,故而在朝鲜半岛古代文人名字组合的诸多
方式中,崇慕华夏一类尤其引人注目。此类不仅充分体现出韩
国古代对于中国汉字文化一贯之向心作用,亦反映出朱子学盛
行于朝鲜半岛背景下的时代思潮。如,金夏镇字阳伯、金性镇字
善仲,兄弟二人名字均为金平默(1819—1891)所取:

> 永嘉氏先德冠冕海东,首尾数百年,公私之所赖何限?
> 然寻源溯本,则文正公石室老先生,当皇明之末,华夏沦于
> 裔戎,人类化为禽兽。身任礼义之大宗,思以人力斡天运,
> 至死不变,撑柱宇宙。以故,孝孙式谷,膺受百禄,以至于
> 今。是栽培之实理,鬼神之良能也。两郎之似续,又孰有大
> 于此者?今不揆僭猥,长郎名曰夏镇,字曰阳伯;少男名曰
> 性镇,字曰善仲,以禀于公……于是告夏镇曰:"勉哉! 夙夜

---

① 《朝鲜中宗实录》卷二六,中宗十一年九月二十九日丁未。

② 《朝鲜正祖实录》卷四七,正祖二十一年十一月二十日乙酉。

③ 书目名称参考陈荣捷:《朱学论集》,上海:华东师范大学出版社,
　2007 年,第 167—180 页。

讲夷夏阴阳之辨,内自身心,外至事物,罔有小大。善养其阳德,巍然为华夏人物,以镇下乔木而入幽谷之俗也哉?"告性镇曰:"华夏之所以为华夏,岂有他哉?一则曰先王之道,二则曰先王之道。斯道也本乎天性,有善无恶。圣凡一理,古今同禀。周公既没,孔孟程朱以及我东先觉德门先正授受而讲明者此也。是即阳德之实体,人之所以异于禽兽者,而得失向背之间,吉凶存亡立判者也。所患者气禀之所拘、物欲之所诱、习俗见闻之所引,愚之而不自觉知耳。连床共业之间,相与惕然恐惧,省身克己,造次必是,矢不为他歧之惑也哉。"既又合而告之曰:二郎乎,率由是道而为华夏,又不可以无根本基址。朱子教人,惓惓以《小学》为先,而曰"修身大法,此书备矣"。我文正先生平日专力亦在于此矣。今欲似续,于是乎讲习,因以进夫大学之道也哉!呜呼!今日何时,今往何监?念哉无遑曰"今日聊且耽乐"。永历五己丑阳复月日,清风金平默书。①

石室金文正公即金尚宪(1570—1692)。仁祖十四年(1636),丙子胡乱起,众大臣以下欲以世子质于虏营,金尚宪力排众议,切责崔鸣吉等主和派。十八年(1640),被抓入沈阳拘禁,后因病使出住义州,二十一年(1643)复拘沈阳,二十三年(1645)还国。始终未曾屈服,天下慕义。金平默希望金夏镇、性镇兄弟,效法他们的先祖金尚宪,懂得华夷之辨,正道直行。

具体说来,名夏镇、字阳伯,意在讲明华夏夷狄之别乃在阴阳之辨,从一己之身心,到万事万物,理并无二致,若善养其阳德,廓然大公,则为华夏人物;若下乔木而入幽谷,弃明投暗,则

---

① (朝鲜朝)金平默:《重庵先生文集》卷四十《嘉溪金氏二郎名字说》,《丛刊》第320册,第129页。

与异地无异。名性镇、字善仲，是说华夏之所以为华夏，重点在于他们实行的政治主张、治国方策，即本乎纯善无恶的天命之性，实行先王的仁政之道。区别人与禽兽的关键，在于人的天性是阳德之实体，人所共有，古今无差，但由于人常常受气秉拘碍，受物欲、习俗见闻之诱惑牵引，时刻可能泯灭天然本性，堕入禽兽之途，故要无时无地不惕然恐惧、省身克己，自知自觉而不迷失。落实到具体行动上，就要从小依照《小学》的基本规范行事，在一举一动中体味、参悟，在每日的修身实践中，渐趋进于大学之道，不断提升人格修养，发明天然的本性，在至于仁善的道路上不断前行。

古代朝鲜半岛北连大陆，多有野人之扰；三面环海，偶有海贼来袭。诸次外族侵袭中，1592—1598 年的日本侵略弊害空前。1591 年 3 月，日本丰臣秀吉遣使平调信、玄苏向朝鲜求和，却"称朕称帝"于朝鲜，梁大朴（1543—1592）以为"天无二日，民无二主，而秀吉以蕞尔小丑敢闯上国，此天下之贼也。我当沐浴请讨，以明《春秋》大义"。① 此谓《春秋》大义，即指"尊华夏、攘夷狄"，就朝鲜当时具体情况而言，即为尊明攘日。然翌年壬辰倭乱爆发，梁大朴阵亡，"《春秋》大义"也未能成为当时旗帜。

明亡清兴，朝鲜仁祖朝经丁卯、丙子胡乱，向清求和，应诺对清行君臣之礼，世子昭显、二王子凤林大君成为人质，长达八年。后昭显世子、仁祖先后辞世，凤林大君即位，即孝宗。孝宗与昔日师长宋时烈（1607—1689）一拍即合，提出"北伐"主张，伐清复明，其依据则为"《春秋》大义，夷狄而不得入于中国，禽兽而不得

---

① （朝鲜朝）梁大朴：《青溪集》卷三《请斩倭使书，上松江郑相国》，《丛刊》第 53 册，第 547 页。

伦于人类"。①

孝宗猝然升遐,北伐终成泡影,然宋时烈所提《春秋》大义思想,在当时乃至后世均引起广泛影响。尤庵辞世后,1704 年明亡周甲之际,朝鲜拟议修筑大报坛,尤庵门人权尚夏亦以先生遗命,率先修建明神宗、毅宗两皇帝庙于尤庵生前隐居之华阳洞,号万东,行享礼。② 成海应(1760—1839)《研经斋全集外集》单有《尊攘类》。

不仅如此,明清之际,宋遗民郑思肖《心史》见于世上,引起顾炎武等人的关注。后因李德懋尝随节使赴燕京,得见此书,传入朝鲜,产生广泛影响。成海应尝言:"余得其本而读之,愤郁侘傺,激烈悲哀,诚可敬也。"③并作诗《次顾亭林咏心史韵》,中有"遗民日夜望官军,气化未转身先死""我从槎客得读之,同调如何不同时""傍搜今古传忠义,抚剑击节招神鬼。草野思汉倘复多,黄河犹浊将奈何""胡虏得天难喻理,万一遗旅复土宇""剃发左衽彼何人,孰如死为忠义鬼""九原耿耿赍恨死,即今胡尘暗燕市。我今作诗悲若人,山蕨泽兰须毅鬼。嗟乎洪吴愧应多,泰山鸿毛较如何"等语。④ 由此可见,《心史》的流传,同样反映出朝鲜朝尊华攘夷的意识,反映出当时清朝统治下的朝鲜士大夫心态。

19 世纪,丙寅洋扰(1866)、辛未洋扰(1871)相继发生,日本

---

① (朝鲜朝)宋时烈:《宋子大全·附录》卷十九《记述杂录·尹凤九江上语录》,《丛刊》第 115 册,第 589 页。

② (朝鲜朝)宋时烈:《宋子大全·附录》卷十二《年谱[十一]》"崇祯七十七年甲申"条,《丛刊》第 115 册,第 452 页。

③ (朝鲜朝)成海应:《研经斋全集》卷四十五《宋遗民传》,《丛刊》第 274 册,第 462 页。

④ (朝鲜朝)成海应:《研经斋全集》卷三,《丛刊》第 273 册,第 62 页。

侵略紧随其后（1875）。面对外来侵略不断，华西李恒老（1792—1868）等性理学者们举起"斥邪卫正论"，此即为尤庵宋时烈高举《春秋》大义思想之延续。①

重庵金平默是华西门人，他承续了这种《春秋》大义的思想。《成欢早发，道中怀宋左溟，仍次其送别韵》其二言"陆沉时节念皇明，为抱《春秋》度一生。人兽关头应更谨，何时樽酒罄衷情"，②即"尊华夏、攘夷狄"思想的体现；而《变于夷说》一文，专戒"新服""剃发"，依据便是"春秋之法，一事有夷狄之道，则便以夷狄待之"；③而如《嘉溪金氏二郎名字说》所言，金夏镇、性镇兄弟名字同样体现了这种思想。

自高丽朝实行科举考试以来，《春秋》即为必读书之一，"朝鲜应科人习三经"亦含《春秋》。④ 而当朝臣宋德相（1710—1783）在正祖二年（1778）十二月十二日经筵讲习之时，提出"圣人之事莫大于《春秋》，《春秋》之义莫大于尊王攘夷，此实天经地义民彝之不可无者。倘或坠失则中国入于夷狄，人类入于禽兽，可不惧哉？……惟其明天理正人心，使我东土免为夷狄禽兽之归者，伊谁之功哉？亦惟我肃宗大王心怀愤痛，志在继述，而国小力弱，虽不及有为，筑坛报祀，大义皎然……然丙、丁以来，岁

---

① （韩）李载锡：《尤庵宋时烈的春秋大义论研究》，（韩）《统一问题与国际关系》，1997（总 8）。

② （朝鲜朝）金平默：《重庵先生文集》卷二，《丛刊》第 319 册，第 61 页。

③ （朝鲜朝）金平默：《重庵先生文集》卷三十四《杂著·变于夷说》，《丛刊》第 320 册，第 592 页。

④ （朝鲜朝）李廷龟：《月沙先生集》卷二十一《辨诬录·戊戌辨诬录·赞画丁应泰奏本》："朝鲜应科人习三经，则《诗》《书》《春秋》也。既知《春秋》大义，则当谨奉天王正朔。"（《丛刊》第 69 册，第 462 页。）

月浸远,人心狃安。人或为大义之说则皆以为迂阔古谈,几不知有'圣祖志业'及'朱子含忍'八字之义。今宜倡明发挥,使天理不至尽亡",①则《春秋》大义尊王攘夷,与尊明反清天然地联系在一起。在朝鲜人看来,"当赵氏南渡,中州久已陆沉矣。晦翁生于是时,其所惓惓于章奏言论之间者,无非尊王攘夷之义",②则朱子申论《春秋》大义这一行为本身,就与本国的反侵略联系在一起。

故在朝鲜半岛,《春秋》大义的提出、接受乃至产生深远影响,其直接原因是外敌入侵朝鲜半岛,根本渊源,则在于朱子学在朝鲜朝大盛,为尊华攘夷的思想提供了必备且广泛的思想基础。

小结

古朝鲜至高丽建国前,汉化名、字存世者鲜有。此后渐趋增多,由最早的仅有少数贵族、高官等人拥有,到拥有者与日俱增、阶层不断扩展,直至蔚然大观。本节在韩国古代文人名字解诂基础上,归纳、列举了韩国古人名、字组合的十四种方式,统计出使用最为频繁的三类,并试图探讨此种情况出现的原因,即在对中国古代文化制度模仿学习、再创造中,韩国渐次通过设学校、行科举、遣留学生来华等人才培养、选拔方式,营造出读书人阶层学习汉文典籍的大环境,促进汉文化在本土之发展繁荣,韩国古代汉诗文作家名字的高度汉化,集中体现出朝鲜半岛整体沉浸在汉文化影响的氛围中,这是韩国古人积极主动模仿、运用并

---

① (朝鲜朝)宋德相:《果庵先生文集》卷六《筵说》,《丛刊》第 229 册,第 96 页。

② (朝鲜朝)李德寿:《西堂私载》卷四《龙岩书院记》,《丛刊》第 186 册,第 235 页。

不断创新的结果。

（二）兄弟名字关联

我国学界有关古人名与字关联的解释已近完备,然对古代兄弟之间命名规律,或以为太过显豁,学界并未如名字解诂般加以关注。本节将通过概括韩国古代兄弟命名类型,进一步揭示中国古代文化对韩国古人产生的深刻影响,为学界反观中国古代情况之研究打下基础。

一、 字形关联

在韩国古代兄弟名字之间,最显而易见的便是字形上的联系,亦即同用某字或某部首。同一姓氏的家族中,或以名来表辈行,显现彼此关系。即使大家族中的两个人彼此互不相识,通过相同辈分字也可知是远房兄弟,而叔侄、祖孙、曾玄等关系也可进一步推知。不只是自家清楚,即使是外家人见了,也可很容易地分辨出此家人的辈分。站在先祖的角度,则"虽云仍穷宙",也"宛然若一室之内","可辨其某与某为兄弟者几人、某与某为叔侄者几人",而子孙"以祖先之心为心",推行辈字,便自然成为一种"孝悌敦睦之行",而当家族人员分散各地之时,行辈字则成为一种纽带,即可避免"不知其为兄弟叔侄,而路人而已"的情况。①

如此可见,以名来表辈行就具有"分""合"两种功效:在家族内部,可以有效区分彼此间的辈分关系;而相较于外部,则又可

---

① （朝鲜朝）尹愭:《无名子集文稿》册三《辈行相继锡名说》,《丛刊》第 256 册,第 218—219 页。

标明此家人的家族所属,与外家人相区别,有着极重要的"合族"作用。①

具体反映在兄弟名字上,就出现了用同字或同部首来表辈行的情况。这在中国很常见,不止古代,时至今日,也依旧有家族沿用此法,在同字方面,最为人所熟悉的便为孔姓之家,自明太祖赐八个辈分字以供起名,名表行辈的方法沿用至今。而如明皇帝朱由检、朱由校,乃至当代身为同族同辈的著名诗人查良铮(穆旦)与武侠小说作家查良镛(金庸),他们兄弟的名字则不仅共享了辈分字,而且非犯字之字还用了相同的部首。

在韩国古代,如李埈(1560—1635)取"圭"为"礼之镇、瓒、玉谷、琬琰",而其质为玉,且玉"备九德而班六器",为"天下之所同贵",故名诸子皆以圭字。② 再如,柳尚运(1636—1707)便在癸未年(1703),以"吾名用车"而"车以木为体,以土为用",将后世子孙之名所用部首定为"土木二字互用"。③

又如,靖平公尹氏后裔诸族,便在乙酉年(1765)"行岁一祭之礼于交河墓所"之后,举行了全宗族的会议,决定"自靖平公十二世孙"这一辈开始,"皆以辈行锡名"。具体方法是,先以"培"字为双字之名的第二个字,"后则五行相承,周而复始",亦即自"培"字辈之后,各辈相继用木、火、金、水、土,循环作为名中第二个字的部首。这样便形成家族的整体性。然而如果各支脉自行取名,由于各派分散,即使名中第二字部首相同,久而久之,或也

---

① (朝鲜朝)尹愭:《无名子集文稿》册三《辈行相继锡名说》,《丛刊》第 256 册,第 218—219 页。

② (朝鲜朝)李埈:《苍石先生文集》卷十二《儿辈名字说》,《丛刊》第 64 册,第 445—446 页。

③ (朝鲜朝)柳尚运:《约斋集》册五《子孙定名说》,《丛刊》第 42 册,第 586—587 页。

出现难以辨别同为一家某辈的情况,故而壬子年(1792),靖平公十一世孙尹愭想出"预定行列相继之为某字",并确定"培、善、永、秀、容、德、进、裕"这八个排行字,而具体使用方法,也将原来的固定在第二字,改变为"一为上字、一为下字",以期在"五行相承之中","兼寓交勉无穷之义"。①

同时在世之人,若辈分不同,而共享表示同辈分的字形,那势必造成混乱的情况。虽然与中国孔氏增添排行字不同,但这种变更上下字的方法,使得八个排行字在字数保持不变的情况下,同样达到了增多数量的效果。

不只名上可以同用某字,表字亦可。如李宕(1507—1584)七子:长子廷馣,字伯薰;二子廷馧,字仲薰;三子廷馨,字德薰;四子廷馚,字大薰;五子廷馧,字汝薰;六子廷馞,字士薰;七子廷馫,字季薰。七人不只名中上字同用"廷"、下字同为"香"部,而且字中亦同用"薰"为下字。

总的来说,从字形上看,兄弟名字之间的关系主要表现在名与表字上对于某字、某部首的共享两个方面。

二、意义关联

(一)含义相近。如李宕七子名中之"馣"(《玉篇》:"香也。")、"馧"(《说文》:"薰,香草也。")、"馨"(《诗·大雅·凫鹥》:"尔酒既清,尔殽既馨。"《传》:"馨,香之远闻也。")、"馚"(《广韵》:"馚,与馩同","馩馧,香气。")、"馧"(《广韵》:"香也。")、"馞"(《玉篇》:"香味。")、"馫"(《集韵》:"香气盛也。")),便均与香气有关。

---

① (朝鲜朝)尹愭:《无名子集文稿》册三《辈行相继锡名说》,《丛刊》第 256 册,第 218—219 页。

　　再如,牧隐李穑名茂珍金氏景先之三子分别为尔瞻、尔盱、尔盼,便即"瞻之言视也""盱之言亦视也",虽然"盼之言目之黑白均也",可又因"孟子自道善知言,其言曰'听其言也,观其眸子,人焉廋哉'",①故"瞻""盱""盼"均与"视"有关,意义相近。

　　又如柳氏三子晋发、晋亨、晋隆,便是因"柳出于晋,其先固奕然显",虽"近数代稍不振",然"公侯之后必复其始",且"柳氏大族而三子者皆良",故其名便寄托出于晋之柳氏"将兴"之义。②

　　又如宋纯(1493—1582)之二子宽、容,"宽者,宽仁之谓也","容者,容受之义也",便为相近之义。③

　　(二) 标示长幼。如上文所言李宕七子,其表字中的"伯""仲""季",便是标示长幼的成分。又如韩氏四子:尚桓字伯桓、尚质字仲质、尚敬字叔敬、尚德字季德,便是直接取用了伯仲叔季的排行,使得兄弟四人之长幼显而易见。

　　(三) 合名成义。如成达永、运永、进永三兄弟之名,便取"既立而达矣,强而能运矣,惟浩浩然益其进"之义,以期其自强不息、本立道生,臻于至善。④

　　又如尹氏五子,以尹氏本"坡平之大姓",先世"名德阀阅,为东方甲乙族者垂八百年",惟"近数代稍不振"。故五子均以"庆"名,除"从其序"之外,还有"其积久矣,宜至是而发其庆也"之义。

---

① (高丽)李穑:《牧隐文稿》卷十《茂珍金氏三子名字说》,《丛刊》第5册,第77—78页。

② (朝鲜朝)张维:《谿谷先生集》卷四《柳生名字说》,《丛刊》第92册,第81—82页。

③ (朝鲜朝)宋纯:《俯仰续集》卷一《名二子说》,《丛刊》第26册,第324页。

④ (朝鲜朝)曹兢燮:《岩栖先生文集》卷十七《成氏三子名字说甲寅》,《丛刊》第350册,第254页。

且"《传》曰'公侯子孙，必复其始'《易》曰'复其见天地之心'"，故长曰庆复字伯心。"夫既复矣，宜日增而无疆，然又不可不谦以将之"，故其次曰庆益字仲谦。"既复而益矣，又宜恒宜久而不已"，故其次曰庆恒字叔久。"恒久而已，而不日进则退矣，不日新则敝矣"，故其次曰庆晋字季新。"晋而新之，则尤宜有以顺其德"，故其次曰庆升字稚顺，以期五子以此自勉，则可做到"敬慎乎不远复以终身"；"服膺乎见善迁、有过改"，"切戒夫立心之勿恒"；"存心乎立不易方，而无或承不恒之羞"；"昭明德而日日新，无或蹈于不中不正"；"积小高大，而惕若乎冥升"。①

（四）经典合用。如李集（1327—1387），其"举于有司"之时便"以书义著称"，故其三子取名之时，取自"三德之义用"，分名以"之直""之刚""之柔"，以应《尚书·洪范》所言"三德，一曰正直，二曰刚克，三曰柔克"之义。②

又如权氏择中、用中二兄弟，因其姓"权"，而"权者，经之反"，惟"得其中"方可归于"经"，故而同命之以"中"字。又因"君子贵乎择中。当其始也，择之须精。及其得也，执之须固。虽得其中，而执之不固，则终亦不为我有，故君子贵乎固执"，是故依次"名其兄曰择中，字曰执之；其季曰用中，字曰时之"。命名者"因姓而名之。因名而字之"，就是为了二人"因字而思名，因名而思姓"，以"执其两端，用其中于民"之义相勉励。③

又如，李氏秀贤字景德、秀良字景行、秀能字景艺三兄弟。

---

① （朝鲜朝）俞拓基：《知守斋集》卷十五《尹纪叔纪宗五子名字说》，《丛刊》第 213 册，第 587 页。

② （高丽）李穑：《牧隐文稿》卷十《李氏三子名说》，《丛刊》第 3 册，第 366—367 页。

③ （朝鲜朝）周世鹏：《武陵杂稿》卷六《原集·权生兄弟名字说》，《丛刊》第 27 册，第 33—34 页。

"人得天地之秀气以生,而其得秀之秀者为贤为良为能",又因"贤者有德之谓,良者行修之谓,能者达于艺之谓",故而三人名字"合之则周人所谓乡三物者是也"。① 所谓"乡三物",即《周礼·地官·大司徒》:"以乡三物教万民,而宾兴之。一曰六德:知、仁、圣、义、忠、和。二曰六行:孝、友、睦、姻、任、恤。三曰六艺:礼、乐、射、御、书、数。"

(五)结合阴阳学说。李尚馨(1585—1645)为诸孙取名为圣龙、圣虎、圣龟、圣凤、圣麟,便言乃因其适逢"国家否运已极、圣作物睹之时",其乃分别"生得""东方寅卯辰青龙之气""西方申酉戌白虎之气""北方亥子丑玄武之气""南方寅午戌朱雀之气""中央艮丑坤申土金之气"。以期其"顾名思义,退则以仁、义、礼、智、信五德藏修待用,进则亦以五德立身扬名,尽忠报国"。② 将朱雀、玄武、青龙、白虎与四方相配,而《黄帝内经》中也有五方与五行、五德相配之内容。

(六)赞美父亲。如沈氏克孝、克忠、克仁、克礼四兄弟之名,便因其父亲沈肩"人也孝于亲,与人交而忠,又能仁其宗族,接人以礼",故以"此四德""名其四子"。③

(七)记事。如,李氏鳌、龟、鼋、鼍、鳖、鼊、鲸、鲲八兄弟之名,便为记其父李麟"之来聘也,此族感于梦,问诸宾厨而放之水"之事。

又如黄㦡(1604—1656)二子光图字龙瑞、光畴字龟瑞,便因

---

① (朝鲜朝)柳重教:《省斋先生文集》卷三十七《柯下散笔·李汝吉三子名字说》,《丛刊》第 324 册,第 252—253 页。

② (朝鲜朝)李尚馨:《天默先生遗稿》卷三《名诸孙说》,《丛刊》第 21 册,第 600—601 页。

③ (朝鲜朝)洪贵达:《虚白亭文集》卷三《名沈上将子四昆季说》,《丛刊》第 14 册,第 123 页。

"光图之生也有吉兆,龙见于梦;光畴之生也有嘉祥,龟出于海",而因"河负图而伏羲画八卦、洛呈书而大禹著九畴",乃"始启""人文",以成"千万世之瑞",故其字同以"瑞",而名为"光图""光畴",以寓"阐图书之理、明前圣之学,于吾道有光,不但为一世之瑞"的期望。

又如,李达衷(1309—1385)四子:长竴、次溥、次孺、次竑,其名均为朝鲜太祖所赐,而之所以均以"立"为偏旁,便为"志"其"咸州钱席,立在桓祖后事"①。桓祖,即太祖之父。时高丽恭愍王七年,李达衷"以户部尚书出为东北面兵马使"。"将还,桓祖以朔方道万户,饯于咸州之鹤仙亭",而"太祖大王侍立其左而十七岁矣"。达衷"一见",便"知其异表","适有七獐过岸上,公曰:'可得一乎?'太祖弯弓一发,殪五獐"。故进酒之时,"桓祖行酒则公立饮,太祖行酒则公跪饮。桓祖怪之曰:'故人之子何乃尔?'公对曰:'诚异人,非公所及。公之家业,此子必大之。'因以子孙属焉"。② 故太祖登基后赐名其子"立",以"嘉公有大见识"。③

(八) 景慕前贤。

1. 直接以古人名为名,如李氏兄弟五人:景颜、景闵、景容、景宪、景曾,便依次取孔子弟子颜回字子渊、闵损字子骞、南宫括字子容、原宪字子思、曾参字子舆。再如,金富轼(1075—1151)、金富辙(?—1136)二兄弟,即取苏轼、苏辙。

又如,柳希清、希任兄弟之名,便因出于对柳下惠、伯夷、伊

---

① (朝鲜朝)李仁行:《新野先生文集》卷五《霁亭李公遗卷序》,《影印标点韩国文集丛刊续编》(后简称《丛刊续编》)第 104 册,韩国:民族文化推进会,2005 年,第 519 页。

② (朝鲜朝)李达衷:《霁亭先生文集》卷四《行状》,《丛刊》第 3 册,第 292—294 页。

③ (高丽)田禄生:《樗隐先生逸稿》卷六《附录·尊慕录附》,《丛刊》第 3 册,第 431 页。

尹乃至孔子之希慕。柳为"金化之族姓","古有柳下惠"亦为同姓,"孟子曰:'柳下惠,圣之和者也。伯夷,圣之清者也。伊尹,圣之任者也。孔子之谓集大成。'若孔子则合三子之长而为一大成,亦何所希于他? 三子者各一其长而不能无偏,则和不可一于和,必希于清,清不可一于清,必希于任",故而以"希清""希任"名之。①

2. 以前贤有关之事物为名。

以其事者,如崔氏弘辅字匪熊、弘弼字若霖、弘佐字如龙、弘遇字殆天,"取渭川、傅岩、孔明、子房之故事"。② 即《六韬·文师》载:"文王将往渭水边打猎,行前占卜,卜辞曰:'田于渭阳,将大得焉……非虎非罴,兆得公侯。天遣汝师以之佐昌。'"吕尚之事。《尚书·说命上》:"高宗梦得说,使百工营求诸野,得诸傅岩……命之曰:'朝夕纳诲,以辅台德。若金,用汝作砺;若济巨川,用汝作舟楫;若岁大旱,用汝作霖雨。'"傅说之事。孔明道号卧龙先生,诸葛亮之事。圯上遇黄石公老人,授受经邦治世之法,张良之事。又如,宋氏奎光字伯晦、奎辉字晦仲、奎章字晦贞、奎明字晦而,四兄弟"始以一'奎'而名之以'光''辉''章''明'";"终以四者而字之以一'晦'者",正是为了表现"奎运之光辉章明,至晦翁而大成之意",亦即出于对朱熹的希慕、向学之心。③

以其物者,如柳省熙字景玉、尤熙字景华、晦熙字景武。其

---

① (朝鲜朝)洪贵达:《虚白亭文集》卷三《杂著·名柳侯正厚二子说》,《丛刊》第 14 册,第 122 页。

② (朝鲜朝)崔锡鼎:《明谷集》卷十一《秋岩诸子名字说》,《丛刊》第 154 册,第 64 页。

③ (朝鲜朝)宋国泽:《四友堂先生集》卷三《四子名字说》,《丛刊续编》第 27 册,第 304 页。

祖平山申锦南"慕省斋,省斋有玉溪九曲","慕尤庵,尤庵有华阳九曲","慕晦庵,晦庵有武夷九曲",故因以名之。然其所慕,则包含了为学、立节两个方面:"晦翁主于学者,在居敬以立本、穷理以致知、力行以践实,乃得圣学之要道也。尤翁亦主是三者,而必加扩充之工。省翁亦主是,而更致力于《纲目》轮翼之说。"又:"晦翁当南渡之世而主尊攘义,尤翁在北沉之日亦主是义,省翁值今外夷之变,更力主是义。"极推其为孔子"作《春秋》垂万世之大义"。① 这与其时本国遭受日本侵略有着密不可分的关系。省斋,即柳重教(1832—1893),有《宋元华东史合编纲目》。尤庵,即宋时烈(1607—1689),为东方理学泰斗。晦庵,即朱熹。

3. 借鉴古人命名兄弟之方法。如崔恒庆(1560—1638)名二子以轞、轔,便是借鉴了苏洵名子的方法。恒庆觉得,苏轼、苏辙二人之所以有贬谪之祸,或与其名"轼""辙"为"有形之器"有关。因其有形,故而"猝当车覆马毙之日",不可"独保"。因"覆坠之患常在有形之器,而不在无形之声",有鉴于"其有形之败",故乃"探其无形",以表声之"轞""轔"取名,以期"免夫世俗之累"。又因声者"行则闻,止则息",若"息而无声",则"难以知轞轔之音",即使"熟路轻车",亦"无以奏其功"。因"声假有形而作,功假有声而成",声者不息,方可遂功。故"虽处潜寂无事之地,想其声而不息。虽处衽席幽闲之夕,若有闻而不息",又寓以自强不息之义。

(九) 极辨华夏。如金氏长郎夏镇字阳伯,少男性镇字善仲。金平默(1819—1891)为之取名之时,告夏镇曰:"勉哉! 夙夜讲夷夏阴阳之辨,内自身心,外至事物,罔有小大,善养其阳

---

① (朝鲜朝)柳麟锡:《毅庵先生文集》卷四十《申锦南三孙名字说甲辰》,《丛刊》第 339 册,第 100—101 页。

德,巍然为华夏人物,以镇下乔木而入幽谷之俗。"告性镇曰:"华夏之所以为华夏,岂有他哉?一则曰先王之道,二则曰先王之道。斯道也本乎天性,有善无恶。圣凡一理,古今同禀。周公既没,孔孟程朱,以及我东先觉、德门先正,授受而讲明者,此也。是即阳德之实体,人之所以异于禽兽者,而得失向背之间,吉凶存亡立判者也。所患者气禀之所拘、物欲之所诱、习俗见闻之所引,愚之而不自觉知耳。连床共业之间,相与惕然恐惧,省身克己,造次必于是,矢不为他歧之惑也哉。"①以期二子自修其身,以为华夏之道。其之所以如此力辨夷夏之大防,与柳氏三兄弟之名景慕三子相同,不仅蕴含了于"华夏"文化之景慕,更加包含了面对日本侵略的抗争精神。

总而言之,韩国古人兄弟名字关系主要表现为字形上的同字、同部首,意义上的含义相近、标示长幼、合名成义、经典合用、结合阴阳学说、赞美父亲、记事、景慕前贤、极辨华夏等九个方面。其中景慕前贤,又包含直接以古人名为名、以前贤有关之事物为名、借鉴古人命名兄弟之方法三种情况,而其敬慕对象则大都为中国古人,这也就更加直接地表现出韩国古人对于中华文化之向往。极辨华夏一类,则又在景慕中华文化外,也体现出了鲜明的本国时代特征。

(三)别号

室名斋号,即居室主人为屋室、书斋等起的名字,是别号的主要组成部分。与中国古人相似,韩国古人的室名斋号,也体现

---

① (朝鲜朝)金平默:《重庵先生文集》卷四十《嘉溪金氏二郎名字说》,《丛刊》第320册,第129—130页。

出居室主人自身的生活状况、境遇,乃至兴趣爱好、志趣节操等。

韩国现存最早的别号出现在三国时期,此后,据申用浩教授以高丽 507 人为对象进行统计,高丽国初 23 人中仅 1 人有号,11 至 13 世纪 282 人中 17 人有号,丽末以来,有号者比例渐次增多,至 17 世纪则达到 80％以上。①

此前,韩国古人别号研究未在学界引起广泛重视,仅韩国申用浩、姜宪圭教授将研究成果合订出版《先贤들의 字와 号》。然该书未能大量搜集室名斋记、行状墓志等相关文献,导致研究大都限于号之字面内容,未能进一步解释、系统归纳、深入分析。

笔者所编《韩国历代人物名字号谥解诂辞典》,曾参照具体文献,解释室名、斋号、称号等共计 993 个。本节将以此为基础,具体讨论别号研究参考原始文献的必要性,归纳韩国古人别号种类,概括其特点。

一、 参考原始文献的必要性

对于古人别号的研究,与名字可自行解诂不同,始终应建立在引用室名斋记、墓志行状等相关文献之基础上,否则难免误导读者。如申用浩教授以为,双明斋并非李仁老(1152—1220)别号:"虽然李世黄《破闲集序》言其父仁老有《双明斋集》,但实际崔谠(1135—1211)号双明斋,与耆老会诸人在双明斋唱和,李仁老仅为其编辑唱和集而已。"②笔者在韩见《双明斋先生文集》,言李仁老曾"制进御座元宵灯诗曰:'风细不教金烬落,更长渐见玉虫生。须知一片丹心在,欲助重瞳日月明。'王大嘉称赏,赐号双

---

① (韩)申用浩、姜宪圭:《先贤们的字与号》,首尔:传统文化研究会,2010 年,第 81—84 页。

② 译自(韩)申用浩、姜宪圭:《先贤们的字与号》,第 82—83 页。

明"。可知双明斋这一别号的来由。① 又如，姜宪圭教授就李德懋号青庄馆言"我国古人作号时，将'早衰''庄重之老'视作美德。年纪才过三十便号以'老'者极多，而'青庄馆'以外'青庄'二字未见"②。实际"青庄馆"之"青庄"乃"鸂鶒之别名"，李德懋因鸂鶒"在江湖间，不营求，唯食过前之鱼，故一名信天翁"而取号。③

别号丰富多样，若未见相关文献，解释难免致谬。如朴良佐（1521—1599）复斋，非因复卦，乃因"晚年返故里，因自号复斋"。④ 又如姜克诚（1526—1576）醉竹，亦与实物竹子无关，乃"以竹醉日生，故号"。⑤ 又如郑础（朝鲜中期）桂轩，亦与实物桂树无关，乃因"谢病杜门，研精金丹之秘"时，"有天神降其室"，赠诗"桂香方馥郁，仙驭自天来"。⑥ 再如郑蕴（1569—1641）桐溪，极易联想到梧桐、溪水，然事实上"先生取'峄阳孤桐'之义自号"，⑦即指《书·禹贡》。再如赵暾（1716—1790）竹石，亦非因门前竹、石，乃以"公筑室于杨州白石之川竹里"。⑧ 再如李德秀

---

① （高丽）李仁老：《双明斋先生文集·附录·事实》，韩国启明大学藏朝鲜末抄本。

② 译自（韩）申用浩、姜宪圭：《先贤们的字与号》，第 253 页。

③ （朝鲜朝）朴趾源：《燕岩集》卷三《孔雀馆文稿·炯庵行状》，《丛刊》第 252 册，第 68 页。

④ （朝鲜朝）朴而章：《龙潭先生文集》卷四《先考复斋府君行状》，《丛刊》第 56 册，第 206 页。

⑤ （朝鲜朝）许穆：《记言别集》卷二十四《议政府舍人姜公墓表》，《丛刊》第 99 册，第 303 页。

⑥ （朝鲜朝）洪重寅：《东国诗话汇成》卷十三，蔡美花、赵季主编：《韩国诗话全编校注》，第 3197 页。

⑦ （朝鲜朝）李光庭：《桐溪先生文集·文简公桐溪先生年谱》，《丛刊》第 75 册，第 401 页。

⑧ （朝鲜朝）李敏辅：《丰墅集》卷十六《竹石赵公行状》，《丛刊》第 233 册，第 6 页。

（朝鲜后期）松桂堂，易使人以为种松、桂而得号，实则其人"为三登宰"，"兹县地僻务简，无所事于治。方收拾旧书，寓古人鸣琴之意"，乃"取'出宰山水县，读书松桂林'之句，以'松桂'名坐堂"，①句出韩愈《县斋读书》诗。

别号中，常见多人同号现象，解释亦不能一概而论。如"松隐"，丽末鲜初朴翊（1332—1398）因"不忘旧都"，"种松，名溪，仍以自号"；②金光粹（1468—1563）因"宅边有矮松一株"，"爱之，日饮酒哦诗，偃仰于其下"而自号；③姜硕弼（1679—1755）则因"晚构小窝于素履亭下松林侧，客过则隐身松间"而有号。④

二、韩国古代别号种类

吉常宏在《号的内容与形式》中，将中国古人别号概括为居处、境况、情趣、身份、职业、形貌、纪实、自诩、倾慕、特征、明志、自勉、自谦、达观等十四类。⑤ 韩国古人别号方面，申用浩分"作号法则"与"号的分类"：作号法则，在高丽李奎报"所处以号""所志以号""所蓄以号"三类基础上，增"所遇以号"合为四类；号的分类，依照韩国国立中央图书馆一山文库藏《号谱》所载"屋庐之属""山陵岩谷之属""村里田野之属""河海泉渊之属""天日阴阳之属""草木禽兽之属""器用之属""隐逸之属""厌世谐谑之属"

---

① （朝鲜朝）李晚秀：《屐园遗稿》卷二十《松桂堂记》，《丛刊》第268册，第70页。

② （朝鲜朝）朴翊：《松隐先生文集》卷三《行状》，《丛刊》第5册，第237页。

③ （朝鲜朝）柳成龙：《西厓先生文集》卷十九《外祖进士金府君碣铭》，《丛刊》第52册，第367页。

④ （朝鲜朝）权相一：《清台先生文集》卷十二《松隐姜公墓碣铭并叙》，《丛刊续编》第61册，第450页。

⑤ 吉常宏：《中国人的名字别号》，第172—173页。

"杂号"等分为十类。① 姜宪圭按照意义分类别号时,以单独字义为基础,所分大类有自然物(无生命物体、植物、花、动物)、季节、方向、高度、颜色、明暗、数目、居所、抽象、人称、韬养、老(庄重)、大小、职业类比、动静、感观、其他一般心态等十七类。②

上述各种分类均不甚严密,分类标准在实物、思想上有交叉,且不能系统全面概括别号种类,均不甚可取。笔者将在参考别号释义的基础上,以别号名称为基础,把韩国古人别号分作以下十类。为尽量避免兼类情况,类目先后顺序,即为笔者归类优先级。

一、经典与名篇类。取自《诗》者,如高敬命(1533—1592)不已斋、李宜润(1564—1597)无忝堂,分别取《周颂·维天之命》"维天之命,于穆不已"与《小雅·小宛》"毋忝尔所生"。③ 取自《书》者,如丁胤禧(1531—1589)顾庵、朴弼正(1685—?)逸休,分别取《太甲上》"先王顾诿天之明命,以承上下神祇"与《周官》"作德,心逸日休;作伪,心劳日拙"。④ 取自《周易》者,如郑总(1358—1397)复斋、申钦(1566—1628)旅庵,分别取《复卦》与《旅卦》。⑤ 取自《春秋》经传者,如李命俊(1572—1630)退思斋,取《左传·宣公十二年》"林父之事君也,进思尽忠,退思补过,社

---

① (韩)申用浩、姜宪圭:《先贤们的字与号》,第88—128页。

② (韩)申用浩、姜宪圭:《先贤们的字与号》,第204—258页。

③ 分别见(朝鲜朝)高敬命:《霁峰集遗稿·不已斋铭》(《丛刊》第42册,第137页)、(朝鲜朝)朴惺:《大庵先生集》卷三《无忝堂李公墓志铭》(《丛刊续编》第6册,第259页)。

④ 分别见(朝鲜朝)李瀷:《星湖先生全集》卷六十八《顾庵丁先生小传》(《丛刊》第200册,第170页)、(朝鲜朝)蔡之洪:《凤岩集》卷十二《逸休斋记》(《丛刊》第205册,第427页)。

⑤ 分别见(高丽)李崇仁:《陶隐先生文集》卷四《复斋记》(《丛刊》第6册,第585页)、(朝鲜朝)张维:《谿谷先生集》卷八《旅庵记》(《丛刊》第92册,第134页)。

稷之卫也".① 取自《论语》者,如申用溉(1463—1519)二乐亭、
金堉拱极堂,分别取《雍也》"知者乐水,仁者乐山"与《为政》"为
政以德,譬如北辰居其所而众星共之".② 取自《礼记·中庸》
者,如成汝信(1546—1632)二顾斋、宋秉璇(1836—1905)渊斋,
分别取"言顾行,行顾言,君子胡不慥慥尔"与"溥博渊泉,而时出
之".③ 取自《礼记·大学》者,如申敏一(1576—1650)定静斋,
取"定而后能静".④

取自《老子》者,如梁诚之(1415—1482)止足堂、申钦超然斋
分别取"知足不辱,知止不殆,可以长久"与"虽有荣观,燕处超
然".⑤ 取自《庄子》者,如洪贵达(1438—1504)虚白亭、成伣
(1439—1504)浮休子,分别取《人间世》"虚室生白,吉祥止止"与
《刻意》"其生若浮,其死若休".⑥

取自诗句者,如徐居正(1420—1488)四佳亭、宋福源
(1544—?)晚对亭,分别取程颢《秋日偶成》"四时佳兴与人同"、

---

① （朝鲜朝）申翊圣:《乐全堂集》卷七《退思斋记》,《丛刊》第 93 册,
　　第 162 页。

② 分别见（朝鲜朝）沈彦光:《二乐亭先生集序》(《丛刊》第 17 册,第
　　33 页)、（朝鲜朝）金堉:《潜谷先生遗稿》卷九《拱极堂记》(《丛刊》
　　第 86 册,第 174 页)。

③ （朝鲜朝）成汝信:《浮查先生文集》卷三《知恩舍名堂室记》(《丛
　　刊》第 56 册,第 101 页)、（朝鲜朝）宋秉璇:《渊斋先生文集》卷五十
　　三《附录·行状》(《丛刊》第 330 册,第 477 页)。

④ （朝鲜朝）申敏一:《化堂先生集》卷三《定静斋说甲戌江界谪所》,
　　《丛刊》第 84 册,第 46 页。

⑤ 分别见（朝鲜朝）徐居正:《止足堂铭》(《丛刊》第 9 册,第 371 页)、
　　（朝鲜朝）申钦:《象村稿》卷三十三《超然斋说》,《丛刊》第 72 册,
　　第 186 页。

⑥ 分别见（朝鲜朝）成伣:《虚白堂文集》卷四《虚白亭记》(《丛刊》第 14
　　册,第 446 页)、卷十三《浮休子传》(《丛刊》第 14 册,第 526 页)。

杜甫《白帝城楼》"翠屏宜晚对"。① 取自文章者，如申叔舟（1417—1475）希贤堂，乃明代使臣黄瓒取周敦颐"士希贤"而命；②又如卢思慎天隐堂，取《中说·周公》"至人天隐"。③ 取自名言典故者，如郑汝昌（1450—1504）一蠹，取程颐"晏然为天地间一蠹"；④又如洪可臣（1541—1615）晚全堂，取"欧阳公'早退以全晚节'之语"；⑤再如李重基（1571—1624）勿关斋，取向子平"男婚女嫁毕，敕断家事，勿复相关"事。⑥

取自主人诗语者，如前文所举李仁老号双明斋，又如释惠文（？—1235），因其题普贤寺额联"路长门外人南北，松老崖边月古今""为人传诵，因号松月和尚"。⑦

经典与名篇类亦有出处杂糅者，如姜硕弼（1679—1755）二知斋，"盖取五十知天命，知四十九年非之义"，融合《论语·为政》与《淮南子·原道训》。⑧

---

① 分别见（朝鲜朝）卞季良：《春亭先生文集》卷五《四佳亭记》（《丛刊》第 8 册，第 72 页）、（朝鲜朝）吴沄：《竹牖先生文集》卷三《晚对亭记》（《丛刊续编》第 5 册，第 48 页）。

② （朝鲜朝）黄瓒：《希贤堂诗序》，见《保闲斋集》附录，《丛刊》第 10 册，第 153 页。

③ （朝鲜朝）洪贵达：《虚白亭文集》卷之二《天隐堂记》，《丛刊》第 14 册，第 57 页。

④ （朝鲜朝）郑汝昌：《一蠹先生遗集》卷二附录《事实大略》，《丛刊》第 15 册，第 469 页。

⑤ （朝鲜朝）洪可臣：《晚全先生文集》卷六附录《行状》，《丛刊》第 51 册，第 524 页。

⑥ （朝鲜朝）朴弥：《汾西集》卷之十一《勿关斋记》，《丛刊》第 25 册，第 100 页。

⑦ 《白云小说》，蔡美花、赵季主编：《韩国诗话全编校注》，第 54 页。

⑧ （朝鲜朝）权相一：《清台先生文集》卷十二《松隐姜公墓碣铭并叙》，《丛刊》第 61 册，第 450 页。

二、处所用途、材质及特点类。以用途取号者,如李承休
(1224—1300)看藏寺,以看佛经命名;①蔡洪哲(1262—1340)活
人堂,以施药救人得名;②朴承任(1517—1586)啸皋,以"家后有
松苑,苑中有断麓。所尝朝暮登陟,而凡有忧喜悲欢之感于情,
辄仰天徐啸,出声而止,乃其素性然也,故自号曰啸皋"。③ 以材
质取号者,如李之菡(1517—1578)土亭,"以所居屋土筑为
亭";④朴应善(1575—1636)草亭,"晚构茅屋数间,因号'草
亭'"。⑤ 以特点取号者,如李命俊(1572—1630)蟹甲窝、金埔伛
偻亭,均因小而得名。⑥

三、地理位置类。因水取号者,如李师准(1454—1523)枕流堂,
因临汉江而名;⑦成浑(1535—1598)牛溪,以"居坡山之牛溪"。⑧ 因

---

① (朝鲜朝)安轴:《谨斋先生集》卷三增补《看藏庵记》,《丛刊》第 2
册,第 481 页。

② (朝鲜朝)李穀:《稼亭先生文集》卷十一《有元奉议大夫太常礼仪院
判官骁骑尉大兴县子高丽纯诚辅翊赞化功臣三重大匡右文馆大提
学领艺文馆事顺天君蔡公墓志铭》,《丛刊》第 3 册,第 162 页。

③ (朝鲜朝)金中清:《苟全先生文集》卷六《啸皋朴先生行状》,《丛刊
续编》第 14 册,第 212 页。

④ (朝鲜朝)李观命:《土亭先生遗事》卷下《赠资宪大夫吏曹判书兼
知义禁府事五卫都总府都总管成均馆祭酒世子侍讲院赞善行宣
务郎牙山县监李公谥状》,《丛刊》第 36 册,第 477 页。

⑤ (朝鲜朝)安鼎福:《顺庵先生文集》卷二十二《草亭朴先生墓志铭
并序》,《丛刊》第 230 册,第 242 页。

⑥ (朝鲜朝)任叔英:《疏庵先生集》卷三《蟹甲窝记辛酉年作,时公私
土木大兴》(《丛刊》第 83 册,第 432 页)、《潜谷先生遗稿》卷九《伛
偻亭记》(《丛刊》第 86 册,第 175 页)。

⑦ (朝鲜朝)丁寿岗:《月轩集》卷一《枕流堂赋枕流堂,即李公师准堂
号。早辞官,构堂于江上以终老焉》,《丛刊》第 16 册,第 179 页。

⑧ (朝鲜朝)李廷龟:《月沙先生集》卷五十四《牛溪先生谥状》,《丛
刊》第 70 册,第 336 页。

山取号者,如郭舆(1058—1130)东山处士,乃因"固求退居,赐城东若头山一峰构室以居";①柳褥(1561—1613)浮休散人,因居"浮休山下"。② 因地名取号,有以出生地为号者,如成石璘(1338—1423)独谷;③有以居处地名为号者,如权鞸(1569—1612)石洲;④有以本贯为号者,如黄宗海(1579—1642)朽浅先生,以其本贯怀德县古号朽浅。⑤

四、以具体行业、器物、自然条件、动物、植物等取号类。以具体行业取号者,如崔忠成(1458—1491)山堂书客,因其在山堂"以读书为业,而衣缝掖之衣,冠章甫之冠,庶几乎有儒者气像,故自号"。⑥ 以器物取号者,如李安柔(朝鲜前期)自号西坡三友,"三友者,阳燧也,角觡也,鐡刀也"。⑦ 以自然条件取号者,如李奎报四可斋,"田可以耕而食,有桑可以蚕而衣,有泉可饮,有木可薪,可吾意者有四,故名其斋曰四可"。⑧ 以动物取号者,如成汝信(1546—1632)伴鸥亭,乃因其"观夫碧波上,红蓼边,有一物焉。

---

① 《高丽史》九十七《列传》卷第一〇《诸臣·郭尚》,第 3003 页。

② (朝鲜朝)金应祖:《鹤沙先生文集》卷三《承议郎狼川县监柳公墓碣铭并序》,《丛刊》第 91 册,第 136 页。

③ (朝鲜朝)金连枝:《独谷先生行状》,见《独谷集》,《丛刊》第 6 册,第 57 页。

④ (朝鲜朝)朴世采:《南溪先生朴文纯公文正集》卷八十三《西湖三高士传戊申元日》,《丛刊》第 141 册,第 159 页。

⑤ (朝鲜朝)许穆:《行状》,见《朽浅先生集》附录,《丛刊》第 84 册,第 564—565 页。

⑥ (朝鲜朝)崔忠成:《山堂集》卷二《山堂书客传》,《丛刊》第 16 册,第 599 页。

⑦ (朝鲜朝)柳方善:《泰斋先生文集》卷四《西坡三友说》,《丛刊》第 8 册,第 657 页。

⑧ (高丽)李奎报:《东国李相国全集》卷二十三《四可斋记》,《丛刊》第 1 册,第 527 页。

其色白,其容闲。浮沉有时,出没无常。或戏水渚,或眠沙畔。忘机狎之,则近而不惊;有心玩之,则远而不亲";① 又如李复厚(1688—?),"晚岁卜居老江之皋,作亭养鹤,因以伴鹤自号"。② 以植物取号者又可细分为瓜果、树木、花卉等,较繁复,列表示意如下:

类目			号	主人	时期
树木	多种	冬青木十种	十青亭	卢守慎	1515—1590
		松、竹	双清堂	宋愉	1388—1446
	单种	竹	竹堂	申叔胥	朝鲜前期
			万竹	徐益	1542—1587
		松	松斋	李堣	1469—1517
			双翠轩	朴淳	1523—1589
		栎	栎翁	李齐贤	1287—1367
		桑	三桑堂	崔命昌	1466—1536
		梨	香雪轩	金尚容	1561—1637
花卉	多种	菊、梅	馦香堂	金玖	1521—1607
	单种	菊	菊斋	权溥	1262—1346
			菊坞	姜希孟	1424—1483
		梅	双梅堂	李詹	1345—1405
			梅窗	李诚胤	1570—1620

① (朝鲜朝)成汝信:《浮查先生文集》卷三《伴鸥亭记在临江亭上流一里。佳木数株,荫覆江上,景致幽绝,翁之所占而名之者也》,《丛刊》第56册,第99页。
② (朝鲜朝)成涉:《笔苑散语》编上第一,蔡美花、赵季主编:《韩国诗话全编校注》,第3656页。

类目		号	主人	时期
树、花	梅、竹、松	三友堂	李稼	1458—1516
	松、竹、梅、菊、莲	五友堂	金近	1579—1656
瓜		瓜亭	郑叙	高丽中期
		瓜亭	李籽	1480—1533

五、纪事类，即因遭遇某事而取号。如赵璞（1356—1408）雨亭，以其"尝得有元翰林学士赵子昂所写《大雨赋》手卷一轴"。① 又如洪允成（1425—1475）倾海堂，因世祖"谓公之饮酒能多而不为困"。② 再如郑晔（1563—1625）守梦，因"尝梦朱子掺手书示'盈天盈地，勿忘勿助'八字"。③

此类中较特殊者，即以卜筮卦象取号。如李奎报止止轩，"盖以《玄》筮之，得止之首而名之"；④又如金堉（1580—1658）晦静堂，因其"卜筑于嘉平华盖之阳，以《皇极范数》筮之，得一之三守，其繇曰'君子以晦处静俟'，遂取其语名其所居之堂"。⑤

六、主人自身特点及行为习惯类。以主人自身特点取号者，如崔诜双明斋，即以其双眼明亮而得号；⑥又如金安老（1481—

---

① （朝鲜朝）权近：《阳村先生文集》卷十三《雨亭记》，《丛刊》第 7 册，第 148 页。

② （朝鲜朝）李承召：《三滩先生集》卷十《倾海堂记》，《丛刊》第 11 册，第 471 页。

③ （朝鲜朝）李廷龟：《月沙先生集》卷四十四《左参赞赠右议政谥文肃郑公神道碑铭并序》，《丛刊》第 70 册，第 206 页。

④ （高丽）李奎报：《东国李相国全集》卷二十三《止止轩记》，《丛刊》第 1 册，第 526 页。

⑤ （朝鲜朝）张维：《谿谷先生集》卷八《晦静堂记》，《丛刊》第 92 册，第 131 页。

⑥ （朝鲜朝）徐居正编：《东文选》卷六五《双明斋记》。

1537)"余生而愚,长而益愚,自号曰愚叟"。① 以主人行为习惯取号者,如李行(1352—1432)骑牛子,即以其"每月夜,携酒骑牛,游于山水之间";②又如赵宗道(1537—1597)大笑轩,即以其"善谐谑,恒言多笑"。③

七、表达主人心情、情感类。洪汝方(? —1438)之恋主亭,其"以言事配长髻,量移长湍",此号乃"以寓爱君之诚"。④ 申叔舟自号保闲,在与中国倪瓒手书中,他解释道"将欲栖息于斯以守素志,惟排纷遣怀莫如闲,而闲亦不易得",故"以保闲名亭"。⑤

此类中最为重要者,即以号表现对于先人之思慕,可按照思慕对象,大概分为中国古人、韩国古人以及家人先祖三类。中国古人,思慕颜回如朴惺(1549—1606)学颜斋,⑥思慕周敦颐如卓光茂(1330—1410)景濂亭、⑦崔兴霖(1506—1581)溪堂,⑧思慕

---

① (朝鲜朝)金安老:《希乐堂文稿》卷五《希乐堂记》,《丛刊》第 21 册,第 379 页。

② (朝鲜朝)权近:《阳村先生文集》卷二十一《骑牛说李行》,《丛刊》第 7 册,第 209 页。

③ (朝鲜朝)柳成龙:《西厓先生别集》卷四《赵伯由》,《丛刊》第 52 册,第 466 页。

④ 《朝鲜世宗实录》卷八三,太白山史库本。

⑤ (朝鲜朝)申叔舟:《保闲斋集》卷十六《在燕京会同馆呈倪学士谦手简》,《丛刊》第 10 册,第 140 页。

⑥ (朝鲜朝)张显光:《旅轩先生文集》卷十三《大庵朴公行状》,《丛刊》第 60 册,第 251 页。

⑦ (高丽)郑道传:《三峰集》卷四《景濂亭铭后说》,《丛刊》第 5 册,第 353 页。

⑧ (朝鲜朝)崔兴霖:《溪堂遗稿》附录《溪堂重建上梁文崇祯后三甲申[西河任相周]》,韩国景仁文化社影印《韩国历代文集丛书》(下文简称《丛书》)第 114 册,第 347 页。

朱熹如安珦(1243—1306)晦轩、①鲁舒(1337—1386)景慕。② 思慕韩国古人者,如安邦俊(1573—1654)隐峰,以其推崇郑梦周、赵光祖为"名世真儒","盖合两贤之号而寓景仰之意也"。③

思慕家人先祖者,如申光汉(1484—1555)号企斋,亦即"企吾祖也",又因"吾祖名堂以希贤",故亦有"企吾祖所以希贤"之意。④ 又如李山海(1539—1609)望庵,即为"望吾祖吾父也",亦含希冀"吾之子吾之孙居是庵而望吾者,亦如吾今日之望"之意。⑤ 再如洪履祥(1549—1615)号慕堂,即因"丁外艰","执丧过制,服阕,孺慕不已。自号曰慕堂,以寓永慕之意"。⑥

八、隐逸类。将隐居付诸行动者,如李穑之牧隐、郑梦周之圃隐等;心隐,亦即隐于仕宦者,如李仲若(?—1122)之逸斋等。

九、思想类,即取号于儒、道玄、释佛等相关词汇。儒者大都取材经典,已于"经典与名篇类"详述,此外取材理学相关词汇者尤为突出,如柳命贤(1643—1703)静观斋、⑦张兴孝(1564—

① (高丽)安珦:《晦轩先生实记》卷四《墓志铭并序》,《丛书》第35册,第150—154页。
② (高丽)金文起:《白村先生文集》卷一《赠金紫光禄大夫知门下省判礼部事孝简公景慕斋鲁先生行状》,《丛书》第48册,第46—47页。
③ (朝鲜朝)俞棨:《市南先生文集》卷二十四《工曹参议安公行状》,《丛刊》第117册,第355页。
④ (朝鲜朝)申光汉:《企斋文集》卷一《企斋记》,《丛刊》第22册,第471页。
⑤ (朝鲜朝)李山海:《鹅溪遗稿》卷六《望庵记》,《丛刊》第47册,第570页。
⑥ (朝鲜朝)李埈:《苍石先生文集》卷十六《赠大匡辅国崇禄大夫议政府领议政行嘉义大夫司宪府大司宪洪公墓志铭》,《丛刊》第64册,第522页。
⑦ (朝鲜朝)李玄锡:《游斋先生集》卷十八《静观斋记》,《丛刊》第156册,第536页。

1633)敬堂。① 道玄者,如辛永禧(1442—1511)号安亭,取"无不自适其安";② 曹伸(1450—1521)号适庵,取"无往而不自适"。③ 释佛类,如僧惠勤(1320—1376)江月轩"盖取现像应机之义",④号其弟子雪岳"盖取'千山鸟飞绝,万径人踪灭'之气象"。⑤

十、后人讹传类,即此号非主人自号,亦非时人普遍称呼,乃因后人以讹传讹而成普遍称号。此类笔者仅见一例,即朴彭年(1417—1456)醉琴轩,后人因"先生亲笔《千字文》卷首尾"两个图署"其一曰'醉琴之轩永丰'","误认"醉琴轩为其轩号。⑥

三、 韩国古人别号特点⑦

韩国古人别号与名、字虽均有取自儒家经典、老庄名篇者,然别号相较其他经典,则明显侧重《周易》;且别号多有出自名言、主人诗语者,名字则少见。名字与别号虽均有纪事者,然别号径取卜筮者则较特殊。此外,别号有处所用途、材质、特点类,

---

① (朝鲜朝)张兴孝:《敬堂先生续集》卷一《敬堂说求记》,《丛刊》第 69 册,第 201 页。

② (朝鲜朝)李荇:《容斋先生集》卷之九《安亭记》,《丛刊》第 20 册,第 511 页。

③ (朝鲜朝)成俔:《虚白亭文集》卷之四《适庵赋并序》,《丛刊》第 14 册,第 125 页。

④ (朝鲜朝)权近:《阳村先生文集》卷十四《月江记》,《丛刊》第 7 册,第 158 页。

⑤ (高丽)李穑:《牧隐文稿》卷六《负暄堂记》,《丛刊》第 5 册,第 44 页。

⑥ (朝鲜朝)朴彭年:《朴先生遗稿·六先生遗稿凡例》,《丛刊》第 9 册,第 453 页。

⑦ 笔者在此虽用特点一词,非言有别于中国古人别号者,仅对韩国古人别号作几点归纳。

地理位置类,具体行业、器物、自然条件、动物、植物等取号类,主人自身特点及行为习惯类,主人心情、情感类,隐逸类等,其中取自山、水、地名、植物者最常见,亦最有别于名字。

这是因为大都生而取名、冠而取字,除却极少改名改字,一名一字最为常见且相较固定;而别号数量没有限定,还往往随遭际随时取定:"或因其所居之室,或因其所处之地,与夫江湖、池泽、溪山、谷洞,凡其心所乐、其身所寓之物",①随意可取。又因动物、植物本身,因文化传承,有了文化意味,如鸥鹭之闲适、松竹柏梅之守节、菊之隐逸等,以此取号,不仅因生活周边所养、所见,"所贵乎观物者,以其能反己",②亦有向慕、自励之意。

又因名字大都由别人取定,别号大都自取,故别号更可直接体现出号主人一时一地之心情、境遇抑或期望,不可因某一别号而想象号主人一生之实际生活。如高丽廉兴邦(?—1388),当李仁任"久窃国柄",林坚味"为其腹心,疾恶文臣,放逐甚众,兴邦亦在逐中",而"后坚味以兴邦世家大族,请与昏姻,兴邦亦惩前日流贬,欲保其身,惟仁任、坚味言是从","卖官鬻爵,夺人土田,笼山络野,夺人奴婢,千百为群。以至陵寝宫库、州县津驿之田,靡不据占。背主之隶,逃赋之民,聚如渊薮,廉使、守令,莫敢征发。由是民散寇炽,公私匮竭,中外切齿",至除之"国人大悦,道路歌舞"。③ 其号渔隐,本有垂钓归隐之义,而李穑《渔隐记》文末言"若夫竿也丝也,钩也饵也,曲也直也,俟与东亭归而后讨

① (朝鲜朝)张显光:《旅轩先生文集》卷七《旅轩说》,《丛刊》第 60 册,第 140 页。

② (朝鲜朝)河受一:《松亭先生文集》卷五《水月轩记》,《丛刊》第 61 册,第 127 页。

③ 《高丽史》一百二十六《列传》卷第三十九《奸臣二·林坚味》,第 3825—3826 页。

论焉",亦不免有所保留。

虽然别号与号主人一生行迹未必相符,但通过别号,仍可窥探时代变革与人物好尚。如别号显露隐逸之志者,行为真正归隐的别号出现,往往与时事密切相关。丽末鲜初之际,田禄生(1318—1375)号野隐、李穑号牧隐、朴翊号松隐、郑梦周号圃隐斋、李崇仁号陶隐、边安烈(1334—1390)号大隐、朴成阳号琴隐,均与易代之感有关;朝鲜朝,徐翰廷(1407—1490)号遁庵,与世祖篡位有关,许格(1627—1710)"崇祯丙子以后遂停举业,自称大明逸民,足迹罕到城市",[①]"丙子后不赴举,放浪山水间。英庙朝赠吏议。书崇祯年号",[②]故其号崇祯处士,则与明亡直接相关。再如,别号可透露主人兴趣爱好者,如柳琴(1741—1788)几何室,观记文,不仅可以看到柳琴对于几何之爱好,更可窥见朝鲜朝后期实学在理学大环境中的渗透。

虽然通过前文别号类别,人物崇尚明显可见者仅崇慕先人一类,但实际由于植物本身已有文化内涵,且名篇名言亦是主人自读,故通观各类,可更好分析人物好尚。如,可从别号窥见陶渊明在朝鲜朝影响之广泛:别号取陶渊明文章者,如李承休(1224—1300)容安堂取《归去来兮辞》"审容膝之易安",[③]申末舟(1439—1503)、金光煜同号归来亭,韩浚谦(1557—1627)号归来斋,则均径取篇名。取陶渊明诗语者,如郑赐湖(1553—?)悠然堂、金允安(1562—1620)号东篱,取《饮酒》其五"采菊东篱下,

①　(朝鲜朝)任璟:《玄湖琐谈》,蔡美花、赵季主编:《韩国诗话全编校注》,第2909页。

②　(朝鲜朝)《东国名贤抄》,蔡美花、赵季主编:《韩国诗话全编校注》,第4738页。

③　(朝鲜朝)李承休:《动安居士杂著·葆光亭记》,《丛刊》第2册,第382页。

悠然见南山";宋秉璇(1836—1905)东方一士取《拟古》其五"东方有一士,被服常不完"。取陶渊明爱好者,如朴从男(1558—1620)号柳村,取陶之门前种五柳;[①]洪敬孙(1409—1481)友菊斋,则取陶之爱菊,自言"友乎菊,所以友渊明也"。[②] 陶渊明不论出仕、归隐,均不改节操,其精神节操固为朱子学发达之韩国古人钦佩,从别号亦可窥见一斑。

此外,汉文化在朝鲜半岛产生的深远影响,是韩国古人别号形成、繁盛之根本原因,然于《谫论韩国古人名字组合方式》一文,笔者已详述韩国古代儒学繁盛原因及相关典籍传入,即以儒学经典为主要内容的学制与科举制的实行,是朝鲜半岛儒学繁盛、儒学经典深入人心的最主要原因,而国王对于经典的学习、引用则会起到上行下效的作用。

与此同时,虽然《老子》最早传入朝鲜半岛的过程不得详知,但百济近肖古王二十四年(369)已见使用《老子》原文者。时高句丽王斯由来侵,近肖古王遣太子拒之,"进击,大败之,追奔逐北,至于水谷城之西北。将军莫古解谏曰:'尝闻道家之言"知足不辱,知止不殆",今所得多矣,何必求多。'太子善之,止焉"。[③] 与612年乙支文德遗于仲文诗"知足愿云止"相类。而《老子》早期传入朝鲜半岛详细可考者,与道教密不可分。唐武德七年(624),高句丽人"争奉五斗米教,唐高祖闻之,遣道士送天尊像来讲《道德经》,王与国人听之",宝藏王即位(624),"儒释

---

① (朝鲜朝)金圣铎:《霁山先生文集》卷十六《柳村朴公行状》,《丛刊》第206册,第520页。

② (朝鲜朝)徐居正:《四佳文集》卷一《友菊斋记》,《丛刊》第11册,第194页。

③ (高丽)金富轼著,孙文范等校勘:《三国史记》卷二四《百济本纪》第二《近仇首王》,第295页。

并峙而黄冠未盛,特使于唐求道教"。① 新罗孝成王二年(738),
唐玄宗使邢璹来献《道德经》,且据庆州甘山寺弥勒菩萨造像记,
可知唐开元七年(719),新罗已有人披阅《老子》之文,新罗人宗
教、学问上出入佛老可知。高丽道教与佛教思想、行事杂糅,朝
鲜朝太祖丙子(1396)营建道教场所昭格殿,世祖朝改称昭格署,
后屡经罢、设,至宣祖壬辰(1592)以后永废。② 而融合郭象注、
陆德明音义、林希逸口义的《庄子鬳斋口义》尤其在朝鲜前期屡
次刊行,世宗七年(1452)《庄子口义》又与《老子口义》一同刊行,
同年刊《庄子口义》分发各邑。明宗、宣祖朝,在《庄子口义》基础
上改编而成的《南华真经》出版。此外《句解南华真经》《庄子》之
书也大量出现。③ 别号大量取材老庄,也反映出老庄文献及思
想在朝鲜半岛影响广泛。

(四)论渊民先生室名斋号

韩国汉文学殿军渊民李家源先生自幼学习经典,熟谙汉文,
在汉文学研究方面卓有成就,还曾创作大量汉诗文作品,其自身
生活方面,也特别喜欢为居处起名。通观渊民先生文集,他一生
中,使用了大量的室名斋号,甚至常为居所重复取名。自 13 岁
至 80 岁,几乎每年起一个室名斋号,总计约六十七个。通观其

---

① 《三国遗事》卷三《兴法第三》,朝鲜中宗壬申年刻本。
② 参考(韩)李能和辑述:《朝鲜道教史》,首尔:普成文化社,1977 年,
   第 370—412 页。
③ 参考(韩)沈庆昊:《韩国汉文基础学史》,第 401—402 页。

《渊渊夜思斋文稿》①《渊民之文》②《通故堂集》③《贞盦文存》④《游燕堂集》⑤《万花齐笑集》⑥等六种文集,可以将他居室命名的时间、原因等总结如下:

《渊渊夜思斋文稿》					
干支	公元	先生年岁	室名斋号	命名原因	页码
己巳	1929	13	温水阁	温溪之水经其南。	1
庚午	1930	14	灵芝山馆	退溪《陶山记》"灵芝之一支东出而为陶山"。	1
壬申	1932	16	清吟石阁	在温溪之下流清吟石之上。	7
癸酉	1933	17	净如鸥泛斋	退溪《与林士遂书》"净如鸥泛"。	9
甲戌	1934	18	青李来禽读书馆	晋人帖中有"青李来禽"字。	10
乙亥	1935	19	落帽山房	落帽峰在古溪山房之北。	13
丙子	1936	20	因树屋	朴趾源《许生后识》"因树为屋"。	16
丁丑	1937	21	曲桥农栈	渊民先生王父年逾八旬,先君以家贫亲老,率不肖兄弟躬耕于曲桥。	19

① (韩)李家源:《渊渊夜思斋文稿》,首尔:通文馆,1967 年。

② (韩)李家源:《渊民之文》,首尔:乙酉文化社,1973 年。

③ (韩)李家源:《通故堂集》,首尔:国民书馆,1979 年。

④ (韩)李家源:《贞盦文存》,首尔:友一出版社,1985 年。

⑤ (韩)李家源:《游燕堂集》,首尔:檀国大学校出版部,1990 年。

⑥ (韩)李家源:《万花齐笑集》,首尔:檀国大学校出版部,1998 年。

续表

干支	公元	先生年岁	室名斋号	命名原因	页码
戊寅	1938	22	海琴堂	有感于俞伯牙海边闻声，援琴而歌。	25
己卯	1939	23	青梅煮酒之馆	《三国志演义》"青梅煮酒论天下英雄"。	34
庚辰	1940	24	雪溜山馆	连宵大雪后，所寄屋岩得雪较深，岩脐冻泉成溜。	69
辛巳	1941	25	喜谭实学之斋	尝喜谭实学，遂为家常语。有人求书，多以此四字应之。	80
壬午	1942	26	德衣笔耕处	蓇园郑翁寅普尝字呼以"德衣"，盖取诸《书经》"衣德言"之义。	102
癸未	1943	27	六六峰草堂	退溪时调《清凉山歌》有"清凉山六六峰"，渊民先生十三岁汉译此歌"六六清凉奇又奇，仙期吾与白鸥为"。	124
甲申	1944	28	渊生书室	前岁冬，山康下翁来访古溪先亭，作《渊生书室铭》。	147
乙酉	1945	29	小蓬莱仙馆	辛巳秋，梦中行舟海上，得句"蓬莱秋水殷生波"。	164
丙戌	1946	30	铁马山庄	任教荣州农业高等学校，铁吞山为邑之镇。	181
丁亥	1947	31	黄鹏山房	转任于金泉女子中学校，金泉西北有黄鹤山。	189
戊子	1948	32	橘雨仙馆	东莱古号蓬莱，我语蓬莱与居漆同义。居东莱漆山洞，一日雨，风景如辛巳秋梦境，乃因前句足成一绝，有"青灯橘屋通宵雨"句。	196

干支	公元	先生 年岁	室名斋号	命名原因	页码
己丑	1949	33	居漆山庄	儗东莱之漆山洞,漆山即古居漆山国。	208
庚寅	1950	34	草梁胡同书屋	移寓釜山之草梁。	222
辛卯	1951	35	东海渔丈之室	因世故南漂海上。	228
壬辰	1952	36	山幕草堂	釜山高等学校装设天幕教室于草梁之山幕洞,成均馆大学亦以南迁,借之以开讲。	232
癸巳	1953	37	明伦胡同居室	秋,自草梁还都,止于秘苑之东、成均馆之西,明伦洞第三街。	237—238
甲午	1954	38	玉溜山庄	秘苑中有小瀑"玉流川",其下流驶出墙东岩石丛林间,经明伦胡同居室之背,入于隐渠。	246
乙未	1955	39	玉照山房	退溪《用大成早春见梅韵》"君不见,范石湖种梅谱梅为天职。又不见,张约斋玉照风流匪索寞"。	252—253
丙申	1956	40	李氏佛手研斋	得佛手研(端产紫小石,象佛手,以象牙为宫)。	258
丁酉	1957	41	猗兰亭	有兰癖,幽兰在谷不以无人而不芳。	270
戊戌	1958	42	为学日益之斋	《道德经》"为学日益"。	282
己亥	1959	43	绿天山馆	爱芭蕉。	290
庚子	1960	44	抚童婵馆	渊民先生有女弟子童婵。	306

续表

干支	公元	先生年岁	室名斋号	命名原因	页码
辛丑	1961	45	含英咀实之斋	得燕岩朴氏美仲所书"含英之出,咀实其测"。	325
壬寅	1962	46	兰思书屋	渊民先生有女弟子兰史,游学外洋,思之深。	337
癸卯	1963	47	玉兔之宫	梦自玉溜之庄,可到木觅之趾,见月宫景象。	363
甲辰	1964	48	风树缠怀之室	《孔子家语》"树欲静而风不停"。	389
乙巳	1965	49	如如佛研斋	有歙州石研一方,其色翠,斫之古拙,而环其缘饰者,皆如如佛字。	417
丙午	1966	50	惺颠燕癖之室	颠于惺叟许筠,癖于燕岩朴趾源。	444
《渊民之文》					
丁未	1967	51	弘宣孔学之斋	生平自以弘宣孔学为己任。	1
戊申	1968	52	著书虫吟楼	《有所思十绝》"海外学人争拍手,世间一只著书虫"。	25—26
己酉	1969	53	棕笠羽扇之堂	赴中国台北,见台人田父市侩所戴棕子笠,甚爱而戴之,手执白羽扇,自号棕笠羽扇居士。	72
庚戌	1970	54	花复花室	《思母哀八绝》其一"采采东园花复花"注:"母尝曰'汝之胎梦,竟十朔,无日不采吉贝花',俗称吉贝为花复花。"	166

干支	公元	先生年岁	室名斋号	命名原因	页码
辛亥	1971	55	三秀轩	嵇康《忧愤诗》："煌煌灵芝，一年三秀。我独何为？有志未就。"	204
壬子	1972	56	柔明清丽之斋	爱兰，今有中国产兰盆五，其最佳者方形紫色。有适然轩主刻"柔明清丽"四字，因别字居室。	290
《通故堂集》					
癸丑	1973	57	卧龙山庄	所居頬西之屋，北与西为卧龙洞，且或自拟于诸葛孔明。	25
			绿树不尽声馆	起屋于成均馆之西，门对四五株绿树。当绿阴满地之时，吟咏上下，悠然兴想乎先生人书中"每夏月绿树交阴，未尝不怀仰两先生之高风"之语。	53—54
甲寅	1974	58	青蝉堂	尝蓄一奇石，其色青，状若巨蟾。	81
乙卯	1975	59	碧梅山馆	尝以梅为家花，尤爱其色之碧者。	151
丙辰	1976	60	东海居士之室	按：东海即海东，此即指韩国。	
丁巳	1977	61	洌上陶工之室	往来利川，亲陶于陶窑。	269
《贞盦文存》					
戊午	1978	62	香学堂	尝撰《春香传小缀》末段有"香学昌明"语，今乃著刊《春香歌》。	33

干支	公元	先生年岁	室名斋号	命名原因	页码
己未	1979	63	古香炉室	今冬访台湾,得宣德年间制小香炉及古董数品。	74
庚申	1980	64	研惺燕茶斋	尝喜读惺叟许筠、星湖李瀷、燕岩朴趾源、茶山丁若镛之文。	152
辛酉	1981	65	梅华书屋	按:盖亦因爱梅而名。	
壬戌	1982	66	逍摇海山之堂	退任延世大学,欲逍摇海山,乃遵海而南至智异,既而渡海,游大阪、天理、奈良等地。	243
癸亥	1983	67	美哉欲居之室	赴哈佛大学会议,至波士顿,将离,有"美哉波士顿,老哲此欲居"语。	332—333
甲子	1984	68	梦逗娜江之室	是岁秋,始游欧洲诸国,至巴里,泛细娜江,孤吟夷犹,欲僦一屋于江上,以娱残年。不得,归卧山庄,有时入梦。	391
《游燕堂集》					
乙丑	1985	69	谱石斋	有石癖,吟《青蟾堂石谱诗》诸体四十四首。	25
丙寅	1986	70	和陶吟馆	是岁夏日,有《和陶渊明饮酒二十首》。	96
戊辰	1988	72	怀村欲居之室	是岁孟夏,得一菟裘之地于湖西永同之怀东村。	268
己巳	1989	73	渊翁工作之室	访燕京,得书法名家康殷作"渊翁工作之室"小匾。	368

续表

干支	公元	先生年岁	室名斋号	命名原因	页码
《万花齐笑集》					
庚午	1990	74	访苏堂	访苏联。	29
辛未	1991	75	七研斋	有端砚七方,昨今二载间或画或铭,皆成于辛未仲春。	115—116
壬申	1992	76	鸟石像斋	得鸟石,像七分渊翁。	187
癸酉	1993	77	煮茶著史之室	是岁始著《朝鲜文学史》。	253
甲戌	1994	78	七星剑斋	有明代三尺七星剑。	285
乙亥	1995	79	病鹤清泪之室	写《朝鲜文学史》过劳得病,如病鹤秋风清泪。	335
丙子	1996	80	洞庭龙吟之室	登中国岳阳楼,作诗有"洞天寥沉老龙啾"句。	369

室名斋号的分类与别号分类大致相同,由于别号本身种类多样,很难有整齐划一的标准,中韩两国学者分类别号,大都有类目相互涵盖、难以区分的情况。

中国学者吉常宏在《号的内容与形式》中,将中国古人常见别号概括为居处、境况、情趣、身份、职业、形貌、纪实、自诩、倾慕、特征、明志、自勉、自谦、达观等十四类,并每类举两至三例。①

韩国古人别号,申用浩则分"作号法则"与"号的分类"。作

---

① 吉常宏:《中国人的名字别号》,第 172—173 页。

号法则,在依据高丽李奎报(1169—1241)所言,①分"所处以号""所志以号""所蓄以号"三类基础上,增"所遇以号"合为四类,②每类举例若干;③号的分类,则以韩国国立中央图书馆一山文库所藏《号谱》为基础,在原书"屋庐之属""山陵岩谷之属""村里田野之属""河海泉渊之属""天日阴阳之属""草木禽兽之属""器用之属""隐逸之属""厌世谐谑之属""杂号"等十类的分类基础上进行统计。④　姜宪圭教授分类⑤较繁复,故列表表示如下:

		山类	山、岳、坡、石、岩、星、月、郊、沙等
自然物	无生命物体	宝石类	玉
		与水相关	海、溟、泉、川、磻、洲、河、湖、泽、潭、漳、浦、渚、江、澜、溪
			雾、霞、云、雪
	植物	花	莲、梅、兰、菊
		其他	草、橡、梧桐、茶、松、芦、姜、芝、竹、栗、瓜
	动物	鸟类	鹭、鹤、燕
		其他	鹿、猊、蛟、龙

---

① (高丽)李奎报《东国李相国全集》卷二十《白云居士语录》:"李叟欲晦名,思有以代其名者曰:古之人以号代名者多矣。有就其所居而号之者,有因其所蓄,或以其所得之实而号之者。若王绩之东皋子、杜子美之草堂先生、贺知章之四明狂客、白乐天之香山居士,是则就其所居而号之也;其或陶潜之五柳先生、郑熏之七松处士、欧阳子之六一居士,皆因其所蓄也;张志和之玄真子、元结之漫浪叟,则所得之实也。"《丛刊》第1册,第502—503页。
② (韩)申用浩、姜宪圭:《先贤们的字与号》,第88页。
③ (韩)申用浩、姜宪圭:《先贤们的字与号》,第89—103页。
④ (韩)申用浩、姜宪圭:《先贤们的字与号》,第108—128页。
⑤ 姜宪圭教授分类有音、义分类标准之两大类,按义分类,亦有甲午更张前后的区分。由于韩国古人别号甲午更张之前占大多数,故本书即举此而言。

季节		春、秋、癸生(冬)
方向		东、西、南、北、癸生
高度		上(高、岐、岑)、下
颜色		白、碧、黑(玄、漆)、青、丹、紫
明暗		明、阳、清、暗、晦
数目		三、四、百、万
居所		斋、堂、轩、庵、亭、谷、室、馆、巷、宇、窝、圃、里、村、所、州、窗、樊、鼎
抽象		如于于堂、万休、桂生、寒暄堂、啸痴等
人称		翁、子、居士、人、仙
韬养		痴、隐
老、庄重		庄重、老
大小		大、太、尨、小
职业类比		士、农、冶、渔
动静		静、动(如雷川、鹤阴、猊山农隐等)
感观	视觉	色彩、明暗、其他观念(如高峰、雪岑等)
	听觉	如默好子、听月轩、静庵等
	触觉	如清寒子、寒暄堂等
	嗅觉	如清香堂
	感观共享	警、太、大、虚、小、佳、尨、长
	其他情感	燕、佚、湛、闲、乐、忍、醉、忧、悔、慕、顺、善、孤
其他一般心态		无、顺、孤、闲、晚、忍、退、静、默
		达观

上述分类均似不甚严密,尤其作号法则与号的分类,实则很

难区分,而且"屋庐之属"分类建立在实物基础上,斋、亭、轩之类一并收入,而"隐逸之属"等则是以思想为基础分类;姜宪圭分类类目建立在单独字义基础上,分类多有交叉,细目多有重合之字,举例亦有雷同者,同样不大可取。

室名斋号是别号的主体,其分类方法很大程度上可以参考别号的分类。笔者在参考释义的基础上,以名称为基础,将渊民先生的室名斋号分为以下几类,期望可以方便读者了解。

一、名篇经典类,即号取自儒家经典、老庄等名篇名言,以及主人诗语者。

取自经典类,如德衣笔耕处。

取自老庄类,如为学日益之斋。

诗文中,取自诗句者,如玉照山房、三秀轩;取自文章者,如净如鸥泛斋、因树屋、青梅煮酒之馆、风树缠怀之室,而其六六峰草堂则取自时调。

以主人诗文取号。如谱石斋、和陶吟馆,均取自诗题;如小蓬莱仙馆、橘雨仙馆、著书虫吟楼、花复花室、香学堂、美哉欲居之室、洞庭龙吟之室,均取自诗文内容。

二、地理位置命名类,即因水、山、地名等取号者。如温水阁、东海渔丈之室、玉溜山庄、东海居士之室、灵芝山馆、落帽山房、铁马山庄、黄鹂山房、居漆山庄、清吟石阁、草梁胡同书屋、山幕草堂、明伦胡同居室、卧龙山庄、怀村欲居之室。

三、以具体器物、自然环境、植物等命名,如李氏佛手研斋、如如佛研斋、七研斋、棕笠羽扇之堂、青蝉堂、鸟石像斋、古香炉室、七星剑斋、雪溜山馆、猗兰亭、绿天山馆、碧梅山馆、梅华书屋。

四、纪事类,即因某事或遭际而取号。如曲桥农栈、渊生书室、含英咀实之斋、玉兔之宫、柔明清丽之斋、绿树不尽声馆、洌上陶工之室、逍遥海山之堂、梦逗娜江之室、渊翁工作之室、访苏堂、煮茶著史之室、病鹤清泪之室。

五、主人自身特点及行为习惯类,如喜谭实学之斋。

六、主人心情、情感类,即因主人当时某种心情、情感取号,如抚童婵馆、兰思书屋。

七、有感于古人,如弘宣孔学之斋、海琴堂、惺颠燕癖之室、研惺燕茶斋。

分析归纳渊民先生的室名斋号可知:第一,渊民先生很喜欢用居住地名称以及附近的山水名为住处命名,反映出他经常更换住所。他也经常有主动游历的情况,他的足迹遍布韩国南北,更及日本、中国、美国、苏联、法国等。第二,渊民先生涉猎非常广泛,经史之外,小说百家都有涉及,不仅阅读,还有研究。而且他曾为了写《朝鲜文学史》而累病,可见他为科研呕心沥血、全身心投入。第三,渊民先生雅好艺术,不仅自己擅长书画篆刻,还喜欢收藏砚台、灵石、古玩字画等,且与国内外名家有往来。

此外,尤值一提的是,在学问上,渊民先生最喜实学,且以弘扬孔学为己任;在古人中,最喜朴趾源、许筠,尤其崇敬先祖退溪先生,多次以退溪先生的诗文乃至时调命名居处;在植物中,最喜梅、兰等。植物在文化传承中有特殊意味,如梅之守节、兰之操守,以此取号,古人所谓"所贵乎观物者,以其能反己",[①]喜爱之余,也反映出渊民先生对于凌风傲骨、志趣高洁的向慕。

(五)臣谥制度

谥号是对古人一生的概括评价,具有盖棺定论的褒贬作用。

---

① (朝鲜朝)河受一:《松亭先生文集》卷五《水月轩记》,《丛刊》第61册,第127页。

谥号制度形成于周代,后逐渐丰富完善,主要包含谥法(即谥号用字及释义①)、谥号拟定程序、赐谥资格等内容。依照授予对象不同,谥号又可分为帝王谥、皇后妃嫔谥、太子公主宗室谥、百官谥、特殊人物谥、私谥等。朝鲜半岛最早的谥号记录见于《三国史记》智证麻立干十五年(514):"王薨,谥曰智证。新罗谥法始于此。"②高丽开国后,太祖二年(919)即追谥三代。朝鲜朝开国之初承袭高丽,置奉常寺掌祭祀、议谥等事,朝鲜人对之十分重视:"夫谥号者,乃有国之所以褒善贬恶节惠,易名以劝惩后人者,岂不重且大哉!"③

　　谥号制度隶属礼制,朝鲜半岛古代国家制度的建立、完善,均与对中国制度的吸收借鉴密不可分,礼制方面也是如此。高丽"太祖立国略仿唐制",④朝鲜朝国制因袭高丽的同时也直接借鉴中国。朝鲜朝,如肃宗七年(1681)确定"宋朝三贤,我朝两贤从祀文庙时节目"时,弘文馆首先取考《通典》《通考》《大明会典》诸书,后为本国先例。⑤肃宗二十年(1694)诸臣讨论"宗庙谥册追补可否"之时,也要博考《杜氏通典》《文献通考》,"详知前代古事以为证佐"。⑥

---

① 广义谥法指赐谥法则,包含赐谥制度。为行文方便,此仅取狭义谥法。

② (高丽)金富轼著,孙文范等校勘:《三国史记》卷第四《新罗本纪》第四《智证麻立干》,第50页。

③ (朝鲜朝)李选:《芝湖集》卷六《谥法通编跋》,《丛刊》第143册,第440页。

④ (朝鲜朝)李万运等:《增补文献备考》卷二二九《职官考十六·〔补〕总论官制》第45册,第61页。

⑤ 《承政院日记》肃宗七年(1681)十月十三日,第281册,第61页。

⑥ 《承政院日记》肃宗二十年(1694)二月二十一日,第355、129—130页。

目前中韩学界对中国谥号制度已有较广泛、深入的研究，但对朝鲜王朝则研究相对较少。① 故本节围绕朝鲜朝百官谥号，从谥法、定谥程序、赐谥资格三个方面展开研究，考察其对中国尤其是唐宋明三朝的模拟与更革。

一、谥法

谥法，即指谥字的固有含义。朝鲜王朝臣谥均为二字构成，根据死者生前品行拟定，作为一生评价。朝鲜朝曾围绕金诚一谥号"文忠"之"文"的谥法展开讨论，②可见，朝鲜王朝对于谥法

① 中国古代谥法研究，著作如《〈春秋〉〈左传〉谥号研究》(董常保，四川大学出版社，2013 年)、《明代官员谥号研究》(田冰，中国社会科学出版社，2012 年)、《谥法研究》(汪受宽，上海古籍出版社，1995年)，论文如《古人谥号论略》(暴希明，《甘肃社会科学》，2013[4])、《清代谥法制度的来源与确立》(王亦炜，《河北工程大学学报(社会科学版)》，2010[3])、《宋人谥号初探》(杨果、赵治乐，《史学月刊》，2003[7])。古代韩国臣谥制度相关研究，著作如《시법: 謚号，한 글자에 담긴 인물評》(이민홍，韩国文字香出版社，2005年)，论文如《謚号制의来历과李石灘의赠謚 事例》(李汉昌，《韩国白山学报》，2004 年)、《고문서를 통해 본 조선시대의 증시 행정(通过古文书看朝鲜王朝赠谥过程)》(김학수，《古文书研究》，2003 年)等，但无全面、系统者。

② "昌明曰:'臣有区区所怀，敢此仰达。顷年先正臣金诚一赐谥文忠，而其谥法，以"道德博闻之文"悬注启下矣。其后李颐命"以道德博闻"谓之过滥，而金寿恒亦以为诚一只是一节之士，"道德博闻"果为太滥，终以"勤学好问"，改其谥法矣。'上曰:'李颐命果为陈白改注矣。'昌明曰:'诚一，非特节义之士，其学问道德实非诸儒所及。而寿恒、颐命辈乃敢轻议改注事，当还用旧注矣。'玄逸曰:'诚一，即先正臣文纯公李滉之高弟，而李滉至以"博约两至"等八字书给诚一，则其衣钵之传正在于此，与郑逑、张显光诸儒一时并称，则"道德博闻"之谥，实非溢美，而如寿恒辈，安得知诚一道德之浅深乎? 初既以"道德博闻"启下之后，寿恒辈敢（转下页）

是非常重视的。

朝鲜高宗十七年（1877）金世均（1812—1879）据"古今类书尊号、谥号以至年号、陵号，分韵抄汇"成《琬琰通考》，收载详实，高宗曾言："文苑不可无此书。"①该书卷六先后收录《历代谥法释义［续文献通考］（皇明进士云间王畿纂辑）》②与《东国见行谥法》，③为现今可查朝鲜朝收载中朝谥法文献最全面者。《东国见行谥法》编于朝鲜王朝末期，但未收清朝谥法书籍，故下文内容不涉及清代。

《东国见行谥法》收录谥字121个，前73字附有释义，后48个则只录谥字，不录释义。现将此73字释义与《历代谥法释义》比照如下：

		两书均有收录者	《东国见行谥法》	《历代谥法释义》
1	文	道德博闻，道德博文，勤学好问，博闻多见，敏而好学，敬直慈惠，慈惠爱民，忠信接礼，刚柔相济	博学好文，博学多闻，勤学好文，博闻多识，忠信爱人	经纬天地，修德来远，愍民惠礼，锡民爵位，修治班制，施而中礼

（接上页）为轻改，士论莫不愤惋，今若仍用初注，则实为士林之幸矣。'昌明曰：'诚一亦岭人，故玄逸知之尤详矣。'上曰：'公议皆以改注为非，以初注"道德博闻"仍存，可也。'"（《承政院日记》肃宗十五年七月二十一日，韩国奎章阁韩国学研究院藏本，第333册，第111页。）

① 《琬琰通考跋》，韩国国立中央图书馆藏笔写本，第156—157页。

② 含《周公谥法》《蔡邕独断帝谥》《北魏元修谥议》《隋谥》《张星谥议》《张璛谥议》《苏洵谥法释义》《郑夹漈谥法并杂论》《皇明通用谥法释义》等。

③ 《琬琰通考》卷六，韩国国立中央图书馆藏抄本，第93—155页。

续表

		两书均有收录者	《东国见行谥法》	《历代谥法释义》
2	忠	危身奉上,事君尽节,盛衰纯固,推贤尽忠,推能尽忠,廉方公正,临患不忘国	虑国忘家,廉方公平,临乱不忘国	
3	贞	清白守节,不隐无屈,大虑克就	清白自守,直道不挠	
4	恭	敬事供上,敬顺事上,尊贤贵义,执事坚固	敬事奉上,执心坚固	尊贤敬上,爱民长弟,执礼御宾,既过能改,庇亲之阙,尊贤让善,卑以自牧,不懈为德,尊贤敬让,治典不易,爱民悌长,责难于君,尊贤让美,正德美俗
5	襄	因事有功,甲胄有劳	有功征伐	辟地有德
6	靖	宽乐令终,恭己鲜言,柔德安众	恭己安民,小心恭慎,温柔安众,仕不躁进	
7	良	温良好乐,中心敬事,小心敬事		温良好学
8	孝	慈惠爱亲,继志成事,能养能恭,五宗安之,秉德不回,大虑行节	慈惠顺亲,慈仁爱人	协时肇享,干蛊用誉

		两书均有收录者	《东国见行谥法》	《历代谥法释义》
9	庄	履正志和,严敬临民,威而不猛,屡征杀伐,胜敌志强,武而不遂	履正克和,武能持重,致果杀贼	兵甲亟作,叡圉克服
10	安	好和不争	宽柔和平,与人无竞	兆民宁赖
11	景	由义而济,布义行刚,耆意大图,耆意大虑	守义不屈,布德行刚	
12	章	出言有文	温克令仪	法度大明,敬慎高明
13	翼	思虑深远,爱民好治		
14	昭	容貌恭美,容仪恭美	容仪修美	明德有劳,圣闻周达,声闻宣远,明德有功,昭德有劳,圣闻达道,圣闻昭达
15	平	执事有制,布纲治纪,治而无眚		
16	僖	小心恭慎,小心畏忌	小心畏慎,小心谨慎	质渊受谏
17	武	折冲御侮,克定祸乱,刚强直理,刚强以顺,保大定功		克定戡乱,刚强直礼,刚强直理,威强敌德,刑民克服,夸志多穷,除伪宁真,威强敌德

续表

		两书均有收录者	《东国见行谥法》	《历代谥法释义》
18	康	渊源流通,温良好乐,温柔好乐,安乐抚民,令民安乐	安乐治民	渊源流通
19	正		以正服之,以正服人	内外宾服
20	肃	刚德克就,正己摄下,执心决断		
21	仁		施仁服义	
22	敬	夙夜警戒	夙夜恭事,令善典法,善合法度	象方益平,善合法典,夙兴恭事,合善典法
23	定	纯行不爽,安民法古,安民大虑,大虑静民	德行不爽,大虑安民	大虑慈仁
24	惠	柔质慈民,爱民好与,勤施无私	柔质慈仁,柔质安民,宽柔慈仁,心性慈祥	柔质受谏,施勤无私
25	懿	温柔贤善	温柔性善,德性纯淑,行见中外,性行纯淑	温柔圣善
26	宪	行善可纪,博闻多能,赏善罚恶	博闻多见	赏善罚奸
27	烈	安民有功,秉德遵业	有功安民,刚克为伐,执德秉业,强以能断	
28	献	聪明睿哲,聪明睿智,向忠内德,智质有理,智质自操	智虑自操,事理皆通	知质有圣,博闻多能

		两书均有收录者	《东国见行谥法》	《历代谥法释义》
29	简	一德不懈,正直无邪,平易不訾	正直无私,正气无邪,居敬行简	治典不杀
30	元	主义行德		体仁长民,行义说民,始建国都,立建国都,道德纯一,思能辨众,能思辨众,立义行德
31	成	安民立政,礼乐明具	佐相克终,为相克终	持盈守满,遂物之美,通远强立
32	纯	中正精粹,中正和粹		
33	穆	布德执义,中情见貌	中心见貌	
34	敏	应事有功,好古不怠		
35	毅	强而能断,致果杀敌,善行不息	果而能断,刚而能断,致果杀贼,果敢杀贼	温仁忠厚,能纪国善
36	节	好廉自克,谨行制度	谨身制度	
37	清	避远不义		
38	宣	圣善周闻,施而不私		善闻周达,诚意见外
39	显	行见中外		
40	顺	慈和遍服,慈仁和民,和比于理		
41	端	守礼执义	好礼执义	

		两书均有收录者	《东国见行谥法》	《历代谥法释义》
42	刚	追补前过,强毅果敢,致果杀敌	守义不屈	强而能断
43	荣	宠禄光大		
44	壮	胜敌克乱,胜敌志强,死于原野,武而不遂	武能持重	共圉克服,叡圉见服,兵甲亟作,履征杀伐
45	齐	执心克庄		资辅就共
46	戴	典礼不愆		爱民好治
47	义	先君后己,见义能忠,见义能终	先公后己,行义能终	取而不贪,除去天地之害
48	温	德性宽和		
49	度	心能制义	制事合义,制事得义	
50	长	诲人不倦,教诲不倦		
51	明	独见先识		临照四方,谮诉不行,思虑果远,保民耆艾,照临四海,任贤致远,招集殊异,能扬侧陋,察色见情,招集殊异,照临四方
52	匡	贞心大度		
53	恪		敬恭官次	敬共官次,威容端严,温恭朝夕
54	洁	不污不义		

续表

		两书均有收录者	《东国见行谥法》	《历代谥法释义》
55	达	疏中通理		质直好善
56	裕	强学好问		
57	懋	以功受赏		以德受官
58	桓	辟土服远		克敬勤民,辟土兼国
59	胡	弥年寿考		保民耆艾
60	信	出言可复		守命共时
61	质	忠正无邪	正直无邪	名实不爽
62	夷	安心好静		克杀秉政
63	愍	在国遭艰,使民悲伤,在国逢难	在国逢乱,使人悲伤,在国逢艰	在国遭忧,祸乱方作
64	悼	恐惧徙处	中身早夭,未中早夭,中年早夭	肆行劳祀,恐惧徙处,年中早夭
65	顷	敏以敬慎		甄心勤惧
66	介	执一不迁		
67	白	外内贞复		
68	隐	违拂不成		不显尸国,见美坚长,怀情不尽
69	修	勤其世业		好学近智
70	丁	述义不克		
71	玎		述义不勉	
72	怀	慈仁短折,失位而死		执义扬善,执义拘善
73	果	好力致勇		好学近习

《东国见行谥法》与《历代谥法释义》极为相近,相同者不少。至如"文"字释义,两书均收"道德博闻,道德博文,勤学好问,博闻

多见，敏而好学，敬直慈惠，慈惠爱民，忠信接礼，刚柔相济"，而中国"经纬天地，修德来远，愍民惠礼，锡民爵位，修治班制，施而中礼"等"高规格"释义，朝鲜未收，取而代之收录了"博学好文，博学多闻，勤学好文，博闻多识，忠信爱人"等已收释义的近义词。又如"敬"字释义，朝鲜朝收有"夙夜警戒，夙夜恭事，令善典法，善合法度"，其中"夙夜警戒"与中国同，其他释义则分别从中国"善合法典，夙兴恭事，合善典法"变化而来。亦有相综合者，如"纯"字，中国《苏洵谥法释义》作"中正精粹"、《皇明通用谥法释义》作"中正和粹"，朝鲜《东国见行谥法》则为"中正精粹，中正和粹"。又如"悼"字释义，《周公谥法》作"肆行劳祀，恐惧徙处，年中早夭"，《蔡邕〈独断·帝谥〉》作"中身早折"，《苏洵〈谥法释义〉》作"肆行劳祀，未中早夭，恐惧徙处"，而朝鲜谥法"中身早夭，未中早夭，中年早夭，恐惧徙处"的前三个就是对中国诸书的综合取用。

朝鲜谥法取自中国注解者，如"悼"字朝鲜谥法有"中身早夭，未中早夭，中年早夭"三种解释，同于《周公谥法》注解。又如，"惠""景""安""庄""襄"等字的谥法中，"心性慈祥""守义不屈""与人无竞""武能持重""有功征伐"等分别是《周公谥法》"柔质慈民曰惠""布义行刚曰景""好和不争曰安""武而不遂曰庄""甲胄有劳曰襄"等条目的注解。

朝鲜谥法近于中国，是因为朝鲜谥法制定主要以中国为依据。世宗朝(1418—1450)编订谥法，"凡《史记》暨《仪礼经传通解》《文献通考》所载者，合为三百有一字，以铸字模印"，然此后"年代已远，兵燹累经，则其亦见逸，不传久矣"，"玉堂太常只誊置《周公谥法》以拟诸公之易名"，[①]即仅参照《周公谥法》一书。

---

① （朝鲜朝）李选：《芝湖集》卷六《谥法通编跋》，《丛刊》第 143 册，第 440 页。

1668 年,李选(1632—1692)主要参考《周公谥法》《苏洵谥法》
《皇明通用谥法会编》《蔡邕独断帝谥》编成《谥法通编》,①至英
祖十年(1734)仍言该书为国家不可不用之谥法依据。② 谥法制
定是"去取"而来,而其"去取"的基础材料就是各种现存的谥法
书籍、相关文章等。相同语义在不同版本的文献中会有不同的
文字形式,同一谥法书中亦有近义谥法存在的情况,朝鲜抄录若
全"取",则会收录几种相近的说法。且朝鲜完备谥法长期缺席,
玉堂太常只誊置《周公谥法》,将书中注解取作谥法,大抵以此。

　　《东国见行谥法》系金世均据当时文献整理的朝鲜朝实际使
用谥号释义,故未收入中国《历代谥法释义》所收如"君""贤"
"勇"等谥字谥法亦为正常。而如"仁"(施仁服义)、"玎"(述义不
勉)二字,《历代谥法释义》"仁"载谥字无谥法,"玎"不见载,又如
"忠"字谥法中"虑国忘家"的提出,这就很可能是朝鲜本朝某人
谥状、议谥文章等所提,为谥法制定者所取。然不收恶谥,则为
朝鲜谥法较为鲜明的特点。

二、 拟定程序

　　朝鲜王朝臣谥拟定大致经过上行状、议谥、定谥等过程,共

---

① "若《周公谥法》《苏洵谥法》,若《皇明通用谥法会编》所载,蔡邕
《独断帝谥》与夫诸谥义之续出于后世者,悉皆收入,编成一册,名
之曰《谥法通编》。《礼经》诸书论谥之说,皇明国朝赠谥之法,至
于国初以来,诸臣改谥之例,无不采摭,附见于卷之首尾,以备参
考。"(《谥法通编跋》)

② "上曰:'如欲申饬,莫如玉堂知而为之。出举条,亦涉文,具矣。'
俞最基曰:'玉堂有《谥法通编》,可取而考见也。'上曰:'国家亦用
此乎? 且谁所撰也?'金若鲁曰:'国家亦岂可不用此? 而所撰之
人乃李选也。'上曰:'假注书出去取来可也。'假注书南鹤宗,出问
玉堂吏,取册以进。"(《承政院日记》英祖十年五月十二日,第 771
册,第 69 页。)

经历了两次更革,形成三个阶段。第一种确立于建国(公元1392 年)初期,后两种则分别在成宗十五年以后、明宗十年以后开始施行。伴随两次更革,其程序经历了一个由简入繁,乃至更加细化的过程:

时代		拟谥程序	依据
国初		其家即具行状→奉常寺受行状,而列谥名牒于吏曹→吏曹会弘文馆勘选以启。	许筠《识小录》
成宗 (1469—1493)	成宗十五年以后	本家以所选谥状呈礼曹→礼曹照讫题付奉常寺→传送弘文馆,定日合坐奉常正与诸僚,开坐集字。应教至,亦不出所定谥草,轮视可否,议定三望→移牒礼曹→署经于政府两司→自吏曹入启受点。回公后,谥状还付太常藏置。	《增补文献备考·职官考二十六·谥号一·臣谥》
明宗 (1545—1566)	明宗十年以后	谥状初呈礼曹→礼曹照讫送于奉常寺→弘文馆东壁以下备三员应教副应教中一员备参会议,三望一件入启,次来呈本院以司谒入之永入→仍自弘文馆还送奉常寺,奉正复与东壁合坐后,送于礼曹→礼曹送于政府,政府粘连启目检详联名,入呈本院入启→启下后出给政府→政府送于吏曹,吏曹开政下批后,两司署经。谥望议,政府粘目启下,本院请开政下批。下批后,以署经事两司请牌。	《备局誊录·朝臣谥号》
说明:上表只列程序大要,对于拟出谥望数目(曾有三个或一个之变化,三个为主流)等相关制度变化,此不涉及。			

　　臣谥拟定程序变化主要表现在审议、审核，乃至国王参与度三个方面，而这种变化又与朝鲜王朝官制变化相联系。

　　审议方面，奉常寺的作用呈现弱化的态势。第一次更革后，议谥过程增加诸僚集体商讨，不再仅由奉常寺承担。其后，针对"奉常寺议谥多美谥，又多改谥"的情况，中宗八年增加了"弘文馆应教以下进参驳议"的环节。第二次更革则更是将议谥过程直接分为两次，分别由弘文馆与奉常寺进行，肃宗十七年（1691）弘文馆"长官及东壁以下一会议定之后，东壁持往奉常寺，与本寺官员，合坐同议，转报于礼曹，自是法例也"。① 其后弘文馆作用日益增强，至"由公孤以下九卿及有德有功有忠者，皆考其状而易其名，弘文馆应教主之。既作谥，诣奉常寺，与寺正覆议钦定，然后始移议政府"。② 议谥过程慢慢变成名义上由奉常寺掌控，实权却在弘文馆应教手中。③

　　审查方面，几次程序更革增加了更多审查环节。第一次更革，谥望议定后，加入"署经"环节；第二次更革，在国王落点后，又加一次"署经"。高丽朝鲜朝，重要事案的通过应获台谏（高丽御史台、门下省郎舍，朝鲜司宪府、司谏院）署名，此即署经。官员任命时的署经称告身署经，法令确立变更及谥号制定等官员任命以外重要事件的署经称依牒署经。依牒署经与告身署经程序大致相同。朝鲜朝，记录考核对象自己及父母双方四祖（父、祖、曾祖、外祖）的"署经单子"交由台谏，台谏就署经对象的家

---

① 《承政院日记》肃宗十七年七月十五日，第344册，第89页。

② （朝鲜朝）黄景源：《江汉集·论奉常寺谥议疏丙寅》，《丛刊》第224册，第59页。

③ "我朝自明宗朝以前，应谥者多得谥，近年以来，几于全废。盖议谥，奉常寺虽主之，弘文馆东壁往会，故其实权在于弘文馆。"（《西厓先生文集》卷十五《记拟请李相谥事》，《丛刊》第52册，第305页。）

系、履历、才能、品行等方面进行审查，全员赞成则署名，不赞成则写"作不纳"、不署名。家系不正者、庶孽、淫行女、再嫁女的后代、贪污受贿等为重要审查对象。① 且第二次更革还增加了吏曹、备边司"开政"，即集合重要官员进行集体商议。这些审查环节的增加，都促进了谥号拟定的公允。

国王的参与度方面，第一阶段，只有勘定之后才启奏国王，第二阶段确由国王亲自在所呈谥号中进行选择，最终定谥，而第三阶段，国王的参与主要表现在对于议谥的重视，弘文馆议谥所得三个谥望要入启，奉常寺议谥结果经由礼曹、政府，最终也要入启。

拟谥程序的变化与朝鲜官制的变化密不可分。如第二次更革，明宗十年以后，备边司出现在拟谥程序中。备边司于明宗十年(1555)创置，高宗二年(1865)废置，本为总领中外军国机务，后来却逐渐变成裁断国家政治的机构。崔鸣吉(1586—1647)曾上疏："今之备边司，即宋朝枢密之制，而三公在此议事则亦近于议政之所矣。"拟谥程序中，备边司则掌管谥望存档及入启等。

此外，拟谥不仅要经过严格的程序，还十分重视日期与人员的出席状况。赐谥日期要"定日"，②要提前请示国王，县为吉日。日子确定后，再招集各部主要官员进行会议商讨，有关官员除非不可抗拒因素，都要尽量甚至必须参加。

---

① "署经，指高丽朝鲜王朝"至此，参考(韩)金泰宥(音)、申文周(音)《让政府的遗传基因改变吧》，首尔：三星经济研究所，2009年，第285—286页。

② "礼曹启曰：'今月初四日谥号会议日期退定事，榻前定夺矣。议谥吉日，更令日官推择，则今月旬前，皆有拘忌，初十日为吉云，大臣及政府堂上、六曹参判以上、馆阁堂上命招会议，何如？'传曰：'允。'"(《承政院日记》肃宗九年(1683)四月四日，第297册，第42页。)

李之翼以弘文馆言启曰："故相臣延阳府院君李时白谥状来到本馆,当与诸僚齐会议谥,而副应教洪柱国、校理崔后尚、副校理赵威凤俱在呈告中,并即牌招同参,何如?"传曰:"允。"①

寅明曰:"议谥之事,东壁主之。故左议政李㙫谥号方当议定,而应教一员在外,一员是南泰良而方在禁推中。在外者固当变通,而泰良亦必行公,付过放送,何如?"上曰:"依为之。"寅明曰:"然则一体禁推之人,似不可异同。俞最基亦付过放送,何如?"上曰:"依为之。"②

严瑀以吏批言启曰:"玉堂东壁,今番差出。而曾前拟望之人方在解由未出中,无以推移备拟,合有变通之道,何以为之? 敢禀。"传曰:"勿拘解由。"③

所涉及的重要官员,即使"呈告"中,也要"并即牌招同参";在"禁推"中,也可"付过放送";而"在解由未出"的,④如该职空缺,也可"勿拘解由"。若拟谥之人仍旧不足,甚至可以调来外任。⑤

朝鲜王朝臣谥拟定程序与古代中国有着密切之关系,系在模拟古代中国的基础上改定而来。高丽"太祖立国略仿唐制,定其官号",⑥成宗二年"定官制,置三省,曰内议、广评、内奉,有侍

① 《承政院日记》显宗十三年(1672)七月三日,第226册,第85页。
② 《承政院日记》英祖十四年(1738)八月十日,第866册,第55页。
③ 《承政院日记》英祖二十九年(1753)二月二十六日,第1214册,第15页。
④ 解由,指朝鲜朝官员交接程序。
⑤ "吏批启曰:'玉堂东壁今当差出,而拟望之人乏少,外任并拟何如?'传曰:'允。'"(《承政院日记》英祖七年(1731)一月五日,第717册,第25页。)
⑥ (朝鲜朝)李万运等:《增补文献备考》卷二二九《职官考十六·[补]总论官制》,第45册,第61页。

中、侍郎、郎中、员外郎、六尚书官,有御史、侍郎、郎中、员外郎,
又有九等"。① 其后因袭更革,朝鲜朝官名虽有改动,官制框架
仍大致相仿,至于具体职官,亦与高丽有许多相近之处,如高丽
奉常寺掌祭祀、赠谥等,朝鲜太祖因丽制置奉常寺,亦掌祭祀及
议谥等事。

　　朝鲜朝制度取法中国古代,具体礼制等问题处理上,朝鲜朝
亦以中国为法。尤其唐、宋、明三朝臣谥拟定程序步骤大体
如下:

唐 (618—907)		佐史录行状申考功→考功责历任勘校→下太常寺拟谥讫	《唐会要》
宋 (960—1276)		本家录行状上尚书省考功→移太常礼院议定,博士撰议→考功审覆→判都省集合省官参议具上中书、门下宰臣判准,始录奏闻→敕付所司即考功录牒,以未葬前赐其家,省官有异议者,听具议闻	《宋史·礼志》"定谥"条
明 (1368—1644)	弘治十五年 (1502)	文武大臣有请谥者,礼部照例上请得旨→行吏兵二部备查实迹→礼部定为上中下三等,以行业俱优者为上,行业颇可者为中,行实无取者为下→开送翰林院拟谥请旨	《明会典》

通过对比,可知朝鲜王朝与中国臣谥拟定都要经过上行状、审
核、议谥、定谥等步骤,并且从过程更革来看,均呈细化态势。尽
管如此,二者仍旧不尽相同。

---

① (朝鲜朝)李万运等:《增补文献备考》卷二二九《职官考十六·
[补]总论官制》,第45册,第61页。

　　朝鲜第一阶段臣谥拟定程序,虽与中国唐代大致相仿,但除行状呈具方不同,更明显的是朝鲜程序包含了弘文馆。唐代设弘文馆时,置校书郎掌校理典籍、刊正谬误,设馆主一人总领馆务,置学士掌校正图籍、教授生徒,凡朝廷有制度沿革、礼仪轻重,得与参议。从前面的例子可以看出,朝鲜朝在商议有关典礼仪式时,均要参照相关典制、前例,除本国,主要还要参照中国。而朝鲜弘文馆仿唐制而设,其拟谥程序中的参与勘定,大抵正与唐弘文馆凡朝廷有制度沿革、礼仪轻重得与参议的职能有关。此外,唐考功司在拟谥前审查,朝鲜勘定则在议谥后,并由吏曹与弘文馆一同负责。事实上,唐朝议谥所根据的行状是由史官所录,吏部考功司审核重在行状是否真实可靠。而朝鲜吏曹会弘文馆勘定,则大抵核查行状是否属实之外,也要考虑其所拟谥号是否与之相匹配,是否合于谥法、合于典章制度、合于前例。

　　朝鲜第二阶段臣谥拟定程序,实际上是与中国宋代大体一致的,二者都增加了政府的参与。不同处在于,朝鲜礼曹参与虽贯彻始终,但仅限于程序上的参与,而非如中国参与拟谥这一重要环节,朝鲜朝拟谥由弘文馆负责。朝鲜礼曹,主掌礼乐、祭祀、宴享、朝聘、学校、科举之政,而赐谥是国家对于已故重要人士一项重大的典礼,其整体流程自然由礼曹负责。当国家有重大事件的时候,总要参照中朝两国前朝典章与案例,弘文馆便是这些问题的咨询对象,谥号拟定亦是如此。在中国元代和明洪武初,虽曾设弘文馆,不久即废,但在朝鲜得到了保留。在朝鲜得谥程序中,弘文馆便由参与勘定到参与议谥,即从审定变为直接对于议谥过程的参与。

　　在审核过程中,中国先经考功审覆,再由判都省集合省官参议,然后经由中书、门下宰臣判准,上奏皇帝,再敕付所司即考功录牒;朝鲜则先由政府两司署经,再经吏曹入启受点。这时,中国所审查的,实际上更加侧重于谥号是否公允、与其人是否匹配,而朝鲜的署经,更重于考察其本人才能品行甚至家系等各方面。相较于中国的"奏闻",朝鲜则是"入启受点",亦即国王直接从所拟谥号中选择定谥,朝鲜整体程序中没有如中国"省官有异议者,听具议闻"的情况,除去对于之前经过严格审核,恐怕也与"入启受点"有关。

朝鲜程序的第三阶段,并未与时间相近的明弘治年间程序体现出较多相似。明弘治程序实际上是大大简化了:奏请、审核、定等级、翰林院拟谥请旨,而朝鲜朝拟谥程序则愈发复杂。朝鲜的弘文馆总体职能远不及明朝翰林院涉及广泛,但在定谥过程中,均担任拟谥这一独立环节。朝鲜保留了礼曹参与全过程的传统,及奉常寺议谥与层层审核。与明代中央集权加强所必然呈现的皇帝独断加深相比,朝鲜此阶段更加注重谥号本身的公允程度。虽然要经过很多次的"下批",但"光海时补:自宣祖朝有司堂上备三望受点,而仁祖十九年改以单望启差",①当所拟谥望只有一个时,国王很难有其他选择。此外,明代将文武臣的审查分别交由吏、兵二部进行,朝鲜朝则仍未作出如此明确的区分。

总的来说,朝鲜臣的得谥程序从制定之初,就与中国唐代相关程序呈现出相近之处,至第二阶段,这种联系体现得更加突出,但在其后继续发展过程中逐渐产生了分歧,至第三阶段体现得最为明显。朝鲜程序的制定固然与中国有关,但并非一味尊崇,其变革基于自身国情,有着自身的变革规律。

三、 赐谥资格

朝鲜朝的赐谥资格以官员品级为基础,综合考虑其人品行,

---

① （朝鲜朝）李万运等:《增补文献备考·职官考三·备边司》,第 43 册,第 50 页。

相关资格规定大致发生过两次变化,经历了三个阶段:

时代		文臣得谥程序	出处
国初		谥法为重。二品实职以上及功臣之外,虽有淑行大功,不许赐谥议谥。	许筠《识小录》
成宗(1469—1493)	成宗十五年(1484)以后	国制:宗亲文武正二品以上赠谥,或以节行表著特命赠谥。	《增补文献备考·职官考二十六·谥号一·臣谥》
英祖(1724—1775)	英祖三十二年(1756)	三十二年,命知中枢无论文武,会经亚卿实职外,毋得赠谥。《续大典》:大提学秩正二品,虽从二品大提学,亦许赐谥,儒贤及死节人表著者,虽非正二品,特许赐谥。儒贤节义外,毋得格外陈请。○谥状呈礼曹时,选进人员既无故者,则其后虽身故或被罪,依例启下。	同上

国初仅允许二品实职以上大臣和功臣得谥,也就是定位于一部分官员身上。而成宗十五年(1484)变化之后,则是增加了"特命赠谥",将"节行表著"的人特意纳入其中。至于英祖三十二年(1756)的变化,在常例谥增加从二品大提学之外,将儒贤及死节人表著者同样纳入特许赐谥的范围,对赠谥对象的资格要求更为明确,在考虑其地位之外,同样重视品行才能等。

朝鲜王朝臣谥资格在官职品级方面限定在"正二品以上",含本职、赠职。1469年成书的《经国大典》记载了当时的官职品级,此后官职存废虽有所变动,但大体仍遵循了此书的规定。现依照《经国大典》中所载官品分类,①以《增补文献备考》中所载其人官职为据,将诗人中部分官品较详细者列表如下:

京官职			
正一品	领议政	本职	申钦、李敬舆、赵浚、申叔舟、朴淳、柳成龙、李恒福、金鎏、崔鸣吉、李景奭、卢守慎、崔恒、洪瑞凤、成石璘、李稷、朴元亨、郑光弼、李德馨、卢思慎、成希颜、南在、李浚庆、李圣求、洪暹、郑太和
		赠职	郑蕴(吏曹参判)、金宏弼(邢曹正郎)、洪履祥(大司宪)、赵光祖(大司宪)、崔寿峨、郑汝昌(县监)、金湜(大司成)、尹集(校理)、吴达济(校理)、洪翼汉(掌令)
	左议政	本职	鱼世谦、许琛、沈喜寿、李廷龟、金尚宪、宋时烈、申用溉、成世昌、郑澈、李荇、金应南、金命元、李原、权擘
		赠职	成守琛(县监)
	右议政	本职	张维、金锡胄、金麟厚、许琮、李翗
		赠职	徐敬德(厚陵参奉)
	左参赞	本职	金光煜
从一品	左赞成	本职	苏世让
	赞成	本职	赞成权近、赞成徐居正、赞成申光汉、赞成金安国、赞成权踶、赞成姜希孟、赞成李珥、赞成郑以吾、赞成李滉、赞成李彦迪、工曹参议赠赞成高敬命
		赠职	副提学赠赞成李端相、吏曹参判赠赞成俞棨

---

① 《增补文献备考·职官考》中所载《官品》为高宗三十一年改定,光武元年施行,因其时甲午更张,官制大变,故不参照。

京官职				
正二品	判书	本职	吏曹判书	赵士秀、李晬光、赵复阳、李植、李明汉、宋浚吉、朴长远、申晸、成任、郑经世、李后白、蔡裕后、沈彦光、沈謜
			户曹判书	金世濂、尹铉、朴东亮、尹卓然
			礼曹判书	李一相、李安讷、成俔
			兵曹判书	李俊民
			刑曹判书	金净、金宗直、李殷相
		赠职		进士赠判书南孝温
			吏曹判书	宋麟寿(大司宪)、金诚一(副提学)、曹汉英(礼曹参判)、朴祥(牧使)、奇大升(副提学)、赵昱、金绿(副提学)、曹伟(户曹参判)、辛应时(副提学)、朴英(兵曹参判)、尹淮(兵曹判书)、洪贵达(吏曹判书)、奇遵(典翰)、金驲孙、李垲(直提学)、河纬地(礼曹参判)、朴彭年(刑曹参判)、成三问(承旨)、李穆(永安南道评事)、金地粹、朴光佑(司谏)、成聃寿(参奉)、洪锡箕、具凤瑞、金时习、柳梦寅
			礼曹判书	金澍、宋英耉
	大提学	本职		郑弘溟、赵锡胤
正三品	参赞	本职		成浑、李詹
从二品	参判、大司宪、开城留守(辛硕祖本职为行开城留守,阶高职卑为"行")			
正三品	参议、承旨、副提学、大司成			
从三品	司谏、典翰			
正四品	掌令			

续表

京官职	
正五品	正郎(刑曹正郎)、弘文馆校理
从五品	承文院、校书馆等校理
外官职	
正三品	牧使
从六品	县监
从九品	参奉(厚陵参奉)

　　尽管"正二品"以上的限定对于臣谥赐予资格有了严格的限定,但赠职情况的存在则增加了制度的灵活性,如成三问、柳梦寅、俞棨、吴达济、尹集、洪翼汉等人,都予以了赠职赐谥。1686年(丙寅)六月十六日,对吴达济下达《加赠教旨》,七月下达《赠谥教旨》,①赠职与赐谥的联系则在时间上体现得尤为突出。而名臣俞棨(1607—1664)因欲赐谥而特命赠职,②赠职与赐谥的关系显而易见。

　　行迹表著者亦可特命赠谥,即意味臣谥赐予资格具备与否,生前行迹至关重要。就其相关制度的变化来看,虽然英祖三十二年(1756)将"行迹表著"变为"儒贤及死节人表著者",但朴世采(1631—1695)曾言"谥法不明久矣……至于本国,非正卿及勋臣死节者莫能与焉",③可见英祖朝制度变更之前,就有"死节者"得谥的情况。再如肃宗十二年(1686),为表彰洪翼汉、尹集、

①《加赠教旨》《赠谥教旨》,见《忠烈公遗稿附录》,《丛刊》第119册,第54页。
②《承政院日记》肃宗二十八年(1702)十月三十日,第402册,第35页。
③(朝鲜朝)朴世采:《南溪先生朴文纯公文正集》卷二十一《与李养而九月五日》,《丛刊》第138册,第402页。

吴达济"守正而死","正二品赠职,特为赐谥",[1]三人在 1637 年至死不曾变节,确数"死节"之人。"行迹表著"已含"儒贤及死节人表著者",英祖三十二年制度变更,并不是一种臣谥赐予资格在范围上的拓宽,大抵后者可看作是对前者的补充说明。

朝鲜王朝臣谥赐予资格,同样体现出对古代中国的效法。朝鲜朝臣谥制度规定官员正二品以上赐谥,而明朝"沿用唐朝三品给谥的制度,规定三品以上两京大臣准予给谥",[2]朝鲜朝与明朝臣谥赐予品级虽不同,官员职能却大致相当。据《经国大典》,朝鲜朝正二品以上官位包括:

	正一品衙门				从一品衙门	正二品衙门	
	议政府	忠勋府	仪宾府	敦宁府	义禁府	六曹	首尔府
正一品	领议政	君	尉	领事			
	左右议政						
从一品	左右赞成	君	尉	判事	判事		
正二品	左右参赞	君	尉	知事	知事	判书	判尹

	正三品衙门				
	经筵	弘文馆	艺文馆	成均馆	春秋馆
正一品	领事	领事	领事		领事
					监事
正二品	知事	大提学	大提学	知事	知事

而明朝,"三品官员中能够得谥的,主要是中央各行政部门的正副长官,包括内阁大学士,六部尚书、侍郎,都察院都御史、副

---

① 《承政院日記》,肃宗十二年(1686)六月十三日。

② 田冰:《明代官员谥号研究》,河南大学历史学院博士学位论文,2009 年,第 49 页。

都御史和佥都御史,通政司通政使、左右通政,大理寺卿、左右少卿,詹事府詹事、少詹事,以及太仆寺、光禄寺卿等及地方布政司参政"。① 明内阁职能较复杂,其藏书、备顾问之职,有类朝鲜弘文馆、艺文馆、成均馆、春秋馆;其宰相之实权,在朝鲜则由议政府担当。此外京官要职,明六部职能与朝鲜朝六曹相类;朝鲜朝,义禁府盖含明朝都察院、通政司、大理寺等官衙职能,敦宁府含明朝詹事府、宗人府等官衙职能。

明朝限定三品以上,含有六部侍郎(朝鲜朝相当于从二品六曹参判)等职,则比朝鲜朝赐谥范围更为广泛。但实际上,自仁宗取消官员恶谥,谥号成为纯粹的褒奖,二品以上大臣死后如若行业平常,都不能赐谥,三品得谥的也就更少。② 故朝鲜朝与明朝赐谥官员职能仍大致相当。且对于特命赠谥的情况,明代也有"品官未高而侍从有劳,或以死勤事,特恩赐谥者,不拘常例",③及"或以勋劳,或以节义,或以望实,破格褒崇,表示激劝"④的情况。

总之,朝鲜古代对于得谥人资格作出了一些限定,它以官员品级为基础,并在综合考虑其人品行方面有一定的灵活性,反映出谥号与时政之间的关系。而且,朝鲜古代对于臣谥赐予资格的限定,与中国古代相关制度确有很多关联。

余论

谥号不仅作用于死者,还具有劝奖、威慑、抚慰生者的作用。

---

① 田冰:《明代官员谥号研究》,第 50 页。
② "自仁宗取消官员恶谥"至此参考《明代官员谥号研究》第 49 页。
③ 《万历大明会典》卷一○一《礼部五十九·恩恤》,台北:新文丰出版股份有限公司,1976 年,第 1562 页。
④ 《明会要》卷九○,北京:中华书局,1956 年,第 309 页。

首先,国家借美谥褒奖死者,可为生者树立学习的榜样,如《承政院日记》等相关文献分别就洪翼汉、尹集、吴达济、沈喜寿、郑弘溟、郑蕴、金駧孙、赵锡胤、俞棨等人,提出合乎表崇之道、崇贤之道、褒美节义之道,以及追念旧臣、隐卒崇终之道的说法,显然这几"道"是国家鼓励当世乃至后世官员效法的。

其次,因赠谥可振奋人心,鼓舞士气,故又与国家态度、人心向背相表里。如朝鲜仁祖二十年追谥壬辰死节之人,表明朝鲜虽战败投降后金,但并非心悦诚服;后至孝宗显宗时期,"北伐"抗清几乎成为国家公论,与之相应,又再度尊崇壬辰、丁丑死节之人;肃宗朝因目睹清朝日渐强盛,深知回天乏力,将抗清从军事主张转为"尊周思明"的义理,故与修建大报坛相承,赠谥若干死节之人。

再次,因赠谥死者还可抚慰生者,故又受社会舆论影响,且与家族、党派学派相关。如成守琛(1493—1564)追谥,廷议曾言此乃"耸动士林之举";①追谥宋英耉(1556—1620)是因"公忠、全罗两道儒生李定植等一百八十四人联疏请赠";②正祖朝商议为金麟厚(1510—1560)改谥,③或与馆学儒生洪准源等八百三十人的陈疏相关;④金诚一(1538—1593)获谥也得益于士林的呼吁。⑤

家族祖先、党派学派前辈是否得到美谥,直接影响到家门、政治学术集团的荣耀,进而关乎切实利益。故一方面,朝鲜重臣

---

① 《承政院日记》肃宗七年(1681)四月二十八日,第 281 册,第 153 页。
② 《日省录》纯祖己巳(1809)三月十一日,第 231 册。
③ 《日省录》正祖丙辰(1796)十月十七日,第 545 册。
④ 《日省录》正祖丙辰(1796)九月十七日,第 544 册。
⑤ 《承政院日记》肃宗二年(1676)二月十二日,第 281 册,第 153 页。

如沈喜寿、洪重普、吴允谦、李正英等,虽然都在生前留下不请谥的遗愿以致死后无谥,但若干年后时过境迁,均因家族或学界政界后人的反复申请得到追谥。另一方面,追赠先人既是为其正名,也是从官方角度认证当下自己集团的合法性。如,朝鲜初期士林派领袖赵光祖(1482—1519)在中宗朝死于勋旧派所引发的士祸。但此后朝廷内部崇尚儒学、尊奉朱子的新士人逐渐掌权,故赵光祖亦在仁宗朝平反,宣祖朝尊爵赠谥。

正因谥号关系重大,牵涉各方利益,要考虑各种因素,照顾各方情绪,所以相关各项工作都要慎之又慎,尽量保证拟谥的"公允"。如议谥之前,要经日官推选吉日,并呈报国王批准;①议谥当日,涉及主要官员除不可抗拒因素都要参加会议,②甚至负责诉讼、刑讯或尚在交接中的也均可召来。若人员不足,还可再调外官。③

此外,因朝鲜后期党争严重,士人权力较大,国王与各党派之间往往相互制衡,这也表现在百官谥号拟定方面。即从程序上看,国王参与度逐步提升:第一阶段只有谥号勘定之后才启奏国王,第二阶段国王亲自在所呈谥号中选择定谥,第三阶段弘文馆议得三个谥望要入启,奉常寺议谥结果经由礼曹、政府后也要入启,全程受到国王把控。但实际操作层面,国王则未必掌有决定权:"自宣祖朝有司堂上备三望受点,而仁祖十九年改以单望启差。"④当所拟谥望只有一个时,国王很难有其他选择。

---

① 《承政院日记》肃宗九年(1683)四月四日,第297册,第42页。

② 参考《承政院日记》显宗十三年(1672)七月三日(第226册,第85页)、英祖十四年(1738)八月十日(第866册,第55页)、英祖二十九年(1753)二月二十六日(第1214册,第15页)。

③ 《承政院日记》英祖七年(1731)一月五日,第717册,第25页。

④ (朝鲜朝)李万运等:《增补文献备考·职官考三·备边司》,第43册,第50页。

　　总之,朝鲜王朝臣谥制度大致可分为谥法、臣谥拟定程序、臣谥赐予资格限定三个部分。朝鲜王朝谥法的制定是在综合中国某些谥法书籍与各种相关文献基础上,结合本国各种相关材料,加以去取而成。既有其本国特点,又与中国相关制度有着深刻联系。朝鲜王朝臣谥拟定程序主要经过了两次较大变更,程序经历了一个由简入繁乃至更加细化的过程,这与朝鲜王朝官制的变化有一定联系。且朝鲜王朝十分重视议谥日期的选择,要求议谥人的全员参与。尽管如此,赐谥的公允,亦即谥号与得谥人生前的言行最相匹配,还是受到议谥人主观因素以及时政的影响。朝鲜王朝对于得谥人资格作出了一些限定,它以官员品级为基础,但也在综合考虑其人品行方面有一定的灵活性,反映出谥号与时政的关系。

第五章　回顾与反思

（一）《诗话丛林校注》的校勘注释特色

　　《诗话丛林》是韩国诗话史上最重要的诗话之一。2006 年，赵季教授曾出版《诗话丛林笺注》，但未能与其他版本参对校勘，注释亦偶有纰缪，且以简体字印行，文献价值大打折扣，久欲修订完善。故笔者在赵老师带领下，广采各种文集诗话不同版本，校勘订正原文，并对注释内容补充修正，名以《诗话丛林校注》。本节拟在介绍《诗话丛林》，比较韩国学界既有注释、翻译成果的基础上，对本书校注特点加以概说。

一、《诗话丛林》原书及既有译注成果

　　《诗话丛林》，朝鲜朝中期洪万宗（1643—1725）编纂，成书于1712 年。全书分《春》《夏》《秋》《冬》四部，收录自高丽至朝鲜王朝中期著作共计廿四种，①八百二十余则。该书特色主要在于：

　　① 《白云小说》（李奎报）、《栎翁稗说》（李齐贤）、《慵斋丛话》（成倪）、《秋江冷话》（南孝温）、《思斋摭言》（金正国）、《谡闻琐录》（曹伸）、《龙泉谈寂记》（金安老）、《遣闲杂录》（沈守庆）、《稗官杂记》（鱼叔权）、《松溪漫录》（权应仁）、《清江诗话》（李济臣）、《月汀漫录》（尹根寿）、《五山说林》（车天辂）、《晴窗软谈》（申钦）、《山中（转下页）

一，专收评论朝鲜半岛汉诗诗人之诗话，收取评论中国诗歌者仅偶有数条，如《晴窗软谈》"王弇州《阅史》诗"条。二，所取诗话多为诗人诗事，而少凭空鉴赏。韩国古代诗话言事者固居多数，然亦有不涉及具体诗人诗事者，如《象村集》卷五十八《晴窗软谈》卷上："古人云'乾坤有清气，散入诗人脾'。清是诗之本色。若奇若健，犹是第二义也。至于险也、怪也、沉着也、质实也，去诗道愈远。清则高，高则不可以声色求也。诗必得无声之声、无色之色，浏浏朗朗，澹澹澄澄，境与神会，神与笔应而发之，然后庶几不作野狐外道。故历观往匠，闲居之作胜于应卒，草野之音优于馆阁。盖有意而为之者，不若得之于自然也。"但《诗话丛林》本《晴窗软谈》则不见收录。

正因《诗话丛林》有上述特色，加之其规模大，时间跨度长，故而该书乃为了解韩国中期以前诗人诗事之最便利途径之一。在传世韩国诗话专书中，该书为篇幅最长的诗话之一。该书引述汉诗诗话，早至隋大业八年（612）高句丽乙支文德遗隋将于仲文诗，近至作者自身所作之诗，时间跨度千余年，涉及众多人物、历史事件，可谓韩国集中后期以前诗话大成之巨作。

因此，在韩国诗话史上，《诗话丛林》具有极为重要的价值。一方面，该书是韩国古代第一部辑录式、丛书型诗话。正如《凡例》所言，该书所收尽为笔记小说中节选而来，而如《东人诗话》等整部内容均为诗话者，则不取录。该书大量节选笔记小说中之诗话，极大拓宽了韩国古代诗话研究资料之范围，直接影响至

（接上页）独言》（申钦）、《芝峰类说》（李晬光）、《於于野谈》（柳梦寅）、《惺叟诗话》（许筠）、《霁湖诗话》（梁庆遇）、《谿谷漫笔》（张维）、《终南丛志》（金得臣）、《壶谷漫笔》（南龙翼）、《水村漫录》（任堕）、《玄湖琐谈》（任璟）。

当代《韩国诗话丛编》，①乃至《韩国诗话全编校注》之选书标准。另一方面，为原书研究提供重要版本依据。该书所收诗话均可为笔记小说原书研究提供重要版本参照，此外，《白云小说》②《终南丛志》《水村漫录》《玄湖琐谈》等，全书今已亡佚，故而在佚书保存方面，该书亦具有重要文献价值。上述数种，《修正增补韩国诗话丛编》均列存目，而《韩国诗话全编校注》《韩国诗话人物批评集》则均以《诗话丛林》本收入。而《诗话丛林》之注释、翻译著作，最早为韩国庆尚大学许卷洙、尹浩镇教授历时十余年共同完成之《译注诗话丛林》，③同年三月，洪赞裕在通文馆也出版了《译注诗话丛林》，④相较于影印本，为读者提供了极大便利。

二、《诗话丛林校注》特点

相较于韩国洪赞裕、许卷洙等译注，本部《诗话丛林校注》主要面向中国学者，固无翻译必要。在句读方面，本书尽量尽心审核，避免谬误。如《终南丛志》："评者谓'我国之文超越前代可与中国并驱者有二，疏庵之骈俪、东溟之歌行'云。"通文馆本则断为："评者谓'我国之文超越前代，可与中国并驱者，有二疏庵之骈俪、东溟之歌行'云。"⑤且注"二疏庵"云："不得详解。疏庵为

---

① （韩）赵钟业：《韩国诗话丛编》，首尔：太学社，1996 年。

② 《诗话丛林》录《白云小说》作者为"李奎报"，实有争议，详见（韩）홍인표：《诗话丛林研究》，（韩）《中语中文学》，1987（总 9）。

③ （韩）许卷洙、尹浩镇：《译注诗话丛林》，首尔：까치社，1993 年 2 月版。

④ 洪赞裕（1915—2005），曾任韩国汉诗学会理事、民族文化推进会（今古典翻译院）翻译委员、檀国大东洋学研究所编纂委员，及儒道会下属汉文研修院委员长。至今日，同类著作亦唯 2012 年 12 月 30 日亚细亚文化社出版之车溶柱《译注诗话丛林》，故长久以来洪赞裕与许卷洙、尹浩镇之著作影响广泛。

⑤ （韩）洪赞裕：《译注诗话丛林》，第 935 页。

任叔英别号,见《霁湖诗话》第 23 张。任叔英外另为'疏庵'者不知何人,或为误字亦不可知。"[①]实句读不准引起误解。

在校勘方面,与通文馆本对于原文之径改不同,本书遵从古籍校勘规则,于原书有误者,在正文中加以订正,并出校勘记,以存原本旧貌。如:

> 医[1]不可弃方而疗疾,诗不可舍评而祛疵。自《雅》亡而《骚》,《骚》而古,古而律,众体繁兴而评者亦多。如《丛话》《玉屑》等篇,论议精核,格律具备,实诗家之良方也。(《诗话丛林序》)
>
> [1]医:底本讹作"宜"。按此序大略取自姜希孟《东人诗话序》,据改。

而通文馆本则将"宜"径改为"医"。[②]

对于异文意思不同而意皆可通者,则不改原文,仅于校勘记中注明异文,以两存诗文原本、异本之貌。如:

> 张章简镒《升平燕子楼》诗云:"风[1]月凄凉燕子楼,郎官一去梦悠悠。当时座客何[2]嫌老,楼上佳人亦白头。"郭密直预《寿康宫逸鷇》诗云:"夏凉冬暖饲鲜肥,何[3]事穿云去不归。海燕不曾资一粒,年年还傍画梁飞。"李动安承休《咏云》诗云:"一片忽从海上生,东西南北便纵横。谓成霖雨苏群槁,空掩中天日月明。"郑密直允宜《赠廉使》云:"凌晨走马入孤城,篱落无人杏子成。布谷不知王事急,傍林终日劝春耕。"令人喜称之。然章简感旧而作,无他义,三篇皆含讽谕,郑、郭微而婉。(《栎翁稗说》)

---

① (韩)洪赞裕:《译注诗话丛林》,第 937 页。

② (韩)洪赞裕:《译注诗话丛林》,第 1 页。

[1]风:《东文选》卷二十《过升平郡》作"霜"。

[2]何:《东文选》卷二十《过升平郡》作"休"。

[3]何:《东文选》卷二十《鹧逸》作"底"。

注解方面,由于中国学者大都熟谙中国诗人、诗句、地名、典故,而于韩国古代本国诗人、诗句、地名、典故不甚了了。故本《校注》着重在以下几方面的工作:

(一)人名注解方面,中国古人仅作简注,如"李文顺公奎报谓'先生为诗学韩杜'"(《栎翁稗说》),注"韩杜"仅言"韩愈、杜甫";《白云小说》"遂为高骈从事",注"高骈"仅言"字千里,幽州人。《旧唐书》有传"。又如《五山说林》:"岭东九郡皆并海,平海望洋亭斗入海数里,朴梧亭兰之诗为绝唱。其诗曰:'……千古雄才惭木郭,壮奇难赋海兼江。'"注:"木:晋木华,有《海赋》。郭:晋郭璞,有《江赋》。"[通文馆本则径改"木"为"李",且注"李郭"为"李膺、郭泰"。①]再如《於于野谈》载洪鸾祥《治聋酒》诗有"不待扁俞验妙方"句,注:"扁俞:扁鹊(战国名医)与俞跗(传为黄帝时名医),此指良医。"[通文馆本则改"俞"为"仓",注:"仓公,即淳于意,临淄人,齐太仓长。受禁方于乘阳庆,传黄帝扁鹊之脉书。"②]

对于韩国古人则概述生平,如《凡例》:

《南壶谷诗话》初多误录处,故壶谷追后手改,便成新旧二本,今从其新本。但其中论崔、白优劣以简易《序》为证,而考简易本集,则白诗所评之语分作两段,一半属崔,未免差误,岂泛看错录而未及改者耶?

① (韩)洪赞裕:《译注诗话丛林》,第520页。

② (韩)洪赞裕:《译注诗话丛林》,第744页。

对其中所涉及之崔、白、简易,分别概述如下:

> 崔:崔庆昌(1539—1583),字嘉运,号孤竹。明宗辛酉进士,宣祖戊辰登别试,官止郡守。世称八文章之一。诗调学唐,与李达、白光勋并称三唐。　　白:白光勋(1537—1582),光弘弟。字彰卿,号玉峰。中进士,官止参奉。文章鸣世。　　简易:崔岦(1539—1612),通川人,字立之,号东皋,改简易。明宗辛酉魁明经科。官止刑参。能文章,与一时才子李山海、崔庆昌、宋翼弼、李纯仁、河应临、白光勋、尹卓然有八文章之称。

(二)原文摘录诗句者,中国诗句注解仅列出处,韩国诗句注解均列全诗。如《松溪漫录》“披之《山谷集》,有云‘世上岂无千里马? 人中难得九方皋’”,仅注:

> “世上”诗:见《山谷集·外集》卷六题《过平舆怀李子先,时在并州》。

而韩国诗句如:

> 卢相国守慎号稣斋,乙巳名流也。谪珍岛二十年,明庙末年量移。宣祖践位即征入馆阁,未十年,置之端揆,眷遇极盛。为文章奇健,为一时领袖。其在海岛所作诗多警绝,脍炙人口。如别其弟一句曰“日暮林乌啼有血,天寒哀雁影无邻”,《谒孝陵》诗一句曰“有实陵名孝,无私谥曰仁”,《咏史》一句曰“物议当年定,人心后世公”等作,可见其全体矣。

则注:

> “日暮”诗:见《稣斋先生文集》卷四题《寄尹李二故人》:“由来岭海能死人,不必驰驱也丧真。日暮林乌啼有血,天寒沙雁影无邻。政逢邃伯知非岁,空逼苏卿返国春。灾疾

难消老形具,此生良觌更何因。"

《谒孝陵》诗:见申光汉《企斋别集》卷一题《仁庙挽词》:"圣学归时敏,天工属日新。深忧唯述职,一念是安民。有实陵名孝,无私谥曰仁。千年知遇意,头白泣遗臣。"

其次,涉及韩国诗句而所言题名不同于文集所录者,注出文集中之题目,如:

李佐郎后白、朴执义淳,皆自儒时有诗名。朴《宿僧舍》诗曰:"醉宿禅家觉后疑,白云平壑月沉时。翛然独出疏林外,石径筇音宿鸟知。"(《清江诗话》)

则注:

《宿僧舍》:见《思庵先生文集》卷二题《访曹云伯》。

此外,诗句略同他人某诗者,亦作注解,如:

李相国俊民甫西关方伯时有诗云:"每过香山山下路,山灵应笑往来频。君恩不许归田里,三度关西鬓发新。"(《松溪漫录》)

注解如下:

此诗略同于李元翼《梧里先生文集》卷一《在关西作辛丑》:"圣恩不许归田里,三入关西鬓发新。每过香山山下路,山灵应笑往来频。"

(三)涉及韩国地名,均注今地。如《慵斋丛话》:

余于辛未年间在坡州别墅(一)。一日,余伯氏陪太夫人往登珍岩(二)。岩枕洛河(三),其高千仞,上可坐百许人,西接海门(四),北与松都相对,松岳、五冠、圣居诸山如在咫尺(五),风景胜于蚕岭。

（一）坡州：牧名，今京畿道坡州郡州内邑坡平面一带。

（二）珍岩：在今京畿道坡州市。

（三）洛河：经由京畿道坡州长湍一带之临津江。

（四）海门：此指汉江、洛河交流后之入海口。

（五）松岳：朝鲜开城市北部镇山。　　　五冠：即五冠山，朝鲜开城市圣居山东南。　　　圣居：即圣居山，朝鲜开城市内。有高丽国祖圣骨将军虎景大王之祠，故名。又名九龙山。

（四）对于重要语词加以注解，如《白云小说》"今为一小律反违帘"中"违帘"一词：

违帘：指在汉文诗赋创作中不合平仄。如《苔泉集》卷六《附录·挽词［尹昉］》"壮元声价班行旧，麟阁勋名四十年。典故待公如指掌，亲知惟我最随肩。遐龄已报跻仁寿，一疾那知奄九泉。人道他时耆英会，座中无复酒中仙"，"英"字注："违帘，恐老字是。"

又如《白云小说》"然于《文艺》列传不为致远特立其传，余未知其意也"，通文馆本将"文艺"径改为"艺文"，且注："艺文列传：文艺，文章与艺术，《逸周书·官人解》：'有隐于文艺者，有隐于廉勇者。'列传，《史记·伯夷列传注》：'《索隐》：曰列传者，谓叙列人臣事迹，令可传于后世，故曰列传'。"[1]按此不妥。《文艺》列传，即新旧《唐书》之《文艺传》。

（五）注解韩国官名。如《栎翁稗说》"吴大祝世才讽毅庙微行诗"，注："大祝：高丽时期奉常寺正九品官职。"又如《五山说林》"郑松江之为绣衣出北塞也，作一短歌"，注："绣衣：又称直

---

① （韩）洪赞裕：《译注诗话丛林》，第11—12页。

指,即暗行御史。朝鲜时代,受王命密遣,察看地方郡县守令政绩,调查百姓疾苦之临时官职。"

(六)典故注解,中国典故则尽量概括,如《於于野谈》"净方大醉吐茵而卧",注:"吐茵:见《汉书·丙吉传》,吉之驭吏耆酒,醉呕丞相车上事。此指大醉。"又如《慵斋丛话》:"独谷与骑牛李先生相好。一日往访不遇,书于门扉曰:'德彝不见太平年,八十逢春更谢天。桃李满城香雨过,谪仙何处酒家眠。'"通文馆本注:"德彝,未详。"[1]本书注此句:"指太平年代。语出《新唐书》卷九十七,太宗从魏征仁义之言,拒封德彝刑罚之说,致天下太平。"

虽为中国典故,然若相较生僻,则或详注之。如《谡闻琐录》:"牧隐《戏作同来僧渡溪坠马失履诗》云:'……不须更踏石头路,自有一吸西江风。'"西江,通文馆本注:"或为'江西'之错。"[2]然"一吸西江风",语出《景德传灯录卷八·襄州庞蕴》:"襄州居士庞蕴者,衡州衡阳县人也,字道玄。世以儒为业。而居士少悟尘劳,志求真缔。唐贞元初,谒石头和尚,忘言会旨……后之江西,参问马祖云:'不与万法为侣者是什么人?'祖云:'待汝一口吸尽西江水,即向汝道。'居士言下顿领玄要。"故详注之。

韩国故实,则尽量详注,如《白云小说》:"白云居士,先生自号也。晦其名,显其号。其所以自号之意,其在先生《白云语录》。"注:

> 自号之意:见《东国李相国集》卷二十《白云居士语录》:"平生唯酷好琴、酒、诗三物,故始自号三酷好先生。然鼓琴

---

① (韩)洪赞裕:《译注诗话丛林》,第133页。
② (韩)洪赞裕:《译注诗话丛林》,第183页。

未精,作诗未工,饮酒未多,而享此号,则世之闻者,其不为
喙然大笑耶?翻然改曰白云居士。或曰:'子将入青山卧白
云耶?何自号如是!'曰:'非也。白云,吾所慕也。慕而学
之,则虽不得其实,亦庶几矣。夫云之为物也,溶溶焉,泄泄
焉,不滞于山,不系于天。飘飘乎东西,形迹无所拘也;变化
于顷刻,端倪莫可涯也。油然而舒,君子之出也;敛然而卷,
高人之隐也。作雨而苏旱,仁也;来无所著,去无所恋,通
也。色之青黄赤黑,非云之正也。惟白无华,云之常也。德
既如彼,色又如此,若慕而学之,出则泽物,入则虚心。守其
白,处其常,希希夷夷,入于无何有之乡,不知云为我耶,我
为云耶?若是则其不几于古人所得之实耶?'或曰:'居士之
称何哉?'曰:'或居山或居家,惟能乐道者而后号之也。予
则居家而乐道者也。'或曰:'审如是,子之言达也,宜可录。'
故书之。"

又如《惺叟诗话》:"元送孽僧来也,举国震骇,我太祖以偏师大破
之。"注:

  孽僧:指忠宣王(恭愍王祖父)庶子德兴君塔思帖木儿。
事见《元史》卷一一〇,高丽奇氏女以贡女入元,至正二十五
年封后。奇氏族人在高丽者怙恃骄横,恭愍王怒,尽杀之。
奇后乃谋于太子,至封留京之德兴君为高丽王、奇族之子为
元子,攻打高丽。

  大破之:见《元史》卷一一〇,元用兵一万,并招倭兵,竟
大败,余七骑而还。

再如《谀闻琐录》录霁亭《咏辛盹》诗有"乌鸡白马是何辜"句,注:

  乌鸡白马:事见《东国诗话汇成》卷六"辛盹性畏败
犬,且恶射猎,又纵淫,杀乌鸡、白马以助阳道,人谓之老

狐精"。

通文馆本《译注诗话丛林》则仅译"乌鸡白马又何辜"为"乌鸡白马有何罪"①而未加注解。

再如《稗官杂记》:"占毕先生为吏曹参判,亦无建白事,大猷上诗曰:'道在冬裘夏饮冰,霁行潦止岂全能? 兰如从俗终当变,谁信牛耕马可乘?'先生和韵曰:'分外官联到伐冰,匡君救俗我何能? 纵教后辈嘲迂拙,势力区区不足乘。'自是始不满于占毕斋矣。"注:

> 不满于占毕斋:参考《退溪先生文集》卷二十二《答李刚而·别纸》:"寒暄公诗,滉亦有未晓处。然其大意谓此道至大,随时随处,无所不在,如裘葛然。君子出处之间,虽欲如霁行潦止之得宜,岂一一能中其节乎? 此二句已含讥讽意。言道不行而不能隐,失时中之义也。使兰而苟得列乎众芳,则终当变芳香而化萧艾也必矣。夫牛可耕,马可乘,物各循性谓之道。若兰变为萧,物不循性,如此则人何从而信此道之为道乎? 此讥责亦太露矣。占毕诗意谓不幸而非分仕宦,忽至于卿大夫。其于匡救之事、行道之责,我何能任之? 我之迂拙如此,后辈如君之嘲笑固其宜也。然区区于乘势射利以图进取之事,则吾亦不为之耳。官联,见《周礼》,言以官职相联,而同事王事也。右两诗往复如此而已,秋江所谓占毕、寒暄相贰者,今无以考其为某时某事。但今以占毕公全集观之,惟以诗文为第一义,未尝留意于此学此道。而寒暄以是归责,虽以师弟之分之重,固不能志同气合而终不相贰也。又岂待形于事迹,显相排摈,然后谓之相贰耶?"

---

① (韩)洪赞裕:《译注诗话丛林》,第29页。

小结

《诗话丛林》是韩国古代最具代表性的诗话之一。且该书内容纯一，专以收罗韩国古代诗人诗事为务。阅读该诗话，实乃了解韩国汉诗及诗之最佳途径。韩国译注的《诗话丛林》如通文馆本及까치社本，对此书注释颇下功夫，尤其在韩国史实和风俗方面，为本书注解提供很大帮助。如《芝峰类说》"罗湜号长吟亭"条，涉及"壁书之祸"，注解"明宗二年（1547）汉阳瑞草区良才洞良才驿壁贴匿名书，言女主掌权。尹元衡言此乃尹任党所为，凤城君岏、宋麟寿死之"。[①] 又，《於于野谈》"郑之升幼时未有室家"条，"随其舅如德川"，注"舅，即岳父，此为申汝梁，1593 年卒"。[②] 又，《壶谷诗话》"绝句必得情境"条，"平书二字题书表"，注"平书"为"平安之语，书'平书'二字于信封以示平安"。[③] 但由于韩国书籍在国内不易购得，且中国学者大都不谙韩语，利用此类译注书籍实为不便。

自《韩国诗话全编校注》出版，便有中国学者以该全编未能详注韩国诗人诗事为憾。故本次《诗话丛林校注》在原有《诗话丛林笺注》基础上，重新对原文进行校勘，对注文进行补充修订，尽可能针对中国学者知识结构，详注韩国古代相关人名、诗句、地名、语词、职官、故实，以利广大学者加深对于韩国汉诗及诗人之理解，为韩国汉文学研究提供一点便利。

---

① （韩）洪赞裕：《译注诗话丛林》，第 632 页。

② （韩）洪赞裕：《译注诗话丛林》，第 748 页。

③ （韩）洪赞裕：《译注诗话丛林》，第 1037 页。

（二）《韩国汉文学史》之中译

世纪初，导师赵季先生赴韩讲学，在书店偶遇李家源先生《韩国汉文学史》，爱不释手，后着手译成初稿，2011 年出席渊民学会，言及此事，得许卷洙、许敬震两位教授大力支持，而成此中译本。[①] 在此过程中，笔者主要进行了重新整理，即对照渊民先生原书与赵老师翻译初稿，重新撰写译文。而有感于渊民先生文风精练，故将重译文风确定为平实的古文，以便国内读者窥见渊民先生文章风貌。

首先，渊民先生高度概括韩民族民族性、各时期文学思潮，对学者深入思考乃至研究，大有帮助。该书序言为全书总纲，其后大体以时代先后为序分章，每章内部，总述背景之后，再以文体分目。以渊民先生将不同时代文学思潮之变迁视为汉文文学研究最紧要处，[②]故每章内除概括一时期之文学状况，亦特意突出思潮之讲述。如第二章《北方反抗意识（高句丽）》，第二节为《三教之传入》；第三章《南方浪漫思潮［一］（三国统一前之新罗）》，第二节为《花郎思想之流布》；第四章《南方浪漫思潮［二］

---

① （韩）李家源著，赵季、刘畅译：《韩国汉文学史》，南京：凤凰出版社，2012 年。

② （韩）李家源：《韩国汉文学史·序》："그리하여 이러한 課業을 進行시킴에 있어서는 여러 가지의 工作이 必要하겠지마는 특히 위에서 論及한 바와 같이 그 時代를 따라 思潮의 變遷의 자취를 硏究하는 것이 가장 緊한 일이 아닐 수 없었다." 韩国：普成文化社，2014 年，第 2 页。（韩）李家源著，赵季、刘畅译：《韩国汉文学史·原序》："汉文文学研究之必要工作有很多，但正如上文所言，最紧要者为研究不同时代下文学思潮之变迁，而这也正是著者写作此书之动机所在。"

（百济）》，第二节为《三教之传入》；第五章《南北思潮合流（三国统一后之新罗）》，起首二节为《合流经过》《佛道末流之弊》；第六章《儒、佛思潮之交融［一］（高丽初期）》，第二节为《高丽建国及其思想背景》；第七章《儒、佛思潮之交融［二］（亡乱以后之高丽）》，第二节为《乱后文人之避世思想》；第八章《佛、儒思潮之成熟期（李朝初至壬辰倭乱以前）》，第一节为《外儒内佛之思想》；第九章《复古运动与经世文学（壬辰倭乱以后）》，第一节为《党争、动乱与反思》；第十章《社会问题之发生（光海朝）》，第一、二节为《革命思想之煽扬》《道教与天主教之混合思想》；第十一章《浪漫主义（仁祖反正以后）》，则通过第一节《勋戚跋扈与国难》间接阐明不免颓废倾向之浪漫文学主潮所产生之现实背景；第十二章《写实主义（英祖、正祖以后）》，则于第一节写出《科学精神与实学派》。

此与中国近些年写成的古代文学史有很大不同。中国古代文学史在每段分期起始处，着重于政治、经济、文化等社会现状的概括，而思潮则仅为隶属于文化的一项分支；而文学思想史的重点则在文学中所体现的文学批评观，也非文学创作思潮。文学乃民族之文学、人之文学，对于民族性与文学思潮之综合把握，实为理解个别作品与个别作家思想倾向之基础。许敬震教授曾表达："《韩国汉文学史》每章均作背景介绍，尤以文学性背景为此书中最为重要处。若欲写作文学史，史观固然重要。渊民先生写作此书时，则抱持着民族史观，且业已熟知中国文学之历史性变迁。渊民先生自幼写作汉诗，二十岁前于书堂与家中学习，未尝入新式学校，较之其他学者读书学习，渊民先生则承继了退溪所传之家学，可称为'活着的学问'。且四十年间，渊民先生所读之汉文文献，较之其他学者，有数倍之多，读写之迅速与正确性之高，远超他人。故其于背景部分，可做更好之讲述。"

　　在此民族史观影响下,渊民先生在书中着力强调:相较韩文文学,韩国汉文学无论作品数抑或质量,均无不及;韩国汉文学之独特性孕育自其民族自主性。故该书强调韩民族之民族性特征,并在此基础上提出对于"汉文学"定义的思考,即乡歌、吏读等借汉字标音的文学也应包含在其中。

　　其次,原书写作旁征博引,内容宏富。渊民先生于书中,不仅引用大量正史与文学作品,更引用许多稗官杂谈、笔记小说。半个世纪前,电子检索不甚发达,《韩国文集丛刊》《韩国历代文集丛书》等亦尚未问世,渊民先生的材料搜集定非朝夕之功。许敬震教授曾言,渊民先生为搜集资料,在图书馆一一翻阅手写本古书,图书馆馆藏之外,亦另觅大量文献资料,其中亦不乏许多难以识别之草书写本。

　　分析原书引文,可知其大致分为两类,一类为列举(如列举某位作家之作品),另一类则为正常行文叙述。如言:

　　　　任叔英(1576—1623)은 역시 許筠의 이른바 "後五子"의 하나인 동시에 그들의 代表的인 人物이었다. 許筠은 일찌기 任氏의 詩文에 대하여 다음과 같이 논평하였다.①

　　　　吾谓人曰:"茂叔之四六,过于孤云也。"人皆怪骂之。又语人曰:"茂叔之文似弇州也。"人不甚讶之。是无他,贵远而贱近也。其实弇州之文远踵汉两司马,俯视孤云,奚啻仪凤于燕雀乎?君可自信,毋挠于人可也。(《惺所覆瓿稿》卷二一《文部一八·与任茂叔书》)

---

① (韩)李家源:《韩国汉文学史》,第 262 页。中译:"任叔英(1576—1623)是许筠所谓'后五子'之一,且为其时之代表人物,许筠曾评任氏诗文曰。"参见(韩)李家源著,赵季、刘畅译:《韩国汉文学史》,第 334 页。

渊民先生并未直言任叔英诗文如何,但引许筠书信中对于任叔英的评价而已。事实上,许筠评任叔英文似王世贞、骈文超过崔致远,亦是渊民先生对于任叔英的评价,引文已将己意和盘托出。故既应通于韩语正文,还应通于古汉语引文,才能理解原书之义。

正因原书写作尤重征引古籍原典,故而本次重译十分注重校雠工作(笔者朗读原文,导师进行校对),尽最大可能找到所引原书。而且,许卷洙教授曾言,渊民先生最早是手写成书,故出版过程中,多有因手民之失以致讹误的情况。故此类讹误均在中文译著中径改,未作校勘。对于原书引用近现代学者韩语论著者,重译过程也会考虑被引书目的具体情况。如所引金台俊《朝鲜汉文学史》,翻译校雠工作则主要参考了张琏瑰之中文译著。[①] 此外,借汉字标音之文学,如乡歌,重译时也会尽量将其作旧。如《运泥谣》:

> 释良志,未详祖考乡邑,唯现迹于善德王朝。锡杖头挂一布袋,锡自飞至檀越家,振拂而鸣。户知之,纳斋费,袋满则飞还。故名其所住曰"锡杖寺"。其神异莫测皆类此。旁通杂誉,神妙绝比。又善笔札,灵庙丈六三尊天王像,并殿塔之瓦,天王寺塔下八部神将,法林寺主佛三尊,左右金刚神等,皆所塑也。书"灵庙""法林"二寺额,又尝雕砖造一小塔,并造三千佛,安其塔置于寺中致敬焉。其塑灵庙之丈六也,自入定以正受所对为揉式,故倾城士女争运泥土。风谣云:
>
> 来如来如来如,来如哀反多罗。哀反多争矢徒良,功德

---

① (韩)金台俊著,张琏瑰译:《朝鲜汉文学史》,北京:中国社会科学文献出版社,1996年。

修叱如良来如。(《三国遗事》卷四《义解第五·良志使锡》)

笔者能力有限,不通此类汉字表音文学,故仅在翻译初稿基础上润饰:"来兮来兮,于其哀也。于其哀兮何为,修功德兮速来。"①

且为更准确表现原书内容,重译力争通读原书所引原典。如,渊民先生讲述小说,尤喜概述故事梗概,笔者为求重译尽量准确,也会尽量找到小说原文加以阅读。如《沈生传》,渊民先生概括其主要内容道:

> 서울 士族의 아들 沈生이 鐘路 네거리에서 어떤 處女가 紅袱 속에 숨어 가는 것을 발견하고 그 뒤를 따라서 그 집 담장 밑에서 스무날 밤을 待機하다가 마침내 뜻을 이룩했으나 沈生의 家庭에서는 이 일을 알고 沈生을 北漢山 절에 글읽으러 보냈다. 그 女人은 그를 戀慕하여 병이 깊게 되자 글월을 沈生에게 보내어 하직하고 하라져 버렸다. 沈生은 이에 슬픔을 이기지 못하여 글을 버리고 武科를 보아 벼슬이 金吾郎에 이르렀으나 역시 일찌기 세상을 떠났다. ②

若只读渊民先生概述,很难准确理解,阅读原小说后,则觉其概括十分精当。故结合原典所用语词,将故事梗概重译为:"京华士族子沈生过钟路路口,适有健婢负少女蒙于红袱者,旋风乍起,见得绝代颜色。沈生尾随其后,知得少女闺房所在,每夕越墙伏窗下者廿日余,心愿得遂,女家以婿待之,然沈家不知有此女,疑其外宿,命往北汉山寺做举业。几月余,女子相思成疾,重病而逝,临终遗书而告沈生。沈生不禁悲伤,投笔从武举,官至

---

① 参见(韩)李家源著,赵季、刘畅译:《韩国汉文学史》,第36页。

② (韩)李家源:《韩国汉文学史》,第355页。

金吾郎,亦早逝。"①

又如,书中原典翻译者,亦尽力找到古诗文原句,而不就其韩语译文进行二次翻译。如《柳遇春传》,渊民先生言:

> 그러므로 柳遇春은"技術이 더욱 進展될수록 알아 주
> 는 자는 없다오"하며 스스로 슬퍼하여 滑稽的인 면으로 발
> 전되었고 人情‧物態에 젖은 作者는 이 일을 目擊한 나머지
> 에 그의 애처러운 情境을 이 한편에 유감 없이 묘사하였다.②

读罢《柳遇春传》,方知渊民先生所引句为何,可重翻译此句为:"故柳遇春言'技益进而人不知',自伤而变为向滑稽方面发展。作者沉浸于人情物态之中,目睹此事,作此篇以尽写其酸楚之情境。"③除此,渊民先生于小说内容概括,亦有甚为简略者。如《愁城志》之梗概:

> 天君이 即位한지 2年만에 主人翁이라는 老翁이 天君
> 에게 疏를 올려서 天君이 지나치게 翰墨에만 專心함을 諫
> 하였다. 天君은 그의 말을 잘 받아 들였으나 오히려 嘯詠에
> 優遊하였으므로 主人翁은 또 와서 諫하였다. 天君은 그의
> 말에 惻然히 느낀 바 있어서 主人翁을 半畝塘 가에 앉히고
> 詔文을 내렸다. 그해 8月에 天君이 無極翁으로 더물어 主
> 一堂에 좌기하고 일을 의논하는 즈음에 哀公이란 자가 나
> 타나서 監察官과 採廳官이 合疏를 올려"愁"라는 것이 侵入
> 함을 여쭈었다. 天君은 기뻐하지 않고 無極翁은 어딘지 가

---

① 参见(韩)李家源著,赵季、刘畅译:《韩国汉文学史》,第 450 页。
② (韩)李家源:《韩国汉文学史》,第 374 页。
③ 参见(韩)李家源著,赵季、刘畅译:《韩国汉文学史》,第 473 页。

버렸다. 天君은 그제야 意馬를 타고 八極을 周流할 제, 主人翁의 諫함을 마나서 잠깐 지체했다. 그때 鬲縣 사람이 와서 胸海 중에 風浪이 일어남을 告했다. 천군은 곧 磊塊公 등을 派遣하여쌓고 孔方을 시켜 그의 무리 百文과 함께 穀城에 살고 있는 麴生의 아들 將軍 麴襄을 綠楊村 红杏墙头에서 맞아다가 雍•并•雷 三州의 大都督과 驅愁大將軍을 除授하여 糟丘에 올라 愁城을 征服하고 그 舊址에다가 그의 湯沐邑을 設置하고 懽伯을 封하였다.

小说原文大致如下：

　　天君即位之初，乃降衷之元年也，曰仁，曰义，曰礼，曰智，各充其端，率职惟勤。曰喜，曰怒，曰哀，曰乐，咸总于中，发皆中节，曰视，曰听，曰言，曰动，俱统于礼，制以四勿。……越二年，有一翁，神清貌古，自号主人翁，乃上疏曰……天君将疏览讫，虚怀容受，而终不能已，意于优游竹帛，啸咏今古。主人翁又来谏曰……天君听罢恻然，引主人翁坐于半亩塘边，下诏曰："来，汝春官仁、夏官礼、秋官义、冬官智，暨五官七正咸听予言。予受天明命，不能顾諟，致令尔等久旷厥职，或有不中规矩，自以为是，激志高远，牵情浩荡，将有尊俎之越，岂无佩觽之刺乎？噫！予一人有过，无以汝等；汝等有过，在予一人。天理未泯，不远而复，宜与黾勉更始，以续初载之治，无忝予畀负之重。"金曰："俞。"乃遂改元曰复初。

　　元年秋八月，君与无极翁坐主一堂，参究精微之余，忽七正中有哀公者来奏，监察官与采听官，合疏曰："伏以玉宇寥廓，金风凄冷；凉生井梧，露滴丛篁。蛩吟而草衰，雁叫而云寒；叶落而有声，扇弃而无恩。华藩岳之发，撩宋玉之愁。正是长安片月，催万户之砧声；玉关孤梦，减一围之裳腰。浔阳枫叶荻花，湿尽司马之青衫；巫山丛菊扁舟，搔短工部之白发。况夜雨便入长门宫，孤沉霜月；只为燕子楼一人，楚兰香尽。青枫瑟瑟，湘妃泪干；斑竹萧萧，是不知愁。因物愁物，因愁愁愁。而不知所以愁，又焉知所以不愁也？且不知见而愁耶，听而愁耶？实不知其故。臣等俱忝职司，不敢隐讳，谨以烦渎。"天君览了，便怃然不乐，无极翁乃不辞而去。君命驾意马，周流八极，欲效周穆王故事，被主人翁叩马苦谏，而驻于半亩塘边。

有虞县人来报曰："近日胸海波动，泰、华山移来海中，望见山中隐隐有人无虑千万，此等变怪，甚是非常。"正嗟讶之间，遥望数人行吟而来。看看渐近，只是两个人，那先行的人，颜色憔悴，形容枯槁，冠切云带，长剑芰荷，衣楸兰佩，眉攒忧国之愁、眼满思君之泪，无乃痛怀王而恨上官者耶？尾来的人，神凝秋水，面如冠玉，楚衣楚冠，楚声楚吟，莫是一生唯事楚襄王者耶？俱来拜于君曰："闻君高义，特来相访，但天虽宽，而君辈自不能容焉。今见君，心地颇宽，愿借磊魂一隅，筑城爰处，不知君肯容接否？"君乃敛衽愀然曰："男儿襟袍，古今一也。吾何惜尺寸之地，而不为之所乎？"遂下诏曰："任他来投，监察官知道；任他筑城，磊魂公知道。"二人拜谢，向海边去了。

自是之后，君思想二人，不能忘怀，长使出纳官高咏《楚辞》，更不管摄他事。秋九月，君亲临海上，观望筑城，只见万楼冤气，千叠愁云。千古忠臣义士及无辜逢残之人，零零落落，往来于其间。中有秦太子扶苏，曾监筑长城，故与蒙恬役硐谷坑儒四百余人，勾亚经始，不日有成……磈硱磊落,愁恨所聚,故名之曰愁城……于是天君自丹田渡海,洞开四门,御于吊古台上。于时,悲风飒飒,苦月凄凄。各门之人,含怨抱愤,一拥而入,天君惨然而坐,命管城子记其万一……管城子闻这诗,慨然而写,并将四门标榜,陈于天君前。君才一览,愁不自胜,袖手闷默,郁郁终岁。

二年春二月,主人翁启曰:"青阳换岁,万物或新,凡在草木,尚自忻忻,今君禀最灵之性,有至大之气,而迫于愁城,久不安处,岂非可谓流涕者乎?但愁城植根之固,难以卒拔。窃闻杏花村边有一将军,得圣贤之名,兼猛烈之气,汪汪若千顷波,未可量也。其汉系出谷城曲生之子,名襄,字太和,深有乃父风味……愿君卑辞厚币致之座上,尊之爵之,则平愁城而回淳古,实不难也。谨以闻。"书上,天君答曰:"予虽否德,只能从谏如流,曲将军迎接之事,悉委主人翁,勉哉!"翁曰:"孔方与彼有素,可以致之。"君乃招孔方曰:"汝往哉!善为我辞焉,以副如渴之望!"孔方领命,与其徒百文扶杖而往……即指绿杨村里红杏墙头……襄乃藏白开青……乃着千金裘,骑五花马,起兵而来爱到雷州,时三月十五日也。天君乃遗毛颖往劳……太和即使毛颖修谢表以上……天君览表大悦,则拜西州力士为迎敌将军,受都督节制使。是时也日暮,烟生风轻,燕语羽檄交飞,鼓笛催兴,将军遂登糟丘,命朱虚侯刘章曰:"军令至严,尔其掌之,毋使有擎柱之骄将,毋使有逃酒之老兵。"于是军中肃肃,无敢喧哗,进退有序,攻战有法……乃泊于海口,即唤掌书记毛颖立成檄文曰:"月日,雍并雷大都督驱愁大将军,移檄于愁城……"檄文到日,早竖降旗……将军使佳人秦罢阵乐而班师。天君大悦,即招管城子下教曰:"……今乃筑城于愁城,旧址为卿汤沐邑,其都督三州事如故。又封于灌,锡以三等爵为懽伯，赐而秬鬯一卣，宠以前后，鼓吹知悉。"

渊民先生所概括者甚为简略，不读原典，则很难清楚小说之内容。想渊民先生本意当在以此文学史引发读者的原典阅读，而非止步于此，故重译未对此类内容结合原典加以补充，而是保持了原书风貌。①

当然，重译过程中也有不甚明了者。如原书言贤良科设置于中宗二十八年（1533），②可赵光祖卒于1519年，金湜（1482—1520）于1519年贤良科状元及第，难以交融。但出于尊重原著，且译著非校注，故未在中译本中加以标识。

最终，在《结语》中，渊民先生着力提出面临之两项任务，一是韩国汉文学之正确继承与科学整理，二是专家培养，显现出极强的学术使命感。事实上，惟有正确认识韩国汉文学的重要价值，认识到其中所蕴含的韩民族乃至个别作者的独特性，认识到特定文学时期之特定文学思潮，以及酝酿此种思潮之特定社会现实与背景，方能正确继承、科学整理。笔者学识尚浅，不足颇多，重译过程中，承蒙许敬震、许卷洙两位教授教诲指导。而在重译过程中，笔者亦对渊民先生满怀景仰之情、感念之思，期有

---

① 参见（韩）李家源著，赵季、刘畅译：《韩国汉文学史》，第318页：天君即位两年，一老翁名"主人翁"者即上疏劝诤天君不要过分专心翰墨，天君虚怀接纳，然转而优游啸咏，故主人翁又来进谏。天君听罢恻然，引主人翁坐于半亩塘边而下诏。同年八月，天君与无极翁坐于"主一堂"，议事之际，有哀公者来禀，监察官与采听官合疏为"愁"所侵扰。天君览毕不悦，无极翁不辞而去。天君方欲驾意马周流八极，主人翁又来进谏，天君为之驻马。此时，有鬲县人来报，言胸海中风浪大起。天君即遣磊魂公筑"愁城"，又令孔方携其徒百文找到谷城曲生之子曲襄将军于绿杨村红杏墙头。乃授曲襄雍、并、雷三州大都督、驱愁大将军，襄遂登糟丘，克愁城。天君设汤沐邑于愁城旧址，另封曲襄为欢伯。

② （韩）李家源著，赵季、刘畅译：《韩国汉文学史》，第162页。

所成，遥慰先生之灵。

（三）谫论崔致远作品辑佚与整理
——《崔致远全集》述评

崔致远是唐与新罗共同浇灌成长的汉文学硕果，其作品不仅在中韩两国文学史上具有重要地位，在中韩史学、思想乃至艺术界都具有重要价值。[①] 但因年代久远、文献不足等原因，崔致远生年与在唐及第年龄、《桂苑笔耕集》诸本优劣、《双女坟记》乃至《新罗殊异传》是否出于崔致远之手等问题，仍存争议。[②]

文献整理是研究的基础，崔致远其人其作具有如此重要的研究价值，其著作整理也就愈发重要。此前中韩学界相关成果主要有《崔文昌侯全集》，[③] 但以影印方式出版；《国译孤云先生

[①] 中国学者较关注崔致远作品对中国文学、历史等研究的文献价值，论述较详者，如党银平《崔致远〈桂苑笔耕集〉的文献价值》，指出《桂苑笔耕集》对了解黄巢起义、唐末动乱，乃至淮南贡品、唐诏令、晚唐取士等典章制度、社会文化等方面，均有裨益。（张伯伟主编：《域外汉籍研究集刊》第 1 辑，北京：中华书局，2005 年，第3—22 页。）故而对崔致远入唐与及第时间、在唐活动等尤为关注。韩国学界则较关注崔致远作品本身及对本国文学、历史等方面的价值，相关论文已有四百余篇，近年来更有将眼光推延至崔致远碑刻书法艺术者，如曹首铉：《孤云崔致远的书体特征与东人意识》，《韩国思想与文化》，2009（总 50），第 535—578 页；전상모：《孤云崔致远的风流思想及其书法美学体现》，《儒学研究》，2016（总 37），第 1—28 页；정현숙：《崔致远〈四山碑铭〉书法风格特征》，《木简与文字》，2018（总 21），第 227—247 页。

[②] 冷卫国、岳俊丽：《"东国文学之祖"崔致远研究的分歧与走向：中国大陆 2004—2015 年》，《延边大学学报》，2017(1)。

[③] 韩国成均馆大学大东文化研究院刊，1972 年，含《桂苑笔耕集》《孤云先生文集》《孤云先生续集》。

文集》①虽有互校,但并未写明校勘;《桂苑笔耕集校注》②虽有校有注,李相铉注译虽精,③但惜未能广参众本。④《桂苑笔耕集校勘记》⑤《〈桂苑笔耕集校注〉第一至三卷补正举隅》均重在汇校纠谬,而非拿出校勘善本。而且,上述研究成果少有用及日本国会图书馆藏本者,《举隅》虽用到,但亦未作底本使用。

本次李时人、詹绪左编校排印《崔致远全集》(内含《桂苑笔耕集》《孤云先生文集》《孤云先生续集》《辑佚一》《辑佚二》),⑥可谓兼收并蓄,取长补短,在底本选择、作品搜选、校勘等方面尤为用心。底本选择上,《桂苑笔耕集》取日本国会图书馆藏朝鲜16世纪中期写刻本,系该写刻本首次面世。作品搜选力求全面,但亦建立在考证基础上,若明证重收、多收者,概弃不取。校勘上,《桂苑笔耕集》主要采用版本校的方式,文集、续集则对相关存世诗文总集乃至金石碑刻等,均有参校。且校勘重在汇集众本以见异同,各本原貌由此可窥。

一、《桂苑笔耕集》底本选择

19世纪以来,《桂苑笔耕集》广泛刊印。韩国方面,1834年徐有榘(1764—1845)于湖南观察使任上,校正洪奭周家藏旧本,在全州刊印活字本;1918年,崔致远后孙基镐刊木活字本;1930

---

① (韩)崔濬玉编著,首尔:学艺社,1972—1973年。

② 党银平:《桂苑笔耕集校注》,北京:中华书局,2007年。

③ 韩国古典翻译院,2009年。

④ 如曹旅宁《黄永年先生旧藏高丽刊本〈桂苑笔耕集〉》[《山东图书馆学刊》,2010(4)],及孙勇进、梁万基《〈桂苑笔耕集校注〉第一至三卷补正举隅》[(韩)《中国文化研究》,2018(总41)]所举数例。

⑤ (韩)李圣爱《桂苑笔耕集校勘》,中国文化大学出版部,2000年。

⑥ (新罗)崔致远著,李时人、詹绪左编校:《崔致远全集》,上海:上海古籍出版社,2019年。

年,庆州崔氏文集发行所刊新活字本。与此同时,崔致远后孙国述(1870—1953)、勉植(1891—1941)等搜集崔致远逸作,在1926年先后刊行《孤云先生文集》。前者大都辑自《东文选》,由卢相稷作序,未收入《桂苑笔耕集》;后者则收录《桂苑笔耕集》,由李商永作序。《韩国文集丛刊》影印本收入韩国首尔大学奎章阁藏1834年整理字本《桂苑笔耕集》,及韩国延世大学中央图书馆藏崔国述1926年6月刊本《孤云先生文集》,《韩国历代文集丛书》则收入大正七年(1918)伊上斋本,影响广泛。① 中国方面,1847年广东潘仕成刊《海山仙馆丛书》本,后收入《丛书集成初编》;1919年商务印书馆《四部丛刊》影印无锡孙毓修小绿天藏本,流传甚广。

　　底本选择有赖于校勘者对诸本价值高下的判定,是校勘工作的重要基石。此前《桂苑笔耕集校注》取徐有榘活字本为底本,以《海山仙馆丛书》本、《四部丛刊》本为参校本,其背后就是校注者以徐有榘本优于《海山仙馆丛书》本及《四部丛刊》本的判断。② 但此观点并非学界共识。黄永年(1925—2007)先生曾指出,虽然《桂苑笔耕集》在《新唐书》《宋史》均有著录,"但中国久无刻本,至近代始有朝鲜刻本和活字本《桂苑笔耕集》传入,得据以刻印",并认为《四部丛刊》本属于"朝鲜旧刻本"。③ 刘伟认为,徐有榘活字本与《四部丛刊》本,出自同一朝鲜古刻本,《海山仙馆丛书》本源自徐有榘本。④ 曹旅宁认为,三个版本的祖本都

① 上述诸本源流参考《丛刊》《韩国历代文集丛书》所收《桂苑笔耕集》《孤云先生文集》解题。
② 党银平:《新罗文人崔致远〈桂苑笔耕集〉版本源流考述》,(韩)《中国学论丛》,2001(总12),第47—55页。
③ 黄永年:《唐史史料学》,上海:上海书店出版社,2002年,第236—238页。
④ 刘伟:《〈桂苑笔耕集〉考述》,陕西师范大学硕士学位论文,2004年。

是朝鲜旧刻本，质量上则《四部丛刊》本高于徐有榘活字本，又高于《海山仙馆丛书》本。① 金程宇以为，朝鲜刻本传入中国后，在中国先出现以该刻本为基础的抄本，再出现活字本，再出现以活字本为基础的抄本，故以为《海山仙馆丛书》与小绿天藏本出自同一版本系统，远早于徐有榘活字本；②而日藏本遇尊改行、空格，可与现存《智异山双溪寺真鉴禅师大空塔碑铭》等相对照，卷次编排、正文注文均更合古书原貌，且错讹较少，属更近早期刻本。③

事实上，韩国学者李仁荣（1911—？）曾在《清芬室书目》卷九记述《桂苑笔耕集二十卷（四）》时，判断《四部丛刊》影印之小绿天藏本刊刻于朝鲜朝孝显年间（1659—1674）。④ 日本学者藤本幸夫（1941—）通过比对日本对马历史民俗资料馆宗家文库所藏《桂苑笔耕集》与《濂洛风雅》，发现二书刻工相同，据后者"丁未""岭南巡营重刊"之印记，推测前者亦刊于朝鲜显宗八年（1667）大邱。又因该本与《四部丛刊》本字体、形制相同，故可确知《四部丛刊》底本刊刻系在 1667 年。⑤ 至于日本国立国会图书馆藏本，藤本幸夫依据书嵌"敬/复/斋"异形印，及"圆光寺常住"（三要元佶，卒于 1612 年）墨书，推断此本为朝鲜明宗朝（1545—1567）刻本。

---

① 曹旅宁：《黄永年先生旧藏高丽刊本〈桂苑笔耕集〉》，《山东图书馆学刊》，2010（4）。

② 金程宇：《域外汉籍丛考》，北京：中华书局，2007 年。

③ 金程宇：《日本国会图书馆藏〈桂苑笔耕集〉的文献价值》，张伯伟主编：《域外汉籍研究集刊》，北京：中华书局，2006 年。

④ 张伯伟编：《朝鲜时代书目丛刊》，第八册，北京：中华书局，2004 年，第 4916—4917 页。

⑤ （日）滨田耕策：《〈桂苑笔耕集〉的刊行与日本藏本》，（韩）《民族文化》，2010（总 34）。

《崔致远全集》编者吸纳日韩学者考证，赞同金程宇说法，认为"日本国会图书馆藏本不仅早于《四部丛刊》本和徐有榘活字本，而且在许多方面优于这两个版本，很可能更多地保存了原作的面貌，以其作为校勘的底本显然更为合适"，故选为此底本，以《四部丛刊》本、徐有榘活字本、《唐文拾遗》本为主要参校本。（第 26 页）

笔者以为校勘底本选取应符合校勘善本"足、精、旧"的原则。目前中日韩三国藏古本《桂苑笔耕集》，整理字本（如徐有榘活字本）最为大宗，岭南巡营刊本（如《四本丛刊》影印之小绿天藏本）次之，亦有少量流传。① 《崔致远全集》中，如《谢御札衣襟并国信表》"字窥神笔，恩袭御衣"之"字"，《四部丛刊》、徐有榘活字本、《唐文拾遗》均缺（第 46 页）；《贺通和南蛮表》"独亏拱北之诚"之"拱"，《四部丛刊》、徐有榘活字本、《唐文拾遗》均讹作"控"（第 15 页），等等；加之日本国立国会图书馆藏本刊刻时间最早，版刻清晰，制式存古，笔者亦认为将其取作底本，将徐有榘活字本、《四部丛刊》本降为主要参照本，是很有道理的。但清末道光年间杨尚文（1807—1856）为编《连筠簃丛书》而校勘精写之《桂苑笔耕集》，现藏北京大学图书馆，虽与《四部丛刊》同属岭南巡营本系统，但因精写校勘，具有独特的版本和校勘参考价值。② 《崔致远全集》未将此列为参校本，稍显遗憾。

二、 作品搜选

因崔致远诗文散佚，《桂苑笔耕集》外的其他作品就涉及辑

---

① 日韩藏本调查参看《〈桂苑笔耕集〉的刊行与日本藏本》，中国藏本调查参看（韩）朴现圭：《中国所藏新罗崔致远〈桂苑笔耕集〉的实况调查》，《韩中人文学研究》，2008（总 8）。

② （韩）朴现圭：《中国所藏新罗崔致远〈桂苑笔耕集〉的实况调查》。

佚问题。《崔致远全集》沿用《崔文昌侯全集》文集丛编的编排方式，分列《桂苑笔耕集》《孤云先生文集》《孤云先生续集》，再增设作者考订之《辑佚》部分，又在书尾附录崔致远生平相关材料及诸刊本序跋，对于了解崔致远其人其书，大有帮助。

在文集、续集部分整理上，《崔致远全集》编者充分尊重《崔文昌侯全集》的收集之功，文集、续集篇目择取大体遵从，仅对叙述未尽者予以补充、失察者予以辨明，如《华严佛国寺绣释迦如来像赞》，编者详细考证道：

> 经核查，本文系拼凑《王妃金氏为考绣释迦如来像幡赞并序》的散文部分（见《东文选》卷五〇、《佛国寺古今创记》、《佛国寺事迹》、《华严寺事迹》）与《大华严宗佛国寺阿弥陀佛像赞并序》中的韵文"颂"部分（见日本《卍续藏经》第一〇三册《诸宗著述部》载《圆宗文类》卷二二），后皆为《孤云先生续集》所收，故韩国成均馆大学大东文化研究院一九七二年编印《崔文昌侯全集》时将其删落。本校勘本为便于比勘，仅据《韩国文集丛刊》第一辑（韩国景仁文化社，一九九〇）影印之《孤云先生文集》校录。（第689—690页）

又如《马上作》，编者考订云：

> 此联诗又见许筠(1569—1618)《惺叟诗话》，原无题，诗题为《续集》编者所拟。按：此联诗实为《送吴进士峦归江南》诗之颈联，全诗见于《东文选》卷九、《三韩诗龟鉴》卷上、朝鲜刊本明人吴明济《朝鲜诗选》卷五，《孤云先生文集》卷一亦已收录，《续集》作者未察，误以为佚句收于此。《崔致远佚诗笺证》(《文学遗产》一九九三年六期)、《全唐诗》增订本、《增订注释全唐诗》卷八九五仍其误。（第

701 页)

《崔致远全集》辑佚部分主要包含崔致远《新罗殊异传》篇目,合十三篇(含存目一篇),附存疑作品五篇,即《辑佚一》;诗文作品,合十一题十八首诗、五段佚文,即《辑佚二》。前者辑自朝鲜朝成任(1421—1484)《太平通载》残卷、权文海(1534—1591)《大东韵府群玉》、徐居正(1420—1488)《笔苑杂记》《四佳集》、卢思慎(1427—1498)与徐居正等编《三国史节要》、僧一然(1206—1289)《三国遗事》;后者辑自日本《大正新修大藏经》、上毛河世宁《全唐诗逸》转录大江维时(887—963)《千载佳句》,朝鲜半岛高丽时期《十抄诗》《三国史记》、朝鲜朝《东国舆地胜览》《新增东国舆地胜览》《芝峰类说》等书。

此前学界对《新罗殊异传》所含篇目、作者归属问题存有较大争议。如,赵润济认为该书共含九篇故事,徐首生举十五篇,崔康贤考证共十四篇;金台俊认为该书作者为崔致远,李仁荣认为是朴寅亮,崔康贤认为此书唯一然所引《古本殊异传》为真,其他均曾由金陟明改作。相关研究迭出,莫衷一是,但尤以李剑国、崔桓系列研究翔实可靠,①可资参考,亦尤为《崔致远全集》编者所倚重:《崔致远全集》认为《新罗殊异传》为崔致远所作,且书中所收篇目与李剑国、崔桓大体相同,唯将《射琴匣》由李剑

① 相关论著均为李剑国教授与崔桓合著,含论文《〈新罗殊异传〉研究的基本脉络与观点》,(韩)《中国小说论丛》,1997(总 6);《〈新罗殊异传〉崔致远本考》,(韩)《中国语文学》,1999(总 33);《〈新罗殊异传〉朴寅亮本及金陟明本考》,(韩)《中国小说论丛》,2000(总11)。著作《〈新罗殊异传〉辑校与译注》,韩国大邱:岭南大学出版部,1998 年;《〈新罗殊异传〉考论》,韩国大邱:中文出版社,2000年。其论文不仅考证详尽,对此前韩国学界研究亦均有回应,故为相关问题研究最可资参考者。

国、崔桓书中的疑似提升为确定。

> 《三国遗事》卷一《纪异第一》之《太宗春秋公》："后旬日
> 庾信与春秋公正月午忌日蹴鞠于庾信宅前……"其"正月午
> 忌日"后有注："见上射琴匣事，乃崔致远之说。"《射琴匣》
> 见同卷《第十八实圣王》，记毗处王（注一作照知王）十年事。
> 徐居正《三国史节要》卷五《新罗照智王》亦载此事。《三国
> 史节要》序谓其书"兼采《遗事》《殊异传》"，因知本篇取自崔
> 致远《殊异传》。（第781页）

至于为何《赫居世》舍弃未收，且《义湘传》挪至《辑佚二》，即将其
视作崔致远逸文，而非《新罗殊异传》作品，则似未言明。

关于崔致远诗作辑佚，《崔致远现存诗再考》曾整理学界研
究成果如下，合计 127 首：[①]

	书名	诗作数量	小计
《崔文昌侯全集》（1972）	《孤云先生文集》（崔国述）	37	107
	《孤云先生文集》	10	
	《桂苑笔耕集》	60	
朴鲁春《崔志远诗作数小考》（1975）	《芝峰类说》卷十三	8	17
	《千载佳句》	6（联句） 1（《兖州留献李员外》）	
	《新增东国舆地胜览》卷十七	1（《公山城》）	
	口传诗	1（《赠山僧》）	

---

① （韩）李黄进（音译）：《崔致远现存诗再考》，（韩）《亚细亚文化研
究》，2013（总 29）。

	书名	诗作数量	小计
金惠淑《崔致远诗文研究》(1981)	《孤云先生文集》(崔勉植)	1(《石榴》)	1
金忠烈《崔致远文学研究》(1983)	《海云先生略选》(崔海秀)	1(《刻眉庵岩石》)	1
崔英成(1999)	《崔致远全集 2—古韵文集》《名贤十抄诗》)	1(《和顾云侍御重阳咏菊》)	1

在此基础上,《崔致远现存诗再考》对现存诗作中《琵琶行》(《白云小说》)、《过海联句》(《东人诗话》)"我是新罗末叶人"七言四句诗(《松窝杂说》)、《伽倻山绝景十九名所诗》等诗作者质疑;补充了"东方祖祖莫愁苦"七言四句诗、《梦中作》等作,学界认定非崔致远创作的原因;提出《书怀》、金刚山九龙瀑布所刻"千丈白练,万斛珍珠"或为崔致远所作;并对现存诗中《刻眉庵岩石》《石榴》《赠山僧》等作,阐明怀疑非崔致远所作的原因。

《崔致远全集》较《崔文昌侯续集》,补收了《千载佳句》之《兖州留献李员外》两联及《长安柳》《留曾洛中友人》《送舍弟严府》《春日》《成名后酬进士田仁义见赠》《江上春怀》等六题各一联,《十抄诗》之《和顾云侍御重阳咏菊》,据朴鲁春研究补入《东国舆地胜览》之《公山城》,《芝峰类说》之《智异山花开洞诗》八首,据金忠烈研究补入《石榴》;且据金程宇论文,补入《三国史记》载崔致远《谢追赠表》《纳旌节表》佚句,《东国舆地胜览》载《释利贞传》《释顺应传》佚句,并认为《孤云先生文集》卷三辑《利贞和尚赞》《顺应和尚赞》原即此二文赞语。但未对韩国学者崔志远诗辑佚研究中,涉及如《赠山僧》《刻眉庵岩石》等作予以回应。

三、　校勘

在选定底本、划定辑佚范围的基础上，《崔致远全集》展开了扎实的校勘工作。《桂苑笔耕集》以《四部丛刊》、徐有榘活字本、《唐文拾遗》作为主要参校本，更辅以《东文选》《海山仙馆丛书》《国译孤云崔致远先生文集》等古今书籍。《孤云先生文集》《孤云先生续集》详细标明每篇作品见于何种传世典籍，前者如《十抄诗》《夹注名贤十抄诗》《东人之文四六》《东文选》《三韩诗龟鉴》《青丘风雅》《小华诗评》《惺叟诗话》《朝鲜诗选》《唐文拾遗》《三国史记》《新增东国舆地胜览》《伽倻山海印寺古籍》，后者如《卍续藏经》《大正新修大藏经》。有实物传世者，如《无染和尚碑铭（并序）》《真监和尚碑铭（并序）》《大崇福寺碑铭（并序）》《智证和尚碑铭（并序）》，亦据学界研究成果，标明碑刻现存地，描述形制特征，并以《金石全文》《金石总览》《金石文考证》《韩国金石全文》《唐文拾遗》等书比定校勘。出处未能查明者亦直言不讳，《增订注释全唐诗》失收者亦作标明。且根据具体内容，《孤云先生文集》主以《东文选》参校，《孤云先生续集》则主要校以佛典。补全阙文、订正讹误、存录异文者不可胜数，而如上文所述，此前学界考订未尽之处，亦详细标明。

尤见用心的是，编者没有只是用诸参校本校勘底本，各版本异文、错漏等处亦并详录，观此一书，诸书样貌可见一斑。如《贺杀黄巢表》"永当销干戈之锋，便可铸耒耜之器"，校云："耜：《四部丛刊》本作'耟'。按：'耟'（古代一种农具，犁属）乃'耜'字之误。'耒耜'指古代耕地翻土的农具，亦作为农具的总称。"（第30页）再如《贺降德音表》"慈伤瘐死，牢囚免滞于风霜"，校云："瘐：底本、《东文选》卷三、《四部丛刊》本、《国译孤云崔致远先生文集》作'瘦'。按：'瘦'为'瘐'之俗讹，此据徐有榘木活字本、

《唐文拾遗》卷三四改。"（第 33 页）《谢加太尉表》"况乃兼提利权，广润军食"，校云："提：《四部丛刊》本、徐有榘木活字本、《唐文拾遗》卷三四作'制'。"（第 37 页）《奏请叛卒鹿晏弘授兴元节度使状》"圣主含弘，既宥其穷斯滥矣"，校云："弘：《唐文拾遗》卷三六、潘士成海山仙馆丛书本避清讳作'宏'。"（第 103 页）

与此同时，该书也未将古书用字悉皆径改为通用繁体字，而是在保留原书异体字（含俗字、古今字等）、通假字等的同时，细考各字在古代的实际使用情况，写入校勘记。如"《中山覆匮集》一部五卷"，校云："匮：徐有榘木活字本、《唐文拾遗》卷四三作'篑'。按：'匮'同'篑'。《汉书·王莽传上》：'纲纪咸张，成在一匮。'颜师古注：'《论语》云：譬如为山，未成一篑。'今本《论语·子罕》即作'篑'。下同，不另出校。"（第 5 页）"曰赋曰诗"，校云："曰：底本作'日'，《四部丛刊》本、徐有榘木活字本、《唐文拾遗》卷四三均作'曰'。按：俗写二者不拘（如卷七《璧州郑凝续尚书》：'况乃于国于家，曰忠曰孝。'句中'曰'，底本即作'日'），下据文意径改，不另出校。"（第 6 页）除引用古代诗文用例，参考如《敦煌俗字典》《干禄字书》《碑别字新编》《正字通》《广韵》《正名要录》《骈雅训纂》《隶释》《说文》《唐宋俗字谱》《五经文字》《尔雅》《广碑别字》《宋元以来俗字谱》《字鉴》《集韵》《玉篇》《字汇》《龙龛手镜》《唐韵》者亦不胜其举。

尤值一提的是，编者在编校全书的过程中，始终保持审慎的态度。不仅如前所述，文集、续集详考每篇出处，未详者直言未详，在校勘过程中，亦自始至终慎言慎校。确信底本有误者，编者改动原文并出校，若不尽为误，编者则仅在校勘记中以按语标明，如《贺杀黄巢徒伴表》"果刻于左之右之"，校云："刻：《四部丛刊》本、徐有榘木活字本、《唐文拾遗》卷三四作'划'，《东文选》卷三一、《国译孤云崔致远先生文集》作'效'。按：作'划'义长。"

（第 23 页）再如，《让官请致仕表》"又蒙命臣曰俞，为师于彼"，校云："师：《四部丛刊》本、徐有榘木活字本、《唐文拾遗》卷三四作'帅'。按：《东文选》卷四三亦作'师'。据文意，似当作'帅'。"（第 60 页）《谢诏示权令郑相充都统状》"后值江南阻路，久长师旅，未遂战征"，校云："长：《四部丛刊》本、徐有榘木活字本、《唐文拾遗》卷三五均作'屯'。按：据文意，作'屯'为佳。'长'简体为'长'，与'屯'形近易误。"（第 66 页）

　　惜乎该书问世前一年，编者之一李时人教授就已溘然长逝。大抵以此之故，书籍有旧文所充当之《前言》，未有据编纂情况详列之《凡例》，来对该书编例加以整理说明，也未能将参考诸书名目详列于后以便读者，实为遗憾。且保留原古书字形姿貌、各本异同，虽有详尽之功，但也不免烦冗，重版之际，若将异体字、异文、错讹衍脱、注释等分隔详列，似更显明。至如落叶微尘，在所难免，白璧微瑕，不掩珠玉之美。笔者无缘得识李、詹二位教授，但观此书，足见其严谨治学的态度与对学术所抱持之热忱。